연
가

옮긴이 이규원

한국외국어대학교에서 일본어를 전공했다. 문학, 인문, 역사, 과학 등 여러 분야의 책을 기획하고 번역했으며 현재 전문 번역가로 활동중이다. 옮긴 책으로 미야베 미유키의 『이유』, 『얼간이』, 『하루살이』, 『미인』, 『진상』, 『피리술사』, 『괴수전』, 『신이 없는 달』, 덴도 아라타의 『가족 사냥』, 다치바나 다카시의 『천황과 도쿄대』, 쓰네카와 고타로의 『야시』, 『천둥의 계절』, 사토 다카코의 『한순간 바람이 되어라』, 『슬로모션』, 슈카와 미나토의 『도시전설 세피아』, 『새빨간 사랑』, 마쓰모토 세이초의 『마쓰모토 세이초 걸작 단편 컬렉션』, 『10만 분의 1의 우연』, 『범죄자의 탄생』, 『현란한 유리』, 우부카타 도우의 『천지명찰』, 구마가이 다쓰야의 『어느 포수 이야기』, 모리 히로시의 『작가의 수지』, 하세 사토시의 『당신을 위한 소설』, 가지야마 도시유키의 『고서 수집가의 기이한 책 이야기』, 도바시 아키히로의 『굴하지 말고 달려라』 등이 있다.

《RENKA》
© Macate ASAI 2014
All rights reserved.
Original Japanese edition published by KODANSHA LTD.
Korean translation rights arranged with KODANSHA LTD.
through JM Contents Agency Co.

이 책의 한국어판 저작권은 KODANSHA LTD와 JM 에이전시를 통해 Macate ASAI와의 독점계약으로 도서출판 북스피어에 있습니다.
저작권법에 의해 한국 내에서 보호를 받는 저작물이므로 무단전재와 무단복제를 금합니다.

*이 도서의 국립중앙도서관 출판시도서목록(CIP)은 e-CIP홈페이지(http://www.nl.go.kr/ecip)와 국가자료공동목록시스템(http://www.nl.go.kr/kolisnet)에서 이용하실 수 있습니다. (CIP제어번호: CIP2019026637)

연가

恋歌

매화꽃 바람에 덧없이 지지만
향기는 님 소매에 닿으리

님에게 사랑을 배웠네
그러니 잊는 길도 가르쳐 주오

아사이 마카테 장편소설

이규원 옮김

북스피어

차례

교토, 에도, 그리고 고산케가 자리잡은 오와리 번, 기슈 번, 미토 번의 위치

들어가기 전에

『연가』에 등장하는 일화는 19세기 후반 개국 전후를 배경으로 삼고 있습니다. 줄거리의 이해를 돕기 위해 당시의 역사적 배경 가운데 몇 가지를 간략히 소개합니다. 어디까지나 소설의 이해를 돕기 위한 내용인 만큼 메이지 유신 전후에 대한 개괄적 설명은 다른 자료를 참조하시기 바랍니다.

흑선이 폭로한 막부의 위기

도쿠가와 이에야스가 에도 막부를 열고 어언 2백 수십 년이 지난 1853년. 활력 있던 에도 막부는 이제 만성적 재정적자에 시달리며 중환자와 같은 상태가 되었다. 그해 7월, 미국의 페리 제독이 당시 최강의 전략무기였던 증기선 군함과 고성능 대포로 무장하고 에도 앞바다에 나타나 수교를 요구한다. 막부로서는 즉각 양이(서양 오랑캐를 배척함)를 실행하고 싶지만 옛날 전국시대와 별반 다를 게 없는 무기뿐인지라 일본 전역은 혼란에 빠진다. 막부는 무능과 무책을 드러내며 미국이 재촉하는 대로 불평등조약에 응한다.

일본 전역에서 막부에 대한 비난 여론이 일고 일본판 위정척사파라고 할 수 있는 존양론이 빠르게 확산되자 교토 조정의 발언권이 점차 강해진다. 근왕주의자(왕정 복고), 좌막파(막부 지지), 도막파(막부 타도) 등 여러 세력이 천황의 지지를 얻기 위해 대거 교토로 모여들어 교토가 정치의 중심지가 되고 에도 막부는 존립의 위기에 빠진다.

존왕론의 본고장 미토

미토 번은 에도 막부의 개조 도쿠가와 이에야스의 11남이 초대 번주인 만큼 에도 막부의 친위대와 같은 특별한 번이지만 오히려 막부 권력을 사상적으로 무너뜨리는 역할을 하게 된다. 17세기 초 2대 번주가 거액의 자금과 많은 학자를 동원하여 천황가를 중심으로 일본 역사를 정리하는『대일본사』편찬 사업을 시작한 이래 미토에서는 유학의 일종인 '미토학'이라는 학풍이 발달한다. 중국과 구별되는 일본 고유의 역사와 문화에 천착하는 학풍은 존양론이 배양되는 기초가 되었다.

특히 9대 번주 도쿠가와 나리아키는 번번이 막부와 대립하던 독실한 근왕주의자여서, 고도칸弘道館이란 번립 대학을 세워 번사들을 미토학 학풍으로 교육하여 미토는 자타가 공인하는 존왕양이(천황을 받들고 서양오랑캐를 물리침)의 본고장이 되었다. 훗날 메이지 유신을 이끄는 인물들도 '미토학'에서 깊은 영향을 받는다.

천구당과 제생당

나리아키는 미토 번을 과감하게 개혁하여 일정한 성공을 거두는데, 그의 개혁을 적극 뒷받침한 것이 중하층 무사들이었다. 그 과정에서 상층 무사들이 번정에서 배제되어 불만을 품는데, 이들이 점차 결집하여 '제생당'이란 정파를 이루고, 나리아키를 지지하는 중하층 무사들은 '천구당'이란 정파로 결집하여 격렬하게 대립한다.

나리아키를 따르는 천구당은 존양론자들이고 제생당은 좌막파, 즉 막부 체제를 유지하려는 자들이었다. 이들은 에도 막부나 교토 조정의 정국 변화에 따라 미토 번에서 엎치락뒤치락 집권과 실권을 거듭한다.

덧) 등장인물 관계를 좀 더 쉽게 파악할 수 있도록 책의 날개 안쪽에 각 캐릭터에 대한 짧은 설명을 첨부하였습니다. 아울러 '들어가기 전에'와 본문 하단의 모든 각주는 작품의 이해를 돕기 위해 역자가 붙여 두었으니 참고해 주시길. (편집자 주)

서
장

1

펜 끝에 작은 거품이 부푼다 싶더니 깨끗한 백지에 까만 점들이 확 튀었다.

만년필이 또 잉크를 뿜은 것이다. 가호는 미간을 찡그리며 원고지의 첫 장을 뜯어냈지만, 서재 책상 여기저기에도 잉크가 튀어 있었다. 하녀를 불러 젖은 수건을 가져오라 이르고 청소에 방해되지 않도록 창가의 소파로 자리를 옮겼다.

"여기도 튀었네요, 마님."

책상 왼쪽에 둔 양등에도 잉크가 튀었는지 하녀장은 조심스레 허리를 구부리고 손을 움직인다. 세브르 자기에 그려진 귀부인의 장밋빛 뺨이 젖은 수건을 만나 잿빛으로 변했다.

가호는 아침부터 몇 번째인지 모를 한숨을 지으며 등받이에 걸쳐 둔 스톨을 어깨에 둘렀다. 대보름이 지날 즈음부터 맑은 날이 이어지다가 오늘은 다시 쌀쌀해졌다.

"그런데 아이들은 뭘 하고 있지?"

하녀는 양등 갓까지 꼼꼼히 살피고 손을 움직이며 대답했다.

"마당에서 노시고들 계세요."

"다섯 아이가 모두?"

"예. 뭐라더라, 나리께서 보내 주신 장난감으로 놀고 싶다고 하셨어요."

"아, 베이스볼 말이군."

"그런가요? 저는 그쪽 물건에 대해서는 아는 게 없지만서두, 서생 분들께 도련님들과 놀아 달라고 부탁드렸습니다. 그 처자한테만 맡기자니 아무래도 위험할 것 같아서요, 암요."

하녀는 그제야 일손을 멈추고 이쪽으로 돌아섰다. 이때 한 마디라도 맞장구쳐 주면, 그 처자가 얼마나 아둔하고 주변머리가 없는지, 그 탓에 자기가 얼마나 애를 먹고 있는지를 한바탕 늘어놓기 시작할 것이다.

가호의 남편은 종종 "여자들은 다 평론가 같아"라고 말하지만, 아닌 게 아니라 이 하녀장도 요즘 젊은 하녀들의 세태에 대해서라면 어지간한 만담가 못지않다. 하지만 본인부터가 다과 접대는 물론이고 저녁 상차림부터 아침 된장국에 넣을 건더기 재료에 이르기까지 일일이 지시를 바라고, 양식이라도 먹을라치면 당근 자르는 요령까지 시범을 보여 주어야 한다. 가끔은 누가 상전인지 모르겠다고 생각하면서도 가호는 손수 냄비 손잡이를 잡고 소테를 요리하곤 했다.

이렇게 매일 이런저런 가사일로 리듬이 무시로 끊기고 집필 시간을 빼앗긴다.

가호는 나른하게 다리를 꼬고, 남편이 여행지에서 보내 준 궐련담배에 불을 붙였다.

남편은 작년 메이지 35년(1902)부터 구미를 유람하고 있다. 하지만 워낙 발이 넓은 사람이라 부재중에도 집에는 손님이 연중 끊이지 않고, 게다가 자신이 주관하는 잡지의 편집자 관리와 업무 조정도 가호를 통하고 있다. 가호가 부인잡지로부터 기고 의뢰를 받은 잡문 종류도 모두가 잠든 야밤에나 손댈 수 있어서 소설 집필까지는 엄두를 내지 못한다.

오늘만큼은 느긋하게 늦잠을 자고 나서 원고를 써 볼까 마음먹었는데 역시 아침부터 멀리서 손님이 찾아왔다. 초장부터 틀어져 버렸다는 생각을 하면서도 가호는 막상 손님을 맞으면 융숭하게 대접하는 사람이다. 아버지에게 물려받은 기질인지, 손님이 그만 돌아가겠다고 해도 "아유, 그러지 마시고" 하며 한두 번은 꼭 붙들고 만다.

"정말 고맙습니다. 하지만 점심 식사 선약이 있어서요. 요코하마에서 옛 친구와 만나기로 했습니다."

"그럼 신바시에서 기차를 타시겠군요."

"그렇죠. 요즘이야 어딜 가더라도 워낙 기차가 빨라 놔서 운치가 조금 부족하지요. 전에는 한나절을 걸었던 길도 증기차를 타면 반각이면 도착해 버리니까요. 물론 나이 들어 다리가 불편한 이에게는 고마운 물건입니다만."

손님 접대에서 해방된다는 안도감과 아쉬움이 교차하는 것을 느끼며 응접실 문을 열었다.

"그럼 다음번엔 꼭 묵고 가셔요. 벚꽃 철이면 그이도 귀국해 있을 테니까."

현관 포치까지 전송하러 나가자 몬즈키 하오리에 센다이히라 하카마를 입은 손님이 "아, 참" 하며 뒤를 돌아보았다. 오른팔을 구부려 붓글씨 쓰는 시늉을 한다.

"다쓰코 씨, 이쪽은요?"

가호는 본명이 다쓰코이며, 소설가로는 가호라는 필명을 쓴다. 아버지 대부터 이 집안에 드나들던 노인은 가호가 결혼하기 전인 스무 살 때 「덤불 속의 꾀꼬리」를 썼다는 것을 알고 있었다.

"안타깝게도 요즘은 거의 쓰질 못합니다."

잡담이라면 얼마든지 응할 수 있지만, 요즘은 소설 이야기가 나오면 대화를 매끄럽게 이어나가지 못한다. 서양인처럼 어깨를 요란하게 들썩여서 얼버무리자 손님은 어떻게 오해했는지 "엇, 이런 실례를" 하며 양모를 머리 위로 살짝 쳐들어 보였다.

"부인이야 미야케 세쓰레이 사모님이시니 붓 같은 거 안 잡아도 이미 부귀영화의 관록이 붙으셨지요. 아버님도 얼마나 흡족해하시겠습니까. 정말 대단하세요, 대단하셔."

손님은 또 몇 마디 칭찬을 남기고 돌로 포장된 통로를 지팡이로 짚으며 대문으로 향했다.

가호의 남편 미야케 세스레이는 가가 번 유의儒醫 유학자와 의사를 겸한 사람 집안 출신으로, 문부성에서 일하다 1년 만에 공무원 일에 염증이 나 그만둔 반골 기질을 가진 남자이며, 그 뒤 재야 언론인으로 활동해 왔다. 지금은 철학자, 평론가로 알려져, 가호는 손님 말대로 아무 부족함이 없는 처지다. 정부의 서구화 일변도 노선과 일선을 긋고 일본의 참모습을 추구해 마지않는 남편을 깊이 존경하고 있고, 남편 미야케는 가정에서는 온후하고 정 많은 허즈번드이다.

"거긴 이제 됐어요. 홍차 좀 내오세요."

얼마 피지도 않은 담배를 비벼 끄며 하녀에게 일렀다. 궐련담배를 피우면 이상하게 목이 칼칼해진다. 오늘은 숙성시켜 둔 논리를 피력할 기회가 없는 걸 깨달았는지 하녀가 "홍차 말입니까?" 하고 내키지 않는 목소리로 묻는다. 고개를 끄덕여 주자, "마님, 어느 홍차로 할까요?" 하고 재차 물었다.

"늘 마시던 그거, 다르질링이면 돼요."

"다르질링이라면?"

"파란 깡통에 든. 네모나고 이만한 거 있잖아요."

"파란 깡통 말이군요, 예, 곧 내올게요."

지저분한 수건을 손바닥 위에 개키며, 하기 싫어 죽겠다는 듯이 나가는 뒷모습을 쳐다보면서 가호는 다시 한숨을 짓고 서재 책상 앞에 고쳐 앉았다.

　마호가니라는 목재에 중후한 조각이 세공된 이 책상은 원래 가호의 아버지 다나베 다이치가 쓰던 것이다. 막신막부의 우두머리인 쇼군을 주군으로 모시던 무사이던 아버지는 메이지 유신 후 외무성 대서기관15개 등급으로 이루어진 공무원 계급에서 4등급에 해당하는 고관으로, 육해군으로 치자면 대령급으로서 외교 수완을 발휘하고 나중에 원로원 의관15개 등급 중에 3등급 이상에 해당하는 고관까지 역임했다.

　원고지를 눈앞에 고쳐 놓았지만, 막상 쓰려니 어떤 문장으로 시작하려 했는지 통 기억나지 않는다. 술술 솟아나던 착상은 눈곱만치도 떠오르지 않고 다 날아가 버렸다.

　턱을 괴고 창밖으로 시선을 돌렸다. 진한 잿빛으로 흐릿한 하늘. 하지만 남동쪽은 구름이 움직이는지 진초록 숲 너머로 얼핏 보이는 궁성의 벽만이 빛을 받아 하얗게 빛나고 있다.

　이렇게 문학에서 멀어지는가. 히나쓰 짱의 성공을 부러워만 하면서.

　가호는 책상 위로 시선을 돌렸다가 분풀이하듯 만년필과 잉크병을 서랍 속에 집어넣어 버렸다. 그러고는 닳고 닳은 벼룻집을 꺼냈다. 먹을 갈고 있자 벼루 옆에 넣어둔 붓이 '어머, 웬일이세요. 이렇게 오래간만에!' 하며 비웃기라도 하듯 붓끝을 반짝였다.

가호는 학창시절 이 세필로 「덤불 속의 꾀꼬리」를 썼다. 그 데뷔작은 메이지 부녀자가 소설이란 것을 상재上梓한 최초의 작품이 되었다.

나는 미야케 가호인걸. 아직 쓸 수 있어. 더 좋은 걸 쓸 수 있어.

자신에게 들려주듯이 팔꿈치를 움직인다. 문득 이것도 욕심이라는 생각에 손가락 끝이 멈추었다. 아침에 손님이 말했듯이 나는 미야케 세쓰레이 부인으로서 세상의 존중을 받고 남편복 자식복을 다 누리고 있다.

이렇게 행복한데 여전히 부족해? 여전히 욕심이 나?

"다쓰코 언니가 얼마나 부러운지 몰라요."

히나쓰 짱이 살아 있다면 그녀 특유의 치켜뜬 눈초리로 나를 빤히 올려다볼 거라고 가호는 생각했다.

히나쓰 짱은 가호가 다니던 가숙歌塾 '하기노야萩の舍'의 후배로, 이토 나쓰코와 히구치 나쓰코, 두 명의 나쓰코가 있어서 문하생 사이에서 어느샌가 이나쓰, 히나쓰라 불러서 구분하게 되었다.

사숙 학생 대부분이 이른바 명문가의 영양에 어울리는 취미를 익히기 위해 입문한 것과 달리 히나쓰만은 가인으로 활동하기를 염원했다. 하기노야를 주재하는 당대 최고의 가인 나카지마 우타코도 그 재능을 크게 평가하여 "잘 보살펴 주세요"라고 가호에게 애써 부탁할 정도였지만, 그녀는 히구치 이치요樋口一葉 1872년에 태어나 16세 때 아버지의 죽음으로 가족의 생계를 책임져야 했다. 20세 때 처녀작 「밤벚꽃」 등을 발표했으나 큰 수입은 되지 않아 빈궁하게 지내다가 24세 나이에 폐결핵으로 죽었다. 사후 얼마 되지 않아 당대 최고의 여성 소설가로 화려한 명성을 얻었다. 일본의 5천 엔권 지폐의 모델이며, 국내에 「나 때문에」, 「키재기」가 번역되어 있다_{라는} 필명으로 소설을 썼다.

와카_{일본 고유 형식의 시}에서 소설로 방향을 바꾼 계기가, '여류소설가'의 효시가 된 가호에게 자극을 받아서인 듯하다는 이야기를 히나쓰 사후에 누군가에게 전해 들었다. 하지만 히나쓰가 소설에 손댄 것은 내 작품에 감동받아서라기보다 내가 벌어들인 금액을 누구에게 전해 들은 탓이리라고 짐작한다. 「덤불 속의 꾀꼬리」는 대단한 호평을 받고 독자들의 호응을 얻어 중판을 거듭한 덕분에 33엔 20전이라는 큰돈을 손에 쥘 수 있었다. 소학교 교원이나 순사의 초봉이 아직 10엔도 안 됐을 시절의 이야기이다.

사실 히나쓰는 나를 고생 모르고 자란 아씨라고만 알고 있었으니, 설마 이런 내가 원고료 때문에 소설을 썼으리라고는 상상도 못 했을 거라고 가호는 생각했다.

십수 년 전 가호의 오빠가 서양에 갔다가 객사했는데, 그 이듬해 어머니와 집사는 오빠의 1주기 법요를 치를 비용이 없다며 한탄했다. 화려한 걸 좋아하고 풍류를 즐기던 아버지 다이치의 호사스런 생활로 점점 가산이 기울어, 저택과 땅을 떼어 팔아도 빚이 남아 있다는 것은 가호도 어느새 알고 있었다. 하지만 설마 법요 비용조차 댈 수 없는 지경까지 추락했을 줄은 생각지도 못했다. 여학교를 퇴학하고 고토_{가야금을 닮은 일본의 전통 악기} 사범 일이라도 시작할까, 아니, 차라리 샤미센을 품고 신바시 근처 유곽을 찾는 편이 쉬울지 몰라, 하며 혼자 고민했었다.

쓰보우치 쇼요坪内逍遙의 『일독삼탄 당세서생기질一読三歎当世書生気質』을 집어든 것이 마침 그 즈음이었다. 요즘 학생들의 쾌활하고 난잡한 생활을 있는 그대로 묘사하여 세상을 떠들썩하게 한 소설인데, 가호는 읽자마자 눈앞이 탁 트이는 기분이었다.

이거라면 나도 쓸 수 있다. 그렇게 생각했다. 쇼요에 맞설 생각은 없었지만 도쿄고등여학교 전수과에서 공부하는 처지로서 여학생들의 풍속을 소재로 하는 것은 자연스러운 착상이어서, 가호는 붓을 들기 무섭게 단숨에 「덤불 속의 꾀꼬리」를 써냈다. 다행히 아버지의 지인이 출판을 맡아 주고, 권두에는 쓰보우치 쇼요와 후쿠치 오치福地桜痴의 서문, 그리고 권말에는 와카 스승 나카지마 우타코中島歌子의 발문까지 싣는 화려한 데뷔였다.

하지만 그 후 세상에 나온 히나쓰의 작품은 모리 오가이, 고다 로한, 나쓰메 소세키 등 쟁쟁한 문사들이 절찬하여 문단에서 가호보다 훨씬 높은 평가를 받았다. 24세로 요절한 뒤에도 히구치 이치요의 문명은 계속 높아지고 있다.

하기노야 시절 히나쓰는 선배나 동료를 정중한 말투로 과장되게 추어올렸고, 그 비굴함 탓에 주위 사람들이 만만하게 대하던 처녀였다. 본인은 그것을 집안이 영락한 탓이라고 이해하는 듯했지만, 자신은 그녀를 이따금 격려해 주었다고 가호는 생각했다소설로 두각을 나타내기 전, 히구치 이치요가 처음으로 원고료를 받은 소설 「우모레기(흙 속에 묻힌 나무)」도 가호의 소개로 잡지《미야코노하나都之花》에 발표되었다. 히나쓰는 하기노야의 내제자스승의 집에 기숙하며 집안일을 도우면서 기예를 배우는 제자가 되면서까지 시가에 정진하고 있었지만, 오빠의 병사로 히구치 가의 가장이 되면서 행보가 어그러졌다. 어머니와 동생을 부양하기 위해 하루살이 벌이에 쫓긴 것이다. 하는 수 없이 잡화점을 시작해 보았지만 결국 여러 곳에 빚만 지고 끝났다. 그래도 가호는 먼저 교제를 끊는 짓은 하지 않았고, 히나쓰가 소설 작법을 사사하던 작가와 추문에 휩싸였을 때는 상담에 응해 주기도 했다.

하지만 히나쓰는 신변의 잡다한 문제에 분개하고 절망하고 돈을 마련하느라 쫓기면서도 그런 소설을 써낸 것이다. 저승에 있는 히나쓰 짱도 이제는 어느 누구도 부럽지 않을 거라고 가호는 생각한다.

노크 소리가 들리고 은쟁반에 홍차 포트와 찻잔을 얹은 하녀가 들어왔다. 달콤하고 따뜻한 향과 함께 복도를 통해 아이들 목소리가 흘러든다.

"오래 기다리셨어요."

하녀가 양해를 구하며 소파 앞 낮은 탁자에 은쟁반을 내려놓는다. 홍차 통을 금방 찾지 못해서 필시 다른 일꾼을 불러들여 한바탕 소동이 있었을 거라고 짐작하면서도 가호는 짐짓 다른 이야기를 꺼냈다.

"아이들이 또 무슨 일 있나요?"

"아뇨, 도련님들은 식당에서 홍차와 비스켓을 드시고 계세요."

"너무 많이 주면 안돼요. 저녁밥을 안 먹을 테니."

"하지만 그 처자가 쟁반에 수북이 담아낸걸요. 제가 말려도 들질 않습니다. 구운 과자는 금방 눅눅해지니까 깡통에서 몇 개씩만 꺼내 놔야 한다고 주의를 주지만, 제가 하는 말은 콧등으로도 들질 않습니다. 그건 도련님들이 드시다 남기기를 노린 거예요. 정말 앙큼한 처자예요."

"그럼 나도 좀 먹어 볼까."

"네?"

"비스킷."

"이런, 깜빡했네요."

하녀는 쟁반으로 눈길을 주고는 돌아서 나가려다가 "마님" 하고 다시 돌아섰다. 아직 할 말이 남았나, 하며 고개만 돌려 쳐다보자 은쟁반을 품에 안아든다.

"아까 고이시카와에서 기별이 왔어요."

"고이시카와라면, 하기노야?"

"예. 나카지마 선생이 간다에 있는 병원에 입원하셨답니다."

"입원? 언제?"

"어제라고 합니다. 얼마 전부터 감기가 악화되었다는데, 요즘은 인플룬지 뭔지 하는 것도 돌고 있다니 걱정이네요."

올 정월에 영국에서 돌아온 손님이 얘기하던 것을 시중들 때 얻어들었는지 하녀는 외래어 병명을 말하며 미간을 찡그렸다. 가호는 의자를 밀며 일어나 오비지메_{기모노에 두르는 폭넓은 띠 오비가 흘러내리지 않게 오비 위에 두르는 끈}에 손가락 끝을 걸고 복도로 나섰다.

"마님?"

뒤따라오는 하녀에게 "간다라면 늘 다니시는 교운도병원이겠네"라며 자기 방으로 향했다. 왜냐하면 사사키 원장의 딸도 하기노야에서 와카를 배우고 있기 때문이다.

"예, 그렇게 들었습니다. 저어, 병문안, 가시나요?"

"옷 갈아입는 건 거들지 않아도 돼요. 그보다 인력거나 불러줘요."

"알겠습니다. 그럼 어느 인력거사무소에 연락할까요. 저번에 불렀던 곳은……."

"아무데든 상관없어요, 어서."

말만 많고 행동이 굼뜬 하녀에게 역정을 내며 가호는 오비를 풀었다. 기모노를 벗자 쌀쌀한 공기에 살갗이 시리다. 황급히 옷걸이에서 고몬격식을 차린 예복보다는 다분히 캐주얼하게 입는 기모노을 내려 걸친다. 그러자 급히 병원으로 달려가야 할 정도로 중증은 아닌지도 모른다는 생각에 허리띠를 매던 손길을 멈추었다.

하기노야의 스승 나카지마 우타코에게는 무슨 일이 있을 때마다 불려가지만, 용무라는 것은 스승이 와카 교수로 가르치는 일본여자대학교 대강 의뢰나 학생이 제출한 작품의 첨삭, 심지어는 도수가 맞지 않게 된 안경에 대한 상의부터 제자들의 자잘한 소식만 들려주고 끝나는 일이 많다. 그리고 스승은 일방적으로 이야기하고 성이 풀리면 어김없이, "애고!" 하며 턱을 들고, "그대도 바쁠 텐데. 자, 어서 돌아가요" 하며 몰아내는 것이다.

오늘이 아니라도 괜찮지 않을까? 급하게 달려갈 게 아니라 조금 날짜를 두고 나서.

가호의 경우, 평범한 병문안으로 끝나지 않는 것이다. 병상에 누운 스승을 시중들면서 하기노야의 문하생으로서 병문안 손님을 접대해야 한다. 손님들로 북적거릴 병실은 상상만 해도 진저리가 쳐졌다. 집에 돌아가면 천근만근일 테니 오늘도 글쓰기는 틀렸다.

문득 장롱 옆에 세워둔 커다란 거울에 비친 제 모습이 눈에 들어왔다. 아케보노조메새벽하늘처럼 아래는 엷게 위로 올라가면서 주홍이나 보랏빛 등으로 그라데이션을 주는 염색기법으로 제작된 비단 고몬에 가슴에는 마름에 제비꽃무늬 자수를 넣은 깃을 댔다.

거기에는 유행하는 옷차림과는 안 어울리는 스산한 표정의 삼십대 중반 여인이 있었다. 자신의 집필 시간과 은사를 병문안하는 시간을 저울질해 보는 박정한 제자의 얼굴이다.

가호는 눈 딱 감고 다 벗어 버리고는 하얀 깃을 댄 주반기모노 밑에 입는 내의으로 갈아입었다.

간다로 향하는 인력거 위에서 가호는 연방 엉덩이를 들썩거렸다. 자꾸 최악의 사태가 걱정되어 마음이 급하기만 했다. 이럴 거면 대충 챙겨 입고 서재에서 바로 뛰어나올 것을, 하는 후회가 밀려든다.

가호가 하기노야에 입숙한 것은 열 살 때, 하기노야가 고이시카와의 안도자카에 문을 연 직후였다. 하지만 이미 가단에서 일세를 풍미하던 나카지마 우타코의 사숙인 만큼 입문자가 끊이지 않아, 계절이 바뀔 때마다 하기노야는 융성했다. 그리하여 불과 10년 정도 사이에 나베시마 후작 가문을 비롯한 화족의 여인들이 문인으로 이름을 올려 천여 명의 문인과 문하생을 거느린 명문 가숙이 되었다.

그 시절의 스승은 정말이지 대단했지, 하며 가호는 하기노야의 왕년을 떠올린다.

화족 아씨에게는 저택을 방문해서 강습하는 것이 보통이라, 까맣게 칠한 마차가 모시러 와서 언덕에 면한 문전에 대기하면, 스승은 양복 차림의 마부에게 한 손을 맡기고 마차에 올랐다. 그 당당한 아름다움, 범접하기 힘든 위풍에 문하생이라면 다들 가슴이 설레어, '여류' 가인이 이렇게 융성했다는 사실에, 그리고 그 문하생이라는 긍지에 현기증을 느낄 지경이었다.

내가 아직도 붓을 버리지 못하는 것도 그 시절의 스승 모습이 너무나 선명한 탓이지, 하며 가호는 인력거 위에서 무릎 덮개 끝을 쥐고 끌어올렸다. 문득 묘한 일이 떠올랐다.

몇 년 전이었나, 스승에게 아들을 양자로 달라는 제안을 받은 적이 있다.

"가호 씨 아들이면 아무라도 좋아요. 나에게 주지 않을래요?"

무가와 결혼한 스승은 남편을 여읜 뒤에도 재혼하지 않고 홀몸으로 지내 자식이 없는 처지였다. 하기노야 저택에는 친모도 함께 살고 있는데, 스승은 여러 차례 양자를 들였다가 파양하기를 거듭했다. 가독 상속은 장자로 한정되어 있어 차남 이하가 다른 집안에 양자로 가는 것은 드문 일도 아니지만, 스승의 경우는 빈번하게 인연을 맺었다가 파양하기를 반복해 왔으므로 문하생 사이에서도 "조금 상궤를 벗어나신 건 아닌가" 하고 의아해하는 사람도 있을 정도였다.

가호는 자식을 끔찍이 아끼는 남편을 구실로 거절했으나, 실은 누구와 상의하고 말고 할 일도 아니었다. 예전에 스승이 히나쓰를 양녀로 삼고 싶어 했다는 걸 알고 있었기 때문이다. 히나쓰에게 그 제안은 가인으로서의 장래를 보장받는 한 줄기 광명처럼 보였을 것이다. 하지만 히구치 가의 호주가 된 몸이라 도저히 맺을 수 없는 인연이었고, 히나쓰는 굴레와 같은 자신의 처지를 한스러워했다.

열다섯 살 히나쓰가 하기노야에 입문한 것은 가호보다 9년이 늦었다. 그런데도 스승은 히나쓰의 재능을 확신하고 후계자로 택했다. 그에 관한 이런저런 뒷말이 스승의 제안을 뿌리치게 만들었다고 가호는 자각하고 있었다.

그리고 지금도 여전히 소설을 쓰려고 할 때마다 그 아이의 치켜뜬 눈초리를 떠올린다.

고양이등을 해 가지고 열심히 기분을 맞춰 주지만, 재능에서는 당신 따위한테 지지 않는다는 자신감이 눈동자 속에 들들 끓고 있었다.

히나쓰는, 이치요는 이제 세상에 없는데, 죽은 이에 대한 경쟁심은 끝이 없다. 정말이지 여성 글쟁이란 존재는 업이 깊구나, 하고 가호는 인력거부의 어깨 너머로 유지마 성당의 기와를 쳐다보았다.

원장은 공교롭게 학회 때문에 병원에 없었지만, 병원 사무장이 몸소 병실을 안내해 주었다.

"감기를 앓으셨는데 오늘 아침부터 열도 내렸으니 심각한 용태는 아닌 듯합니다. 피로가 쌓이셨겠지요."

"다행이군요……. 마음이 놓이네요."

복도를 걸어가는데 꽃향기가 감돌고 있다. 소독약 냄새에 저항하듯 점점 향이 짙어진다.

"나카지마 선생 병실은 이쪽입니다. 그럼 저는 이만."

발길을 돌리는 사무장에게 인사하고 병실 앞에 서자 역시 이 방에서 나오는 향기라고 생각했다.

스승답다. 병상에 눕더라도 화려할 것.

가호는 가볍게 노크한 다음 대답을 기다리지 않고 손잡이를 돌렸다. 내부는 마치 화원과 같은 풍경이라, 겨울장미뿐만 아니라 백합 따위도 향기를 풍기고 있어 이 계절에 용케 구했구나 싶어 눈이 휘둥그레졌다.

그도 그럴 것이, 꽃을 바친 사람의 이름이 적힌 팻말에는 당대 최고의 가인, 학자, 화족, 궁내성 오우타도코로御歌所 천황이나 황족의 시 모임에 관한 사무를 관장하는 부서 소장, 그리고 나베시마 가 출신인 나시모토노미야 이쓰코비梨本宮伊都子妃 막부 말기 사가 번의 번주였고 메이지 이후 정부 고관을 지낸 나베시마 후작의 딸로, 황족 나시모토노미야 모리마사와 결혼하여 황족이 되었다. 대한제국의 마지막 황태자 이은과 결혼한 이방자 여사의 어머니라는 이름까지 있었다.

하지만 예상과는 달리 병문안을 온 사람은 하나도 없다. 가호는 침대에서 잠든 스승으로 시선을 옮긴 채 우두커니 멈춰 섰다. 이불에 가려져 있어도 체구가 몹시 왜소해졌음을 알 수 있었다.

그때 뒤에서 기척이 나고 화병을 안은 여자가 고개를 살짝 숙인 모습으로 들어왔다. 메이센꼬지 않은 실로 거칠게 평직 방식으로 짠 비단으로 지은 기모노. 메이지, 다이쇼 시대에 평상복으로 인기 있었다으로 스미라는 것을 알고 가호는 살짝 고갯짓해서 인사했다. 나카가와 스미는 예전에 하기노야에서 일하던 하녀였는데, 상대방도 건성으로 고개만 까딱할 뿐이다.

쌀쌀한 건 여전하구나.

늘 한쪽 눈썹을 찡그린 듯한 스미의 냉랭함이 예전에도 고역이던 가호는 십수 년 만의 재회인데도 털끝만치도 반갑지 않았다.

가호는 스미에게 등지듯이 침대 옆 의자에 앉아 스승의 옆얼굴을 가까이서 보았다. 볼은 썰어낸 것처럼 팼고 미간과 입 주위에 주름이 깊다. 섣달 이후 만난 적이 없으니 겨우 두 달 만인데도, 너무나 빠른 노쇠에 가슴이 철렁했다.

하기노야에나 스승에게나 왕년의 융성은 다시 오지 않으리라는 것을 가호는 새삼 절감하는 기분이었다.

멀리 천 년 전부터 이어져 온 전통 시문학의 흐름은 유신 후 30년이 지날 즈음부터 빠르게 변했다. 마쿠라고토바枕詞나 가케고토바掛詞, 엔고緣語 모두 와카 등에 쓰이는 규칙화된 수사법를 구사하여 심정을 계절의 풍물에 투사하고 때로는 왕조의 옛 시가가 노래하던 감상마저 얇은 명주처럼 걸치고 여러 층의 울림을 연주해 온 전통은 퇴색하고 바야흐로 시대에 뒤진 것으로 치부되고 있다. 특히 몇 년 전, 요사노 아키코与謝野晶子라는 가인이 세상에 나와 그 흐름은 결정적인 것이 되었다. 요즘은 작자의 마음을 보다 직접적이고 대담하게 노래할수록 칭송받는다.

가호 자신도 와카에서 멀어진 지 오래고 소설을 향한 의욕만 항상 잉걸불처럼 이글거리고 있다. 스승과의 관계는 이제 의무로만 남아서 무료함을 달래러 온 것일 뿐이며, 하기노야의 추억도 온갖 가능성으로 가득했던 자신의 젊은 날을 반추하는 행위일 뿐이다.

꽃그늘에 누운 듯한 스승이 딱해서 가호는 베갯맡에 매달렸다.

새치 섞인 속눈썹이 희미하게 움직이더니 스승이 살짝 눈을 떴다. 전에는 크고 생생해 보이던 눈동자도 멀개지고 젖은 재와 같은 빛깔이 되었다. 시선은 천장에서 벽으로 느리게 움직여 마침내 옆으로 내려왔다. 가호에게 눈길을 멈추자 온 얼굴에 잔물결이 번졌다.

"뭐예요, 그렇게 얌전한 얼굴을 하고. 가호 씨답지 않게."

목소리가 뜻밖에 매끄럽다. 유명한 가인답게 스승은 전부터 목소리가 아름다워, 귓불에 기분 좋게 울렸다.

"벌써 죽은 줄 알았수?"

스승은 계집아이처럼 장난스럽게 웃었다.

2

스승의 집에 출퇴근하며 일하는 하녀의 안내를 받아 가호는 스승이 쓰는 8첩 방에 들어섰다.

뜰로 향한 장지는 오후 햇살에 환하지만 방 안은 몹시 쌀쌀해서 뺨까지 굳었다. 하녀에게 일러 손난로와 주전자를 내오게 했지만, 물이 끓기까지가 한참일 것 같다. 가호는 찻장에서 다기를 꺼냈지만 스미는 얼른 스승의 좌탁 앞에 앉았다.

"벌써 시작하게요? 먼저 따뜻한 차로 몸을 데우지 않고?"

"아뇨. 해지기 전에 집에 돌아가야 해요."

꾸물거릴 틈이 없다는 듯 좌탁 위로 손을 뻗으며 이쪽에는 눈길도 주지 않는다. 책이나 단자쿠글씨를 쓰거나 물건에 매다는 데 쓰는 조붓한 종이, 장부 따위는 책상 위뿐만 아니라 방구석부터 방석 주위까지 어지러이 쌓여 있어 스미는 그것들을 재빨리 정리해 나갔다.

"선생이 말씀하신 위문품은 주방에 있나? 보이질 않네."

가호는 방 안을 둘러보며 혼잣말처럼 말했다.

"과일이나 과자가 산더미처럼 와 있다고 하더군요. 이웃에 나눠주든 둘이 나눠 갖든 좋을 대로 처분하세요. 다들 제 자식의 입신을 생각해서 스승인 나를 걱정하는 것이니, 그 부모들 마음을 생각하면 사과 하나라도 썩게 놔둘 수 없어요. 감사장 대필과, 아, 그리고 서류 정리도 부탁해요. 잘 부탁해요."

병상에 누운 은사의 부탁이다. 가호는 스승의 변함없는 꿋꿋함에 가슴을 쓸어내렸고, 병문안을 망설인 미안함을 해소할 기회라는 기분마저 들었다. 하지만 스미와 함께 움직여야 한다는 점이 갑갑하기만 했다.

"위문품 같은 건 오지도 않았어요."

스미는 그렇게 대꾸하며 봉투 가장자리를 가위로 자르기 시작했다. 내용을 훑어보고 주저 없이 쓰레기통에 넣는다.

"오지 않았다니……."

"방금 하녀에게 확인했어요. 우타코 선생이 옛날 꿈을 꾸셨나 보죠. 엄청 수척해지시고 식사량도 많이 줄었어요. 이제 머지않은지도 몰라요."

"이봐요, 무슨 말을 그렇게."

저도 모르게 목소리가 거칠어졌지만, 스미는 길이가 한 자쯤이나 되는 문서궤를 다다미 위로 미끄러뜨리듯이 밀어서 가호 무릎 앞에 놓았다. 서류로 꽉 찼는지 뚜껑이 비스듬히 들려 있다.

"다케코 님, 이걸 부탁해요."

"세상에, 시노쓰쿠 씨는 여전히 팔팔하시네."

일방적 행동에 발끈해서 비꼬아줘도 스미는 시치미 뗀 얼굴로 봉투의 발송인을 확인해 가며 가위질만 하고 있다.

농부 집안 출신이라는 스미는 여학교는커녕 소학교도 제대로 나오지 못했다고 하는데, 무서우리만치 머리가 좋아 하기노야의 여집사 같은 역할까지 하던 유능한 하녀였다. 하지만 묘하게 위압적이고 말투에나 표정에나 서슬이 있어 가호나 다른 사람들은 그녀를 사납게 쏟아지는 빗물의 음울함에 빗대어 '시노쓰쿠 군'이라고 불렀던 것이다 시노쓰쿠'는 빗줄기가 조릿대 다발처럼 빽빽하게 쏟아지는 모양을 말한다.

사부님은 정말이지 사람이 좋기만 하셔서, 하고 생각하며 가호는 스미의 목덜미를 째려보았다. 갖은 고생 끝에 성공한 남자와 스미의 혼담이 오갈 때, 스승은 이를 축하하며 자신의 양녀로 입적시킨 뒤에 결혼시켰다. 그게 마침 가호가 데뷔작을 상재하던 해였으니 14, 5년쯤 전의 일이다. 하지만 당사자 스미는 그것을 별로 고마워하는 기색도 없었고, 결혼한 뒤 가끔 스승의 부름을 받고 하기노야의 일을 거들었지만, 문하생 누구를 만나도 미소조차 짓지 않았다. 목덜미의 길고 성긴 잔털마저 고집스러워 보여서 가호는 등을 돌린 채 차를 탔다.

한숨을 돌린 뒤 마키에 칠기에 금은 가루를 뿌려 무늬를 만드는 일본의 전통 공예로 싸리나무가 그려진 문서궤의 뚜껑을 열었다. 안에 있던 것들이 와르르 쏟아져 다다미 위에 흩어졌다. 엽서나 청구서, 강연 의뢰서 따위는 몇 년도 것인지도 알 수 없는 데다 그 사이사이에 수표나 명함, 센자후다 신사나 불각에 참배한 기념으로 방문처의 기둥이나 벽에 붙이는 종이조각으로, 이름, 주소 따위를 적어 넣는다가 섞여 있고, 미코시 백화점의 고객용 책자나 아동이 갖고 노는 오모차에 어린이가 좋아하는 사물들을 그린 종이. 혹은 그림을 오려서 옷을 갈아입히거나 조립하며 노는 종이, 유리구슬까지 골라내야 한다.

스승과 마찬가지로 가호 역시 이런 일에 익숙지 않아 전혀 진척이 없었다. 가까스로 문서궤 테두리가 드러날 즈음, 헝겊 끈으로 묶은 봉서 꾸러미가 나왔다. 두께가 다섯 치나 되고 제법 묵직하게 느껴질 정도이다.

끈을 풀어 꾸러미를 헤쳐 보니 반지#紙 다발이 나타났다. 2백 매가 훨씬 넘어 보이는 반지에도 눈에 익은 필체로 글이 적혀 있다. 지카게 류千蔭流 서체에 능한 스승은 유려하고 우아한 글씨를 썼으므로 그 필체를 못 알아볼 리는 없다.

이건 폐지를 모아 놓은 건가, 아니면 뭔가를 기록해 둔 건가, 하며 가호는 고개를 갸우뚱거렸다. 글자를 이어나가는 양상으로 보건대 와카의 초고 종류가 아니라는 것은 알겠다.

그런데 '〈3인의 기치사——구루와노하쓰가이三人吉三廓初買〉'라는 글자가 빛을 발하는 것처럼 유난히 눈길을 끌었다.

가호는 풍류가였던 아버지를 따라 어릴 적부터 가부키에 친숙하여, 집에는 9대 단주로나 5대 기쿠고로도 종종 드나들었다. 지난겨울 가오미세극단의 배우가 모두 나와 관객에게 선을 뵈는 행사도 관람한 가호는 저도 모르게 문장을 좇았다.

——정월 14일 세쓰분, 아사쿠사 이치무라극장에서 〈3인의 기치사——구루와노하쓰가이三人吉三廓初買 직역하자면 '세 명의 기치사, 유곽에서 새해 마수걸이를 하다'. 줄여서 〈산닌기치사〉라고도 한다. 기치사부로, 줄여서 기치사라는 이름의 세 도적이 유곽의 창녀가

주운 백 냥을 두고 갈등하다 비극으로 치닫는 이야기〉라는 가부키를 보았다. 3대 이와

이 구메사부로라는 가미가타가부키는 크게 에도를 중심으로 공연되던 에도 가부키와 오사

카, 교토를 중심으로 공연되는 가미가타 가부키로 대별된다 배우가 연기하는 오조키치사

3인의 기치사 가운데 여장한 미소년 도적가 하나미치배우가 가부키 무대로 들어가는 통로로, 객석

가운데 설치된다로 들어오는 모습은 과연 농염—

이건 대체 언제 적 〈3인의 기치사〉일까, 하고 가호는 의아해했다.

10년쯤 전부터 인기를 누려온 이 가부키는 〈구루와노하쓰가이〉가

아니라 〈도모에노시라나미원작 〈구루와노하쓰가이〉의 흥행이 저조하자 30년 후 유곽 장면

을 생략하고 〈도모에노시라나미〉, 풀이하자면 '세 도적이 얽히다'라는 제목으로 재공연하여 큰 호평을 받

았다〉라는 제목이 달려 있다. 글 앞머리로 눈길을 돌리니 정월 14일 세

쓰분이라는 내용에도 고개가 갸웃거려졌다. 세쓰분은 입춘 전날인데,

그게 정월이라면 요즘 달력이 아니라 예전에 쓰던 음력이라는 말이다.

그렇다면 3대 이와이 구메사부로는 온나가타가부키에서 젊은 여성 역을 맡는 남성

배우로 알려진 8대 이와이 한시로가 젊을 때 쓰던 예명 아닌가?

그렇다면 이건 유신 이전의 이치무라극장, 지금으로부터 40여 년

전……. 그래, 안세이 시절에 상연된 작품인 셈이다.

가호는 스미에게 확인차 물어보았지만 상대방은 쌀쌀맞게 대꾸한

다.

"촌에서 자라서 가부키 같은 건 잘 몰라요."

"아, 그랬지, 미안해요."

빈정거리는 투로 대꾸해 주지만 스미는 눈썹 하나 까딱하지 않고 자신의 갓사이부쿠로지갑, 휴지 등 자잘한 휴대품을 넣어서 들고 다니던 휴대용 자루를 무릎 위에 놓고 종이를 꺼냈다. 먹을 갈고 두루마리를 펼치고 붓을 들었다. 목을 빼고 들여다보니 감사장 대필 작업을 시작할 모양이다.

"병문안 온 사람도 없잖아요. 누구한테 쓰려고?"

"꽃을 보내 주신 분들에게 보내려고요."

아, 그걸 깜빡했네, 하며 스미가 병실에서 발송인 이름을 적어온 것에 내심 놀랐다.

"꼼꼼도 하셔라. 그런데 주소록은 찾았어요? 선생은 붉은 표지가 된 걸 쓰셨는데. 왜 있잖아요, 손바닥만 한 거."

"그분들 주소는 다 기억하고 있어요."

주요 문하생의 주소를 지금도 다 기억하고 있다는 스미에게 기겁하고, 이리 유능하더라도 이런 일꾼은 딱 질색이야, 나는 맹한 평론가 하려면 족해, 하며 입가를 휘어올렸다. 이런 사람한테 신경 쓰고 있을 게 아니라 나도 일을 시작해야지, 하며 가호는 손 맡으로 관심을 옮겼다.

첫 번째 종이를 집어든 채 두 번째 종이를 대충 훑어보았지만 점점 의아해지기만 했다. 종이 다발을 위에서부터 십수 매를 적당히 집어 들고 장지로 비춰드는 햇살을 찾아 자리를 옮겼다. 무릎을 풀고 모로 앉아 다시 첫 번째 종이로 돌아가 이번에는 찬찬히 되읽기 시작했다.

어느새 다음 종이, 또 다음 종이로 가호는 몰입해서 읽어 나갔다.

제 1 장

유키모모

유키모모雪桃(이른 봄에 내린 눈에 덮인 복사꽃. 막 피어난 사랑에 닥친 시련을 은유한다.)

1

정월 14일 세쓰분, 아사쿠사 이치무라극장에서 〈3인의 기치사──구루와노하쓰가이三人吉三廓初買〉라는 가부키를 보았다.

3대 이와이 구메사부로라는 가미가타 배우가 연기하는 오조키치사가 하나미치로 들어오는 모습은 과연 농염하여, 가부키라면 취향이 까다로운 면면으로 가득한 2층 특별석에서도 한숨소리가 새어 나왔다. 하지만 처음 보는 작품인데다 등장인물 간의 관계가 복잡한지라 아래층 일반석에서는 일찌감치 도시락 꾸러미를 풀어놓고 손난로로 술을 데우기 시작한 자도 있었다.

나도 곁에 앉은 어머니 모르게 하품을 참느라 고역이었다. 가부키도 가부키지만 동트기 전 하녀들에게 들깨워져 차가운 백분을 목덜미까지 바르고 고소데를 겹겹이 입고 폭이 넉넉한 오비를 몸통에 둘렀던 것이다. 겨드랑이 밑에 작대기를 대 놓은 것 같아 몸도 제대로 움직이지 못하던 나는 심심풀이로 나가후리소데소맷자락이 114센티미터나 늘어진 예복용 기모노의 소매를 끌어당겨 무릎 위에 놓았다. 하얀 비단에 매화나무, 그리고 나비무늬를 보니 새삼 원망스런 기분이 든다.

이건 숫제 혼례복이잖아.

검정과 빨강의 가노코시보리갈색 바탕에 하얀 점무늬를 넣은 홀치기염색로 그려진 나비는 노골적으로 암수 한 쌍이며, 노비경사에 건네는 선물을 장식하는 소품, 장육각형으로 접은 종이로 노란 색지를 감싼 것 그림까지 곁들인 공이 많이 든 것이다. 선보기 싫다고 애원했건만 어머니는 들은 척도 하지 않았다.

"도세, 열일곱씩이나 돼서 소매 갖고 장난칠 거니? 저쪽에서 보고 있잖니."

소리 죽여 주의를 주기에 옆을 올려다보니 어머니는 콧날 오뚝한 얼굴로 하나미치를 내려다보고 있다. 대체 눈이 몇 개나 되기에 가부키를 보면서 딸의 행동, 게다가 무대 건너 특별석에 앉은 선보는 상대까지 두루 살필 수 있을까. 과연 미토 번의 어용 여관 이케다야의 오카미여관이나 요릿집을 운영하는 여주인로구나, 하며 내 어머니이지만 거반 아연해서 감탄하고 말았다.

"구메사부로 같은 배우들도 볼만하지만, 얘, 잘 좀 봐봐."

어머니가 선보는 상대를 잘 살펴보라고 짐짓 자연스럽게 나를 채근한다. 나는 마지못해 눈길을 들었다. 상대도 기다렸다는 듯이 한손을

품에 찔러 넣은 채 가는 담뱃대를 놀리며 이쪽을 힐끗 쳐다본다. 잘난
척하는 몸짓이 너무나 아니꼬워 나는 입을 삐쭉거렸다.

두터운 줄무늬 비단옷을 질질 끌리도록 겹쳐 입은 모습은 과연 니혼
바시에서 알아주는 비단도매상의 셋째아들이구나 싶었다. 아니지, 그
건 지난 번 맞선 상대였고 오늘은 환전상 아들이었나, 하며 머릿속이
혼란스럽다.

내 신랑감을 한시라도 빨리 정하려고 어머니는 줄기차게 맞선 상대
를 조달하고 있다. 말이 맞선이지 서로 멀리서 상대를 힐끔 확인하는
게 전부인데, 내 눈에는 어느 도련님이나 다 똑같은 얼굴로 보인다. 허
여멀건 한 얼굴에 턱이 가늘고, 거기다 추위를 타는지 대개 옷을 껴입
고 나온다. 그런 주제에 소매치기처럼 눈알을 반짝거리며 이쪽을 재
보는 것이다.

저 아이가 이케다야의 딸인가. 저 집안에 사위로 들어가면 재산을
얼마나 갖게 될까. 어미가 사무라이 뺨치게 드세 보이는데 딸은 응석
받이로 자란 말괄량이로군. 식은 죽 먹기지. 장모만 뒷방으로 물러나
면 재산은 내 차지니까.

그런 계산이 들려오는 듯하다.

"얘, 도세. 저 도련님이 구메사부로보다 훨씬 잘생겼지 않았니?"

"그럼 저 도련님도 온나가타가 되면 되겠네요."

그 순간 무릎에 따끔한 통증이 치달아 정수리까지 띵했다. 마침내
어머니가 내 말투에 발끈해서 부채 겉살로 때렸던 것이다.

어머니는 바로 옆 사람도 모르게 나를 혼내는 데 능숙한데, 아마 처녀 적에 다이묘 저택에서 배운 기술일 거라고 나는 짐작하고 있다. 나도 다이묘 저택에 입주해 하녀로 일해 보았지만, 대부분의 평민 처녀처럼 아녀자용 학문과 예의범절 훈련을 겸한 무난한 일자리였다.

어머니 이름은 이쿠라고 하며, 에도에까지 이름이 알려진 가와고에의 부호 후쿠시마 가 출신인데, 가와고에 번저 안채에서 일하며 관록을 쌓은 뒤 나카지마 가로 시집갔다. 아버지 나카지마 마타에몬은 가와고에 번의 향사무사 신분으로 농업에 종사하는 자, 혹은 무사 대우를 받던 농민으로, 평시에는 농업, 전시에는 전투에 임했으며, 무사계급의 하층에 속했다였으므로, 어떻게 에도 고이시카와에서 여관업을 하게 되었는가 하는 자세한 사정은, 내가 어렸을 때 일이라 잘 모른다. 나는 여덟 살까지 고향 가와고에에서 지내다가, 부모가 이케다야를 운영하는 가토 가의 부부양자가 되면서형식상 양자로 입적하여 여관을 물려받는 것이지만 실질적으로는 매수였다 고이시카와 가나스기스이도초의 집으로 이주했으므로 당시의 일은 어렴풋이 기억하고 있는데, 모험심이 있던 아버지가 칼을 버리고 자신의 사업 수완에 인생을 걸어볼 심산이 아니었을까 짐작할 뿐이다.

이케다야는 미토 번의 상번저집권한 쇼군은 에도 성 둘레에 전국의 250개가 넘는 번의 저택을 두게 하고 참근교대제를 실시했는데, 각 번의 영주가 기거하며 정치를 하는 번저를 상번저라 한다. 각 번은 상번저 외에도 에도 변두리에 중번저, 하번저를 두고 별장, 창고, 농토 등으로 사용하였다에서 엎어지면 코 닿을 데라는 지리적 이점 덕분에 번의 어용 여관으로 지정되어 크게 번성했다. 하지만 이케다야를 실질적으로 운영한 사람은 오카미인 어머니였다. 아버지는 활수 좋은 문인으로 이름을 날려 에도에 거주하는 미토 번 중신이나 에도의 풍류가들과 폭넓게 교유했는데, 이케다야의 운영에 큰 영향을 끼치는 사안에 대해서는 독단적으로 결정하지 않았고, 누구와 금전 거래를 할 때도 액수가 크면 반드시 어머니와 상담하여 허락을 구했던 듯하다. 다만 그것은 아버지가 허물없이 지내는 손님에게 직접 했던 말인데, 지금 생각해 보면 아버지 나름의 아내 자랑이었던 것 같다.

서민 동네라면 모를까 이름난 상인 집안치고는 참으로 보기 드문 부부의 모습 아닌가. 아니, 어쩌면 이건 아버지도 꽤 현명한 사람이었음을 알려주는 일화일지도 모른다. 아내에게 적당히 잡혀 삶으로써 아내의 경영 능력을 이끌어냈으니까. 덕분에 아버지가 돌아가신 뒤에도 이케다야는 한 치도 흔들리지 않았고, 나도 이렇게 맞선볼 때마다 호사스런 기모노를 장만하고 있다.

하지만 아무리 아름다운 기모노를 입어도 나는 따분하다. 많은 처녀들이 아래층 일반석에서 선망 섞인 한숨을 지으며 "쟤가 이케다야의 딸이래"라고 소곤거리는데, 이런 기모노가 그렇게 탐난다면 그냥 줘버릴 수도 있다.

내 소원은 그분을 한 번이라도 더 만나 보는 것. 그게 전부다. 더 이상의 바람은 없다.

왜 나는 이케다야의 딸 따위로 태어났을까. 어머니가 원망스러워진다. 원래 나에게는 오빠가 있었다. 그러나 오빠 고자부로는 숙부의 가문을 이어받기 위해 가와고에 번의 모리도무라에 살고 있다. 그래서 저런 단정치 못한 도련님 중 하나를 데릴사위로 들인 뒤에는 내가 이케다야의 오카미가 될 것이다. 이거, 너무 억울한 일 아닌가.

아아, 정말 사양하고 싶다. 싫다, 싫어.

초조해져서 마구 도리질을 하자 틀어 올린 머리에 꽂힌 비녀들이 샤릉샤릉 소리를 낸다. 그 소리를 감추려는지 어머니가 무릎 옆에 개켜 둔 라사羅紗 하오리를 펄럭! 소리가 나도록 펼쳐서는 등에 둘렀다.

라사는 에도 시중에 한창 유행하는 남만의 옷감이다. 2년 전인 안세이 5년(1858)이었나, 쇼군이 아메리카국과 통상조약이란 것을 맺어 일본은 외국에 문을 열었다. 새장도 아니고, 나라의 문을 열고 닫는다는 의미를 나는 잘 모르지만 외국 물품이 쏟아져 들어오자 진기한 물건이라면 사족을 못 쓰는 에도 사람들은 열렬히 환영했다. 그런데 요즘은 생사고치에서 뽑아내 가공하지 않은 상태의 명주실 가격이 폭등하자, 그 영향을 받은 것처럼 모든 물가가 뛰고 있다고 한다. 이 모든 일이 교역에 익숙지 않은 쇼군이 구미 열강에게 손쉽게 농락당하고 있기 때문이라는 소문도 파다했다.

특히 이케다야에 묵는 미토 번 가신들은 '존왕양이'라는 사상의 최선봉이라는데, 얼마 전에도 막부 다이로大老 쇼군을 보좌하는 막부 최고위직이며 히코네 번의 번주인 이이 가몬노카미 님이이 나오스케井伊直弼. 가몬노카미掃部頭는 황궁의 청소, 의례식장 설치 등을 관장하는 가몬료掃部寮의 수장. 천황을 우두머리로 하는 율령제에 따른 벼슬로서, 막부 체제에서 해당 인물이 하는 실제 업무와는 무관하며 그의 지위를 보여 주는 상징 같은 것이다. 에도 시대에는 이름을 부르는 것은 삼가고 이렇게 벼슬명으로 불렀다을 격렬하게 비난하는 것을 나도 들은 적이 있다. 흑선에 겁을 집어먹은 쇼군이 맺은 통상 조약의 내용이 이 나라에 몹시 불리한 데다 교토에 계신 천황폐하의 허락도 받지 않은 독단적 결정이었다고 한다. 미토 번주를 비롯한 존 왕양이 일파는 격분하여 다이로를 규탄했다. 그러자 다이로는 생각이 다른 사람들을 투옥하고 할복이나 참수라는 극형에 처했다.

더구나 고산케御三家 에도 막부의 지배자 도쿠가와 쇼군 가문에 버금가는 세 도쿠가와 가문, 즉 오와리 도쿠가와 가문, 기슈 도쿠가와 가문, 미토 도쿠가와 가문을 말한다인 미토 번의 전임 번주 도쿠가와 나리아키 님에게까지 근신형을 내려 막부 정치에서 몰아냈다. 미토 번 가신들은 이 일련의 과정을 '안세이의 대옥安政の大獄'이라 부르고 다이로를 '붉은 귀신 이이'라고 비난하며 치를 떨었다.

"이 나라를 위기에서 구해낼 사람은 이제 우리 말고는 없어!"

미토 번 가신들은 술상을 걷어차며 칼을 뽑아들곤 했다. 이케다야의 귀한 손님이니 공공연하게 할 이야기는 아니지만, 에도 사람들은 종종 이렇게 말한다.

"미톳포'미토 사람'을 뜻하는 미토 사투리. 예전에 미토 번의 기질을 나타내는 말이었다는 삼포이. ……오코릿포이툭하면 화내는 자, 리쿠츳포이툭하면 이치를 따지는 자, 거기다 아랏포이까지성격이 거친 자 삼박자를 갖췄거든."

하지만 그 가을날 해질 무렵, 다들 술에 취해 제 주장만 고집하는 가운데 유일하게 유유자적 술잔을 입으로 옮기는 젊은 무사가 있었다. 검은 민무늬 명주로 지은 하오리에 검은 하카마 차림으로 단정히 앉았는데, 머리는 빗어 넘겨 목 뒤에서 한데 묶었다.

그 모습을 본 순간 나는 숨이 멎는 줄 알았다. 하녀들이 "미남 검술가로 유명한 가신이 묵으러 오셨대"라고 수군거린 것이 그분을 두고 하는 말이었음을 그때는 미처 몰랐다. 나는 오카미 수련을 막 시작한 참이라, 하녀장에게 이끌려 객실에 인사하러 들렀다가 문지방 앞에 우뚝 선 채 꼼짝도 하지 못했다.

심지가 굳어 보이는 눈썹에 콧날이 곧고 날렵하며, 누가 술에 취해 목청을 높일 때마다 뺨에 미소가 떠올랐다. 씁쓸함을 희미하게 풍기는 차분한 미소였다. 그리고 종종 눈길을 정원으로 돌리곤 했다. 그 눈길을 쫓듯이 나도 정원을 돌아다보았다. 저녁바람이 정원의 늘어진 싸리나무 가지들을 흔들어 빨강과 하양이 섞인 꽃들을 너울너울 춤추게 하고 있었다.

그 풍경이 하도 멋져서 나는 그대로 툇마루에 앉아 있었다. 작은 소리로 꾸짖는 하녀장의 목소리에 놀라 몸을 돌리다가 그분과 한순간 눈길이 마주친 것 같다. 착각인지도 모른다. 하지만 나도 모르게 몸이 달아올라 도망치듯이 그 자리를 물러났다.

나중에 하녀들이 하는 말을 들으니, 그 무사는 이케다야와 오랜 세월 친하게 교류하던 구로사와 주자부로 님의 조카 하야시 주자에몬 모치노리林忠左衛門以德 하야시 주자에몬 모치노리. 하야시林는 성, 주자에몬忠左衛門은 휘, 모치노리以德는 자. 당사자를 격식 있게 부를 때는 성을, 친숙하게 부를 때는 자를 쓰며, 휘는 함부로 부르지 않았다라는 분이었다. 숙박은 단 하루뿐이었고, 떠날 때 하야시 님은 어머니와 함께 전송하러 나온 나에게 눈길도 주지 않고 "신세가 많았소" 하고 누구에게랄 것도 없이 고개만 까딱하고는 발길을 돌렸다.

가신 중에는 거만한 자도 적지 않아서, 종종 벼락같은 호통을 듣고 눈물을 짓던 하녀들은 "그렇게 조용하고 아름다운 분이 있다니" 하며 몇 날이 지난 뒤에도 종종 그분 이야기를 나누며 한숨을 지었다.

그리고 나도 어느새 항상 하야시 님 생각을 하게 되었다. 왠지는 모르지만 그분의 외모보다 뭔가 생각에 깊이 잠긴 듯한 눈빛이 못내 가슴에 남았다. 그 눈빛을 떠올릴 때마다 가슴이 저리고 숨이 답답해졌다.

그때부터였다, 여기저기서 맞선 이야기가 쏟아져 들어온 것이.

연말을 코앞에 둔 지난 달, 그날도 이름난 요릿집에서 선을 보고 집에 돌아온 나는 화난 얼굴로 무거운 오비를 풀고 있었다. 놀아 달라고 옷자락에 매달리는 시시마루에게도 건성으로 몇 마디 던지고 말았는데, 겨우 마음이 가라앉아 막상 간식을 주려고 불렀을 때는 자취를 찾을 수 없었다.

"무슨 일이세요, 아씨."

내가 집 안과 뜰을 돌아다니며 커다란 소리로 시시마루를 찾고 있자니 아저씨가 한손에 대빗자루를 들고 뒷문으로 얼굴을 비쳤다.

"시시마루가, 시시마루가 안 보여요."

"예? 그 애완견이요?"

아저씨는 저택 내부부터 뜰의 덤불까지 샅샅이 뒤지고, 심지어 처마 밑이나 툇마루 밑까지 살펴보았다. 하지만 아무 데도 없다며 고개를 저었다.

"혹시 밖으로 나가 버린 게 아닐까요? ……그렇다면 조금 골치 아파지는데."

아저씨가 하려는 말을 짐작한 나는 나막신을 꿰신고 뒷문을 통해 밖으로 뛰어나갔다.

길고 새하얀 털에, 젖은 깃털처럼 축 늘어진 두 귀만 검은 색인 시시마루는 크고 동그란 눈이 몹시 귀엽다. 내가 예의범절을 익히기 위해 하녀로 들어갔던 미토 번주님의 분가가족의 일원이 독립하여 새로 만든 가문 마쓰다이라 하리마노카미율령제에 따른 벼슬로서 '하리마 지역의 수령'이란 뜻. 천황의 조정이 무력화된 쇼군 체제에서는 실제 업무와 무관한, 사회적 지위를 보여 주는 상징일 뿐이다 님의 안채에서 선물로 준 친'재패니즈 친'으로 알려진 일본의 전통 견종으로 실내에서 키우는 소형견이라는 견종이다. 그 작은 개가 종종거리며 거리를 돌아다니면 꼭 개를 좋아하는 사람이 아니라도 덥석 품고 싶어질 게 분명하다. 그 아이를 팔아 연말연시를 따뜻하게 보내자고 생각하는 자가 있다고 해도 이상할 게 없다.

안도자카 언덕으로 뛰어나간 나는 좌우를 둘러보았다. 오른쪽으로 오르면 덴즈인伝通院 도쿠가와 쇼군 가문이 대대로 위패를 모시는 정토종 소속의 사찰, 왼쪽으로 내려가면 마치야에도 시대 도시에 지어진 조닌, 즉 상인이나 직인의 주택으로 대개 가게 공간을 갖춘 2층형이었다가 줄지어 있는 지역이다. 잠깐 망설이던 나는 언덕을 뛰어 내려가 보기로 했다.

"아씨, 아씨!"

뒤에서 아저씨가 쫓아와 가쁜 숨을 몰아쉬며 나를 열심히 말렸다.

"바깥은 제가 찾아볼 테니까 일단 돌아가 계세요. 이름과는 딴판으로 소심한 개잖아요'시시마루'는 사자를 귀엽게 이르는 말이다. 그리 멀리 가지는 않았을 겁니다."

"그러니까 더 걱정이죠. 집 안에서만 지내는 아이인데, 이렇게 추운데를 반각이나 돌아다녔으면 몸이 꽁꽁 얼었을 거예요."

"하지만 아씨께서 고뿔이라도 걸리시면 제가 오카미님께 꾸중을 듣습니다요. 자, 바깥은 저에게 맡기시라니까요. 이 늙은이가 아씨를 실망시킨 적이 한 번이라도 있었나요?"

세이로쿠 아저씨는 쉰 몇 살쯤 되었을 텐데, 이케다야에 기숙하며 오랫동안 머슴으로 일해 온 사람이다. 소탈하고 익살스런 말투에 성격도 담백하여 내가 잘 따랐는데, 그런 아저씨가 이렇게 진지한 얼굴을 하니 나도 고집을 버리고 뒤를 맡길 수밖에 없었다. 하지만 해가 지고 마치 기도평민들이 사는 마치는 구역마다 수위실 비슷한 출입문. 야간에 문을 닫아 통행을 막았다가 닫힐 때까지 찾아다닌 아저씨는 결국 아무런 소득 없이 파김치가 되어 돌아왔다.

"빈손으로 돌아왔습니다. 면목 없습니다."

내 방 앞 복도에 무릎을 꿇고 머리를 조아리며 사죄한다.

"그러지 마세요. 알고 보면 내 잘못인걸. 그렇게 놀아 달라고 해도 들어주지 않았으니……. 난 그 아이가 언제 밖으로 나갔는지도 모르고 있었어요. 어떡하나, 이대로 돌아오지 않으면 어쩌지."

그러다가 아저씨에게 달려가 팔을 만져보고 흠칫 놀랐다.

"어머, 차가워……. 미안해요, 미안해요."

아저씨에게 사과하는데 목소리에 울음이 섞이기 시작했다. 그러자 아저씨는 내 손에 커다란 손바닥을 포갰다.

"여기저기 말해 두었으니 내일 동이 트면 동네 사람들이 모두 나서서 찾아 볼 겁니다. 한 번만 더 제게 맡겨보세요."

아저씨는 그렇게 말하고 다시 고개를 숙였다.

잠도 제대로 못 이룬 채 그날 밤을 보내고 눈을 떠보니 아저씨는 벌써 밖에 나간 상태였다. 나는 내 방에 혼자 멍하니 앉아 있었다. 시시마루의 보드라운 감촉, 내가 던진 헝겊 공을 쫓아가는 모습이 떠오를 때마다 가슴이 미어져 점점 안절부절못하게 되었다.

뜰에 나가 팔손이나무 잎까지 헤치고 살펴보아도 시시마루를 부르는 내 목소리만 나무들 사이로 빠져나갔다.

아침밥 시간까지도 모르는 척하고 있던 어머니가 아무래도 걱정이 되는지 툇마루로 나와 나에게 가까이 오라고 손짓했다.

"어머니, 시시마루가."

"그렇게 야단 떨지 않아도 다 듣고 있었다. 여관 안에까지 다 들려서 손님들이 무슨 일이냐고 묻는 통에 점원들이 쩔쩔맸잖니."

"……죄송해요. 하지만."

여전히 내가 안타까운 표정을 하고 있었는지, 어머니가 툇마루에서 뭐라고 일러 주었다. 잘 들리지 않아 더 가까이 다가서자 목소리를 낮추어 다시 말했다.

"여울을 흐르다 바위에 부딪힌 급류처럼."

무슨 생각인지 스토쿠인崇德院 제75대 천황. 헤이안시대 후기인 1123~42년에 재임했다의 시를 읊고 있다. 윗구뿐이다정월 민속놀이 중에 옛 와카를 소재로 하는 '우타가루타'라는 게임이 있는데, 유명 와카의 구절을 누가 빨리 기억해 내는지를 겨루는 덕분에 옛 와카가 일반에 널리 알려져 있었다.

멍하니 올려다보는 나를 보며 어머니는 한심하다는 듯이 한쪽 눈썹을 쳐들었다.

"도세, 아랫구를 잊었니?"

그다음 구절은…… 그제야 깨달았다. 어머니는 고개를 끄덕이며 "단자쿠에 적어서 매달아 두렴"이라고 하더니 얼굴을 홱 돌리고 툇마루를 물러났다.

나는 어머니의 뒷모습을 향해 "고맙습니다" 하며 고개를 숙이고 내 방으로 달려갔다. 그러고는 서둘러 책상 앞에 앉아 단자쿠를 전부 꺼내놓고 그 시를 적기 시작했다. 무가 안채에서는 이 윗구가 '분실물, 기다리는 이와 만나게 되기를'이라는 소원이 담긴 아랫구와 짝을 이뤄 사용되고 있다.

여울을 흐르다 바위에 부딪힌 급류처럼

나는 낱말 낱말에 간절한 심정을 담았다. 아아, 내가 왜 이 생각을 못했지? 누군가의 간절한 심정이 담긴 낱말은 신비한 힘을 띠게 된다. 기도가 된다.

글자가 삐뚤어져도 개의치 않고 한 장 또 한 장 계속 쓰다가, 어디에 매달지? 하며 방 안을 둘러보았다. 상인방이나 란마_{문의 위쪽을 가로지르는 상} _{인방과 천장 사이의 공간에 통풍과 채광, 장식을 위해 설치하는 창}은 손이 닿을 것 같지 않았다. 활짝 열어둔 장지를 통해 뜰로 시선을 던지니 팔을 한껏 벌린 듯 가지를 펼치고 선 매화 고목이 보였다.

그래, 저 나뭇가지가 하늘에 더 가깝지. 내 소원이 틀림없이 하늘에 전해질 거야.

내가 가지마다 단자쿠를 매달고 있자 하녀 몇몇이 나와서 거들어 주었다. 다들 시시마루를 귀여워하는 사람들이라, 가지가 열댓 개나 되는 매화 고목에는 금세 수많은 단자쿠가 매달리게 되었다.

"아씨."

쉰 목소리가 들려 뒤를 돌아보니 막 뒷문으로 들어선 아저씨가 뒤쪽을 향해 굽실거리며 누군가에게 길을 비켜 주었다. 그 모습을 알아보자마자 나는 막대기처럼 굳어 버렸다.

그가 시시마루를 안고 나무들 사이를 누비며 뜰로 들어왔다.

하야시 님이다.

"아씨, 이 사무라이께서 도와 주셨습니다요. 미토 번저 북쪽에 소방 공터_{화재가 번지는 것을 막기 위해 설치한 넓은 공터}가 있잖습니까. 그 근방에서 희한

하게 생긴 개를 보았다는 사람이 있어서 냉큼 달려가 보니 벌써 난리가 벌어지고 있더라고요."

"난리라뇨, 세이로쿠 아저씨?"

하녀 가운데 하나가 물어 보았다.

"왜 요즘 불량배들이 흔히 커다란 개를 끌고 다니잖아. 기슈견인지 도사견인지 모르지만, 여봐란 듯이 굵은 밧줄로 목걸이를 하고는 굵직한 소리로 왕왕 짖어 대지. 불량배들이 어디서 우리 개를 만났는지는 모르지만, 그 커다란 개들에게 물어, 물어, 하고 부추긴 거야. 마침 이 무사님께서 지나가시지 않으면 그냥 잡아먹힐 판이었다고."

"아아, 끔찍해라. 듣기만 해도 온몸이 오그라드네. 그런데 세상에, 하야시 나리께서 시시마루를 구해 주시다니."

"어떻게 이분을 알지?"

"알다마다요. 하야시 나리는 우리 단골인 미토 번의 가신이시잖아요."

아저씨와 하녀의 대화를 들으며 나는 손가락 하나 까딱할 수 없었다. 시시마루는 어찌나 겁에 질렸는지, 하야시 님 품에 머리를 묻다시피 하며 온몸을 바르르 떨고 있었다.

"나도 설마 이케다야의 애완견인 줄 몰랐네."

하야시 님은 그렇게 말하며 시시마루의 등을 연방 쓸어 주었다. 그러자 아저씨는 목에 둘렀던 수건을 풀며 배우처럼 한쪽 발을 앞으로 내디뎌 보았다.

"이야, 하야시 나리가 얼마나 강하시던지, 칼도 뽑지 않으시고 덩치 커다란 일곱 명을 다 때려눕히셨어. 가슴이 후련해서 몸이 둥실 뜨는 것 같더라고."

아저씨가 가슴을 치며 칭송해도 하야시 님은 웃지 않고 다만 뜰을 둘러보는데, 그 눈매가 조금 부드러워졌다. 그리고 내 쪽으로 걸어왔다. 오늘은 동료로 보이는 사무라이도 함께 왔다. 그쪽은 어찌나 수염이 짙은지 입 주위부터 각진 턱까지 면도 자국으로 푸르스름했다.

어느새 내 앞에 하야시 님이 서 있었다. 시시마루를 나에게 내주려고 했지만 겁에 질린 시시마루는 하야시 님 가슴에 착 달라붙어 떨어지려 하지 않았다.

"시시마루, 이리 와. 어서."

양손을 뻗는 순간 하야시 님을 똑바로 올려다는 모습이 되었다.

"갈라져도 끝내 다시 만나리……. 기다리던 님을 만난다, 로군요새해에 길흉을 점치는 제비뽑기를 하는 관습이 있는데, 제비에 적혀 있는 상투적인 글귀 가운데 하나."

하야시 님은 단자쿠의 시를 읽었는지, 낮은 소리로 아랫구를 읊었다.

그 순간 나는 계곡의 물소리를 듣는 기분이었다. 계곡의 여울은 물살이 빨라 바위에 부딪혀 두 줄기로 격렬하게 갈라지고 만다. 하지만 계곡물은 언젠가 다시 만나 하나가 되기를 원한다.

나는 언젠가 반드시 당신과 합쳐질 것이다. 지금은 계곡물처럼 헤어지지만 언젠가는 꼭.

시에 담긴 심정이 내 가슴에서 소리를 내며 용솟음친다. 그가 내민 시시마루를 마침내 안아들었을 때 순간적으로 하야시 님의 손가락을 만진 것 같았다.

"네. 마침내."

겨우 꺼낸 말은 그게 전부였지만 나는 하야시 님의 눈을 넋 놓고 응시하며 그렇게 말하고 말았다. 하야시 님의 눈에 당황하는 기색이 스친다.

내가 방금 무슨 말을 한 거지. 그걸 돌이킨 순간 얼굴이 새빨개졌다. 당황해서 그 자리에 웅크려 앉아 버리고 싶었다.

하야시 님은 문득 뒤에 있던 사무라이를 돌아보며 "이봐, 이치게" 하고 불렀다.

"매화나무에 꽃이 핀 것 같지 않나?"

이치게라는 사무라이는 "그러게" 하며 하야시 님과 나란히 서서 뜰을 둘러보았다.

"미토의 가이라쿠엔偕楽園 1842년에 조성된 대형 정원으로, 100종의 매화나무를 3천 그루 심었다, 일본의 3대 정원의 하나로 꼽히며 국가 사적 및 명승으로 지정되었다. '모두가 즐기는 정원'이란 뜻으로, 미토 번의 번교 고도칸弘道館과 짝을 이루는 시설이다이 그리워지는군. 그곳 매화를 구경한 게 언제였지? 아주 오래 전 일처럼 느껴지는구만."

동료가 흘린 감상에 하야시 님의 눈매가 문득 냉정해지더니 "그럼 이만" 하고 등을 돌렸다.

아저씨와 하녀들이 쫓아가 사례를 하고 싶다고 하자 "급한 일이 있어서"라는 짤막한 말로 사양한다. 두 사무라이의 뒷모습이 금방 뒷문 너머로 사라졌다.

그것을 끝으로 그분은 이케다야를 찾지 않았다.

나 같은 거, 당돌한 처자라며 어이없어하고 있겠지. 떠올려 보지도 않았을 거야, 이제 기억조차 못할지 모르지. 그래도 나는 한 마디 사과라도 하고 싶다, 고맙다고 인사하고 싶다. 아니, 얼굴 보며 이야기하는 것까지는 바라지도 않아. 그냥 만날 수만 있으면 돼, 아냐, 이것도 욕심이겠지. 그냥 그분 모습을 멀리서나마 한 번이라도, 하며 나의 바람은 점점 졸아들고 우그러졌다.

하지만 좁은 목을 흐르는 물살이 물방울을 풍성하게 날리듯이 그분을 향한 심정은 날로 강해져 갔다.

기요모토^{샤미센을 연주하며 부르는 노래로, 주로 가부키의 반주음악으로 이용된다}에 샤미센과 딱따기 소리가 불쑥 크게 들려서 나는 흠칫 정신을 차렸다. 무대에서는 오조키치사가 창녀와 뭐라고 대화하고 있다. 그러다가 갑자기 창녀에게서 금화 꾸러미를 빼앗고 창녀를 잔인하게 강물로 떠밀어 버렸다.

"달도 부옇고 뱅어잡이배 화톳불도 흐릿한 봄 하늘^{에도 가운데를 흐르는 스미다 강에는 봄이면 산란을 위해 바다에서 뱅어가 올라오는데, 어부가 고깃배에 화톳불을 피워 뱅어를 잡았다.}"

온나가타의 나긋나긋한 목소리를 내던 구메사부로가 갑자기 강도다운 서슬을 드러냈다. 사악함을 과시하려는 듯이 소리 높여 노래하는 목소리에는 활기와 끈끈함이 있어 나도 모르게 빨려들었다.

"그러고 보니 오늘이 세쓰분이구나. 서쪽 바다 대신에 강물 속, 창녀를 강물에 빠뜨린 것은 액막이, 콩알 한 줌 엽전 일 몬 대신에 금화 꾸러미라입춘 전날인 세쓰분의 풍속 중에 집 안에 콩을 뿌려 귀신을 쫓아내고 복을 불러들이는 관습이 널리 알려져 있지만, 이는 유곽 같은 곳의 풍습이었고, 일반 서민은 자기 나이만큼 준비한 콩알과 엽전 1 몬을 종이나 낡은 훈도시에 싸서 집밖에 내놓았다. 그러면 "액막이합니다, 액막이합니다"라고 외치며 돌아다니는 거지가 이를 거두어갔다. 가부키의 이 장면에서도 무대에서는 액막이한다는 거지의 외침이 들리는데, 오조키치사가 그 소리를 듣고 그날이 세쓰분임을 상기한 것이다. 액막이하는 거지가 외치는 내용은, 액을 서쪽 바다=온갖 재액을 모아다 버리는 명계에 풍덩 빠뜨려주겠다는 말로 끝나는데, 가부키의 주인공 오조키치사는 거지가 외치는 이 말을 염두에 두고 '서쪽 바다 대신에 강물'이라고 했고, 창녀를 강물에 빠뜨린 것은 액막이이며, 콩과 엽전 대신에 금화 꾸러미를 차지하게 되었다고 말한 것이다."

그 대목에서 한 박자 쉰 구메사부로는 허세 부리는 몸짓과 함께 목청을 높였다.

"이거 새봄부터 재수가 좋구나!"

그 순간 객석에서 우레와 같은 박수가 터지고 객석 여기저기서 배우의 이름을 외치는 함성이 들렸다. 모두들 상체를 내밀고 흥분하는 바람에 무대 오른쪽에서 등장한 다른 배우의 대사가 들리지 않을 정도였다. 전망이 보이지 않는 정세의 불안감을 깨끗이 날려 주는 듯한 거침없는 모습에 에도 관객들은 갈채를 보내며 가미가타 배우 구메사부로를 찬양하는 것 같았다.

막간에 들어도 그 대사가 퍽이나 마음에 들었는지 몸짓까지 곁들이며 대사를 따라하는 사람들이 여기저기에 보인다. 요즘은 먹고살기가 팍팍해, 누가 좀 세상을 바로잡아 주지 않나, 하고 불평하면서도 에도 사람들은 역시 태평하다. 흑선이 나타난 뒤로 지체 높은 무가들은 다들 허둥대고 있다는데, 이 사람들은 복잡한 일일랑 모른다는 듯이 정세를 외면하고 일상의 소소한 즐거움 속에서 떠다니고 있다.

나부터도 그렇다. 존왕이니 양이니 하는 말이 들려도 남의 일이겠거니, 구중궁궐에서 일어나는 일이겠거니 생각하고 만다.

다만 그분만은 만나고 싶다. 하야시 님을, 딱 한 번만.

그 생각만 간절하여 발을 동동거리고 있다. 그때 재수 없는 도련님과 눈길이 딱 마주쳤다. 뭐가 그리 잘났는지 짐짓 바람둥이처럼 씩 웃는다. 나는 너무 지긋지긋해서 아랫눈까풀을 까뒤집어 보이며 혀를 쏙 내밀었다. 그러다가 이번에는 어머니에게 엉덩이를 꼬집혔다.

2

아저씨가 내 방에 손난로를 가져다주었다.

"강물도 따뜻해질 철인데 날이 이렇게 쌀쌀하니, 올해는 날씨가 영 심상치 않네요."

시시마루가 내 무릎 위에 웅크리고 있다가 아저씨가 들어오자 다다미로 뛰어내려 열심히 꼬리를 치며 다가간다. 아저씨는 "어이구어이구, 그래" 하고 어울리지 않는 말로 어르며 헝겊 공을 던져주었다.

"저는 어릴 때 떠돌이 개한테 물린 적이 있어서 아무리 귀한 강아지를 보더라도 겁을 먹는데 이렇게나 반가워해주니 역시 귀엽네요."

시시마루가 무엇을 어떻게 느꼈는지는 알 도리가 없지만, 저번 소동 이후 아저씨만 보면 꼬리를 치게 되었다.

"아, 역시 저쪽은 안 되겠군요. 귀한 오히나 인형을 모셨으니까."

쓰즈키마^{맹장지로 구획해둔 옆방. 필요에 따라 맹장지를 열면 두 방이 하나로 연결되어 큰 방이 된다}에는 어머니가 시집올 때 가져온 히나 진열장이 장식되어 있어, 아저씨는 몸을 웅크리고 시시마루를 쫓아갔다. 시시마루는 아저씨가 쫓아오자 더욱 신이 나서 방 안을 뛰어다닌다.

"괜찮아요, 시시마루는 똑똑하니까 히나 인형을 망가뜨리진 않아요."

나는 눈길도 들지 않고 붓을 움직였다. 스토쿠인의 윗구를 계속 쓰고 있었던 것이다.

"아씨, 그 단자쿠는 높은 데 매달아 둘 건가요? 제가 거들어 드릴까요?"

아저씨는 어느새 손난로 곁으로 돌아와 어설픈 자세로 시시마루를 안고 있다. 단자쿠가 소원을 비는 것임을 하녀들한테 들었던 모양이다. 게다가 다른 사람도 아닌 아저씨이니 내가 기다리는 사람이 누구인지도 짐작하고 있는지 모른다.

"괜찮아요, 매달지 않아도."

"그렇습니까? 매다는 게 싫다면 풀로 붙여 놓는 건 어떻습니까? 제어머니는 찢어진 장지나 머릿병풍에 붙여 두곤 했지요. 꽃이나 나비모양으로 오려서. ……근데 이 방은 어디 하나……."

아저씨가 방 안을 둘러보더니 요란하게 어깨를 떨군다. 나는 쿡쿡 웃고 말았다.

"공교롭게도 찢어진 데가 하나도 없죠?"

"호오, 이제야 웃으시네. 아씨는 역시 웃는 얼굴이 보기 좋습니다요."

내 기분을 살려주려고 소탈하게 말한 아저씨가 "그럼 저는 이만" 하고 일을 하러 나갔다.

아저씨는 장작패기나 물 긷기, 우물 바닥 청소 등 하녀들이 버거워하는 일을 도맡고, 이곳 살림집과 이케다야 여관을 크게 두른 울타리를 손질하는 일은 물론이고 목수처럼 망치질을 하는가 하면 뒤란의 채

소발도 가꾸고, 손님이 몰릴 때는 현관에서 신발 정리하는 일도 거드는 바지런한 일꾼이다.

시시마루는 내 옆으로 뛰어와 무릎에 작은 발을 얹고 고개를 연방 갸웃거리며 웃음을 보낸다. 개도 사람처럼 눈웃음을 짓고 입가를 끌어올려 웃을 때가 있다. 그 모습이 너무 귀여워 나는 붓을 내려놓고 번쩍 안아 올려 보드라운 뺨에 볼을 댔다.

지금의 나에게는 시시마루와 시가만이 하야시 님과 연결되는 유일한 끈처럼 여겨진다. 그분이 품었던 시시마루를 품고 그분이 읊었던 시를 써 봄으로써 간신히 울지 않고 지낼 수 있었다.

어머니 방으로 불려간 것은 이치무라극장에서 선을 보고 며칠 뒤 해 질 무렵이었다. 용건을 짐작하고 있던 나는 대뜸 입을 열었다.

"죄송합니다만, 그분과의 혼담은 거절해 주세요. 무슨 말씀으로 설득하셔도 그분은 안 되겠어요. 제발요, 어머니."

무릎 앞에 양손을 짚고 고개를 조아리자 "그 얘기는 끝났다"라는 대답이 돌아왔다. 이렇게 반가울 수가, 하는 마음으로 윗몸을 일으키자 어머니는 목소리가 갑자기 날카로워졌다.

"웃고 넘길 일이 아니야!"

"하지만 어머니 눈에도 안 찼을 텐데요, 그 도련님은."

"아니. 조금 전에 중매인이 다녀갔다. 이번에는 인연이 없던 것으로 생각해 달라고 하더구나."

"거, 거절을 하려고 왔단 거예요?"

그 도련님, 칠칠치 못한 주제에 무슨 건방진 말을. 뭐, 덕분에 일이 한결 쉬워지긴 했지만.

"너, 너무 무례하게 굴지 않았느냐. 그날."

"그랬나요? 잘 생각이 나질 않네요."

"그쪽 모친이 건너편에서 다 보고 있었다는구나. 얄밉게 아랫눈꺼풀을 까 내리며 혀까지 낼름거리다니, 참말로 예절 바른 처자더군요, 역시 번주 저택에서 예의범절을 배운 아이는 다르군요, 라고 한참을 비아냥거렸단다. 너 때문에 내가 이 무슨 치욕이냐."

"아…… 그렇군요."

적당히 건성으로 맞장구치자 "도세!" 하며 어머니가 나를 노려보았다.

"지금까지 나는 네 행동을 크게 혼내지 않고 넘겨 왔다. 나도 나름대로 상대방을 알아보니 그 사람은 도저히 사위로 삼을 수 없겠다고 생각한 점도 있었으니까."

"맞아요, 어머니, 이제야 알아 주시는군요."

"하지만 더는 네 멋대로 굴게 놔주지 않겠다. 조금 미덥지 못한 자나 주제넘게 구는 자라도 이 집안에 들어오는 그날부터 내가 조련하면 되니까."

실내에는 벌써 어둠이 깃들기 시작했다. 얇은 입술에 또렷하게 그어진 연지만 움직이고 있다.

"이젠 상대가 누구라도 상관없다. ……사무라이만 아니라면."

불쑥 가슴속으로 손이 찌르고 들어온 기분이다. 워낙 감이 빠른 어머니이니 벌써 뭔가를 알고 있는 것 같아 몸이 오그라드는 심정이었다.

"도세, 얼굴을 들렴."

나는 지금 다 말해 버려야 할지 아니면 계속 숨겨야 할지 한순간 망설였다. 하지만 어머니 앞에서 섣불리 말했다가는 돌이킬 수 없게 될 것이다. 필시 영원히 그분을 만날 수 없게 되리라.

"너는 세이로쿠의 부친이 미토 사람이라는 걸 아니?"

"아저씨……의 아버지가요?"

익숙지 않은 이름이 나오자 당황했다.

"세이로쿠의 부친은 미토의 농민이었다. 먹고살기가 너무 힘들어 조상이 물려준 전답을 다 버리고 에도로 나왔던 거야. 행상으로 하루 벌어 하루를 살아도 에도는 극락정토 같았다, 너무 좋았다고 생전에 종종 말했다는구나."

"세상에. 미토 번주는 고산케_{도쿠가와 이에야스의 후손가문인 오와리 번, 미토 번, 기슈 번의 번주 가문} 아닌가요?"

"네가 평소 상번저 근처에서 보는 사람들은 에도에서 태어나고 자란 가신들이 대부분일 거다. 번주님만 하더라도 내내 여기서만 지내시고."

그건 나도 알고 있다. 고산케이기 때문인지 미토 번주님은 참근교대가 면제되었으며, 예전에는 영국_{領国 다이묘의 영지. 다이묘는 자신의 영지와 그곳에 사}

는 민중을 지배하는 하나의 독립된 소국가를 이루었다 에 한 번도 가본 적이 없는 번주도 있었다고 한다.

"우리 이케다야를 이용하는 손님도 다들 번듯한 직책을 가진 가신들이다. ……뭐, 요즘은 번에서 쫓겨난 분들도 찾아오는 시절이긴 하지만."

어머니는 드물게 말끝을 흐렸다.

"미토 농민들의 살림이 그렇게 어렵다니, 그건 무엇 때문이죠?"

"어느 번에서나 농민이 수확하는 쌀은 연공으로 납부하는 비율이 정해져 있다. 보통은 사공육민, 그러니까 수확량의 4할을 연공으로 납부하고 수중에 남는 것은 6할. 그것으로 가족을 부양하고 다음해 비료나 종자를 마련하지. 알겠니?"

"예."

"그런데 미토에서는 육공사민이 법이란다."

그렇다면 6할이 연공이고 농민에게는 4할만…….

"너도 알겠지만 우리 이케다야는 미토 번주님의 은혜로 장사를 해 올 수 있었다. ……하지만 그 탓에 본의 아니게 온갖 내부 얘기를 듣지 않을 수 없었지. 지금부터 하는 이야기는 돌아가신 네 아버지한테 들은 것도 있으니 한쪽으로 치우친 말일지도 몰라. 그걸 감안하고 들으려무나.

미토 번의 재정이 어려워진 애초의 원인은 2대 번주 의공 시절, 그래, 『대일본사』 편찬을 시작하신 도쿠가와 미쓰쿠니 공 시절까지 거슬러 올라간다. 의공은 고산케의 품격을 지키기 위해 번의 수확량을 실제보다 많은 삼십오만 석으로 발표하셨다. 그러면 어떻게 되겠니?"

나는 고개를 살짝 가로저었다.

"의공이 여러 번에 명하는 군역은 수확량을 기준으로 산출되니까 미토 번은 매사 35만 석에 걸맞은 위신을 보여야겠지. 하지만 늘 공식 수확량보다 실제 수확량이 적으니 당연히 창고가 텅텅 비게 되겠지."

"설마, 그래서 연공 비율을 높였다는 건가요?"

어머니는 "쉿!" 하고 입술 앞에 검지를 세웠다. 하녀가 불씨를 들고 와 사방등에 불을 켰다. 하녀가 복도를 물러가는 발소리가 사라지자 어머니는 새삼 온화한 목소리로 계속했다.

"농민만 먹고살기 고달픈 게 아니다. 사무라이도 오백 석 이상의 상사라면 몰라도 백오십 석쯤 되는 중사는 누구나 몹시 곤궁하단다. 차남, 삼남이면 데릴사위로 들어갈 상인 집안을 물색한다고 한다. 하지만 하야시 님은 가독을 물려받아야 할 몸. ……물론 문무에 두루 뛰어나고 인품도 훌륭하다는 평판이 있지만, 미토 번은 나리아키 공이 종신칩거형에 처해지는 등 고난이 계속되는데다 번 내부는 천구당과 제생당이라는 두 파벌로 나뉘어 다툼이 그치질 않는단다."

어머니의 얼굴이 그림자가 되어 흔들린다.

이미 다 알아보신 건가, 그분의 상황을.

그러자 부끄러움과 분노에 나도 모르게 얼굴이 굳었다.

"아니 왜 그런 지레짐작을. 전 아무 말씀도 드린 적이 없잖아요. 그런데 왜 그분에 대하여 안 좋은 말씀을 하세요."

"이제 와서 시치미 떼도 소용없다. 너, 잘 들으렴, 네가 그분을 얼마나 사모하든 네가 감당할 인연이 아니다."

"아네요."

질세라 목소리를 높인 나를 어머니는 빤히 쳐다보며 두 눈썹을 쳐들었다.

"아네요, 그런 거, 시집가고 싶다는 그런 엉뚱한 생각을 하는 건 아닙니다. 다만, 저는…… 그저."

"그래, 안다. 지금은 그저 사모하는 것뿐이겠지. 홍역 같은 거다."

어머니 목소리는 화가 날 만큼 차분했다.

"부엌일, 빨래, 바느질도 제대로 못하는 네가 어찌 중사ᅥᅩ 집안의 살림을 건사할 수 있겠니."

앞날을 훤히 내다본 듯한 훈계는 나에게 상처를 줄망정 하야시 님을 향한 마음을 지우지는 못했다. 오히려 가슴속의 강물은 막히면 막힐수록 거세고 거칠어진다.

시시마루가 내 품에서 벗어나 놀아 달라고 유혹하려는지 쓰즈키마의 히나 장식단 앞으로 뛰어간다. 하지만 나는 단에 장식된 남녀 인형을 보기가 괴로워 다시 붓을 잡았다.

다음날 아침, 평소보다 일찍 눈을 떴다. 이불 속에서 보니 장지가 희뿌옇게 밝다.

일어나 장지를 좌우로 여니 뜰이 하얀 눈으로 화장을 했다. 봉오리를 방긋 터뜨린 복사꽃이 흰 눈이 쏟아지는 봄 하늘을 의아한 듯이 올려다보고 있다.

그때 이케다야 여관 건물에서 하녀가 뜰을 뛰어왔다. 연방 고꾸라지려고 하면서도 이쪽을 향해 팔을 크게 휘두른다. 흰 눈에 나막신 자국이 점점이 찍히는 것이 조금 아쉽다고 생각하며 나는 멍하니 하녀를 쳐다보고 있었다. 마침내 내가 서 있는 툇마루에 다다른 하녀가 숨을 헐떡이며 말했다.

"아씨, 큰일 났어요. 미, 미토 가신들이 대로님을 습격했다고 해서 지금 난리가 났어요."

"미토 가신……."

하녀의 안색이 달라져 있었다.

"오늘 아침 등성하시는 이이 나리의 가마행렬에 갑자기, 에도성의 사, 사쿠라다 문쇼군이 기거하는 에도 성에 설치된 열다섯 개 성문의 하나 바로 앞에서."

그 순간 떠오른 것은 처음 만났을 때부터 마음에 걸렸던 하야시 님의 눈빛이었다. 이목구비가 단정한데 유독 눈동자만 흐릿해 보였다.

당신은 무엇이 그리 고통스러운가요.

그래, 실은 그걸 묻고 싶었다. 무엇이 당신을 그렇게 슬프게 하고 고통을 주는지. 그 속내를 묻고 싶었다.

나는 뜰에 내려가 뒷문으로 향했다.

"아씨, 이렇게 눈이 내리는데 큰일 나십니다, 아씨!"

무서운 예감에 온몸이 떨린다.

어떡하나, 그분이 다이로를 습격한 가신이라면, 어떡하나. 그분이 그런 무서운 일을 할 리가 없다. 그래, 그 뒤로 이케다야에 한 번도 오시지 않았잖아. 에도에 계시지 않은 거야. 필시 영국으로 돌아가신 거지.

하지만 만약, 만약 습격에 가담했다면 어떤 일이 벌어질까.

무작정 밖으로 뛰어나가 얼마 가지도 못했을 때 몸이 허공에 붕 떴다가 호되게 넘어졌다. 뜰에서 신는 나막신의 굽에 눈이 붙어서 미끄러진 것이다. 눈길에 손을 짚고 일어섰지만 다시 상체가 젖혀지며 엉덩방아를 찧었다. 마음만 급하고 가슴은 비상종처럼 난타되고 있다.

"아씨."

나는 양손을 짚은 채 고개만 돌려 돌아보았다. 아저씨가 게걸음으로 언덕길을 내려오고 있었다.

"어떡해요, 아저씨, 그분에게 무슨 일이 생기면, 나는."

그렇게 말한 순간 입술이 싸늘하게 식었다.

"침착하세요. 하야시 나리가 가담했다는 증거도 없잖습니까."

"그건 그렇지만. 하지만, 하지만 가만히 앉아 있을 수 없잖아요."

"압니다…… 오카미님은 오늘 가와고에 가셨으니 해 질 녘에나 돌아오실 겁니다. 자, 제가 같이 가 드리죠. 이런, 벌써 이렇게 눈이 쌓여서 세상이 와타보시풀솜으로 만든 새하얗고 커다란 쓰개로, 전통 혼례에서 신부가 쓴다를 쓴 것 같네요."

아저씨는 나를 가만히 일으켜 머리의 눈을 털어주고 손에 들고 있던 삿갓을 씌워 주었다. 솜옷에 도롱이를 걸치고 내 발밑에 무릎을 꿇고 굽 높은 나막신의 끈까지 묶어 주었다. 아저씨의 등을 내려다보며 나는 콧물을 훌쩍였다.

"자, 이제 됐습니다."

아저씨는 일어나 내 눈을 똑바로 들여다보았다.

"잘 들으세요, 아씨. 뭘 보고 뭘 듣더라도 마음을 단단히 먹어야 합니다. 이건 예삿일이 아니니까요."

전에 없던 아저씨의 말투에 잠자코 고개를 끄덕였다. 이런 언덕길에서 울고 있을 거면 차라리 돌아가세요, 라는 일갈을 듣는 기분이었다.

그 뒤로는 아저씨를 따라 에도성을 향해 남쪽으로 달렸다. 눈앞에서 흔들리는 아저씨의 도롱이는 이내 하얘지고 눈을 깜빡일 때마다 속눈썹에 걸린 눈송이가 흩어졌다.

다리를 여러 개 건너 에도성이 가까워지기 시작하자 시중이 발칵 뒤집혔다는 것을 알 수 있었다. 그렇게 펑펑 쏟아지던 눈은 어느새 그쳤지만 조닌과 장사꾼들은 다들 처마 밑에 모여 목을 움츠리고 있고 사무라이들만 허리춤의 칼을 쥔 채 뛰어가고 있다. 이렇게 많은 사무라이가 한 방향으로 일제히 달리는 것을 보는 것도 처음이었다. 해자 옆으로 나선 아저씨는 사쿠라다 문 쪽으로 방향을 잡고는 종종 나를 돌아보며 빠르게 걷다가 아저씨는 서서히 걸음을 늦추더니 갑자기 뚝 멈췄다.

음력 3월 3일, 내린 눈은 물기가 많았는지 사쿠라다 문에 걸린 다리나 그 앞의 넓은 도로는 온통 피를 머금고 질척해져 있다. 이이 나리의 가마인지, 히코네 다치바나 문양히코네 번의 번주 이이#伊 가문의 문장. 동그라미 속에 귤나무가 그려져 있다이 그려진 가마가 피범벅이 되어 있고 그 주위에는 넝마를 늘어놓은 듯이 사무라이들이 쓰러져 있었다. 장창을 쥔 채 눈밭에 고꾸라진 자, 아직 숨이 붙어 있는지 피로 질척해진 눈밭에서 신음하는 자, 칼집을 지팡이 삼아 일어서려고 애쓰는 자도 있다. 내 눈에는 누가 미토 가신이고 누가 이이 나리의 가신인지 알 수 없었다.

지저분한 눈과 피가 뒤섞이고 베여나간 손가락이나 귀가 여기저기 흩어져 있어서 나는 계속 몸서리를 치면서도 무엇에 홀린 듯 주변을 서성였다.

다행이다. 이분도 아니야, 아아, 저분도 아니야.

나는 무참하게 죽은 이의 원통함 따위는 안중에도 없이 하야시 님이 아니라는 것을 알았을 때만 호흡을 할 수 있었다. 그때 어느새 사라졌던 아저씨의 뒷모습이 눈에 들어왔다. 누군가의 앞에 한쪽 무릎을 꿇고 있다. 혹시, 하는 생각에 턱이 덜덜 떨렸다. 그래도 확인하지 않을 수 없었다. 몸서리를 치며 힘겹게 아저씨 뒤로 걸어가 어깨 너머로 그분에게 시선을 옮겼다.

하야시 님이 아니었다. 나는 안도감에 무릎이 풀려 주저앉았다. 하지만 눈앞에 있는 얼굴이 눈에 익었다. 이케다야에 여러 번 묵은 적이 있던 가신으로, 하야시 님보다 나이가 어린 사무라이였다. 습격 계획을 감추려고 변장을 했는지, 추레한 누비옷은 어깨에서 복부 쪽으로 비스듬하게 베여 있고, 아직도 온기가 있어 보이는 핏빛 살점 사이로 하얀 뼈가 들여다보였다. 그래도 자결을 원했는지, 배에 와키자시_{사무라이가 차고 다니는 두 자루의 칼 중에서 길이가 짧은 칼}를 찌른 채 숨겨 있었다.

아저씨는 나직이 염불을 외며 합장을 했다. 나는 울음이 북받쳐 오열을 막을 수 없었다.

아저씨가 일어나 내 팔을 잡고 "돌아가십시다"라고 작은 소리로 말했다.

"하지만 아직."

"사람들 말로는 습격한 미토 가신은 스무 명이 채 안 되었다고 합니다. 이이 나리의 수급을 취하여 목적을 이루었다니 이 자리에서 도망친 분도 있을 겁니다."

"그럼, 하야시 님은……."

아저씨가 "모르겠습니다"라고 목멘 소리로 말하더니 내 손을 잡고 사람들 사이를 빠져나간다. 전장을 방불케 하는 현장 주위에는 관리와 포리들이 달려오고 호각소리가 요란하다. 그리고 멀찍이서 사람들이 겹겹이 에워싼 담처럼 구경하고 있었다. 호기심 강한 조닌들이 대로로 몰려나온 것이다.

"앞으로 미토 번이 경을 치겠지요. 막부 다이로를 시해했으니. 쇼군 님과 히코네 번 가신들도 가만있지 않을 테고요_{이이 나오스케는 히코네 번주였다}."

관리의 사나운 호령이 어지러이 오가지만, 그래도 사람들은 소매로 코를 가리고 밀려들었다. 가부키라도 보는 양 눈동자만 바삐 움직인다.

"이거 새봄부터 재수가 좋구나!"

엉뚱하게도 그 대사가 귓전에 살아났다. 그 대사를 듣고 두 달도 지나지 않았는데, 눈앞의 이 참상은 대체 무엇인가.

나는 정체 모를 불안에 사로잡혀, 파랗게 질린 하늘을 올려다보았다.

3

가호는 피비린내를 맡는 느낌이 들어, 손에 든 종이를 무릎 옆에 내려놓았다.

숨을 깊이 쉬고 차가운 손가락을 입가에 댔다. 이건 역시 스승이 당신의 젊은 날을 기록한 거구나, 하고 가호는 확신했다.

스승 나카지마 우타코라는 이름은 가인이 된 뒤 호적에 '우타ぅ多'로 올랐지만 원래는 '도세醛芏'였다는 것을 가까운 사람들은 모두 알고 있었다. 스승의 반생은 10년쯤 전이었나, 요미우리신문의 〈메이지 규수 미담〉에 공개된 적이 있다. 가호는 그 기사에서 연극 같은 각색의 냄새를 맡고 흥미를 잃어버려, 오려둔 신문기사를 서재 어디에 넣어 두었는지도 기억나지 않는다.

하지만 이 글에는 자못 가슴이 설렌다. 가호는 남은 종이 다발로 시선을 던지고, 그다음을 읽을까, 아니 읽어도 괜찮을까, 하고 망설였다.

먹먹한 기분에 자리에서 일어나 장지를 조금 열어 보았다. 쪽마루 너머는 하기노야싸리나무집라는 이름의 유래가 된 뜰로, 가을이면 사람 키만 한 싸리나무들이 가지를 늘어뜨리고 흔들리는데, 메마른 겨울인 지금은 상록수의 초록만 선명하다.

문득 가호의 부친이 가부키 〈3인의 기치사〉가 공연된다고 할 때마다 탄식하며 했던 말이 떠올랐다.

"이게 초연되던 해에 이이 나리가 사쿠라다 문 밖에서 시해되셨지. 에도 사람들이, 이거 새봄부터 재수가 좋구나, 하며 들떠 있을 때 세상이 요동을 쳤어. 그날부터였을 거다, 도쿠가와 쇼군 가문이 무너지기 시작한 게."

글에는 습격한 자들이 미토 가신이라고 되어 있지만, 실은 낭사_{어느} _{번에도 소속되지 않은 무사}였을 것이다. 그들은 소속 번에 누가 되지 않도록 탈 번한 뒤에 거사를 나섰으리라. 이이 다이로의 수급을 취한 것은 미토 낭사가 아니라 그 무리에 유일하게 가담한 사쓰마 번의 사무라이였다.

당시 에도 시중에는 '좋은 오리는 그물이 아니라 가마로 잡는다_{'좋은} _{오리'의 일본어는 '이이 가모'이므로 이이 나오스케의 통칭인 '이이 가몬노카미'를 가리키며, 오리는 흔히} _{만만한 먹잇감을 비유할 때 쓰는 말이다}'라는 노래가 나돌았다고 한다. 무오의 대옥사, 나중에 안세이의 대옥사[1]라고도 불리게 된 대대적 탄압 등으로 냉

1_ 나리아키는 아들 요시아쓰에게 미토의 10대 번주 자리를 물려주고 자식들 가운데 가장 영특한 요시노부를 히토쓰바시 가에 양자로 준다. 히토쓰바시 가의 당주가 된 요시노부는 곧 유력한 쇼군 후보자 가운데 한 명으로 떠오른다. 쇼군에게 아들이 없을 경우 도쿠가와 종가에서 양자를 들여 쇼군 후계자로 삼는 것이 막부의 관례인데, 양자 요시노부를 당주로 맞은 히토쓰바시 가가 도쿠가와 가의 종가였고, 때마침 13대 쇼군이 병약하여 아들을 얻을 가망이 없었기 때문이다. 나리아키의 친아들이 쇼군이 될지도 모르는 상황이 된 것이다.

'흑선의 등장' 직후에 막부 중신으로 취임한 나리아키는 아들 요시노부를 쇼군으로 추대하려는 히토쓰바시 파를 지원하지만, 나리아키의 과격한 존양론을 경계한 막부 실권자 이이 나오스케(난키 파)는 종가의 다른 인물을 쇼군으로 추대하여 두 파벌이 갈등한다. 이 대립은 쇼군 후계 문제만이 아니라 개국론과 쇄국론

혹하게 강권을 휘두른 이이 다이로였지만, 암살당할 당시의 행렬은 지위에 걸맞지 않을 만큼 무방비했으므로 에도 사람들이 이이 가몬노카미를 두고 그렇게 야유한 것이다.

하지만 막신막부의 쇼군을 섬기는 무사이던 가호의 부친은 이이 다이로의 정치적 수완을 깊이 존경했는지, 술에 취한 저녁이면 "가몬노카미 나리가 살아 계셨으면 막부는 지금도 다른 형태로 유지되고 있었을 텐데"라며 아쉬워했다.

변고가 일어나자 막부는 다이로의 죽음을 한동안 비밀에 부치다가 병사로 공표했다. 후다이다이묘에도 막부를 연 도쿠가와 이에야스가 전국을 장악하기 전부터 도쿠가와 가를 섬겨서 충성심이 증명된 다이묘, 막부는 이들 후다이다이묘에 의해 운영되었다에

의 대립이기도 했다. 다만 이이 나오스케의 개국론도 서구 열강에 정면으로 맞서기는 힘드니 일단은 최소한도로 개국해두고 국력을 길러 훗날을 도모하자는 소극적인 것이었다.

하지만 정서적으로 서양을 혐오하던 고메이 천황이 즉각 양이를 실행할 수 있도록 막부를 개혁하라는 칙서(무오의 밀칙)를 미토 번에 보내서 막부가 발칵 뒤집힌다. 미국의 압박에 못 이겨 화친조약을 맺은 막부 측으로서는 매우 불리한 내용이었고, 막부를 건너뛰고 일개 번에 칙서를 내린 것도 막부의 권위를 해치는 일이었기 때문이다.

히코네 번주이며 막부 실권자였던 이이 나오스케는 이 칙서에 강력히 반발하고, 정식 절차를 밟지 않았으니 '밀칙'이라 폄하했다. 나아가 칙서 자체가 나리아키 측이 조정에 손을 써서 받아낸 것임을 간파한다. 마침내 이이 나오스케는 밀칙 공작의 책임을 물어 중형을 받은 나리아키를 막부 정치에서 쫓아내고 미토 번의 여러 중신을 처형하고 히토쓰바시 파 영주들을 대거 숙청한다(안세이의 대옥). 이때 미토 번의 제생당은 막부의 이이 나오스케의 편을 들며 나리아키의 숙청을 유도하여 천구당의 증오를 샀다.

서도 으뜸가는 명문이던 이이 가의 대가 끊기는 것을 막기 위한 파격적인 조처였다번주의 세습은 일정한 규정과 절차를 밟아 쇼군의 허가 아래 이루어지며, 그렇지 못한 경우 가문이 폐지되고 영지는 몰수당하게 된다. 이이 나오스케는 아들이 있었으나 측실의 아들이란 이유 등으로 세자로 봉해지지 않은 상태였으므로, 이이 다이스케의 죽음을 비밀에 부친 상태에서 세습 절차를 밟도록 막부 측에서 허용해 준 것이다. 한편 살아남은 미토 낭인들이 그 후 어떻게 되었는지 가호는 알지 못한다. 태어나기 전의 일이고 여학교에서도 막부 말의 동란기를 가르치는 교사는 없었다. 드물게 있다 해도 사쓰마, 조슈의 지사들이 낡은 봉건체제인 도쿠가와 막부를 어떻게 타도하여 이 나라를 근대화로 이끌었는지, 그 공적을 거침없이 주장하는 것이 전부였다.

정부는 지금도 '삿초사쓰마와 조슈를 함께 이르는 말. 메이지 유신을 주도한 세력이므로 그 후 이 지역 출신들이 실권을 잡았다 출신이 아니면 사람이 아니다'라는 체제를 견고하게 유지하고 있으므로, 구 막신이면서도 용케 원로원메이지 초기의 입법기관. 구성원 의관議官은 화족, 관리, 학식자 중에서 천황에 의해 임명되었다. 원로원에서 신법이 제정되면 천황의 명령이란 형태로 실시되었다 의관에까지 올랐구나 싶어서 가호는 새삼 아버지를 객관적으로 바라보며 자랑스레 생각했다.

사쿠라다 문 밖의 변이 일어난 3월 3일은 양력으로는 4월 초순경일까. 그런 계절에 함박눈이 쏟아지는 등 아버지 말대로 안세이 7년(1860)은 천하의 변고가 시작된 해였는지도 모른다. 히코네 번의 경호 무사들은 함박눈에 시야가 나빠져 습격 사실을 뒤늦게 알아차린 탓에 주군의 목을 너무나 쉽게 빼앗긴 거라고 볼 수도 있다.

역사의 고비에는 역시 하늘의 뜻이 작용하는 걸까. 남편 세쓰레이가 귀국하면 의견을 물어봐야겠다고 가호는 생각했다.

혹시 이것은 스승이 히나쓰에게 보여 주었다는 일기 〈히타치오비常陸帶 히타치는 미토 번이 위치한 지역을 가리키는 옛 행정구역명. 이곳의 가지마 신궁이란 신사에서 하던 점복을 히타치오비라고 한다. 마음에 드는 사람의 이름을 히리띠=오비에 적어 신사에 바치면 신관이 이 오비를 묶어 점을 쳐주었다. 우타코는 이 점괘를 일기장의 제목으로 삼았다〉가 아닐까 하는 생각이 불쑥 고개를 들었다. 하지만 이내 부정했다.

이 글은 놀라울 정도로 언문일치체로 기록되어 있다. 일상적으로 쓰는 구어로 글을 쓰자는 언문일치 운동은 가호가 데뷔작을 상재한 메이지 20년(1887)경에 시작되지만, 과감하게 도전해 놓고도 문어로 회귀하는 문학자도 많아, 주류는 여전히 의고문이다.

스승은 대체 언제 이걸 썼을까.

곤혹스러워하며 돌아다보니 어둑한 방 안에 고개를 숙인 스미의 이마만 허옇게 떠올라 있다. 스미는 가호가 읽고 다다미 위에 내려둔 종이 다발을 무릎 위에 올려놓고 한 장씩 두 손으로 들고 읽고 있었다.

제
2
장

미
치
시
바

미치시바道芝(길가에 난 잔디 혹은 잡초. 나아가 사람을 이끌어 길 안내를 하는 사람, 사랑의 안내자 등을 뜻한다.)

1

얇은 소매로 얼굴을 가리는 자세로 나는 가마에 탔다. 아저씨는 가마꾼에게 "간다묘진시타로 가 주시게" 하며 행하를 후하게 쥐어 주고는 가마 곁에서 함께 뛰기 시작했다.

오늘 샤미센 강습을 받으려고 집을 나서니 웬일로 아저씨가 언덕 밑에 서 있다가 "아씨!" 하고 초조한 듯이 발을 동동거렸다. 아저씨가 고개를 갸우뚱거리는 나를 외면하고 수행하던 하녀에게 귀엣말을 한다.

"알겠어요. 그럼 사범님께는 제가 잘 말씀드려 놓을게요."

하녀는 알겠다는 표정으로 나에게 고개를 꾸뻑하고는 혼자서 서둘러 길을 나섰다. 아저씨는 내 곁으로 얼른 다가와 목소리를 낮췄다.

"아씨, 하야시 님은 무사하십니다요."

"저, 정말요?"

이내 목소리가 젖는다. 내처 질문하려는 나에게 아저씨는 "일단 갑시다"라며 어깨를 안다시피 해서 걸음을 재촉하고, 주위를 살피며 가마를 잡았던 것이다. 시키는 대로 가마에 올라탄 나는 양손으로 얼굴을 감쌌다.

살아 계셨구나. 다행이다.

그 생각으로 가슴이 가득했다. 지난 한해 어머니 앞에서는 참고 참아온 눈물이 터져 멈출 줄 모른다.

사쿠라다 문 밖에서 그 변고가 일어나고 1년 남짓 지나 분큐 원년(1861) 여름을 맞은 지금도 여전히 다이로를 암살한 미토 번의 낭사를 추적하는 중이어서 이케다야에도 막부 관리가 여러 차례 찾아와 수색했다. 도주한 낭사들이 오사카 등지에서 붙들려 처형되었다는 소식이 들려올 때마다 나는 모골이 송연했다. 어머니 눈을 피해 가까운 기타노 신사의 좁은 돌계단을 뛰어 올라가 하야시 님이 무사하기를 기도하는 수밖에 없었다. 기타노 신사는 미토 번 상번저 뒤쪽과 면해 있어, 경내를 지나갈 때마다 귀를 기울이곤 했다. 하지만 커다란 나무가 울창한 번저는 늘 쥐죽은 듯 조용하고 매미소리만 시끄러울 뿐이었다.

내 마음을 아는 아저씨와 하녀들은 오카미인 어머니의 뜻에 반하는 줄 알면서도 하야시 님의 소식을 모아 주었다. 하지만 이케다야에 들어오는 소식은 미토 번 내부가 혼란에 빠져 분규가 치열하다는 것이었다.

사쿠라다 문 밖의 변으로부터 몇 개월 뒤, 미토 번의 전임 번주 도쿠가와 나리아키 공이 갑자기 병으로 세상을 떠났다. 개국을 추진한 이이 나리와 철저한 양이를 주장한 나리아키 공은 정면으로 대립하는 처지였는데, 막정에서 두 개의 거대한 바위가 연달아 무너진 것이다. 이를 계기로 제번이 공공연하게 막정에 참견하기 시작하고 정치와 거리가 멀던 교토의 공경들마저 힘을 쓰기 시작한 듯하다. 본래 현 천황인 고메이 천황은 이국인을 몹시 싫어한다고 알려져 있다. 개국을 결정한 막부에 노골적으로 불쾌감을 드러내며 벌써 몇 번이나 '철저한 양이'를 촉구해 왔다. 그리고 미토는 번정 주도권을 놓고 조정을 지지하는 존왕양이파와 막부 지지파의 대립이 극한으로 치닫고 있다고 한다.

올해 5월 말에는 미토 가신들이 또 사건을 일으켰다. 다카나와에 있는 도젠지 절에 입주한 영국 임시 공사관을 습격했다고 하는데, 올콕러더퍼드 올콕. 영국의 의사, 외교관으로 청나라 주재 영사, 초대 주일본 총영사, 주일 공사를 맡았다이라는 이름의 공사가 쇼군에게 교토를 견학하고 싶다고 요청한 데 분개하여, 신성한 교토를 오랑캐의 발로 어지럽히는 것은 천황에 대한 모욕이고 신국 일본의 굴욕이라며 분노한 탓이라고 한다. 하지만 영국 공사를 암살하지는 못하고 영국인 여러 명을 다치게 하는 데 그쳤다.

나는 흔들리는 가마에 시달리다가 문득 어디로 가는 것일까 하며 눈을 깜빡였다. 아저씨는 '간다묘진시타'라고 했었다. 그곳에 무엇이 있다는 거지? 바지자락을 걷어 올려 허연 허벅지를 드러낸 아저씨가 내내 옆에서 달리고 있다.

혹시 하야시 님 소식을 알 수 있는 것일까, 하는 작은 기대가 솟아난다. 하지만 동시에 거뭇거뭇한 불안이 거품처럼 부글부글 올라왔다. 귓속에 맥박 소리가 요란해서, 이대로 그냥 돌아가고 싶은데.

내가 가마에서 내리자, 골목으로 들어가 뒷골목 나가야의 구석진 곳까지 걸어간 아저씨가 사당 옆에 있는 집의 기름 먹인 장지를 거침없이 열었다. 그러더니 고개만 들이밀고 누군가와 이야기를 나누다가 곧 나를 보며 "아씨" 하고 손짓한다. 조심스레 다가가자 아저씨는 내 등을 살짝 밀어 집 안으로 들여보내며 "제 누이와 매부입니다요" 하고 말했다.

몸집이 작은 부부는 말없이 미소를 짓고 공손하게 허리 숙여 인사했다. 6첩쯤 되는 마루방에는 쪽으로 염색한 옷감이 켜켜이 쌓여 있고 실과 바늘거레도 보인다.

"한텐을 짓는 직인입니다요."

나도 고개를 숙였다. 그러자 아저씨는 "자, 시간이 별로 없어요. 2층으로 올라가시지요" 하고 벽에 붙은 계단을 눈짓으로 가리켰다. 아저씨의 동생 부부가 옷감과 작업 중이던 한텐을 한쪽으로 치워 주자 아저씨는 그 자리에 앉아 담뱃대를 꺼냈다.

"나 혼자 올라가요, 아저씨?"

소심해진 나는 계단 입구를 돌아다보았다. 그러자 아저씨는 고개를 저으며 일어나 나를 올려다보았다.

"아씨, 제가 그렇게 눈치코치 없는 놈은 아닙니다요."

"네?"

"어허, 이런."

일어선 아저씨는 동생 부부에게 쓴웃음을 지어 보이더니, 내 곁으로 와 2층을 힐끗 올려다보고는 목소리를 낮췄다.

"오늘 아침 이케다야에 묵고 있는 손님을 만나러 어떤 분이 찾아오셨습니다. 딱 1각 정도 객실에 드셨다가 이제 돌아가야 한다며 나오셨는데, 상인 옷차림치고는 삿갓을 유난히 깊게 내려쓰고 무엇보다 자세며 행동거지가 다르더라고요. 아하, 이분은 사무라이구나, 하고 눈치챘지만, 여관에서 일하는 자는 쓸데없이 손님 신상조사를 하지 않는 게 원칙이죠. 얼굴을 보지 않으려 애쓰며 문까지 바래다 드렸더니 시시마루가 봉당에서 뛰어나오지 뭡니까. 평소에도 여관 손님에게 멍멍하고 짖어대곤 하잖아요. 또 오카미님한테 혼나면 어쩌나 해서 번쩍 안아 올렸더니 꼬리를 열심히 흔들더라고요. 네, 그 손님을 보면서 말입니다. 저도 모르게 손님 얼굴을 보았다가 놀라서 자빠지는 줄 알았습니다요."

나도 뭐라고 말하려 했지만 턱이 덜덜 떨려 이가 부딪히는 볼썽사나운 소리가 났다.

"아씨를 한 번만 만나 주십사 하는 소리가 목구멍까지 올라왔지만, 이름도 행장도 바꾸셨다면 그만한 사정이 있겠구나 싶었지요. 저는 입을 꾹 다문 채 시시마루를 안고 문까지 전송해 드렸습니다. 하야시 님도 아무 말씀도 없었지만 언덕길을 몇 발자국 가시다가 불쑥 돌아서시며 저에게 물으셨습니다. 눈이 부신 듯 이렇게 눈을 가늘게 뜨시고…… 도세 님은 잘 계시냐고."

나는 아저씨에게 등을 떠밀려 온몸을 바르르 떨며 한 단 한 단 발을 끌어올리다시피 하며 계단을 올라갔다. 2층에는 방이 한 칸뿐인 것 같았고, 나는 장지문 앞 복도에 무릎을 꿇었다. 장지문 틀에 걸친 손가락 끝이 희미하게 떨린다.

그래, 나는 무서웠다. 그토록 한 번만이라도 보고 싶던 분을 마침내 지금 만날 수 있다고 하는데도 이대로 뛰쳐나가 도망치고 싶었다.

"실례합니다."

힘겹게 고하자 낮은 목소리가 돌아왔다. 장지를 가만히 밀고 두려운 표정으로 눈길을 들었다.

평상복 차림의 하야시 님은 싸구려 다다미 위에 단정하게 앉아 있다가 눈길이 마주친 순간 잠자코 고개를 숙였다. 나는 마침내 소리 내어 울음을 터뜨리며 문틀 앞에서 꼼짝할 수 없었다.

방에 들어가서도 나는 잠시 고개를 숙인 채 내 축축한 콧물 소리만 듣고 있었다. 얼마나 얼빠진 말인가, 얼마나 싱거운 소린가 생각했지만,

"무사하셔서……."

그 한 마디를 했을 뿐인데 눈앞이 흐려지고 말을 이을 수 없었다.

여름 오후이고 행상들도 낮잠을 잘 시간이라 창문 밖 골목도 매우

조용하다. 처마 밑 풍경만이 종종 기억이 살아난 듯이 소리를 낸다.

하야시 님은 두 무릎에 양 손을 주먹 쥔 채 올려놓고 차분하게 입을 열었다.

"나도 다이로를 치는 거사에 가담했었소."

나 같은 사람한테 그런 이야기를 밝혀도 되나 싶어 당황하면서도 얼간이처럼 "네" 하고 대답했다. 그 순간 하야시 님의 눈빛이 풀어지고 말이 이어졌다.

"숙부 구로자와 주자부로는 사쿠라다 문 밖에서 타계했소. 동생 히로오카 네노지로도 뜻을 이룬 뒤 자결했소. 하지만 이 몸은 착오로 습격에 합류하지 못했소. ……거사 며칠 전, 동지를 지휘하던 분이 미토에서 막부 군에 체포되었다는 소식을 듣고 동료 몇 명과 함께 그분을 구하려고 영국으로 돌아갔거든. 다행히 구출할 수는 있었지만 나는 그 싸움에서 크게 다쳐 미토에서 발이 묶이고 말았지. 한심하게도."

하야시 님이 무릎 위의 주먹을 꽉 쥐어 손등의 뼈가 하얗게 불거졌다.

"친구, 스승, 가족…… 모두 뜻을 이루었는데."

그렇게 말하고는 뾰족한 턱을 움직여 창밖의 하늘을 바라본다.

간다묘진의 숲 쪽인지, 매미 우는 소리가 일제히 터졌다. 다다미에 드리운 풍경의 그림자가 흔들리는 것을 보며, 원통해하시는구나, 하고 나는 생각했다. 습격에 가담하지 못한 자신을 책망하고 후회하시는구나. 하지만.

"하지만, 하야시 님이 살아남아 이 자리에 계신 것이 저는 기뻐요. 기쁩니다."

매미 소리에 정신이 팔려 있다가 나도 모르게 튀어나온 말이었다. 순간 매미들이 울음을 멈추었고 하야시 님은 눈을 휘둥그레 뜬 채 나를 쳐다보았다.

"무례했습니다. 부디, 부디 용서해 주십시오."

무릎걸음으로 뒤로 물러나며 머리를 조아렸다. 회한과 슬픔으로 상처를 입은 사람에게 이 무슨 분별없는 말인가. 이렇게 눈치가 없으니에도 여자들은 건방지다, 경박하다고 미토 가신들이 눈살을 찌푸리는 것이다.

"도세 님, 고개를 드세요."

조심스럽게 몸을 일으키니 하야시 님의 한 치의 빈틈도 없는 아름다운 얼굴에 천천히 미소가 나타났다. 눈이 어쩔했다.

"버리려던 목숨을 버리지 못했다는 걸 깨달았을 때 내 눈앞에 한 사람의 얼굴이 떠오르더군. 무슨 까닭인지는 모르겠소. 그 겨울, 매화나무 가지에 단자쿠를 매달아 놓았던 낭자의 모습이 지워도 지워도 떠올랐다오. 그런 한결같은 마음을 오래도록 만나 본 적이 없는 것 같았소. 문득 평온해지더이다. 아니, 잠시잠깐 마음이 풀어지더이다. 마치 바람이 구름을 밀어내 봄 햇살이 눈앞을 환히 비춰 주는 것처럼. 정신을 차리고 보니, 뒤를 돌아다보던 낭자, 개를 받아들던 낭자의 눈을, 목소리를 떠올리고 있더군. ……마침내 한 번 더 만나고 싶은 마음이 간절해졌소. 아무리 억눌러도 그 바람을 억누르기 어렵더이다."

잠깐이라도, 그래, 찰나라도 하야시 님은 나를 다시 만나고 싶어 했다는 말씀일까. 그 생각만으로도 가슴이 벅차올랐다. 오늘 벌써 몇 번이나 우는지, 눈꺼풀이 부어 눈을 뜨기 어렵자 나는 양손으로 얼굴을 가리고 느껴 울기 시작했다.

"수일 전 지인이 이케다야에 묵고 있다는 소식을 들었다오. 편지를 보내면 그만이었지만 나는 굳이 이케다야를 찾아가 만났지. 그리고 그 모습을 찾는 나 자신을 알아차리고 그제야 정신을 차렸소. 요즘 이런 시기에 무엇 때문에 낭자 한 사람을 만나려고 여기까지. 그대로 떠날 작정이었소. ……하지만 이게 마지막이다 생각하고 언덕길에서 뒤를 돌아보았소. 나도 모르게 그대 이름을 말하고 있더이다."

흠칫하며 얼굴을 들자 하야시 님은 내 몸에서 조금 떨어진 자리에 한쪽 무릎을 꿇고 품에서 뭔가를 꺼내 내밀었다. 수건이었다.

"지저분하지만."

"아, 아뇨, 고맙습니다."

손바닥 위의 수건으로 손을 뻗는 것만으로 이번에는 얼굴에 불난 듯 홍조가 번지는 것을 스스로도 알 수 있었다. 수건에서는 땀과 먼지 냄새가 났다. 그 수건에 계속 얼굴을 묻고 있고 싶었다. 그때 기척이 들리고 방 한쪽 구석에서 몸단장을 하는 하야시 님이 눈에 들어왔다. 상인처럼 바짓단을 높이 걷어 올리고 여름 하오리를 입고 보자기꾸러미를 등에 지고 있다.

"벌써, 가시는 건가요?"

돌아다보는 하야시 님 얼굴에는 이미 아무 감정도 떠올라 있지 않았다.

"잠깐만요. 저, 저도 데려가 주세요. 같이 가게 해 주세요."

이대로 헤어지면 이제는 영영 못 만날 것 같았다. 아무리 보기 흉하고 경박해 보일지라도 내 감정은 몸속에서 솟아나와 흘러넘치고 있었다.

하야시 님은 고개를 저었다.

"나는 이미 번을 떠났소. 이케다야의 낭자하고는 어울리지 않는 처지요. 고난이 정해져 있소."

어머니와 똑같은 말을 한다.

"게다가 그대는 가업을 이어야 하지 않소."

"왜 그런 말씀을 하세요. 그 말씀은."

설마. 어머니가 하야시 님에게 뭐라고 언질을 했을까? 아아, 틀림없다. 그런 게 틀림없다.

"아닙니다, 아닙니다, 하야시 님."

"안녕히."

하야시 님은 내 말을 뿌리치듯 냉정하게 돌아서서 장지문으로 손을 뻗었다.

이렇게 끝나는 건가. 그렇게 생각하니 무릎 위로 눈물이 뚝뚝 떨어진다. 나는 궁지에 몰려 아무 말이나 내뱉었다.

"제 바람을 이룰 수만 있다면 어떤 고생도 마다하지 않을 거예요. 설사 목숨을 잃게 되더라도 후회하지 않을 거예요."

하야시 님의 어깨가 천천히 움직이며 뒤를 돌아보았다.

바위에 부딪혀 갈라진 급류가 다시 만나 물방울을 튀여 올리는 소리가 들리는 것 같았다.

2

뜰의 단풍나무가 물들고 하늘을 나는 기러기 마릿수를 헤아릴 즈음,
나는 미토를 향해 출발했다.

"아씨, 피곤하지 않으세요?"

여장을 꾸린 아저씨는 이것저것 마음을 써 주지만, 자꾸 이러면 조
닌 집안의 응석받이로 보이지나 않을까 싶어 초조했다. 하는 일이 바
쁜데도 길잡이 일을 떠맡고 나서 준 이치게 님에게 들리지 않도록 작
은 소리로 말했다.

"나 정말 괜찮으니까 걱정하지 마요."

"하지만 아씨, 가마도 안 타고 걸어가시겠다니 말도 안 됩니다요. 거
기 도착해서 고열이라도 나면 어쩌려고 그러십니까."

"아이 참, 그 아씨란 말도 그만해요, 제발."

"그럼 뭐라고 불러 드려야 하나요?"

그 말을 듣고 보니 대답이 궁했다. 아저씨가 자못 즐거운 듯 목울대
를 흔들며 웃는 것을 보니 필경 일부러 저러는 게 틀림없다. 그러자 앞
서 걷던 이치게 님이 문득 걸음을 멈추며 뒤를 돌아보았다.

"새댁이라고 부르면 되지."

"오, 그렇습니까, 저는 아무래도 격식에 어두워 놔서요. 고맙습니다
요."

아저씨가 인사하자 이치게 님은 "음" 하고 고지식하게 고개를 끄덕이더니 다시 잰걸음을 놓기 시작한다. 아저씨는 새끼거북처럼 목을 움츠리고 "미토 번사들이 고지식한 건 알고 있었지만, 이치게 님은 유별나시네. 이건 뭐 거의 이시게 님이라니까이치게市毛를 이시게즘毛로 비틀어 풍자하고 있다"라고 혼잣말처럼 중얼거리자 크고 작은 궤를 메고 뒤따르던 인부들도 웃음을 터뜨리는 형국이다.

오늘 아침 하야시 모치노리 님은 혼인을 위해 길을 떠나는 나를 맞으러 와 주었지만, 어머니에게 고개를 숙이며 말했다.

"갑자기 화급한 일이 생겨 저는 미토로 함께 갈 수 없게 되었습니다. 면목이 없군요."

어머니는 양 눈썹을 쳐들어 어이가 없다는 듯이 모치노리 님을 쳐다보았지만, 이치게 님이 대신 길안내를 해 줄 거라고 하자 긴 한숨을 짓고 "그럼 최소한 축배의 예일본의 전통 결혼식에서 술잔을 나누는 의식라도" 하며 하녀에게 준비를 하라고 일렀다. 하지만 모치노리 님은 그럴 여유조차 없다며 칼 두 자루를 허리춤에 꽂았다.

모치노리 님은 다른 존왕 낭사와 함께 탈번한 죄를 사면받고 중사 신분을 회복한 상태였다. 사쿠라다 문 밖의 변 이후 쇼군에 대한 천황 측의 입김이 강해졌는데, 천황 측의 압력에 따른 결정일 거라는 소문이었다.

문밖까지 전송하러 나섰을 때 모치노리 님이 나를 돌아보며 낮은 목소리로 말했다.

"길이 먼데 늘 조심하시게."

"고맙습니다. ……하야시 님도."

"미안해. 미토에서 기다려 주시게."

모치노리 님은 그렇게 말하고 흡족한 듯 눈웃음을 짓더니,

"기다리고 있어, 도세."

하고 말투를 바꾸었다. 이름으로 불린 것만으로도 나는 눈물이 글썽였다. 시댁으로 떠나는 경사스러운 날에 정작 신랑이 없다는 섭섭함이 한순간에 사라졌다.

"다녀오세요."

언덕길을 내려가는 뒷모습을 향해 나는 경박하게도 팔꿈치까지 소매 밖으로 드러내며 손을 휘둘렀던 것이다.

지난여름의 그날, 무슨 일이 있어도 이분과 결혼하고 싶다는 마음이 간절해졌다. 그리고 그날 저녁 즉시 어머니에게 그 의지를 고했다. 벼락이 떨어질 것을 각오하고 몸을 도사렸지만 어머니는 아무 말이 없었다. 전혀 반응을 보여 주지 않았다. 그 뒤로 매일 밤낮없이 어머니 방을 찾아갔지만 말을 이리저리 돌리기만 하며 결혼 이야기를 꺼낼 틈을 주지 않았다.

"허락해 주시지 않으면 이 세상에 미련 같은 거 없어요. 머리 깎고 덴즈인에 들어갈래요."

그렇게 소리쳐도 적敵은 눈 하나 깜짝하지 않았다.

"절에 들어가더라도 덴즈인은 곤란해. 비구니절로 들어가렴."

나는 그만 집 근처 사찰을 말하고 말았던 것이다. 어설픈 방법으로는 어머니를 당해 낼 수 없었다. 모든 걸 알고 있는 아저씨는 걱정을 하며 종종 뜰로 들어와 내 방을 들여다 봐 주었다.

"아씨, 어떻게 돼 가고 있습니까. 잘 될 것 같습니까?"

"한 치의 틈도 없어요. 상대도 보통내기가 아니에요."

"그렇게 한가롭게 감탄하고 있을 때가 아닙니다. 이게 바로 천하의 향방이 걸린 세키가하라, 고비 아닙니까."

"알아요, 당연히 알죠."

나한테는 대책이 있었다. 그 이야기를 하자 아저씨는 크게 감탄했다.

"거꾸로 된 병량공격이라! 뭡니까, 그 병법은."

"단식농성을 하는 거예요."

그렇게 작정한 날부터 나는 밥상에 일체 젓가락을 대지 않고 내 방에 틀어박혀 지냈다. 하녀에 따르면 어머니도 오기가 나서 여기저기에 맞선 주선을 부탁하며 다니고 있다고 하지만, 얼마든지 해 보시죠, 라는 기분이었다. 기둥에 몸을 꽁꽁 묶어서라도 이 방에서 안 나갈 테야. 하지만 이틀째 되는 날 밤부터 배가 고파 눈이 핑핑 돌기 시작했다. 새벽에 아저씨가 몰래 커다란 주먹밥을 가져다주었지만, 나는 고집을 부리며 고개를 저었다.

"그런 거 가져오지 마세요…… 시, 싫어요, 내 결심을 방해하지 말아요."

아저씨는 내 양손에 억지로 주먹밥을 쥐어 주고는 "자, 드세요" 하며 팔꿈치를 잡았다.

"아씨는 이렇게 대쪽 같은 점이 훌륭하세요. 저는 그 안팎이 다르지 않은 모습을 좋아합니다요. 하지만 앞으로는 편법도 슬쩍 쓰지 않는다면 오카미님을 도저히 당해 낼 수 없습니다요."

교묘한 말로 부추기는 바람에 나는 금방 함락됐다. 아저씨가 손수 만들었는지 묘하게 짭짤하고 못생겼지만 그렇게 맛난 주먹밥은 처음 먹어 보았다.

그로부터 열흘쯤 지나서였다. 모치노리 님이 이케다야를 찾아와 어머니에게 정식으로 혼담을 청한 것이다.

어머니가 그 자리에 나를 부르지 않아 나중에 하녀들에게 들었지만, 모치노리 님의 청에 어머니는 입을 꾹 다물고 있었고 모치노리 님도 대답을 기다리며 말없이 앉아 있었다. 서로 한 마디도 하지 않은 채 4반각 정도나 마주 앉아 있었다고 한다.

마침내 입을 연 것은 어머니 쪽이었다.

"설득하지 않을 겁니까?"

"예."

"제 딸을 원한다는 말씀이 전부이니, 강아지 맡기듯이 드릴 수는 없다는 것은 그쪽에서도 잘 아실 겁니다. 하물며 도세를 다른 집에 시집보낼 생각이 없음을 일찌감치 전해 두었습니다. 아, 송구하지만 하야시 님께 무슨 부족한 점이 있어서가 아닙니다. 무가에 시집보낼 생각이 없다고 말씀 드렸던 겁니다. 그런 나를 설득하고 싶다면 반드시 행복하게 해 주겠다든지 평생 부족함 없이 살게 해 주겠다든지, 이쪽이 안심할 수 있는 말씀을 한 마디라도 해 주시는 게 상식이겠지요. 그런 약속이 없다면 이쪽에서도 생각해 볼 여지가 없지 않겠습니까. 실례지만 하야시 님이 무슨 생각을 하시는지 저는 통 짐작이 가질 않습니다."

그러자 모치노리 님은 미동도 없이 대답했다.

"약속이라면 아무것도 해 드릴 수 없습니다."

"……지금, 뭐라고 하셨습니까?"

"가능성도 없고 감당하지도 못할 공약은 못하겠다, 그리 말했습니다. 사는 데 불편하지 않게 해 주겠다거나 외롭게 하지 않겠다거나, 하물며 반드시 행복하게 해 주겠다는 약속이라면 저는 도저히 못합니다. ……하지만."

"하지만?" 하고 어머니는 되물었다.

"같이 살고 싶습니다, 도세 님과."

모치노리 님은 "이렇게밖에 말씀 드릴 수 없습니다"라며 고개를 숙였다. 어머니는 다시 한참을 침묵하다가 긴 숨을 토하고 등을 펴며 자세를 고쳤다.

"그 아이를, 도세를, 마쓰다이라 하리마노카미 나리미토의 2대 번주의 5남이 분가하여 후추 번을 창설한 가문 저택에 하녀로 들여보내 훈련시킨 것이 한창 예쁘던 열 살 때였습니다. 아이에게는 이케다야를 상속받을 사람으로서 격을 갖추게 하기 위해서라고 말해 두었지만, 실은 당시 우리 부부는 그냥 예의범절을 익히게 하려는 하녀살이라고, 그런 정도의 마음이었습니다.

하야시 님도 아시는 대로 도세는 정말로 뭐에 빠지면 정신을 못 차리는 아이입니다. 어릴 때는 더 심해서, 뭔가를 하나 믿으면 지렛대를 질러도 꼼짝하지 않는 아이였습니다. 길고양이나 떠돌이 개를 제 방 이불 속까지 품고 들어가기에 호되게 꾸짖었더니 개와 고양이를 안고 마루 밑으로 들어가서 나오질 않더군요. 한번은 밤중에 아이가 보이지 않아 한바탕 난리를 치르며 찾았는데, 지붕 위에 올라가 별을 따겠다며 내려오지 않더군요. 가슴이 조마조마했던 게 몇 번인지 모릅니다. 정말 애 많이 먹었지요. 하기야 당시 나는 몸에 익숙지 않은 가업에 쫓기느라 아이 훈육까지는 도저히 신경을 쓰지 못하고 살았는데, 그 아이는 그게 슬펐던 건지도 모릅니다. 그런 아이를 가르치려고 하녀로 맡기는 등 마쓰다이라 마님께는 정말 많은 신세를 졌습니다. 저도 젊었던 거죠, 염치도 없이 넙죽넙죽 그런 부탁을 드렸으니까."

그 대목에서 어머니는 자조하듯 웃었다고 한다.

"그런데 도세는 뜻밖에 총애를 받았습니다. 마님은 물론이고 하녀장이나 하녀에 이르기까지 그 아이가 있는 방은 분위기가 환해진다면서요. 아마 그런 말괄량이는 처음 보았겠지요. 도세가 휴가를 얻어 집으로 돌아가 있으니 영 허전해서 못쓰겠다고 일삼아 편지까지 보내서 얼른 돌려보내라고 재촉하셨지요. 그 아이는 어떤 나리 앞에서도 주눅 드는 일이 없으며, 다음에는 무슨 말을 꺼낼지 무슨 짓을 보여줄지 기대가 된다고 하셨습니다. 실은 그걸 알았을 때였어요. 제가 그 아이에게 이케다야를 물려줘야겠다고 결심한 것은.

여관업이라는 것이 남들과 어울리기 좋아하는 사람이 아니면 도저히 해 나갈 수 없는 일입니다. 손님 접대는 물론이고 직원 관리도 사람을 끄는 힘이 없으면 아무리 계산이 정확한 사람이라도 해 나갈 수 없지요. 어쩌면 도세가 그런 자질을 타고났는지 모르겠다고 생각했죠. 그야 고슴도치도 제 새끼는 예쁘다고, 이런 말 하기는 부끄럽습니다만, 저는 그 아이를 그렇게 봤고, 그 뒤로는 이케다야를 물려줄 딸로서만 키웠습니다. 그러므로 도저히 하야시 가의 여자로 살아갈 수는 없을 겁니다. 지금이야 기특한 마음을 먹고 있겠지만, 그 아이는 열여덟 살입니다. 아직 아무것도 모릅니다. 아무것도."

그리고 다시 어머니와 모치노리 님은 한동안 마주앉은 채 침묵하고 있었다. 잠시 후 이번에는 모치노리 님이 먼저 입을 열었다.

"그래도, 같이 살고 싶습니다. 참으로 이기적인 청인 줄은 알지만 도세 님을 아내로 맞고 싶습니다."

낮은 목소리로 그렇게 단언해 주었다.

"하야시 님이라면 좋은 혼담이 많이 들어올 텐데, 그래도 도세가 좋다고 하시는군요."

그렇게 확인하는 어머니에게 모치노리 님이 뭐라고 대답했는지, 그것은 하녀도 미처 듣지 못했다고 한다. 하지만 필시 말없이 고개를 끄덕였을 거라고 생각한다. 어머니는 그 답을 듣자 양손으로 무릎을 잡고 고개를 깊이 숙였다고 한다.

"여러 가지로 모자란 딸이지만 잘 부탁드립니다."

그리고 어머니는 "하야시 님" 하며 목소리에 힘을 주었다.

"이리 된 이상 반드시 살아남아 주셔야 합니다. 네, 주제넘은 말이라는 것은 잘 압니다. 이런 세상에 그것은 목숨을 던지는 것보다 훨씬 어려운 일인지 모릅니다. 하지만 아내를 맞는 만큼 부디 마음에 새겨주십시오."

"깊이 새기겠습니다."

그러자 어머니는 고개를 들고 뜻밖의 말을 했다.

"이케다야는 오늘날까지 미토 번 덕분에 먹고살 수 있었습니다. 그 은혜를 갚고 싶습니다. 도세에게 지참금을 두 가지로 들려 보내겠습니다. 하나는 하야시 가에, 또 하나는 소액이나마 동료분들과 존왕양이의 뜻을 펴는 군자금으로 써 주십시오."

모치노리 님은 잠시 눈을 크게 뜨고 있다가,

"이케다야 님의 뜻, 고맙게 받겠습니다."

차분한 목소리로 대답했다.

그날 이후 어머니는 마치 가산을 탕진하려는 사람처럼 혼수를 준비하고 거액의 지참금을 싸 주었다.

"물가가 뛴 탓에 아무리 많은 돈을 가져가도 금방 바닥날 거다. ……하지만 이 돈은 살림에 쓰면 안 된다. 하야시 님에게 드리는 돈이니까."

어머니는 모치노리 님의 활동자금으로 무려 일백 냥짜리 수표를 준비해 주었다.

시바마타에서 마쓰도까지는 관문교통의 요소에 설치한 검문소을 거치지 않고 배편을 이용하는 것이 보통이어서, 우리는 이치게 님의 안내로 배 여러 척에 나눠 타고 에도가와를 건넜다. 이치게 님과 나, 아저씨 세 사람이 탄 것은 백발의 노파가 삿대를 잡은 작은 배인데, 인부들이 멘 많은 짐이 이케다야 문장이 들어간 의례용 보자기에 싸여 있는 것을 보았는지 "시집가시나 봐요" 하며 볕에 그을린 주름진 얼굴에 사람 좋은 미소를 지었다.

마쓰도에서 계속 동쪽으로 가니 갈림길도 없는 외길 양쪽에 벼논이 끝없이 펼쳐져 있었다. 참새가 시끄럽게 쩍쩍거리고 황금빛 파도가 일렁이는 평야를 걸어간다. 마침내 널쩍한 들판에 들어서자 사방에 억새가 무성하여 은빛 이삭을 반짝이고 있었다. 완만한 언덕에서는 여기저기서 말들이 풀을 뜯으며 놀고 있다. 몸집이 작은 말을 보호하듯이 따라다니는 커다란 말은 어미일까?

문득 어머니 모습이 가슴 깊이 느껴진다.

"잘해야 한다."

이케다야의 후계자를 잃은 당신 처지를 한탄도 않고 불평도 없이 다정하게 보내 주었다. 하녀들은 내가 성취한 사랑을 제 일처럼 기뻐하며 작별에 눈물을 지었다. 아저씨가 시집에서도 시중을 들어 주기로 하지 않았다면 나는 영영 길을 떠나지 못했을지 모른다. 지금도 시시마루의 얼굴을 떠올리면 가슴이 저미듯 아프다.

지금쯤 나를 찾아 짖고 있지나 않은지. 실은 너도 데려가고 싶었지만, 이제부터는 네 마음대로 살 수는 없다며 어머니에게 단단히 꾸중을 들었단다. 물러설 수밖에 없었어. 모든 사람들에게 사랑받으렴, 시시마루. 미안해. 정말 미안해.

이루지 못하면 죽음이라 생각하라
가시면 돌아오지 않는 풀잎의 이슬

나는 속으로 옛 시가를 외어 기운을 내보았다. 한 걸음 또 한 걸음 시집으로 향하는 길은 한 걸음 또 한 걸음 고향집에 작별을 고하는 길이기도 했다.

우시쿠라에도 너른 벌판이 펼쳐져 있어 가을 풀들 사이로 오이풀이며 마타리가 다투듯이 피어 있다. 밤나무 숲에서는 간밤에 내린 빗방울인지 초록색 밤 가시에 맺힌 물방울이 햇빛에 반짝이는 모습이 참으로 예쁘다. 이치게 님은 걸음을 멈추고 우리를 돌아보았다.

"저게 산도구리三度栗라는 밤나무네."

"호오, 세 번이나 볼 살을 파내다니, 대단한 밤이네요."

아저씨가 짐짓 오해하는 척해 보이자 이치게 님은 정색을 하며 헛기침을 했다.

"아니, 산도구리라는 것은 한 해에 세 번이나 열매를 맺는다고 해서 생긴 이름이네. 다만 내 눈으로 확인해 본 적은 없네. 본래 밤이라는 과일은……."

이치게 님은 앞장서 걸으며 해설을 시작했다. 아저씨는 나에게 몸을 기울이고 "아씨, 미토에 도착하면 저도 아주 해박해질 게 틀림없습니다. 기대가 됩니다요" 하고 입을 삐쭉거렸다. 하지만 나는 그런 대화조차 고마웠다. 쓰치우라를 향해 미토 가도를 걸어서 에도에서는 구름 너머의 존재인 줄만 알았던 산들의 능선이 선명하게 시야에 들어오자 점차 두려워졌기 때문이다. 걷고 있을 때는 그나마 나았다. 진기한 풍경을 마주칠 때마다 가슴이 설레기도 하고, 아저씨와 이치게 님의 엉뚱한 문답이 줄곧 웃게 해 준다. 하지만 밤에 건초 냄새 나는 여관에 들어가면 모치노리 님이 곁에 없다는 사실에 한없이 불안해진다.

급한 용무라면 혹시 또 사쿠라다 문 밖의 변 같은 사변이 일어나는 것일까?

어두운 여관방에서 그런 생각에 한번 사로잡히면 점점 끔찍한 상상이 솟아나 잠을 이룰 수 없었다. 내가 언제부터 이렇게 소심해졌을까. 앞뒤 재지 않고 내키는 대로 말하고, 내키는 대로 행동하던 내가 이제 타인처럼 느껴진다.

—기다리고 있어, 도세.

나는 그 말을 가슴에 꼭 품고 매일 힘겹게 잠들었다.

후추 역참마을을 지나고 얼마 되지 않았을 때였다. 아저씨가 걸으며 자꾸 고개를 갸웃거린다.

"왜요?"

"아뇨, 이 길, 아무래도 미토 가도가 아닌 것 같아서요."

"그럴 리가요."

"아까 이치리즈카에도 시대에 전국의 주요 가도에 10리마다 흙을 쌓아올리고 팽나무나 소나무 따위를 심어 이정표로 삼은 것가 있었잖아요. 그 직후에 길을 왼쪽으로 잡은 것 같거든요. 물론 저도 에도 사람이니 오해를 했는지도 모르지만요."

그 말을 듣고 보니 서쪽으로 기울던 해가 정면에 보인다. 그러자 앞을 가던 이치게 님이 "맞네" 하고 대답했다.

"지금 걷고 있는 이 길은 가사마 가도야."

"가사마라고 하셨습니까, 이치게 나리. 송구하오나 그건 멀리 돌아가는 길 아닌가요?"

"자네 말이 맞아."

아저씨는 나와 얼굴을 마주 보았다. 미토 가도를 벗어나다니, 대체 어디로 갈 생각일까. 그러자 이치게 님은 걸음을 멈추고 돌아보았다.

"까닭은 나중에 말해 주지. 일단은 잠자코 따라오게."

이치게 님은 모치노리 님이 신뢰하며 미토까지 길안내를 맡긴 동지다. 믿고 걷는 수밖에 없었다.

그날 밤 여장을 푼 여관에서였다. 처음으로 세 사람이 저녁 밥상을 가운데 놓고 앉았다. 아저씨가 이치게 님에게 눈치껏 술잔을 권하고 서로 맞물리지 않는 어런무던한 대화가 이어졌다. 그러다가 마침내 책상다리로 자세를 바꾼 이치게 님이 각진 턱을 만지며 말했다.

"그건 그렇고, 낮에 길을 바꾼 이유 말인데."

"예. 가사마 가도로 에돌아가는 이유 말씀이군요."

취기가 돌기 시작한 아저씨는 얼른 술잔을 상에 내려놓고 양 무릎에 주먹을 올려놓았다.

"그대로 계속 미토 가도를 걸으면 나가오카 역참마을을 지나게 되는데, 나가오카는 지금 불씨를 안고 있네."

"불씨……라고 하시면."

"음. 나가오카 출장소에 우리 동지들이 많이 모여 있는데, 제생당 무리와 일촉즉발 상태거든. 놈들이 언제 출장소를 기습할지 모르기 때문에 에도를 뜨기 전에 하야시 님하고도 상의해서 위험을 피하기로 했네."

"기습이라니, 큰일이군요. 그 제생당이라는 사람들은 히코네 번사입니까?"

그러자 이치게 님은 냉큼 고개를 저었다.

"미토 번사야."

"하지만 나가오카 출장소에 모여 있는 분들이 이치게 님의 동지면 그분들도 미토 번사겠군요."

"그렇지."

나는 침을 꿀꺽 삼켰다. 그때 뭔가가 생각나려 했다. 언젠가 어머니가 미토 번 내부가 두 패로 나뉘어 있다고 했던 것 같은데, 그래, 맞아.

하지만 그것은 나하고는 아무 관계도 없는 먼 나라 일로 흘려듣고 말았다.

아저씨는 커다란 손바닥으로 볼을 쓱쓱 문질렀다.

"미토 번 내부도 굳게 단결해 있는 게 아니군요. 저는 여러분이 존왕양이의 뜻을 품고 이 나라를 지키기 위해 이이 다이로를 척살했다고만 알고 있었습니다. 안 그렇습니까, 존왕양이라는 것은 말하자면 미토 번의 전통 아닙니까."

이치게 님이 착잡한 표정으로 술잔을 비운다.

"그건 그러네만, 그 존왕양이를 어떻게 이룰 것인가를 두고는 저마다 생각이 다르네."

아저씨가 술병을 들고 이치게 님의 술잔을 채웠다.

"저야 어려운 말은 알아듣지 못합니다만. 그럼 하야시 나리와 이치게 나리는 대체 어느 쪽이십니까."

"천구당이야."

"천구당…… 허어, 기세등등한 이름이군요."

"30년 전쯤인가, 열공烈公 미토 번의 9대 번주 도쿠가와 나리아키德川斉昭의 시호. 그 영향력이 막부를 통해 전국에 미쳤다께서 번주에 취임하여 번정 개혁에 나서실 때, 가신 가운데 일부가 세상을 개혁하기 위해 천구깊은 산에 산다는 상상의 동물. 하늘을 자유로이 날며 신통력이 있다고 전해진다. 독선적이고 오만한 사람을 비유하는 말이기도 하다처럼 움직이자는 결의를 담아 그리 명명했다고 들었네. 뭐, 우리 아버지 시절의 일이지. 한편 제생당諸生党 제생이란 당시 미토 번의 번교 고도칸弘道館의 서생을 말한다. 보수파인 제생당에 고도칸 서생이 많아서 생긴 이름이다은 번조 이래의 명문가 출신이 많은데, 어디서 듣도 보도 못한 놈들이 천구란 이름을 들고 나왔다며 우리를 비방하고 있지."

그러자 아저씨는 이치게 님을 격려하려는 듯 우스꽝스럽게 으스대는 몸짓을 하며 제 두 팔뚝을 탁탁 쳐보였다.

"이치게 나리도 이쪽 기량이라면 대단하시잖습니까."

그러자 이치게 님은 "아냐, 하야시 군한테는 못 미치네" 하고 쓴웃음을 흘렸다.

하야시 군……. 낯선 호칭이지만 왠지 새롭게 들려서 나는 그제야 작은 미소를 되찾았다.

"허어, 그렇게 강하십니까, 우리 나리가."

아저씨도 반색을 하고, 그 이야기를 기다렸다는 듯이 다음을 재촉했다.

"하야시 군은 스이후류水府流 미토 번사가 개혁파와 보수파로 나뉘어 검술마저 서로 다른 유파를 훈련하자 9대 번주 도쿠가와 나리아키가 분파 다툼을 완화할 의도로 여러 검술 유파의 통합을 지시하여 만들어낸 유파 검객으로, 천구당 내에서도 으뜸을 다투는 사람이야. 창술은 사부리류."

그 대목에서 이치게 님은 살짝 턱을 들었다.

"말하기 부끄럽지만, 미톳포는 혈기방자한데다 공명에 연연하는 경향이 강하네. 동료와 얘기하다가도 툭하면 상대방의 잘못을 지적하며 칼자루를 잡지. 하물며 자기가 참가한 중대한 국면에서라면 말해 무엇

하겠나. 작년 봄에 천구당의 뜻있는 사람들이 모여 이이 다이로를 척살하자고 결의할 때 동료들은 누구나 습격 부대에 가담하기를 원했네. 물론 나도 하야시 군도 진심으로 원했지. 그러니 다카하시 님이 미토에서 막부 관리에게 체포되었다는 소식을 들었을 때는 다들 한순간 당황했네. 다카하시 님을 구출하기 위해 미토로 달려간다면 습격에 참가하지 못할 염려가 있었으니까. 망설이지 않고 나선 것은 하야시 군뿐이었네."

다카하시 님은 지금은 열공이란 존칭으로 불리는 나리아키 공의 비서에서 고리부교郡奉行 각 번은 여러 개의 고리郡로 구성되는데, 각 고리마다 고리부교라는 책임자를 두어 농민에 대한 징세와 관리, 소송 등을 담당했다 고도칸 학교부교를 역임한 다카하시 다이치로라는 분인 듯하다. 그 변 직후 다카하시 님은 오사카의 사쓰마 번저로 달려가 함께 궐기하라고 촉구했지만 외면당했다. 사쓰마 번은 오히려 막부에 다카하시 님의 거처를 밀고했다. 다카하시 님 부자는 체포되어 시텐노지라는 고찰 경내에서 할복으로 생을 마감했다고 한다.

이치게 님은 몸을 조금 숙이며 굵은 숨을 토했다.

"나는 하야시 군에게 기개를 느꼈네. 함께 미토로 달려갔지. 지금 생각하면 그게 잘못의 시작이었네. 나는 싸우다가 칼에 베일 뻔했는데, 하야시 군이 구해 주었지. 덕분에 나는 거의 다친 데가 없었지만 하야시 군은 나를 지켜 주다가 많은 상대에 포위되고 다리를 다쳤네. 사쿠라다 문으로 달려가는 것은 고사하고 미토를 떠날 수도 없게 되었지.

얼마나 분했겠나. 하야시 군은 늘 그랬네. 칼을 들고 적과 대치하면서도 주위를 살펴볼 줄 알지. 신분 낮은 주겐이나 종자라도 도울 수 있는 상대라면 숙여! 뒤에서 친다! 라고 외쳐서 도와 주었네. 입이 건 자는, 하야시는 검술은 뛰어나지만 목숨을 너무 아낀다, 보탬이 안 된다 하고 험담하지. 하지만 하야시 군은 전혀 개의치 않아. 떠들고 싶으면 마음대로 떠들라는 듯이 유유하게 움직이지. 하지만 난 그런 말을 들을 때마다 못 견디게 분하네. 분하고 미안해."

아저씨와 술잔을 나누며 이치게 님은 마치 눈앞에 모치노리 님이 있는 양 젖은 목소리로 "미안하이"라고 사과했다. 나도 모치노리 님이 그리워 덩달아 눈물지었다.

가사마라는 곳을 지나자 산길로 접어들었다. 울창한 산속은 대낮에도 해질 무렵처럼 어둑하고 서늘하다. 길에는 나무뿌리가 툭툭 튀어나와 있어 잠깐만 정신을 팔아도 발이 걸려 넘어질 판이다. 발밑의 땅은 바위가 많고 딱딱하다. 금세 발바닥이 아프고 무릎이 무거워진다. 아저씨도 농담을 그치고 종종 내 팔꿈치를 잡아주며 묵묵히 걷고 있다.

마침내 머리 위를 가리던 나무들 사이로 햇살이 들어와 환해진다. 둘레가 한 아름이나 되는 소나무 줄기에 단풍 든 덩굴이 휘감겨 있다. 나는 그 아름다운 풍경에 걸음을 멈춘 채 넋 놓고 쳐다보았다. 산신령님에게 뜻밖의 축복을 받은 기분이었다.

산속을 벗어나자 다시 너른 들판이 나왔다. 일렬을 지어 좁은 두렁

길을 걸었다. 어디선가 맑은 목소리가 들려 주위를 살펴보니 완만한 언덕 위에 한 처녀가 노래를 부르며 말을 끌고 있다. 그 앞쪽 평지에서는 벌써 가을걷이를 하는 중인데, 부부인지, 남자가 벼를 베면 여자가 단을 묶어 도가_{볏단을 걸어서 말리는 받침대}에 잇달아 걸어 나간다. 아직 어린 아이가 그 옆에서 이삭을 주우며 놀고 있다.

붉은 노을 비끼는 히타치 땅으로 내려가누나.

그렇게 중얼거리니 나도 모르게 가슴이 뛴다. 드디어 왔다는 기쁨과 불안이 교차하여 설렘이 가라앉지 않았다.

아저씨는 이치게 님과 나란히 논밭을 둘러보다가 "허어" 하고 혼잣말처럼 흘렸다.

"여기가 우리 아버지 고향인가."

이치게 님은 순간 몸을 젖히며 옆에 있는 아저씨를 내려다보았다.

"세이로쿠, 당신, 미톳포였나?"

"아뇨, 저는 에도 물로 씻고 태어난 에돗코입니다_{에도는 바닷가에 매립지가 많아 우물물이 좋지 않았으므로 일찍부터 상수도를 이용했는데, 이는 에도 토박이의 자랑거리이기도 했}다. 하지만 아버지가 미토 농민의 삼남이었지요. 아씨 덕분에 이 땅을 밟아 보는군요. 감사한 일이지요."

혼인 날짜가 정해지고 며칠 뒤였는지, 아저씨는 어머니에게 뜻밖의 청을 했다.

"저도 미토에 따라가게 해 주십시오. 간절히 부탁드립니다요."

어머니는 시집으로 가는 초행길에 시중을 들겠다는 말로 받아들인 듯하고, 곁에 있던 나도 그렇게 생각했다. 하지만 아저씨는 나와 함께 하야시 가에서 지내고 싶다고 청한 것이었다.

"몸종이나 유모를 데리고 시집에 들어가는 것은 상인 집안에서도 볼 수 있지만, 세이로쿠가 가겠다고?"

어머니는 당황한 얼굴로 물었다. 나는 아저씨가 함께 가 준다는 말만 들어도 기뻐서 얼른 거들고 나섰다.

"저도 부탁드려요, 어머니."

"이런, 기다렸다는 듯이 반색하다니. 아저씨가 곁에 있으면 네가 언제까지나 의지하려고 들지 않겠니? 세이로쿠야 충정에서 하는 말이겠지만, 도세한테도 좋은 일인지는 모르겠구나."

"아뇨, 그게 아닙니다. 이제 저도 제 아비가 죽은 그 나이가 다 됐습니다요. 계약이 끝나 이 댁을 떠나게 되면 팔다리 멀쩡할 동안 한 번이라도 아버지 고향에 가 봐야겠다고 오래 전부터 생각해 왔습니다. 제 아비가 세상을 뜨기 전에 '미토로 돌아가고 싶어' 하는 말을 헛소리처럼 얼마나 되뇌었는지 모릅니다. 당신 발로 떠나온 곳인데, 고향이란 게 그렇게 그리운 건가 하는 생각이 가시질 않았거든요. 그러던 차에 이번에 아씨의 혼인이 성사된 겁니다. 애가 타서 가만있을 수가 있어야죠. 아씨를 모시고 미토로 가겠다는 것은 핑계고 실은 제 소원 때문에 청을 드린 겁니다. 오카미님, 늙은이의 주제넘은 청을 제발 들어 주십시오. 이렇게 부탁드립니다."

그 말을 듣자 어머니는 허락해 주었지만, 아저씨가 나가고 난 뒤 어머니는 나에게 이렇게 말했다.

"넌 정말 복을 타고났구나. 세이로쿠가 함께 가 준다니 얼마나 마음이 든든하니. 하지만 응석을 부리면 안 된다. 앞으로는 네가 아저씨를 보살펴 줘야 한다."

아저씨는 이치게 님에게 여전히 말을 건네고 있었다.

"농가에서는 대개 셋째를 솎아 냈기 때문에 삼남이란 게 아주 드물었다고 합니다. 나는 그때 죽지 않은 것만으로도 출세한 거지, 다만 평생의 운을 그걸로 다 써버린 모양이다, 라는 게 아버지의 입버릇이었죠."

웃으며 가만히 말했다. 처음 듣는 이야기였다.

그러고 보니 아저씨는 늘 나를 돌봐 주면서도 자기 신상에 대해서는 들려준 이야기가 거의 없었다. 어릴 때부터 이케다야에서 늘 보던 사람인데도 손아래 누이 부부가 간다묘진시타에 산다는 것도 모르고 있었으니.

이치게 님은 "음" 하고 울대뼈를 움직이며 논밭으로 시선을 돌렸다.

"농민만 그런 게 아니야. 사무라이도 백 석이 안 되는 하사 집안은 사정이 비슷해. 양자로 보낼 곳도 없었기 때문에 자식이 둘밖에 없는 집이 태반이지. ……아무도 그 이유를 말하지는 않지만."

그 말을 끝으로 활짝 갠 가을 하늘로 눈길을 던지며 아무 말이 없었다.

에도에 비해 턱없이 드넓은 하늘에서는 하얀 비늘구름이 쉴 새 없이 흐르고 있었다.

제
3
장

호
시
아
이

호시아이로슴(칠월칠석 날 밤 견우 직녀의 두 별이 만나는 것.)

1

물레 소리가 이른 아침부터 들려온다.

장마철이면 그 소리가 비파 소리처럼 무겁고 습하게 들리지만, 유월 한여름에는 발랄한 것이 왠지 기분 좋게 들려서 신기하다.

시누이가 물레질하는 동안 슬쩍 다시 그걸 해 봐야지. 그렇게 작정하고 나는 발소리 죽여 베틀방으로 들어갔다.

귀신 없는 틈에 뭘 한다더니, 바로 이런 경우를 두고 하는 말이겠다 '귀신이 없는 틈에 빨래를 한다'는 속담이 있는데, 감시하는 사람 혹은 부담스런 사람이 자리를 비운 틈에 평소 원하던 일을 하며 기분을 풀거나 휴식하는 것을 뜻한다. 이 생각이 스스로 보기에도 흡족해서 쿡쿡 혼자웃음을 지었다. 베틀에 앉아 오른발을 발판에 가볍게 올렸다. 분명히 이걸 밟고 씨줄 사이로 날줄을 지르는 것이라고 했다. 어? 가쓰오부시가다랑어 살을 찐 후 발효시키며 딱딱하게 건조시킨 것. 이를 대패로 켜서 양념으로 쓴다처럼 생긴 도구는 어디 있지? 아, 여기 있네, 여기 있었어. 이걸로 날줄을 지르는 거지. 응? 어떻게 하는 거였지? 하며 나는 손길을 멈췄다.

이상하네, 요전에는 어렵지 않게 할 수 있었는데.

"올케!"

움찔하며 돌아보니 귀신이 어느새 널문 앞에서 머리에 김을 폭폭 올리며 서 있었다.

"뭐 하세요!"

"아, 아니, 그냥, 조금 도울까 해서요."

"됐으니까 북 이리 줘요."

"북…….'"

"손에 든 그거."

"아, 이 가쓰오부시."

내가 오른손에 든 도구를 내려다보자 시누이는 냉큼 가로챘다.

"이건 모토오리니까 건드리지 말아 주세요."

얼굴이 새빨개져 있다. 평소에는 모치노리 님을 빼닮은 매끈한 얼굴에, 보는 이가 혹할 만큼 속눈썹이 길다. 하지만 내 행동거지가 마음에 차지 않는지 늘 눈초리가 차갑다.

"모토오리? 그게 뭐죠?"

"처음 짜기 시작하는 부분 말이에요. 베틀질은 시작이 중요하니까 장난은 삼가 주세요."

"자, 장난은 아니에요. 나도 길쌈을 잘하고 싶어요."

"모토오리가 아니라도, 매번 재작업하는 게 고역이란 말예요. 앞으로는 절대 건드리지 마세요."

"재작업을……."

시누이는 내가 가끔 베틀을 만지고 있다는 것을 알고 있었고, 내가 짠 부분을 해체해서 재작업을 해왔다는 말을 하고 싶은 듯했다.

"그래요, 올케가 짠 부분은 띠리해서 금방 알 수 있어요."

"띠, 띠리……."

무슨 말을 하는지 통 알아들을 수가 없다.

"엉망진창이란 말이에요!"

시누이는 더는 상대할 마음이 없다는 듯이 얼굴을 돌리고 베틀에 앉았다. 나는 말붙일 염도 못 내고 맥없이 방을 나왔다. 뜰을 에두르는 쪽마루를 걸어서 내 방 앞 툇마루에 앉았다.

왜 나를 받아들여 주지 않을까.

모치노리 님의 누이동생 데쓰 님은 나보다 네 살 아래인 열다섯 살이지만 집안 살림에 밝고 몸을 아끼지 않는 부지런한 일꾼이다. 그래서 나도 함께 일하고 싶은데, 그래서 하야시가 사람이 되고 싶은데, 걸핏하면 "그건 내 일이에요", "그건 하녀 일이에요" 하고 끼어들어 냉정하게 몰아내고 만다.

지난가을, 처음 이 집에 도착하고 그 이튿날도 그랬다. 나는 생전 처음으로 열심히 걸레질을 했다. 그러자 시누이가 복도로 뛰어나왔다.

"올케, 그만두세요!"

"내가 손님도 아니고, 이 정도 일은 해도 괜찮잖아요?"

"그건 하녀가 할 일이에요. 보기 흉합니다."

"어…….."

개처럼 마룻바닥에 양손을 짚은 채 시선을 들어 보니 저택을 에두른 섶울타리 너머로 여러 얼굴들이 나란히 있다가 일제히 허리를 구부리며 숨는 모습이 보였다. 틀어 올린 머리끝이 여기저기서 움직이는 것이 다들 숨을 죽이고 있음을 알 수 있었다.

"저건, 무슨 의식 같은 건가요?"

그러자 시누이는 "이리 오세요" 하며 내 소매를 끌고 방 안으로 들어갔다.

"동네 사람들이 구경하러 온 거예요."

"구경? 뭘요?"

"올케를요. 요란한 혼수품과 함께 도착하는 바람에, 에도 이케다야의 따님이 하야시 가에 시집을 왔다는 소문이 벌써 파다합니다."

"어머, 그래요? 그럼 혼수품을 보여줘야겠네. 에도에서는 동네 사람들을 불러서 다과 대접을 하거든요."

"여긴 에도가 아니에요, 미토란 말입니다."

둔감하게도 나는 그제야 시누이가 화가 났다는 것을 알았다.

"아무것도 모르시는 것 같아서 가르쳐 드리는데, 그런 옷차림은 미토에서는 금지돼 있어요."

나는 내 옷을 내려다보았다. 연둣빛 바탕에 흰 실로 버드나무와 제비가 자수되어 있고 끝자락에는 물결무늬를 넣은 지리멘오글쪼글한 비단으로 지은 여름용 고소데평상복으로 입는 통소매 기모노이다. 그래서 걸레질을 하려고 빨간 지리멘 끈으로 다스키양어깨에서 양 겨드랑이에 걸쳐 십자 모양으로 엇매어 긴 옷소매를 단속하는 멜빵를 했다.

"이건 그냥 평상복인데……. 아, 혹시 지리멘이 문제인가요? 하지만 이곳 거리에서도 지리멘 옷을 입은 여자들을 봤던 것 같은데."

나는 고개를 갸우뚱거렸다.

"우리는 백오십 석 중사 집안입니다. 조닌이 아니에요. 미토의 무가는 검약이 우선이어서 여자들 옷은 면직물로 정해져 있고, 비단이나 지리멘은 안감이나 옷단 안쪽에 대는 데만 쓸 수 있어요."

그러고 보니 그녀는 어린 아가씨인데도 매우 차분한 면 옷을 입고 있다. 에도에서는 열대여섯 살 아가씨라면 소매가 치렁치렁한 기모노에 배우그림을 품고 가슴을 설렐 텐데, 시누이에게는 아가씨다운 꾸밈새가 전혀 없다. 그것도 번의 규범 탓이었나, 하고 깨달았을 때는 이미 늦어서, 시누이는 자기 할 말을 마치자 아무 대답도 필요없다는 듯이 방을 나가 버렸다.

모치노리 님의 방을 청소한다면 아무도 뭐라고 하지 않겠지, 생각하고 맹장지를 가만히 닫았다. 책상 위부터 도코노마, 다다미 위까지 온갖 책들이 쌓여 있다. 미토 번은 '미토학'이 자리 잡을 만큼 학문을 숭

상하는 기풍이 있는 곳이고, 특히 존왕에 관한 학문은 미토에서 창시되어 이제는 여러 번의 지사들이 앞 다투어 배우고 있다고 한다. 하지만 내가 섣불리 건드리면 책 더미가 무너져버릴 것 같아 일찌감치 물러나고 말았다.

그리하여 오늘도 나는 무료하게 툇마루에 앉아 있다. 볼썽사납게 섬돌에 발을 뻗고 양손을 뒤로 짚어 상체를 젖혀서 하늘을 올려다보았다.

길쌈을 돕기는커녕 폐만 끼치고 있었다니 미안하기 그지없지만, 그래도 나한테 말도 없이 재작업을 하고 있었다니 너무하잖아, 하며 나는 콧방귀를 뀌었다. 뭐가 잘못되었는지 가르쳐 주면 나도 잘할 수 있을 텐데. 능숙하게 일하는 모습을 모치노리 님에게 보여 주고 싶은데. 그렇게 생각하니 속에서 열불이 났다.

늘 고압적인 말투로 나를 밀어낸다. 정말이지 화가 나 견딜 수가 없다.

애초에 하야시 가에 도착한 그날부터 어긋났던 게 아닐까.

혼수를 집 안에 너무 많이 들여 놓네 어쩌네 하며 한바탕 소동이 일어났던 것이다. 시누이는 어둑한 집 안에서 하녀들을 거느리고 앉아 그 아름다운 눈썹을 찡그리며 혼수를 올려다보고 있었다. 나는 먼 길을 동행하고 집 안에 짐을 들여놓느라 고생한 인부들에게 행하를 후하게 쥐어 주었다. 어머니가 늘 그렇게 했기 때문이다. 집안에 좋은 일이 생기면 주변에도 복을 나눠 주는 것이 이케다야의 가풍이다. 술도 대접할 생각이었지만, 인부들이 어느새 자취를 감추고 없었다. 나중에 아저씨는 "시누이께서 바로 돌려보내 버렸는데…… 제가 감히 말릴 수도 없어서, 정말 죄송합니다" 하고 고개를 숙였다.

여기저기 삭아서 부서진 섶울타리 밑에서 무궁화의 하얀색만 싱싱하다.

미토 우와마치고켄초에 있는 이 집은 내가 상상하던 것 이상으로 훌륭했다. 하지만 살림의 궁핍은 더욱 상상 이상이어서, 집이든 뜰이든 망가진 곳이 곳곳에 보인다. 아저씨가 동네에서 들은 바에 따르면 중사 이하의 사무라이 집안은 모두 엇비슷한 형편이고, 백 석 이하의 하사는 부업이 허락되지만, 백오십 석 중사 집안은 부업도 금지되어 있다. 게다가 중사는 가신 세 명과 하녀 세 명을 부양하고, 말도 한 필을 키워야 하므로 살림은 오히려 하사보다 어렵다는 것이다.

미토의 무가 여성들의 생활도 에도의 무가 부인들과는 딴판으로 검소하다. 애초에 전임 번주 도쿠가와 나리아키 님, 지금은 열공이라 불리는 그분이 실시한 번정 개혁은 검약의 장려가 핵심이었다고 한다. 교토의 천황을 받들고 오랑캐는 철저히 배척해야 한다는 사상으로 일관한 열공은 번정 개혁에도 과감하게 나선 명군이라고 했다.

아저씨가 거리에 나가 상황을 살펴보고 와서 슬쩍 가르쳐 주었다.

"무가는 문무에 힘쓰고 검약하며 살아야 한다, 이거야 어느 번에서나 주문처럼 외는 말이죠. 하지만 미토는 연극도 금지고, 행락은 가이라쿠엔에서만 허용된다고 하니 놀랍지 않습니까. 완고하기로 소문난 미토인지라 열공이 돌아가신 뒤에도 그 기풍은 여전히 반듯하게 지켜지고 있다고 합니다요.

큰 소리로 할 얘기는 아니지만, 이케다야에 묵는 분들 중에는 성격이 불같은 분들이 많지 않았습니까. 지금 생각하니 그럴 만도 하구나 납득이 됩니다. 오랫동안 이 지경으로 꽁꽁 옥죄여 살았으니 속에 화가 꽁꽁 맺혔겠지요. 다만 조닌은 비단옷도 연극도 허용된다고 하는데, 가무음곡이 금지되어 있으니 시중에 나가 봐도 쥐죽은 듯 조용한 게 영 활기가 없습니다. 하나부터 열까지 에도하고는 딴판입니다."

나는 다시 가만히 한숨을 지었다. 일즙이채, 즉 국 하나에 반찬 두 가지라는 검소함도, 집 안이 쥐죽은 듯 조용한 것도 이케다야하고는 판이하게 다르지만, 그것도 다 각오한 일이니 나로서는 할 말이 없다. 설거지도 청소도 해 본 적이 없으니 열심히 배우며 일하고, 저녁을 먹을 때는 시누이와 이런저런 이야기를 하고, 때로는 모치노리 님의 어릴 적 이야기를 들으며 웃는 날들을 상상하고 있었다. 하지만 식사 때는 절대 말을 해서는 안 되고, 틈을 봐서 어렵게 말을 건네도 귀찮은 듯 네, 아니요로만 대답할 뿐이다.

아무 할 일이 없고 아무 일도 시키지 않다니.

무료하게 세월을 보내는 것은 뜻밖에 고통스러운 일이었다. 마치 내가 무슨 골칫덩이라도 된 것 같고, 모치노리 님만 속절없이 기다리고 있는 수밖에 없다.

모치노리 님은 결혼 직후에 하사와 농민의 자제를 가르치는 향교의 책임자로 임명되어 향교가 있는 이타코에 임시로 머물고 있다. 집에 돌아온 것은 세 번이 전부인데, 옷을 갈아입기 무섭게 경황없이 떠난 적도 있다. 잠깐의 상봉인데 말을 건네 볼 틈도 없었고, 저번에도 칼을 건네주는 시누이의 어깨 너머로 모치노리 님을 쳐다보며 멍하니 서 있었다. 그러자 모치노리 님은 굳이 내 앞으로 다가와 주었다.

"잘 있었어, 도세?"

속삭임처럼 작은 목소리지만 나는 그 한 마디를 포상처럼 가슴에 꼭 품었다.

근처에 사는 일가친척이나 동네 여인들과도 교류하고 싶지만 처음 왔을 때 인사한 것이 전부이고, 다들 집안일로 바쁜지 그 뒤로는 본 적이 없다. 차라리 내가 찾아가자는 생각에 외출할 준비를 하자 "아녀자의 바깥나들이가 잦으면 집안의 가장인 오라버니의 위신에 누가 됩니다. 삼가세요" 하고 시누이에게 일찌감치 견제를 받았다.

나는 툇마루에 앉아 다리를 흔들고 있다.

누가 또 심부름을 와 주지 않을까.

하는 일도 없이 시간을 보내는 터라 가끔 찾아오는 다른 집의 심부름꾼과 대화하는 것이 소소한 위안이었다. 심부름꾼 중에는 아직 철도 들지 않은 꼬마도 많아 볼품없는 과자 따위를 싸 주어도 몹시 기뻐한다. 열두어 살쯤 되면 제법 격식 있게 인사하는 아이도 있어서,

"하야시 나리 댁에 에도에서 아주 명랑한 분이 시집오셨다, 한번 만나 봐야겠다고 다들 말하던데, 과연 젊은 마님은 마음씀씀이가 남다르

시네요."

그러고는 조심스레, 하지만 눈알을 반짝이며 내 손바닥에 있는 과자를 집어 든다.

"오늘도 되게 덥네요."

심부름꾼 아이는 뜰 너머 채소밭에 엎드려 풀을 뽑는 아저씨에게도 한두 마디 건네고는 만족스런 얼굴로 뒷문을 빠져나간다. 나는 솔직하게 감정을 드러내는 그 모습에 마음이 풀어져 아저씨와 미소를 나누었다.

아저씨가 같이 와 주어서 얼마나 다행이야, 하는 마음이 사무친다. 시누이가 있어서 대놓고 할 말은 아니지만, 아저씨가 지켜봐 주고 있어서 나도 어쨌든 침울해하지 않고 지낼 수 있는 것 같다.

"아씨, 편지가."

아저씨가 허리를 구부리고 툇마루로 종종걸음으로 다가왔다.

"아이 정말, 안 된다니까요, 그 아씨라는 말. 또 한 소리 듣는단 말에요."

그러자 아저씨는 "아차, 귀신 님 귀가 여간 밝은 게 아닌데" 하며 목에 건 수건으로 입을 막았다.

내가 시누이에게 배척당하고 있다는 것을 아저씨는 이미 눈치채고 있었지만, 그래도 적개심을 드러내지 않고 늘 익살로 넘겨주어서 좋았다. 내가 생각하는 것 이상으로 정색을 한다면 나도 더는 아무 말도 할 수 없게 될 것이다. 아저씨는 적당히 물을 끼얹어 내 불평불만을 달래

준다. 그것으로 충분하다.

편지 봉투에는 그리운 필체로 '하야시 도세 님'이라고 적혀 있다. 어머니 필체는 고이에류御家流 에도 시대에 서당 등을 통해 일반에 널리 보급된 서체라고 보기 힘들 만큼 크고 힘차다. 봉투의 글자를 찬찬히 보면서, 어머니가 무가로 시집간 딸에게 격식을 차린다는 사실이 곤혹스러웠다.

나는 아직 한 발도 내딛지 못하고 있는데 어머니는 한참을 앞질러간다.

"오카미님이 보내셨군요. ……아, 이제는 이케다야의 오카미님이 아니지요. 허어, 그럼 저는 뭐라고 불러 드려야 하나요."

아저씨가 툇마루에 한 손을 짚고 내 손 맡을 보면서 묻는다.

"어, 음, 글쎄…… 그냥 어머니라고 하면 되지 않을까요."

"오, 그렇군요. 어머님, 이군요."

아저씨는 그게 무슨 대수냐는 듯한 나의 대답에도 요란하게 감탄하고는 "그럼 저는 물을 길어야 해서" 하며 뒤란에 있는 우물을 향해 몸을 돌렸다.

"나중에 어머니 소식을 알려 줄게요."

"기대하고 있겠습니다요."

어머니는 언제부터 그런 생각을 품고 있었는지, 내가 에도를 떠난 직후 이케다야를 원래 주인이던 가토 가에 돌려주고 당신은 시시마루를 데리고 고향 가와고에로 갔다. 가와고에 번의 전임 번주의 부인 지테이인悲貞院 님이 꼭 와 달라고 불러 주셔서 마흔여덟 나이에 시녀 생활을 시작한 것이다. 어머니가 소싯적에 얼마나 일을 잘했던지는, 수십 년이 지난 지금도 가와고에 번저의 이야깃거리로 남아 있다고 한다.

편지에는 지테이인 님이 얼마나 젊고 아름다운지, 얼마나 자애로운지를 찬양하고, 너무 오랜만에 다시 시녀로 일해야 하므로 번저 안채의 관습이 변하지나 않았는지 걱정했지만 괜한 걱정이었다는 것, 더구나 지테이인 님은 부군을 일찍 여의고 적적하게 지내는 분이라, 위로가 될까 싶어 시시마루를 보여 드렸더니 몹시 좋아하셔서 요즘은 한시도 품에서 놓아주지 않을 정도로 귀여워해 준다는 내용 등이 적혀 있다.

게다가 파란 단풍잎 석엽을 곁들인 작은 꾸러미가 있어서 열어 보니 돈이 들어 있었다. 가슴이 찡해서 황급히 꾸러미를 들고 내 방으로 향한다.

어머니도 참. 이미 충분한데. 이렇게 보내 주지 않아도 되는데.

내 방의 맹장지를 닫고 앉아서 석엽을 쳐다보았다.

내 지참금은 나카지마 가가 하야시 가에 건넨 것이므로 살림을 맡은 시누이가 그 돈을 어디에 어떻게 쓰는지는 알지도 못하고, 지금의 나는 참견할 처지도 아니다. 다만 어머니가 시녀로 일해서 번 이 돈만큼은 말 사료비로 쓰고 싶지 않다. 그런 심정이 강했다.

나는 칠 냄새가 여전히 진한 새 문갑을 꺼내 꾸러미를 넣었다. 하야시 가의 여인답지 못한 짓인지도 모른다. 하지만 그다지 반가워해 주지도 않을 시누이에게 건네주느니 비상시를 대비하여 곁에 놔두자, 그렇게 생각했다.

문갑을 옷장 구석에 넣어 두려고 서랍을 여는데 발밑에서 끼긱, 하는 묘한 소리가 난다. 이 8첩방은 다다미는 교체했지만 귀틀이 틀어졌는지 여기저기 살짝 꺼진 자리가 있다. 혼수로 가져온 가구를 이 방 저 방에 들여놓고, 내 방에는 경대와 책상, 옷장을 들여 놓았지만, 그 사치스러움과 화려함이 이 집안 분위기와 전혀 어울리지 않았다. 너희들 때문에 데쓰 님의 심기가 불편하잖니, 제발 빨리 낡아 주면 안 되겠니, 하며 엉뚱하게 가구들에게 화풀이를 했던 것이다.

이런 불효한 생각을 하다니, 하는 미안함에 콧속이 찡해진다.

어머니는 아마 나의 결혼을 허락하면서 여관 장사를 접을 결심을 굳혔을 것이다. 그리고 이케다야의 재산을 전부 나의 혼수에 썼다. 에도 조닌의 자존심을 딸에게 쏟아 부은 것이다.

나는 책상 앞으로 자리를 옮겨 벼루를 꺼냈다. 답신 글귀를 구상하며 먹을 간다.

'어머니도 시시마루도 무탈하다니 무엇보다 기쁩니다. 저는 주변 분들이 모두 배려해 주셔서 정말 행복하게 지내고 있으니 부디 안심하십시오.'

……요즘은 저도 길쌈을 하고 있답니다.

문득 그 문장이 떠올렸다가 황급히 도리질했다. 안 돼, 그렇게 썼다간 어머니가 거짓말을 눈치챌 것이다. 꼭 거짓말을 해야 한다면 최대한 짧게, 자신이 기억할 수 있는 정도로 할 것. 샤미센 사범이 그렇게 말했었다.

활짝 열어둔 장지로 내다보이는 뜰 너머에서는 마을 여인들이 열심히 길쌈질 하는 소리만 들리고 있었다.

2

유월도 다 끝나갈 무렵의 해 질 녘, 모치노리 님이 돌아왔다.

이번에는 네댓새는 머물 수 있다고 해서 마음이 억누를 수 없을 만큼 달뜬다. 방에서 모치노리 님이 옷 갈아입는 것을 시중드는 것만으로도 깡충깡충 뛰고 싶을 만큼 기쁘다.

하지만 모치노리 님이 훈도시 하나만 걸친 모습이 되니 눈 둘 데가 없어 고개를 숙였다. 가슴 뛰는 소리가 밖으로 들릴 것 같아 가슴을 눌렀다. 그때 복도에서 시누이의 목소리가 들렸다.

"오라버니, 접니다."

"응."

그녀는 물을 채운 작은 나무통을 안고 들어와 품에서 수건을 꺼내 물에 적신 뒤 꼭 짜냈다.

"시작할게요."

시누이는 훤칠한 모치노리 님 앞에 서서 까치발을 하고 볕에 그을린 어깨를 물수건으로 문질렀다. 그러자 어깨가 살짝 움직였다.

"됐다, 데쓰."

"왜요, 늘 이렇게 했는데."

"저녁에 손님이 많이 오는데, 그걸 준비하자면 네가 많이 바쁠 거다."

모치노리 님은 그렇게 말하고 수건을 받아들어 나에게 내밀었다. 나는 망설이다 받아들었다. 그러자 시누이의 **뺨**이 하얗게 굳었다.

"그럼……. 부탁해요."

잰걸음으로 복도로 나간다. 나는 수건을 든 채 당황했지만, 모치노리 님이 내 편을 들어준 것 같아 아주 뿌듯했다. 나무 물통 앞에 앉아 수건을 물에 적셔서 꼭 짜냈다. 그러자 물방울이 튀어 내 무릎께며 다다미 여기저기가 젖어 색이 변했다.

"아, 이런. 데쓰 님은 한 방울도 흘리지 않았는데."

손수건으로 황망히 물통 주변을 훔치자 모치노리 님이 곁에 한쪽 무릎을 꿇고 앉았다. 그리고 물수건을 세로로 쥐고 능숙하게 물을 짜는 시범을 보여준다.

"이렇게 하는 거야."

나는 부끄러워 어깨를 움츠렸다.

"미안해요. 수건 하나 제대로 짜지 못하고."

"아냐, 물 다루는 일은 많은 경험이 필요해. 곧 익숙해질 거야."

그렇게 말하고 모치노리 님은 일어나 등을 돌리고 서서 스스로 몸을 닦기 시작했다.

"제가 해 볼게요."

그러자 모치노리 님은 고개만 돌려 미소를 지었다.

"아냐, 당신 시키려고 물수건을 건네받은 게 아냐. 그렇게라도 하지 않으면 데쓰가 물러나지 않을 거야. ……고집이 보통이 아니거든. 아,

그래도 심성은 고운 아이야."

나는 일어나 "네, 저도 알죠" 하고 고개를 끄덕였다. 실은 고운 심성 따위는 한 번도 느껴본 적이 없지만, 그래도 나는 올케 아닌가. 그렇게 생각해 줘야 한다.

이내 수건을 빼앗아 들자 모치노리 님은 한순간 나와 눈을 맞추었지만 더는 마다하지 않았다. 목덜미부터 어깨, 등까지 닦아 나간다. 금세 미지근해진 수건을 나무 물통의 물로 헹구는데 얼마나 가슴이 쿵쾅거리던지. 가슴을 진정시키며 허벅지부터 장딴지, 뒤꿈치까지 다 닦고 나서 올려다보았다가 그 벌거벗은 몸에 나는 움찔했다.

구석구석까지 탄탄한 무신 같은 몸에 숨을 삼킨다. 다리를 조금 벌리고 선 자태는 편하게 쉬고 있는 것도 같고 당장이라도 활을 쥐고 화살을 메길 것도 같다.

정면으로 돌아가 열심히 닦고 있자 어디선가 매미 소리가 들려온다. 해 질 녘의 방 안으로 석양이 비껴들어 푸른 물빛과 붉은색이 감돈다.

일어서서 모치노리 님 얼굴을 올려다보았다. 어느새 모치노리 님 얼굴이 다가와 내 볼에 차가운 볼이 닿았다.

나는 눈을 감은 채 내내 이러고 있었으면, 하고 생각했다.

해가 진 뒤에 찾아온 가신들은 열 명 정도였다. 시누이는 하인을 시켜 아예 술통을 방 안에 들여놓았다. 그 모습에 나는 놀라지 않았다. 이케다야에 묵었던 손님도 다들 대주가였기 때문이다.

시누이가 부엌에서 하녀들을 지휘하여 부지런히 안주를 댔지만, 밤이 깊어도 손님이 찾아와 하녀들은 정신없이 움직였다. 그렇게 나를 배척하던 '귀신'도 차마 "얼쩡거리지 말아요"라고 하지 못할 만큼 바쁜지, 내가 쟁반을 들고 안주를 날라도 못 본 척했다.

"계시오."

현관에서 부르는 소리가 들려서 나가 보니 현관마루 앞에 이치게 님이 서 있었다.

"어서 오세요."

"도세 님, 오랜만입니다. 안녕하셨습니까."

"네, 잘 지내고 있답니다. 저번에는 정말 고마웠어요."

"세이로쿠는요?"

"방금 전에도 보았는데, 어디에 있을까."

주위를 둘러보며 "아저씨" 하고 부르자 이치게 님은 "아뇨, 됐습니다" 하고 손을 내두른다.

"곧 만나겠죠. 한창 바쁠 텐데 방해할 것 없습니다."

"죄송해요."

"오늘 저녁은 신세 좀 지겠습니다."

이치게 님은 정중하게 인사하고 이 집의 구조는 잘 안다는 듯이 복도를 성큼성큼 걸어 방으로 들어갔다.

"여, 오랜만이군."

"어허, 왜 이리 늦었어, 이치게 군, 어디서 딴 짓 하다 왔나."

누군가 화난 목소리로 외쳤다. 하지만 방 안을 들여다보니 이치게 님과 이야기하는 사람은 상체를 젖히며 웃고 있다. 나 같은 타관 사람 귀에는 미토 사람들의 말투가 싸우는 소리처럼 들리는 것이다

두 열을 지어 마주 앉은 가신들은 다들 마음껏 마시며 이야기를 나누고 있었다. 다만 모치노리 님은 홀로 말투가 차분하고, 뭔가를 소리 높여 주장하는 일이 없다. 종종 좌중을 훑어보며 술잔을 입으로 나른다.

문득 복도 쪽 말석에 앉은 젊은이의 술상을 보니 안주 접시가 벌써 깨끗하다. 왠지 미안한 기분이 들었다. 허기진 상태로 찾아왔을 텐데 곤약구이나 무말랭이, 털머위찜 정도로는 간에 기별도 가지 않았을 것이다.

부엌으로 돌아가 시누이를 찾으니 하녀에게 두부찜을 만들라고 지시하는 참이었다. 오늘 밤은 바람이 없어 방에서 손님들이 땀을 훔치며 부채질하던 모습이 떠오른다.

"저기, 아가씨."

'귀신'은 주발에 참깨를 가느라 경황이 없어 눈길을 들지도 않는다. 나는 곁으로 다가가 다시 "저기, 아가씨" 하고 불렀다.

"장어를 대접하면 어떨까요?"

그래, 그거야, 미토의 명물 하면 장어잖아, 하며 나는 자신의 착상이 마음에 들어 목소리가 들떴다. 하지만 시누이는 나무공이를 쥔 채 미간을 잔뜩 찡그렸다.

"올케, 바빠 죽겠는데 농담은 적당히 해 두세요."

"아니, 농담이 아녜요, 진심이에요. 다들 이렇게 더운데 와 주셨잖아요. 장어 정도는 대접해 주자고요."

"여긴 여관이 아녜요!"

시누이가 역정을 내는 순간 부엌에서 바쁘게 움직이던 하녀들이 일제히 일손을 멈추고 이쪽을 돌아보았다. 모두들 비난하는 눈빛으로 나를 쳐다보고 있다.

"그, 그건 그렇지만."

"새언니는 잘 모르겠지만 여기 미토에서는, 상사는 장어를 먹고 하사는 장어꼬치를 깎는 부업을 합니다. 중사 집안인 우리가 사치스런 안주를 먹는다면 틀림없이 사람들 입길에 오를 거고 오라버니가 처벌을 받게 될지도 몰라요. 허황된 생각은 제발 그만하세요."

그렇게 내뱉고는 다시 나무공이로 참깨를 득득득 갈기 시작했다.

절반은 납득하고 절반은 의아해하며 복도로 나오자 툇마루에 면한 뜰에 작은 화롯불을 피우고 있는 아저씨가 보였다. 뜰이라고 해도 소나무와 매화 고목이 있을 뿐이고 그밖에는 멋대로 자라는 듯한 풀꽃뿐이지만, 아저씨는 그것들을 정성껏 가꿔 모치노리 님을 기쁘게 하고 있었다. 그리고 이케다야에서 그랬던 것처럼 손님 접대의 일환으로 뜰의 야경을 화롯불로 살려 내고 있다.

나는 어머니라면 어떻게 했을까 궁리를 하다가 작은 소리로 아저씨를 불렀다.

"이치게 님은 만났어요?"

"예, 황송한 일입지요. 저 같은 놈에게 굳이 말을 걸어 주시고."

"한 가지 부탁이 있는데, 잠깐 심부름 좀 해 줄 수 있어요?"

기름이 타는 고소한 향기에 탄성이 터졌다.

나는 문갑에 넣어 두었던 돈을 아저씨에게 건네며 "가게 한 군데에
서만 구입하지 말고 수고스럽겠지만 열 몇 집 정도를 들러서 한 마리
씩만 구입하세요" 하고 부탁했었다. 아저씨는 1각 정도 만에 돌아와 금
세 접시에 장어를 담아서 손님들 방으로 날랐다. 시누이에게 "사람들
눈에 안 띄게 구했어요. 오늘 저녁만 너그럽게 봐줘요" 하고 살짝 두
손을 모으기까지 했지만, 그녀는 내 말이 끝나기도 전에 날카로운 목
소리로 하녀에게 뭔가를 지시했다.

손님들 술상에 장어를 다 나눠주자 개중에는 장어를 난생 처음 먹어
본다는 사람도 몇 명이나 있었다.

"장어가 이렇게 맛난 것이었다니."

눈 깜짝할 사이에 해치운 젊은이는 하사이거나 농민 출신의 신참 사
무라이일 것이다.

모치노리 님은,

"마음에 드나. 그럼 이것도 들게."

하며 접시를 내밀었다.

"그럼 하야시 님은."

"난 이거면 돼."

입가를 끌어올리며 술잔을 들었다.

"정말이지 하야시 군은 술고래야. 소싯적엔 말술도 마다하지 않았지."

이치게 님이 웃으며 말하더니 젊은이에게 "사양 말고 먹어도 돼" 하고 부추겼다.

"미안하지만 내 몫은 나눠줄 수가 없군. 벌써 여기 들어가 버렸으니."

이치게 님이 눈을 크게 떠 보이며 배를 두드리자 좌중에 거친 웃음소리가 터졌다. 아저씨는 크게 만족한 듯 방 안을 둘러보고 나와 함께 부엌으로 물러났다.

"오늘은 고생들 많았어요. 어서 먹어 봐요."

나는 들뜬 기분으로 일꾼들에게 말했다. 다들 고개를 움츠리며 '귀신'의 안색을 살피는데, 당사자는 막 씻어낸 작은 주발을 통에서 꺼내 마른행주로 닦고 있다. 주발에서 날카롭고 짜증이 묻어나는 소리가 울려서 일꾼들은 서로 얼굴을 마주 보았지만, 못 먹게 하지는 않을 것 같다고 짐작했는지 한 사람이 장어 접시 앞에 앉자 모두들 그 뒤를 따랐다. 주저주저 젓가락을 들고 장어 한 토막을 입에 넣는다 싶더니 탐하듯이 턱을 바삐 움직인다.

"아가씨도 같이 들어요."

"됐어요. 다리 없는 긴 짐승은 딱 질색이니까."

쌀쌀맞다. 나는 하는 수 없이 아저씨와 함께 오래간만에 장어를 먹었다.

과연 미토 장어는 에도 것보다 훨씬 맛있었다. 살집이 두툼하고 기름이 잘잘 흘러 온몸에 기력이 돌아오는 것을 느낄 수 있었다. 일꾼들도 모두 어느새 미소를 띠고 "정말 잘 먹었습니다" 하며 젓가락을 쥔채 양손을 모았다.

"뭘요."

그렇게 대답하는 순간, 시누이가 벌떡 일어나 앞치마를 휙 벗으며 부엌에서 나갔다. 모두들 겁에 질린 듯이 고개를 숙이고 몸을 웅크린다.

"하여간 옹고집 하고는. 하지만 본인이 제일 힘들 겁니다" 하고 아저씨가 혼잣말처럼 말했다.

아저씨와 함께 술을 방으로 나르고, 빈 접시를 내거나 담배쟁반의 재떨이를 교체하다 보니 나는 복도에서 대기하는 상태가 되었다. 가신들이 저마다 옆에 앉은 사람과 대화를 나누고 있어서 내용은 거의 알아들을 수 없다. 나는 부채를 들고 방 안에 바람을 넣어 주기로 했다.

"가즈노미야고메이 천황의 여동생. 14대 쇼군의 정실 님이 에도 성에 들어가시고 반년이 되었지만 공무합체천황의 재가 없이 이루어진 일미통상수호조약으로 천황과 막부가 갈등하고 다이로 이이 나오스케가 사쿠라다 문 밖의 변으로 살해되자 막부의 권위가 흔들리며 위기에 처한다. 이에 막부가 천황의 권위를 빌어 권력을 안정시키고자 추진된 정치운동이 공무합체이다. 그 일환으로 14대 쇼군과 천황의 여동생 가즈노미야가 정략결혼을 하게 된다는 여전히 이뤄지지 않고 있지 않은가."

"공무합체란 게 애초에 막부가 그린 그림의 떡이지. 딱한 건 황녀야. 아리스가와노미야 님이라는 약혼자도 있었는데, 그 약혼까지 깨고 에도로 내려오셨으니."

나는 그 이름이 마음에 걸려 손을 멈추었다. 역시 황녀 가즈노미야 님 이야기였다. 황공한 이야기이지만, 가즈노미야 님은 내가 미토로 온 해 가을에 교토를 떠나 에도로 내려와 결혼을 하셨다.

"열공의 부인 데이호인貞芳院 유력한 황실 아리스가와노미야의 12녀 님도 아리스가와노미야有栖川宮 가문 출신이니 우리는 무슨 일이 있어도 가즈노미야 님을 지켜 드려야 해."

"지켜 드리고 싶어도 애초에 오오쿠에도 성이나 다이묘 저택의 내궁으로, 남편 이외의 남성은 출입이 금지되었다 에 얼씬도 못하잖나. 더구나 저 사쓰마 여자는 시어머니란 위치를 내세워 감히 황녀의 상좌에 떡하니 앉았다고 들었네. 어찌 그리 불경할 수가 있나."

"나도 들었네. 텐쇼인天璋院 시마즈 번 출신으로 13대 쇼군과 결혼하나 불과 1년 9개월 만에 쇼군이 사망하였다. 천황의 여동생을 며느리로 맞아야 하는 어려운 처지에 놓인다은 본래 존왕양이의 웅번세력이 강한 대형 번 사쓰마의 시마즈 가문 출신 아닌가. 그런 사람이 그따위로 행동하다니, 역시 사쓰마는 믿을 수 없어."

그렇게 분개한 사무라이는 저 사쿠라다 문의 변을 주도한 동지 다카하시 오이치로 님 부자 이야기를 꺼냈다.

모치노리 님이 다카하시 님을 구하기 위해 에도에서 미토로 달려가는 바람에 습격에 참가하지 못했다는 것을 이치게 님에게 들었다. 모치노리 님뿐만 아니라 나하고도 운명의 끈이 닿아 있는 거나 마찬가지인 사람인 만큼 다른 목소리를 헤집다시피 하며 그 미토 사투리에 귀를 기울였다.

"다카하시 님은 오사카에서 은신하며 사쓰마에서 군사를 일으키기를 기다리고 있었소. 그런데 어떻게 되었소? 막부 측에 체포되어 할복을 강요당했소. 사쓰마 측과의 연락을 맡은 가와사키 군도 그랬지만, 어느새 추격자들에게 포위되었소."

"어이, 오카메광대뼈가 불거지고 코가 납작한 추녀를 표현한 탈, 무슨 소리를 하고 싶은 거야."

입이 건 그 젊은이는 일행에게 '오카메'라는 별명으로 불렸는데, 과연 눈꼬리가 살짝 처지고 광대뼈가 툭 튀어나왔다. 하지만 어깨가 딱 벌어진 늠름한 젊은 사무라이였다.

"아둔하시군. 사쓰마는 막부와 내통하고 있었소. 우리 미토의 동지를 배반했다고밖에 볼 수 없다는 얘기요. 사실 하야시 님과 이치게 님도 사쓰마 놈들에게 허를 찔린 거 아니오. 다카하시 님을 구출한 뒤 에도로 달려간 것은 좋았는데, 고마코메 번저미토 번의 중번저가 에도 고마코메 지역에 있었다에서 발이 묶였소. 왜 그렇게 되었을까. 사쓰마가 막부에, 아니, 제생당 놈들에게 밀고한 탓이오. 습격 시간에 합류하지 못한 데다 발목까지 잡혔고, 미토로 끌려와서도 금고형을 받았는데 그 원통함을 벌써 잊었소!"

그 말에 좌중이 조용해졌지만, 이내 벌집 여러 개를 던져 넣은 것처럼 시끄러워졌다.

나는 모치노리 님과 이치게 님도 말해 주지 않았던 전말을 뜻밖의 자리에서 알게 되어, 무릎 위에 놓은 부채 손잡이를 꼭 쥐었다. 모치노리 님의 원통함이 내 일처럼 느껴졌다.

하지만 마음 한 구석에서는, 다행히 발이 묶였구나, 하고 생각했다. 당시 뭔가가 조금만 어긋났어도 모치노리 님은 지금 이승에 없었을지 모른다. 우리는 부부가 되기는커녕 다시는 만날 수도 없었을 것이다. 거기에 생각이 미치자 명치끝이 서늘해졌다. 그것은 흡사 칼날 위를 걸어온 것 같은 두려움이었다.

좌중에는 사쓰마를 뜻을 같이하는 번으로 믿고 옹호하는 자도 있지만 열변을 토하는 젊은 사무라이에 동조하는 자도 있어서 아무래도 의견이 모아지지 않았다. 젊은 사무라이는 한쪽 무릎을 세우고 좌중을 둘러보았다.

"지난 2월, 사쿠라다 문 밖에서 습격을 지휘한 세키 님이 결국 에치고 유자와에서 체포되어 에도로 끌려가 참수당한 건 다들 알고 있겠지. 우리 천구당이 그렇게 한목숨 바쳐 다이로를 쳤기 때문에 안세이의 대옥사가 수습된 거 아니오. 제번의 양이파가 저 사쿠라다 문 밖의 변 덕분에 탄압을 면했고 목숨을 건진 거요.

하지만 우리가 닦아 놓은 길을 활개 치며 걷는 자가 누구요? 미토가 아니라 사쓰마란 말이오. 저 히사미쓰 공막부 말기, 사쓰마 번의 최고 실권자은 뻔

뻔하게도 조정에 막정 개혁을 건의하고, 천황의 칙사가 에도로 파견되자 그 수행역까지 맡았소. 본래대로라면 그건 우리 미토 번이 맡아야 할 역할 아닌가. 어떻소, 당신들은 그게 원통하지도 않소? 우리 체면이 뭐가 됐냔 말이오 히사미쓰는 시마즈의 12대 번주의 아버지로서 시마즈의 실권자였다. 그는 시마즈 병력을 지휘하며 에도로 가는 천황의 칙사를 수행하였는데, 도자마다이묘가 참근교대도 아닌데 병력을 이끌고 에도에 입성하는 것은 있을 수 없는 일이었고, 더구나 히사미쓰는 시마즈 번주의 부친일 뿐 공적인 직함이 없는 사람이었다. 친번(도쿠가와 일문)이자 존왕양이파인 미토 번으로서는 통탄스러운 일이다. 에도 막부를 주도하는 후다이다이묘들도 같은 감정을 느낀다.″

그러자 내내 말없이 동료들 이야기에 귀를 기울이던 모치노리 님이 젊은 사무라이에게 "고시로" 하고 불렀다.

"안세이의 대옥사는 원래 미토의 내분이 원인이야."

"뭐라? 지금 뭐라고 했소!"

젊은 사무라이는 대뜸 칼을 꽂는 듯한 말투로 대꾸하며 별명과는 딴판의 거친 성격을 드러냈다. 주변에서 말려도 몸을 내밀며 길길이 흥분한다.

상황이 점점 무서워져서 나는 몸서리를 쳤다. 뒤에서 기척이 나서 돌아보니 아저씨가 툇마루 앞에 서 있었다. 역시 방 안의 이야기를 듣고 있는 듯하다.

모치노리 님은 표정을 조금도 바꾸지 않고 젊은 사무라이에게 시선을 고정했다.

"무오의 밀서[1] 건을 잊었나. 그걸 조정에 반환할지 말지를 놓고 우리 번 내부가 대립하지 않았다면 안세이의 대옥사는 일어나지 않았네."

"거 정말 요상한 말을 하는시군. 그 칙서는 천황께서 미토에 내리신 거였소. 애초에 막부가 조정의 허락도 없이 아메리카와의 통상조약에 도장을 찍은 탓에 주상의 노여움을 산 거 아니오. 고산케나 제번은 지금이야말로 조정과 막부가 힘을 합해 서양 오랑캐를 물리쳐라, 그 명을 다른 번도 아닌 우리 번에 내리셨단 말이오. 그 칙허를 왜 반납해야 한단 말이오?

1_ 막부가 천황의 허락 없이 일미수호통상조약을 체결하자 외국을 극단적으로 싫어하던 고메이 천황이 1858년 미토 번에 칙서를 내려 양이 정책을 추진할 수 있도록 막부를 개혁하라고 지시한 사건. 정식 절차를 거치지 않은 칙서이므로 밀서라 불렸다. 천황이 미토에 이러한 칙서를 내린 것은 미토 번주 나리아키가 독실한 근왕주의자인데다 막부 내에 영향력이 컸기 때문이다.
미토 번에 내린 칙서를 막부를 통해 반환하라는 조정의 명령이 미토 번에 내려오자 이 지시를 따를지 말지를 놓고 미토 번의 천구당이 온건파와 강경파로 분열한다. 막부를 개혁하라는 칙서를 명분으로 이이 나오스케 측을 공격하고자 했던 강경파는 칙서 반납을 실력으로 저지하려 한다. 이에 온건파는 강경파를 '조정의 명을 거역한 역적'으로 규정하고 무력을 동원하여 강경파를 진압하려 한다(1장에서 하야시 주자에몬이 사쿠라다 문 밖의 변에 참여하지 못한 것도 이때의 충돌로 인한 부상 때문이었다). 이에 강경파들은 미토 번을 탈번하고 에도로 올라가 이이 나오스케를 암살한다(사쿠라다 문 밖의 변).
미토 번사다운 존왕론, 주군 나리아키를 숙청한 데 대한 적개심이 천구당의 젊은 번사들이 폭주하게 한 것이다. 천구당 강경파는 그 후에도 영국 공사를 습격하거나 막부 중신을 습격하는 등 일련의 테러를 자행하여 막부의 권위를 크게 실추시킨다.

물론 막부는 주상이 막부를 무시하고 미토에 직접 칙허를 내리시자 체면을 잃었겠지. 하지만 그건 자업자득이오. 주상의 신임을 잃은 막부 각료들이 자초한 결과란 말이오. 그런데 밀칙을 반납해서 애초부터 없었던 일로 하라니 가소로운 일 아닌가. 하야시 님은 언제부터 제생당이 되셨소."

그러자 이치게 님이 "오카메!" 하고 질타했다.

"하야시 군이 밀칙을 반납하면 안 된다는 주장으로 일관한 것은 자네도 잘 알 텐데. 애초에 하야시 군이 방금 한 말은 그런 게 아니잖나. 반성해야 할 사람들은 다른 번이 아니고 우리 번이라고 말하는 거야."

"뭐, 제생당과 손을 잡으라는 거요? 막부 눈치나 살피고, 제 이익 지키는 데나 급급하고. 그놈들을 생각하면 구역질이 납니다!"

젊은 사무라이는 술기운으로 흐릿해진 눈에 핏발을 세우며 이치게 님을 노려보았지만, 잔뜩 힘이 들어간 어깨를 문득 떨어뜨리고 자세를 고치더니 체념한 듯 연거푸 술잔을 비웠다. 이치게 님은 여전히 화가 나 있다.

"감히 다른 사람도 아닌 하야시 군을 제생당 일파로 취급하다니, 아무리 가까운 사이라도 말이 지나치다. 하야시 군은 숙부와 동생을 사쿠라다 문에서 잃었다. 사과해!"

모치노리 님은 고개를 가만히 가로젓고 "아냐, 그만 됐네" 하고 이치게 님을 말렸다.

"내가 하고 싶었던 말은 그 제생당과의 대립을 끝내지 않으면 존왕양이의 실현은 고사하고 사쓰마[2]나 조슈에도 뒤처지게 될 거라는 말이야. 사쓰마와 협조할지 말지에 대해서도 번의 방침이 통일되지 않으면 저쪽도 우리 미토를 상대해 주지 않을 거야."

그러자 찬부의 목소리가 동시에 터져 나와 다시 논쟁이 격화되었다.

"사쓰마 놈들은 믿을 수 없어!"

"아니, 지금은 우리가 주도권을 단단히 쥐어야 해. 앞으로 당분간 고구마 사무라이사쓰마 무사의 멸칭. 고구마를 '사쓰마이모'라고 부른 데서 연유한다들을 잘 써 먹는 게 중요해. 저쪽은 누가 뭐래도 군자금이 넉넉하니까."

이내 좌중은 미토 재정의 취약함을 거론하더니, 언제까지 쩔쩔매며 살아야 하나, 하고 탄식했다.

2_ 메이지 유신의 주역은 사쓰마 번, 조슈 번, 도사 번 등의 웅번, 즉 세력이 강한 번으로, 이들은 모두 예전에 도쿠가와 이에야스에게 대항한 이력이 있어 막부 번정에서 대대로 소외되어 온 곳이다.
메이지 유신 직전, 도막파와 좌막파가 치열하게 싸우던 상황에서 사쓰마 번은 정국을 결정지을 만큼 세력이 특히 강했다. 사쓰마 번은 오키나와를 비롯한 무역로와 흑설탕 산지를 장악하고 있어서 다른 번보다는 재정 재건에 유리했다.
사쓰마 번에도 존양론자가 많아 본래 미토의 천구당 세력과 손잡고 사쿠라다 문밖의 변을 모의했다. 하지만 번의 동의를 얻지 못하여 계획을 포기함으로써 미토 번 천구당 세력의 기대를 배반한다. 그 후에도 미토 번의 천구당 세력은 사쓰마에 기대하고 있었지만, 사쓰마의 실권자 시마즈 히사미쓰가 자기 번의 과격 존양론자를 숙청하고 조슈 번을 공격하며 좌막의 태도를 명확히 하여 천구당의 기대를 배반하였다.
하지만 그 뒤 격렬하게 대립하던 사쓰마 번과 조슈 번이 동맹을 맺음으로써 메이지 유신이 이루어지고 막부가 사라진다.

"애초에 매일 장어나 먹으려고 하는 제생당 놈들이 번정을 주도하는 것부터 글렀어. 놈들은 사쿠라다 열사들의 목을 회심의 미소를 지으며 막부에 갖다 바쳤지."

"맞아, 특히 그 이치카와 산사에몬은 막부 각료와 내통하는 것 같아."

"열공이 안 계신 지금, 믿을 구석은 에도 집정_{가신단의 최고 지위인 가로家老의 별칭. 에도 집정은 에도 번저에서 번주를 보좌하는 최고위 가신} 다케다 고운사이_{武田耕雲齋 미토 번 천구당의 수령} 님뿐이야. 이치카와가 권력을 키우는 것은 고운사이 님이 반드시 막으셔야 해."

"아예 당장 해치워 버릴까."

"누굴."

"누구긴, 이치카와 놈이지."

"내버려둬. 놈들은 묵은 원한을 풀고 있을 뿐이야. 열공께서 오랫동안 우리 천구당을 중용하고 제생당을 멀리하셨으니까. 하지만 제깟 것들이 뭘 할 수 있겠나. 가격家格만 높지 능력 있는 놈은 하나도 없잖아."

제생당의 이치카와 아무개를 당장 해치우겠다고 기염을 토하는 이도 있고, 상대할 가치가 없다고 경멸하는 이도 있다.

모치노리 님은 담담한 표정으로 이치게 님 잔에 술을 채워 주었다. 살갗이 검은 젊은 사무라이는 양 옆에 앉은 사람과 격렬하게 언쟁하며 허공에 주먹질을 하고 있었다.

모치노리 님 가슴에 얼굴을 묻고 잠들 수 있다는 것만으로 나는 가슴이 벅차다.

잠들어 버리는 것이 차마 아쉬워 모치노리 님 숨결에 가만히 귀를 기울인다. 밤이 깊어지자 나뭇잎 스치는 소리 사이로 별들이 사르르 흐르는 소리까지 들려오는 듯하다.

모치노리 님이 미토에 머무는 날이 겨우 이틀 남았다. 모레 아침에 출발하면 다시 하릴없이 기다리는 날들이 찾아올 것이다. 그런 생각을 하며 뒤척이다 흠칫 놀라 상체를 일으켰다. 옆자리를 보니 이불이 단정하게 개켜져 있다.

아아, 또 늦잠을……

황급히 몸단장을 한다. 미토는 원래 에도와 달리 아침이 매우 빠르다. 등잔기름이 아까워 날만 어두워지면 바로 잠자리에 들기 때문이다. 이케다야 여관에서는 손님을 모셔야 하므로 다들 야행성이고 나도 늘 점심때가 다 돼서야 일어났으니, 시집온 뒤 잠자는 시간을 맞추는 게 고역이었다. 하지만 마침내 요즘은 동틀 때 눈을 뜰 수 있게 되었다.

그런데 하필 모치노리 님이 머무는 며칠 동안은 아침마다 늦잠이다. 아, 정말이지 나는 왜 이렇게 멍청할까.

복도를 잔달음질하자 걸레질을 시작한 하녀가 고개를 숙였다.

"안녕히 주무셨어요."

"안녕. 아아, 전혀 안녕 못해. 지금 몇 시지?"

"예. 일곱 시가 다 됐습니다."

"세상에! 큰일 났네. 나, 나리는 벌써 등성하셨지? 아아, 나 좀 봐, 배웅도 못해 드리고."

"아뇨, 오늘은 아직 외출하지 않으셨습니다."

너무 당황해서 머리도 제대로 단속하지 못하자, 하녀는 복도에 몸을 숙이고 웃음을 참고 있다. 나는 "큰일 났네, 어쩌나" 하고 부산을 떨며 세수를 하려고 뜰로 나갔다.

검술 훈련을 하는 모치노리 님의 뒷모습이 보였다. 상체를 벗고 목검을 휘두를 때마다 팔뚝과 등에서 땀방울이 튄다. 아저씨가 섶울타리에 가꾸는 하얀 찔레꽃이 흔들린다.

잠자코 구경하고 싶었는데 아침 햇살 속에서 모치노리 님이 불쑥 뒤를 돌아보았다.

"아, 안녕히 주무셨어요. 죄송해요."

"너무 편안하게 자서 깨우기가 미안했어."

"저어…… 너, 너그럽게 생각해 주셔서 몸 둘 바를 모르겠어요."

목을 움츠리며 이상한 말을 하고 만다. 모치노리 님은 이를 드러내며 환하게 웃었다. 눈꼬리에 가는 주름이 잡히자 검객답지 않은 부드러운 표정이 드러난다. 나는 또 넋을 놓고, 내가 정말 이분의 아내일까, 하며 눈을 깜빡였다.

모치노리 님은 통소매 도기^{겉옷과 속옷 사이에 방한용으로 입는 허리까지 내려오는 속옷}를 입고 목검을 든 채 성큼성큼 이쪽으로 다가왔다.

"고도칸에 다녀올게. 오늘 저녁에도 동료들이 집에 찾아올 텐데, 또 고생시켜 미안하군."

"알겠어요. 저어, 옷 갈아입으셔야죠?"

"아니, 훈련복 그대로 다녀올게. 어차피 거기에서도 땀을 흘릴 테니까."

"네. 다녀오세요."

문으로 향하는 모치노리 님을 뒤따르자 하인이 달려와 훈련 장비를 챙겨 들었다. 하인 앞을 지나치려던 모치노리 님이 다시 돌아다보았다.

"도세."

"네."

"오늘 저녁엔 장어는 내지 않아도 돼."

"죄, 죄송해요. 주제넘은 짓을 해서."

'귀신'은 그 일이 어지간히 고까웠는지 그 뒤로 한 마디도 말을 건네지 않고 있다.

"아냐, 다들 아주 좋아했어. 그러니까 오늘 저녁은 안 내놔도 좋다는 말이지. 안 그러면 입이 간사한 놈들이라 늘 얻어먹을 수 있는 줄 알아."

모치노리 님은 한쪽 눈썹을 쳐들어 장난꾸러기 같은 표정을 해 보였다.

저녁에 하야시 가에 모인 것은 매우 가까운 동료들 다섯 명이었다.

나는 하야시 님이 말한 대로 장어는 대접하지 않기로 하고 부엌에도 얼씬하지 않았다. 지난번과 같은 행동은 시누이의 자리를 빼앗는 거나 마찬가지라는 생각을 했기 때문이다. 그저 방으로 술이나 쟁반을 나르는 일만 했는데, 술병을 어찌나 빨리들 비우는지, 아저씨는 또 아예 술통을 방에 들여다 놓았다.

나는 청죽발을 말아 올린 툇마루에 앉아 부채질을 해서 방에 바람을 넣고 있었다. 오늘 저녁은 밤바람이 불어서 굳이 그럴 필요는 없었지만, 잠시라도 더 모치노리 님 곁에 있고 싶었다.

모깃불 연기에 눈이 맵다. 소매로 눈을 비비며 낮에 아저씨에게 들은 이야기를 떠올렸다.

방 안에서 모치노리 님의 짐을 꾸리고 있는데 툇마루에서 "아씨" 하고 부르는 소리가 들렸다. 그렇게 부르지 말라고 몇 번을 말려도 아저씨는 금세 다시 그 호칭으로 돌아간다. 요즘은 나도 지쳐서 일일이 잔소리하지 않게 되었다.

아저씨는 물통을 든 채 주변을 경계하는 듯한 모습으로 입가에 손바닥을 세웠다.

"요전번 술자리에서 언쟁이 있었잖습니까."

"……그랬죠."

"나리께서는 먼저 번 내부의 대립부터 해소해야 한다고 주장하셨지요."

"그래요, 기억나요."

"정말요?" 하며 말끝을 올린다.

"정말이고말고요. 내 귀로 분명히 들었으니까. 제생당이 오만하게 행동한다고 다들 화를 냈잖아요."

"근데 그게 말입니다."

아저씨는 살짝 손뼉을 치고 칼칼한 목소리를 낮췄다.

"그 제생당과 나리의 천구당의 다툼은 원래 열공께서 9대 번주 자리에 오르실 때 일어난 후계 다툼까지 거슬러 올라간다고 합니다요. 당시 열공의 번주 취임을 추진한 가신들이 나중에 천구당이라 불리는 일파가 되었답니다. 제생당은 다른 분을 밀었던 일파이고, 열공 시절에는 그 탓에 찬밥 신세였다는군요."

"아저씨가 어떻게 그런 것까지."

"그게요, 요전에 손님 신발 시중을 들다가 이치게 나리의 수하분께 조금 들었습니다요."

아저씨는 이치게 님의 가신과도 매우 친해진 듯하다.

"그래서요."

내가 이야기를 재촉하자 아저씨는 기분 좋은 표정이 되었다.

"그게요 아씨, 놀라지 말아 주십시오. 그 천구당의 시작이 번주님 비서였던 후지타 도코 님인데요. 기억하세요? 아씨가 어렸을 때 종종 아씨를 예뻐해 주신 분인데요."

"아, 기억나요. 아버지와 자주 만났던 분이죠."

"이케다야 주인님은 마당발이셨으니까요. 후지타 나리와는 공부하실 때나 놀러 다니실 때나 자주 어울리셨지요."

"그 후지타 님이 안세이 대지진 때 돌아가셨죠."

당시 나는 열두 살이었다. 지금도 생각나는 것이 땅바닥이 무섭게 치솟아 옷장이며 화로가 허공에 붕 뜬 것처럼 흔들렸다. 다이묘 저택이나 하타모토_{쇼군 직속 수하로, 녹봉이 오백 석 이상 만 석 이하이며 쇼군을 알현할 수 있는 고위 무사} 저택마저 무너지고 곳곳에서 불길이 솟았다. 가족과 집을 잃은 사람이 수만 명이라는 말도 있었다.

"열공은 후지타 나리를 심복으로 깊이 의지하셔서, 후지타 나리가 돌아가셨을 때는 이루 말할 수 없이 슬퍼하셨다고 들었습니다. 열공은 에도에서도 소문이 날 정도로 성정이 불같았다고 하니까 부하를 총애하고 배척하는 것도 극단적이었겠지요. 번정 개혁에 나설 때도 조상이 헌옷장사 출신이라는 후지타 나리를 비서로 발탁하시고, 후지타 나리만이 아니라 유능하기만 하면 가격에 관계없이 누구든 중용하셨다고 합니다. 하지만 명문가 출신의 상사라도 무능한 자에게는 눈길조차 주지 않는, 좋고 싫고가 분명한 분이었죠. 그 때문에 원한을 사서 반 열공, 반 도쿄의 제생당을 만들게 된 것이지요."

"그런데 후지타 님이 돌아가셔서……."

"그래요, 그래서죠. 그때까지 찬밥 신세였던 제생당은 은밀하게 막부와 내통해서, 은퇴 처분을 받은 열공을 배척하게 되었고, 현 번주 요시아쓰 공을 끼고 요즘 번정의 중심으로 잇달아 복귀하고 있답니다.

이제부터 드리는 말씀은 시중에서 얻어들은 것인데, 상인들 말로는 애초에 열공의 정책에는 과한 부분도 많았다고 합니다. 안 그렇습니까, 검약령이나 가무금지령 때문에 경기가 나쁘잖아요. 물론 제생당에는 올곧은 분도 있어서, 열공이 아무리 고산케라 해도 막부에 강압적으로 발언하는 것은 지나치지 않은가 생각하는 분도 있었다고 합니다만, 하기야 오랫동안 녹봉과 벼슬에서 밀려나 있었으니 그 울분이 쌓일 대로 쌓여 있었겠지요.

하지만 천구당이 볼 때는 열공의 훈도를 받아 생각이 깨어 있는 것은 우리들이라는 자부심이 있지요. 두 파벌이 치고받고 싸우다 보니 번정은 사공 잃은 배처럼 계속 파도에 휩쓸리고 있다고 합니다."

문득 에도에서 이곳으로 올 때 길잡이 역할을 해 준 이치게 님이 중간에 미토 가도를 버리고 굳이 멀리 돌아가는 길을 택했던 것이 생각났다. 제생당이 공격할지 모른다고 이치게 님은 말했었다.

아저씨도 말을 잊은 듯 입을 다물고 있다가 불쑥 "아, 이런!" 하고 표정을 되찾았다.

"제가 괜히 시간을 빼앗았군요, 아씨."

"아뇨, 그건 상관없지만."

그리고 흐지부지 헤어졌다. 아저씨는 속사정을 알면 알수록 천구당으로 마음이 기우는지, 손님 방에서도 부지런히 시중을 들고 있다.

"어이, 여기도 술병 하나 부탁해."

큰 소리로 아저씨를 부른 것은 고시로라는 젊은 사무라이였다. 오카메라는, 잊기도 힘든 별명을 가진 젊은 사무라이. 오늘 저녁은 각별히 친밀한 사람들만 모인 자리여서 마음이 풀어졌는지, 물 마시는 듯 술을 들이켜고 있다.

"이제 '좋겠지 나리'한테는 가망이 없소. 천구당 주장에도 좋겠지, 제생당 주장에도 좋겠지 하니까 뭐 하나 확실하게 결정되는 게 없잖소."

고시로 님이 말하는 '좋겠지 나리'가 아무래도 미토의 현 번주 요시아쓰 공을 가리키는 것 같아서 나는 듣는 귀를 의심했다. 가신이 주군을 가리켜 가망이 없다니, 너무 불손한 말 아닌가. 하지만 이야기를 듣고 보니 고시로 님은 요시아쓰 공의 무정견이 내분을 악화시키고 있다고 주장하는 것임을 알았다. 천구당과 제생당의 적대 관계는 번주에 의해 생겨나고 번주에 의해 악화되고 있다는 것일까.

주군을 모시는 사무라이의 삶은 얼마나 고단한가. 자신이 믿는 길을 걸어야 하는데 넘어야 할 고개와 강이 너무나 많다.

"우리가 희망을 걸 만한 분은 딱 한 분뿐이오. 영명하신 히토쓰바시 요시노부 공. 반드시 요시노부 공이 번주가 돼 주셔야 해. 난 그렇게 결정했소."

"오카메, 당치도 않은 소리 하지 마라. 요시노부 공은 얼마 전 쇼군 후견직에 취임하셨어."

"이치게 님, 당치않은 소리가 아니오. 요시노부 공은 명석하시고 영명하셔서 부쇼군 의공義公 도쿠가와 미쓰쿠니. 도쿠가와 이에야스의 손자이며 미토 번의 2대 번주. 유학을 장려하고 『대일본사』를 편찬하여 미토학의 기초를 놓았다. 악정과 악행을 저지르는 자들을

정치하여 백성을 보호하는 일본판 『암행어사 박문수』와 같은 전설의 주인공으로 알려져 에도 후기에 인

기가 높았다의 재림이라는 말을 듣는 분이오. 후견직에 있으면서 미토 번의 조타수 역할을 하는 건 어려운 일이 아니지."

"그러니까 당치않은 소리라는 거다."

"애초에 하야시 님이 말씀하시는 번정의 일체화도 그 '좋겠지 나리'가 번주로 있는 한 가망 없는 생각일 뿐이오. 하물며 제생당은 저 이치카와가 중심이 되어 막부나 각지의 친번들과 착착 손을 잡고 있는데 우리 천구당은 번정에서 차차 밀려나고 있소. 게다가 우리는 사쓰마와 손잡은 자, 조슈와 손잡은 자, 거기에 반대하는 자 등으로 파가 갈려 버렸소. 이걸 하나로 모아 내려면 번주를 갈아치우는 수밖에 없소."

"오카메, 분파가 자꾸 생기는 건 너의 그런 주장 때문이 아닌가. 요즘 과격한 자들을 모아서 살금살금 뭔가를 벌이려는 것 같은데, 무슨 작당을 하는 거지?"

이치게 님의 말투는 솔직하면서도 타이르는 듯한 부드러운 것이었다. 하지만 고시로 님은 아이처럼 흥, 하며 입을 삐쭉거렸다.

"살금살금이라니, 무슨 말을 그리 합니까. 난 하야시 님과 이치게 님한테도 제안했었소. 하지만 당신들이 와 주지 않았잖소. ……기다렸는데."

토라진 것처럼 책상다리를 하고 앉은 무릎을 껴안았다.

"어차피 두 분 모두 진무파鎭撫派 미토 번의 존왕양이파는 '격파'와 '진파=진무파'로 나뉘는데, 격파는 과격한 실력행사를 통해 자신들의 정치사상을 실현하고자 하는 그룹. 사쿠라다 문 밖의 변,

천구당의 난 등을 주도한 것도 이들이다. 반면에 진파는 정보 수집과 정치 활동을 통한 점진적 방식을 취

하는 일파였다. 격파는 소수파였고 진파가 다수파였으며, 고시로는 격파, 하야시는 진파로 보인다 사

람들과 수다나 떨고 계시니."

모치노리 님과 이치게 님은 눈길을 맞추고 동시에 쓴웃음을 지었다.

"오카메"

모치노리 님이 불렀다.

"자네 말대로 천구당도 분파로 나뉘어 있을 때가 아냐. 제 생각만 고
집하며 양보하지 않는다면 결코 대의를 위해 살 수 없네. 우리가 할 일
은 번정의 주도권을 되찾는 것이 아니고 항차 나리를 번주 자리에서
끌어내리는 것도 아니야. 사쿠라다 문 이후 우리는 깨닫지 않았나. 사
람 하나 처분한다고 해도 일본을 구미 열강으로부터 지켜내는 길에는
한 발자국도 다가설 수 없었네. 오히려 정정政情 불안만 부채질해서 백
성이 안심하고 살 수 있는 세상에서 더 멀어지게 했는지도 몰라. ……
이 나라를 위해 우리는 무엇을 해야 하는지, 고시로, 함께 생각해 보지
않겠나. 함께 가 보자고."

그 목소리에도 흡사 형이 아우의 어깨를 감싸는 듯한 친근함이 있었
다. 하지만 모치노리 님의 부끄러워하는 심중도 얼핏 드러나는 것 같
아 나는 안쓰러워졌다.

이타코의 향교는 에도 번저는 물론이고 미토 성하고도 멀리 떨어져
있다. 나랏일로 뛰어다니고 싶은 충동을 어떤 의지로 억제하고 있는
걸까, 하고 생각하며, 교편을 잡은 모치노리 님의 모습을 떠올렸다.

고시로 님은 더는 대꾸하지 않고 무릎 위에 턱을 괴고 있다. 마침내 하나 둘 작별을 고하고 이치게 님도 "나는 이만" 하며 자리에서 일어섰다. 밤이 깊어서인지 이치게 님의 각진 턱은 면도 자국으로 조금 푸르스름하게 비쳤다.

"자, 오카메도 그만 가야지."

하지만 고시로 님은 아직 할 말을 다 못했는지, 술병으로 손을 뻗어 제 잔에 채웠다.

"이치게 군, 괜찮아. 자주 만날 수도 없잖아. 조금 더 마시게 해 주자고."

"그래? 도세 님, 미안합니다."

이치게 님은 나한테까지 신경을 쓰며 "그럼" 하고 칼을 들더니 자리를 떴다.

고시로 님은 많이 취한 듯한데도 고집스레 잔을 거듭하며 이야기를 이어나갔다. 하지만 했던 말을 반복할 뿐이다.

"'좋겠지 나리'와 요시노부 공은 한배에서 태어난 사람 같지가 않아. 그거, 팔푼이 아냐?"

모치노리 님은 복도에 앉아 있던 나를 방 안으로 불러들여 셋이 둘러앉았다. 고시로 님은 나보다 연상인 스물한 살이라고 한다. 지기 싫어하는 얼굴이지만 일단 웃으면 쳐진 눈꼬리가 볼에 묻혀 활달한 소년 같은 얼굴이 드러난다.

"나는 아무리 도코의 아들이라도 악명 높은 첩의 자식이오. 그런 내가 팔푼이인 건 어쩔 수 없는 일이지, 엉?"

그 말을 듣는 순간 "네?" 하고 눈이 동그래졌다.

"고, 고시로 님이 후지타 님의 아드님이셨어요?"

"그래요. 어머니는 드세기로 유명한 첩이었죠. 본처를 밀어내고 살림을 좌지우지하려 들고 온갖 사치를 부리다가 결국 이혼을 당했단 말이죠."

고시로 님은 바보 같은 웃음소리를 냈다. 모치노리 님도 한쪽 볼로만 미소를 짓고 나에게 물었다.

"왜, 도세?"

"아뇨, 제 아버지가 도코 님과 친하게 지내셔서, 어릴 적에 저를 많이 예뻐해 주셨거든요."

"그래? 이런 인연이 있나. ……아니지, 이케다야는 우리 번의 중진도 즐겨 이용하던 곳이니 충분히 있을 수 있는 인연인가."

고시로 님은 고개를 숙이고 머리를 끄떡끄떡 흔들고 있다. 그러다가 불쑥 고개를 들었다.

"하야시 님이 그 이케다야의 따님을 배필로 맞았다고 들었는데, 과연 소문대로 피부가 하얘서 일곱 가지 흠을 가려 버리는구만요.'흰 피부는 일곱 가지 흠을 가려준다'는 속담이 있다. 그런데 눈이 크고 잘도 움직이네요. 벌레 들어가겠어요."

후후, 하고 웃음소리를 흘리더니 몸을 흔들며 계속 웃어댄다.

"마구 웃는 술버릇이 있나 봐요. 제가 그렇게 우습나요?"

"아니, 제 딴엔 칭찬을 하는 거야."

그렇게 말하는 모치노리 님도 우스운지 눈이 웃고 있다.

"너무들 하세요. 도저히 칭찬처럼 들리질 않네요."

골난 표정을 하면서도 나는 기뻤다. 모치노리 님의 눈에서 그늘이 가시고 목소리까지 밝아진 것이 몹시 반가웠다.

고시로 님이 떠난 것은 그로부터 1각 정도 뒤에서, 다리가 이미 풀려 있었다. 종자를 한 명도 데려오지 않아 아저씨가 초롱불을 들고 바래다주게 되었다.

"아아, 오늘 밤엔 조금 과음한 것 같군."

침실에 들기 무섭게 모치노리 님은 다다미 위에 큰 대 자로 누웠다. 나는 옆으로 가서 흔들어 깨우며 말했다.

"이부자리 펼 테니 잠깐만 기다리세요. 이대로 주무시면 감기 걸려요."

그러자 갑자기 모치노리 님의 팔이 날아와 나를 무릎 꿇은 자세 그대로 끌어당겼다. 내 무릎에 머리를 베고는 "음, 딱 좋아" 하고 중얼거렸다.

"이타코로 떠날 날이 벌써 내일이네요."

하지 않아도 될 말을 하고 만다.

"언제 한번 당신도 데려가 줄게."

"정말이세요?"

"이타코는 물의 고장이야. 붓꽃이 진보라와 하얀색으로 흐드러지게 피어 있지."

붓꽃은 통통한 꽃잎이 아름답지만 나는 초록색 잎을 좋아한다. 다이묘 가의 안채에 하녀로 들어가 일하던 어린 시절, 마님의 나들이에 따라 나갔다가 아라카와 근처 수로까지 가 본 적이 있다. 붓꽃 잎이 뿌리께에서 힘차게 뻗어 올라 꽃봉오리와 꽃을 지키듯 총총히 서 있는 모습에 나는 마음이 끌렸다. 바람도 없는데 잎들이 흔들린다 싶더니 여기저기서 개구리가 튀어나와 놀고 있었다. 퐁당, 퐁당, 물에 뛰어드는 소리가 귀엽다고 말하자 모두들 웃었다.

"기대하고 있을게요. 하지만 여름이 오기 전에 먼저 매화꽃을 구경하고 싶어요. 가이라쿠엔에 데려가 주세요."

언제였던가, 이치게 님이 가이라쿠엔의 매화나무숲을 오래도록 보지 못했다고 했었다. 모치노리 님도 마찬가지일 것이다. 봄이 되면 둘이서 매화나무들을 한 그루 한 그루 감상하며 거닐고 싶다. 도시락과 술을 준비해 가서 풀밭에 펼쳐 놓는 것이다. 필시 안면을 익힌 가족들이 여기저기 있어 서로 인사를 나눌 것이다. 에도라면 누군가 얼른 가지를 꺾어 춤추고 손뼉 치며 놀기 시작하겠지만, 미토에서는 그것도 금지되어 있으니 매화구경도 조용할 게 틀림없다. 그 정적 속에 매화 향기만 진하게 감돌 거라고 나는 몽상한다.

문득 정신을 차리니 모치노리 님이 내 무릎을 베개 삼아 잠들어 있다. 손가락으로 볼을 살짝 그으며, 이분이 천구라니, 하고 생각하면 신기한 기분마저 들었다.

뜰에 드리운 어둠으로 눈길을 돌리니 맑은 밤하늘에 수많은 별이 반짝인다. 이제 곧 칠석이구나, 하고 생각했다.

제 4 장

풀종다리

풀종다리 (몸길이 7~8밀리의 작은 귀뚜라미과 벌레. 아름답고 가련한 소리로 짝을 찾아 밤새 운다.)

1

    중추명월도 지난 8월 말, 공무로 에도로 떠난 모치노리 님으로부터 편지가 왔다.

    늘 그렇듯이 짧은 글이며, 역시 정치나 세태를 다양하게 언급하는 일 없이, 그저 집 안에 별일은 없는지, 다들 잘 지내고 있는지를 걱정해준다.

    하지만 아저씨가 밖에서 듣고 온 소문에 따르면 열흘쯤 전에 무사시노의 나마무기라는 마을에서 사쓰마 번사가 영국인을 베어 죽이는 심각한 사건이 일어났다. 시마즈 공의 행렬에 영국인이 말을 타고 난입한 것이 이유라고 하는데, 이제는 미토 못지않게 존왕양이의 선봉이 된 사쓰마의 번사로서는 지극히 당연한 응징이었을 것이다.

"그 심정을 모르는 바 아니지만 사태는 사쓰마만으로 끝나지 않을 겁니다. 자칫하면 국가 간의 전쟁이 벌어질 수도 있다고 합니다."

이 사건으로 쇼군이 영국英國 측으로부터 맹렬한 항의를 받고 있는 것 같다고 아저씨는 일러주었지만, 나에게는 국가라는 말이 막연하기만 해서 이해하기가 어렵다. 쇼군이 다스리는 에도 사람에게는 에도가 국가의 전부이고, 제번에서는 국가라는 것은 역시 자기 번을 뜻하는 말이다.

다만 유일하게 도쿠가와 고산케인 여기 미토 번만이 의공 시절부터 쇼군보다 교토에 계시는 천황에게 머리를 숙이고 제번 전체를 포괄하는 이 일본국을 의식해 온 것이다.

그것은 무엇 때문일까. 미토 번은 고산케 중에서 유일하게 쇼군 배출이 허락되지 않는 가문이다. 그렇기 때문에 부쇼군 의공은 쇼군의 신하로만 제한된 신분에 만족할 수 없었던 것은 아닐까. 그 후, '내 머리 위에 계시는 분은 천황뿐'이라며 존왕 사상을 강화함으로써 미토의 번주와 번사는 긍지를 지켜 올 수 있었던 것인지도 모른다.

그때 베틀 소리가 나를 꾸짖듯이 들려온다.

─아녀자가 바깥일을, 심지어 정치를 생각하는 것은 방자하기 짝이 없는 일. 앞으로 삼가세요.

시누이의 날카로운 목소리가 마음에 스미듯 되살아나서 나는 편지를 접었다. 지난여름의 장어 사건 뒤로 더욱 거리가 벌어졌지만, 모치노리 님이 이타코로 떠나고 며칠 뒤, 시누이가 불쑥 내 방을 찾아왔다.

"소문이 자자하더군요."

"뭐가요?"

"하야시 가의 새댁이 술시중을 들며 술을 따른다, 남자들 이야기에 허물없이 끼어들고 술자리 흥을 돋우는 일까지 한다, 과연 에도 사람은 다르다, 꼭 기생 같지 않은가 하고."

"누, 누가 그런 소리를. 술을 따른 기억은 없어요."

"기억은 없더라도 사람들 입에 자물쇠를 채울 수는 없는 일. ……정말이지, 상갓집에 일을 거들러 갔다가 얼마나 창피하던지."

근처에 살던 노인이 죽어 시누이는 간밤에 문상을 다녀왔다. 나도 가겠다고 했지만 "한 집에 한 명으로 정해져 있어요. 하녀도 데려가야 하기 때문에" 하고 냉정하게 거절당했다. 부엌일에 별 도움이 안 되는 나를 이웃 여자들에게 보여 주고 싶지 않았으리라 짐작하고 나도 물러섰다. 하지만 부뚜막 앞에 여자들이 모이면 누군가의 뒷이야기로 이야기꽃을 피우게 마련이다. 필시 내가 손님들과 친근하게 대화한 것이 손님들 아내에게 전해지고, 결국 이 동네까지 소문이 흘러들었을 것이다.

"하야시 가의 수치 아닙니까."

그런 말까지 들으니 머리로 피가 솟구쳤다.

"아가씨는 내 말보다 아무 근거도 없는 뒷말을 믿나요?"

"오랜 세월 간장 된장을 빌리던 사람들이에요. 어느 날 갑자기 들이닥친 사람하고는 당연히 다르지 않겠어요?"

"들이닥치다니……."

"오라버니는 뜻을 이루기 전에는 결혼하지 않기로 결심했던 분입니다."

시누이는 미간에 혐오를 모아 나를 노려보았다. 그 눈이 촉촉이 젖어 있는 것을 보고 나는 막 뱉으려던 말을 삼켜 버렸다.

눈물을 흘릴 만큼 분한가, 나라는 사람이. 서늘한 무엇이 가슴을 스친다.

"아녀자가 바깥일을, 심지어 정치를 생각하는 것은 방자하기 짝이 없는 일. 앞으로 삼가세요."

시누이는 고압적으로 명하고 옷자락을 걷어차듯이 걸으며 나가버렸다.

두루마리를 펴 놓고, '저도 식솔들도 탈 없이 잘 지내고 있으니 안심하세요'라고 모치노리 님에게 답장을 쓴다. 문갑에 넣어 두었던 어머니에게 띄우는 편지와 함께 비단보에 싸서 아저씨를 불렀다.

"파발꾼에게 이걸 부탁할 수 있을까요?"

"네, 그럼요."

아저씨는 비단꾸러미를 공손히 받아들었지만 몇 발자국 걸어가다가 다시 툇마루 앞으로 돌아온다.

"아씨. 가끔은 거리 구경도 해 보시지 그러세요."

"거리 구경은……, 하지만."

뜰 너머 베틀 방을 쳐다본다.

"볼일이 있다고 하면 괜찮을 겁니다요. 종자 역할은 제가 맡습죠."

그래도 망설이는 나에게 아저씨는 한쪽 눈을 찡긋해 보였다.

"어머니에게 미토 명물을 구해서 보내 드리는 겁니다. 주제넘은 말씀입니다만, 아씨의 지참금과 어머님이 따로 보내신 돈 덕분에 이 댁도 빚을 지지 않을 수 있었지요. 사람들은 그것마저 시샘하고 있지만요."

이곳 고켄마치의 무가 저택에서 일하는 머슴과 하녀들을 잘 알고 지내는 아저씨는 웬만한 속사정은 훤히 꿰뚫고 있는 듯했다.

"어머님에게 답례품을 보내겠다고 하면 귀신님도 외출하지 말라고는 못할 겁니다."

"하지만…… 그럴 돈이."

이런 상황이 되고 보니 나의 엉성한 돈 씀씀이가 싫어진다. 어머니가 보내 준 돈은 잘 간직해 두어도, 늘 금세 사라지고 만다. 분별없이 장어를 대접하거나 심부름꾼 아이에게 줄 과자나 수건을 듬뿍 사들이기 때문이다. 얼마 전에도 이타코로 떠나는 모치노리 님의 짐에 넣어 줄 일용품을 구입하느라 고쓰부4분의 1냥 금화조차 남아 있지 않다. 그런 사정까지 다 알고 있다는 듯이 아저씨는 새치 섞인 짧은 눈썹을 움직였다.

"아무튼 그런 용무로 외출하신다, 하고 제가 하녀들에게 전해 두겠습니다. 아, 잠깐 기다려 주세요."

아저씨는 뜰을 달려 부엌에 들어가더니 잠시 후 작은 꾸러미를 들고 돌아왔다.

"어머님에게 이걸 보내 드리면 어떻겠습니까."

아저씨가 내민 꾸러미에서 붉은차조기 냄새가 났다.

"우메보시_{우메보시는 붉은차조기로 붉은 빛깔을 낸다}?"

"예. 미토 명물이라면 장어, 곤약, 그리고 우메보시 아닙니까."

이 집 뜰에도 매화나무가 있는데, 고목인데도 5월이면 푸른 열매가 다닥다닥 열린다. 아저씨는 이 집의 일꾼들과도 친해져서, 늘 입을 꾹 다물고 일하던 사람들은 아저씨의 농담에 종종 웃음을 터뜨리곤 한다. 나하고는 달라도 너무 다르구나, 하며 자신이 한심해지면서도 권유에 따르기로 하고 옷을 갈아입었다.

중사들이 모여 사는 구역을 벗어나 파발꾼이 사는 동네로 향한다.

"아씨, 보세요. 구름 한 점 없는 가을 하늘입니다."

흥미가 끌리지 않아 "그러네요" 하고 대답하자 아저씨는 칼칼한 헛기침 소리를 냈다.

"아기가 태어나면 또 달라집니다."

그 목소리가 너무 자상해서 꽁꽁 응어리진 마음이 사르르 풀려 간다. 따뜻하다. 눈물이 글썽이려는 것을 웃음으로 얼버무렸다.

"그래요. 그럼 펑펑 낳아 볼까나."

"그러세요. 나리도 자식이라면 벌벌 떠는 분이 될 게 틀림없습니다."

"집 안도 떠들썩해지겠네요."

"아이구, 큰일이네. 아씨의 아기들이라면 틀림없이 고집 센 개구쟁이거나 말괄량이일 텐데."

"날 닮는 건 싫어요. 얼굴이든 성격이든 다 나리를 닮았으면 좋겠어요. 특히 코는 안 돼요. 나 같은 납작코를 갖고 태어난다면 딱하잖아요."

"코 말입니까."

아저씨는 앞으로 돌아가서 나를 빤히 올려다본다.

"글쎄요, 저는 아씨 코가 귀엽다고 생각하는걸요. 여자 콧대가 요렇게 가늘게 오뚝 솟아도 거만해 보이죠. 그 점에서 아씨 코는 얌전하니 살짝 솟아 있잖아요."

"나 참, 아픈 데를 콕콕 찌르시네. 너무해요."

둘이 동시에 웃음을 터뜨렸다. 하지만 두 사람의 웃음소리가 유난히 크게 들릴 만큼 평민 동네도 조용하고 행인도 거의 없어 음침한 분위기다.

"아저씨 말대로 거리가 쓸쓸하네요."

에도는 다이묘나 무가 저택이 모여 있는 지역이라면 몰라도 조닌이 모여 사는 지역은 어디나 장사꾼 목소리나 기운찬 가마꾼 목소리, 짐을 나르는 인부나 상인들의 이야기소리로 시끌시끌하다. 그런 사람들 사이를 지나가는 여인의 기모노는 눈에 띄게 화사해서 어느 철이나 마쓰리 같은 활기가 넘친다.

"해가 지려면 아직 시간이 있습니다. 한번 나카가와 강을 따라 걸어 보실래요? 시집오실 때 잠깐 바라본 게 전부잖아요. 아니면 센바코 호수로 가 볼까요? 그곳에도 풍정이 넘친다고 하던데요."

아마 내가 아침부터 어지간히 우울한 얼굴로 있었나 보다. 아저씨는 자꾸 기분전환을 하라고 권한다. "그럼" 하며 나는 짐짓 자연스런 목소리로 물었다.

"혼자 걸어도 괜찮아요_{사무라이의 가족은 원칙적으로 종자를 대동하고 외출하는 것이 관례였다}?"

"혼자라. 그건…… 위험하지 않겠습니까."

아저씨는 고민하는 표정이다.

"괜찮아요. 이렇게 사람도 안 보이는걸. 아무도 볼 사람 없어요."

나는 양손을 모으기까지 했다.

"네? 부탁해요. 멀리는 가지 않을 테니까."

"이것 참, 이리 나오실 줄은 생각도 못했는데."

"해 질 녘까지는 여기로 돌아올게요. 틀림없이."

"그렇습니까. 그럼 저는 파발꾼에게 편지를 맡기고 저쪽 찻집에서 기다리고 있겠습니다."

가을도 깊어 가는데 여전히 요시즈_{비스듬하게 세워서 볕을 막는 갈대발를 세워} 둔 찻집을 굵은 손가락으로 가리켰다.

아저씨와 헤어진 곳에서 성을 왼쪽에 두고 천천히 북쪽으로 걸었다.

미토 성은 북으로 나카가와 강, 남으로 센바코 호수를 끼고, 동서쪽에 새가 날개를 편 듯 평민 동네가 있다. 성은 가장 높은 자리에 우뚝

서 있고 남북과 동쪽은 절벽을 이루고 있어 돌담은 쌓지 않았다. 이 지방에 본래 석재가 부족한 탓도 있는 듯하다. 유일하게 성 서쪽만은 높은 평지로 이어져 있어 토루와 마른해자가 몇 겹으로 마련되어 있다.

시집오던 1년 전의 가을은 산과 거리의 나무들도 곱게 물들고 주위를 부는 바람이 황금빛으로 느껴질 만큼 아름다웠던 것을 돌이켰다. 그때는 이렇게 한심한 내 모습은 상상도 하지 못했다. 어머니에게 우메보시밖에 보내드리지 못하는 딸, 시누이에게 박대받는 올케…… 피로감이 목구멍까지 차올라 있다.

하지만 가슴깊이 맺힌 것은 그 말이었다.

"오라버니는 뜻을 이루기 전에는 결혼하지 않기로 결심했던 분입니다."

마치 내가 모치노리 님의 뜻을 꺾었다는 듯한 말이었다. 이런 시절에, 더구나 타관 사람을 배필로 들이는 것은 부끄러운 짓이었다고 말하고 싶은 것일까?

뭐가 하야시 가의 수치란 말인가. 그 아이는 여자이면서 지사라도 되는 양 굴고 있어. 아니, 필시 속으로는 나를 조닌의 딸이라고 깔보는 게 분명해. 툭하면 무가라는 점을 내세우며 나를 찍어 누르려고 한다.

그런 것까지 곱씹고 있는 나 자신이 더욱 싫어져 자꾸 한숨을 토한다. 문득 바라보니 눈앞에 유유하게 흐르는 강물이 놓여 있다. 제방의 초록빛 길을 따라 서쪽으로 걷는다. 강 건너는 아직 초록빛을 띤 벼이삭의 파도가 한없이 펼쳐져 있고 수확을 기다리는 듯한 목화밭도 보인다. 고개 숙인 열매가 품은 면 솜의 백색은 싱싱하고 여인들 작업복의 쪽빛은 밭고랑에서 밭고랑으로 천천히 움직인다. 논밭을 멀리 바라보니 검은 주발을 엎어 놓은 듯한 숲이 점점이 자리 잡고 있고 도리이의 빨강색이 볕을 받아 반짝였다.

아저씨도 함께 걷자고 했으면 좋았을 걸, 하고 나는 후회했다. 아저씨는 조상이 일구었을 이 논밭에, 이 고향에 있고 싶어서 미토로 내려온 게 아닌가. 가까운 시일 내에 또 무슨 핑계를 만들어 이 근처를 산책하게 해 줘야지, 하고 나는 다짐했다.

마침내 가슴속에 차 있던 검은 안개가 걷히며 몸에서 빠져나가는 것이 느껴졌다. 어느새 나 자신을 잊고 그저 풍경 속을 걷는 데 몰두해 있었다.

선선한 그늘에 들어서서 왼쪽을 올려다보니 미토 성이 자리한 오스기야마 밑자락에 메밀잣밤나무가 가지를 펼치고 있다. 우듬지가 우산처럼 봉긋하게 솟은 거목으로, 윤기 나는 진초록빛과 잎 뒷면의 금빛이 뒤얽혀 너른 그늘을 만들고 있다. 오스기야마의 진초록빛 너머에는 성이 일부 보인다. 혼마루에도 니노마루성의 중심 건물을 에워싼 성곽. 혼마루는 성의 중심을 이루는 건물에도 미장한 벽을 두른 당당한 위용은 뜻밖에 눈앞에 육박해 있었지만 턱없이 조용하다.

다시 얼굴을 돌리니 눈앞의 나카가와 강은 파랗고 투명했다. 풀로 덮인 강가를 정처 없이 걷는다. 종종 덤불 속에서 방울을 흔드는 듯한 맑은 소리가 흘러나온다. 풀종다리일까?

잠시 걷자 걸상에 앉아 낚시를 하는 누군가가 보인다. 상대가 작은 체구의 노파라는 것을 알고 나도 모르게 걸음을 멈추었다.

노파와 낚시라는 엉뚱한 조합도 조합이지만, 흡사 한 폭의 그림을 보는 듯했기 때문이다. 번이 정한 규칙대로 옷은 별다른 특징이 없는 검은 옷이지만 길게 늘어뜨린 은발은 아리따운 빛을 띠고 있고 앉은 자태에도 기품이 있어 뭐라고 표현하기 힘든 풍정이 있다.

노파가 기척을 느꼈는지 문득 이쪽으로 눈길을 돌렸다. 그 순간 뒤에서 무시무시한 발소리가 들렸다.

"무례하다!"

여러 여자들이 나를 에워싸고 당장 때릴 기세로 질타했다.

"꿇어!"

나는 낚시하는 노파가 지체 높은 분임을 그제야 눈치채고 메뚜기처럼 풀밭 위에 납작 엎드렸다. 하지만 여러 팔이 덤벼들어 양 팔을 끌어당기는 바람에 일으켜 세워졌다. 나는 옷매무새를 가다듬으며 묻는 대로 이름과 거처를 작은 소리로 고했다.

"왜 혼자 돌아다니지?"

"조, 종자를 그만 잃어버려서."

거짓말을 하자니 말꼬리가 흐려진다. 여자들도 나의 해명을 믿지 않는지 내 몸을 휙 돌려 놓고 등과 엉덩이를 더듬어 몸수색을 했다. 이를 악물고 참아도 온몸이 자지러진다. 마침내 몸수색이 끝났다 싶더니 억세어 보이는 여자가 내 팔뚝을 잡고 놓아주지 않는다. 한 여자가 옆의

여자에게 귀엣말을 하자 다시 다른 여자에게 귀엣말이 전해지고 마침
내 노파 옆을 지키는 여자에게까지 전해지자 그 여자가 작은 소리로
노파에게 뭐라고 아뢰었다.

노파가 눈짓으로 알았다는 뜻을 표하자 여자에서 여자로 다시 전언
이 돌아온다. 내 앞에 있던 여자가 엄숙하게 입을 열었다.

"저분은 데이호인 님이시다."

데이호인 님……

풀밭에서 몸이 붕 떴다가 고꾸라지듯이 납작 엎드렸다. 하지만 왼쪽
팔꿈치가 붙들린 상태라 허리와 무릎이 절반만 하릴없이 허우적댄다.
그래도 나는 사죄했다.

"부디, 제발 관대히 용서해 주세요."

데이호인 님이라면 돌아가신 열공의 부인이며 현 번주 요시아쓰 공
과 히토쓰바시 요시노부 공의 모친이다. 엄청난 분과 맞닥뜨리고 말았
다는 생각에 모골이 송연했다. 어떡하나, 이대로 체포되기라도 하면
그냥 끝나지 않는다. 모치노리 님 얼굴이 떠올라 무릎이 후들거린다.
잠시 뜸을 둔 뒤 머리 위에서 다시 시녀의 전언이 들렸다.

"팔을 놓아주라 하십니다."

그 순간 몸이 가벼워져 다시 고꾸라질 뻔했다. 보기 흉하게 간신히
중심을 잡고 양손을 짚고 풀밭에 이마를 댔다. 여름의 흔적인지 풀숲
의 풋내 나는 열기에 싸인다.

"가까이."

가까이 오라는 명령을 받은 것 같다. 하지만 어떻게 움직여야 할지 몰라 고개만 들어 옆의 시녀를 올려다보았다.

"가까이 와도 좋다고 하신다."

"아, 아뇨, 너무 황송해서."

이 자리에서 풀려나고 싶은 일념에서 나는 열심히 도리질했다. 다시는 혼자 돌아다니지 않겠다고 맹세하고, 앞으로는 시누이가 시키는 대로 얌전하게 살자고 결심했다. 그러니 이 자리만은 제발.

"어서. 이리 가까이."

명주 같은 그윽한 목소리의 주인은 데이호인 님이었다. 시녀들에게 부축 받다시피 해서 가까이까지 끌려가자 나는 다시 납작 엎드렸다.

"오호 이런, 미토 여인이 단도도 지니지 않고 혼자 돌아다니다니, 희한한 일이네."

"소, 송구하옵니다."

사죄하자 시녀가 옆에서 냉큼 말을 막았다.

"염중 마님 전에 직접 대답을 하다니, 무엄하구나. 우리에게 말해라."

염중廉中이란 고산케 번주의 부인에게만 허용되는 존칭이다. 이번에는 입을 다물고 머리를 조아린다.

"궁중도 아니고, 그리 딱딱하게 대할 거 없다."

데이호인 님이 너그럽게 나무라 주었다. 나는 머리를 조아리며 안도했다. 동시에 이런 분이 저 열공의 염중 마님이라니, 하며 조금 뜻밖이란 생각을 했다.

에도에서는 미토의 열공이 전혀 인기가 없는 사람이다. 오오쿠에 재정 긴축을 명하면서도 오오쿠 궁녀를 닥치는 대는 건드리는 나쁜 버릇이 알려져, 시중에도 미간을 찡그리며 험담하는 사람이 많았다. 미토 번주의 행실에 대해서는 영국보다 에도 사람이 더 잘 아는 것 같다.

하지만 눈앞에 있는 분은 노쇠해도 기품 같은 것을 풍겼다. 과연 가즈노미야 님처럼 황족 출신이구나, 하며 새삼 생각했다.

데이호인 님은 아리스가와미야 오리히토 친왕의 왕녀 도미노미야 요시코 님이다. 어릴 때부터 와카와 이야기로 들어 온 주니히토에+²⁾ 궁녀의 정장. 속옷부터 겉옷까지 모두 7점으로 구성되며 무게가 약 20킬로그램에 달한다나 오스베라카시御垂髮 귀족 여인과 궁녀의 머리모양. 앞머리를 좌우로 부풀게 하고 머리채를 뒤로 넘겨 바닥에 닿도록 늘어뜨린다의 세계가 선하게 떠올라 나는 천황이란 존재를 비로소 현실의 존재로 느꼈다. 송구한 말이지만, 에도 사람에게 에도 성에 있는 쇼군은 친근한 존재이지만 교토에 있는 천황은 어딘지 환영 같은 애매모호한 존재인 것이다.

하지만 지금 나는 천황의 혈족 앞에 있다. 그렇게 생각하니 가슴이 뜨거워졌다. 이것이 존숭의 심정이라면 미토로 시집을 옴으로써 나도 어느새 존왕의 기풍을 흡수하고 있었는지도 모른다.

"너는 낚시를 좋아하느냐?"

하문이 있었다. 시녀를 올려다보자 고개를 끄덕이기에 마음먹고 직접 대답한다.

"나, 낚시 말씀이옵니까. 해, 해본 적이 없습니다. 하지만."

혀가 꼬이고 얼굴이 빨개졌다.

"흠, 하지만."

"염중 마님이 매우 한가로운 풍정으로 계셔서, 낚시라는 것이 그렇게 편안한 것인가 하고 넋을 잃고 바라보고 말았습니다."

"그래? 이런 늙은이에게도 풍정이 있더란 말이냐."

뜻밖에도 데이호인 님은 낭랑한 목소리를 내셨다. 이렇게 지체 높은 분도 소리 내어 웃기도 하네. 나는 그 사실만으로도 크게 놀랐다.

"해 볼 테냐."

"지, 지금 말씀입니까."

"그래."

이 제안에 응해야 하는지 사양하는 하는지 예법을 통 모르겠다. 번저에서 하녀로 일하던 시절에 익힌 예법 같은 것은 오래 전에 잊어버렸다. 하긴 번저 안채에서는 나의 버릇없는 행동거지를 신기해하고 환영해 주기까지 했으므로 애초에 제대로 익히지 않은 거나 마찬가지였다.

뒤에 있던 시녀들에게 눈짓으로 물어보았지만 다들 인형처럼 입을 꾹 다물고 눈썹 하나 움직이지 않는다. 나는, 에라 될 대로 되라는 심정으로 "예" 하고 고개를 끄덕였다. 시녀들에게 또 제압당할 것 같아 어깨를 잔뜩 움츠렸지만 데이호인 님은 가만히 미소 짓고 시녀에게 명했다.

"낚싯대를 가져와. 짧은 걸로."

큰일 났다. 역시 사양해야 했어. 그만 돌아가고 싶어. 그만 풀어주셨으면 좋겠는데, 하고 생각했지만 한 발자국도 뗄 수 없었다. 잠시 후 시녀 하나가 빨갛게 칠한 낚싯대를 떠받드는 자세로 가져왔다.

"너희는 물러가도 좋다."

"네."

시녀들은 명령대로 조용히 물러났지만 불과 몇 간 떨어진 자리에 멈췄다. 여차하면 내 가슴에 비수를 꽂을 수 있는 거리일 것이다.

다들 상전처럼 차분한 옷차림이어서, 검은 몬쓰키 도메소데몬쓰키는 가문家紋을 넣은 옷이고, 도메소데는 기혼여성이 입는 기모노 중에 가장 격이 높은 옷에 담갈색의 견고한 오비를 둘렀다. 요코이치몬지横一文字 오비를 매는 방식 가운데 하나로 묶은 오비는 양단이 길고 정확하게 조여져 있어 무가의 호사스런 차림보다 훨씬 견결해 보인다. 소싯적에는 다들 생기 넘치고 향기를 풍기던 시녀들이었을 것이다. 남자와 사귀지도 않고 오로지 상전을 모시며 평생을 보내는 번저 시녀는 '오키요'본래는 성이나 번저의 시녀 중에 남자를 겪지 않은 처녀를 뜻했다라 불리는데, 이 시녀들도 모두 초로에 접어들었고, 개중에는 데이호인 님보다 연상이어서 등이 굽은 사람도 있었다.

"강가에는 산 돌과 죽은 돌이 있지. 돌이 살아 있는 자리에 물고기가 많으니, 낚시는 우선 그 자리를 찾아내는 데서부터 시작되는 거다."

산 돌이란 이끼가 낀 돌을 말하는 것 같은데, 과연 이끼를 먹으려고 물고기들이 많이 모일 것 같다. 하지만 신발 바닥이 미끈미끈해서 걷기가 너무 힘들어, 데이호인 님 옆에 놓인 걸상에 앉기 직전에 발이 미끄러져 하마터면 엉덩방아를 찧을 뻔했다. 그런 추태까지 보인다면 이번에야말로 오랏줄을 받을지 모른다는 생각에 온몸이 오싹했다.

내가 받은 낚싯대는 데이호인 님 것보다 짧은데, 황공하게도 데이호인 님이 손수 바늘에 미끼를 달아 주셨다. 교토의 고귀한 분은 결코 손을 드러내지 않는다고 들었는데 동녀처럼 작고 하얀 손이 지렁이를 익숙하게 쥐고 손쉽게 바늘에 꿴다. 나는 일러주는 대로 낚싯대를 휘둘렀지만 번번이 수면과는 정반대 방향에서 바늘이 걸렸다. 그럴 때마다 시녀가 낚싯줄을 돌려 주어서 식은땀이 줄줄 흐른다. 간신히 수면에 낚시찌가 떠올랐다.

데이호인 님은 잇달아 고기를 낚아 올려 물을 채운 통에 넣었다. 그때마다 시녀가 달려와 통 안을 확인하고 종종 맨손으로 물고기를 건져 강물에 돌려보낸다. 민물고기라면 잉어나 금붕어 정도밖에 모르는 나는 물고기가 몸을 꿈틀거리며 강물로 들어가는 순간, 그 선명한 쪽빛 등줄기가 반짝이는 데 시선을 빼앗겼다.

"염중 마님. 한 가지 여쭤도 되나요?"

"흠."

"방금 풀어준 것은 어떤 물고기입니까?"

"아, 방금 그건 잉어다."

"잉어였습니까, 방금 그게."

"여기에서는 붕어나 피라미, 납자루도 잡히지. 계류까지 올라가면 은어나 둑중개도 있지만, 저녁 찬거리는 이곳이면 충분해."

"드, 드시나요?"

그러자 데이호인 님은 의아해하는 눈초리로 나를 보았다.

"먹자고 낚시하는 거지 달리 무슨 이유가 있겠느냐?"

"하지만, 종종, 강물에 풀어주셔서요."

"아, 그거 말이냐. 아직 어리고 건강한 놈들만 풀어준다. 아가리가 바늘에 조금 찢어져도 잘 살아갈 수 있겠다 싶은 놈들은 풀어주고 있지."

데이호인 님은 수면으로 얼굴을 돌렸다.

"나리가 건강하실 때는 총 쏘는 방법도 익혀서 사슴 사냥을 위해 멀리 나가 보기도 했는데. 살려 주는 사슴과 잡아들이는 사슴을 어떻게 구분할 것 같으냐?"

방금 전의 이치로 말한다면 어리고 건강한 사슴을 놓아주려나? 고개를 갸우뚱거리자 데이호인 님이 계속 말했다.

"어리다거나 몸이 아직 작다거나 하는 것은 거의 고려하지 않아. 총구를 향하면 바짝 얼어 버리는 놈, 그걸 잡아들이지. 덩치가 커도 배포가 작은 놈은 다리가 얼어 부들부들 떨지. 그런 사슴은 조만간 다른 짐승에게 잡아먹히거나 동료들과의 경쟁에 패해 죽을 테니까 그런 놈을 잡아들인다. 정말 강한 놈은 쏠 테면 쏴 보라는 듯이 이쪽을 지긋이 노려보며 꼼짝도 안 하지. 특히 배짱 좋은 수사슴은 조만간 산주인이 될 테니까 열공께서나 나나 패배를 인정하고 그 자리를 뜨기로 정해 두었단다."

"그것이 산속의 규칙인가요?"

"흠. 천지의 규칙이기도 하다."

황족으로 태어나고 자란 염중 마님이 산 속에서 총을 잡고 있는 모습은 도무지 그려지지가 않는다. 무가에 적응하려고 무진 애를 썼거나 호기로운 기질을 타고났거나.

물고기들도 낚시꾼을 알아보는 듯 내 낚싯대 끝은 꼼짝도 하지 않았다.

"낚시의 즐거움은 어떤 건가요?"

"글쎄다. 물고기와의 줄다리기, 수면에 비치는 내 마음과의 줄다리기. ……그런 걸 사람들이 이렇게 저렇게 비틀어 말하는 걸 좋아하는 것 같은데, 내 이유는 딱 하나."

데이호인 님은 무구한 웃음을 짓고 목소리를 낮췄다.

"내가 낚은 물고기는 맛있거든."

나도 덩달아 쿡쿡 웃었다.

강바람을 타고 젊은 남자들 목소리가 들려왔다. 상류 쪽에 누군가 있는 듯하다.

"팔월도 다 끝나 가는데 아직도 수중훈련이라니, 참 열심들이구나."

"강에서 헤엄치는 훈련을 하는 건가요?"

"……너, 미토 사람이 아니구나?"

에도에서 시집왔다고 말하자 데이호인 님은 "이런 시절에 별난 아이로구나" 하고 재미있어한다.

"사무라이 아이들이 수중 훈련을 하는 건 미토의 풍물이지. 덕분에 헤엄 못 치는 사람은 아무도 없다."

모치노리 님도 여기서 헤엄을 익혔을까? 나카가와 강물은 가을 햇빛을 반사하여 파란색과 은색의 띠를 흘려 놓은 듯하다.

"이 강의 아름다움을 처음으로 본 것 같습니다."

솔직한 심정을 고하자 데이호인 님은 뜻밖의 질문을 던졌다.

"요즘의 살림은 어떠냐."

이 역시 뭐라고 대답해야 할지 모르겠다. 하지만 거짓말이나 가식적인 말은 이분에게는 통하지 않으며, 송구한 짓이라고 생각했다. 역시 고귀한 분은 다른 걸까? 나는 마치 무녀 앞에 고개를 숙인 심정이 되어 있었다.

"누구나 다 힘든 것 같습니다. 저는 에도에서 자랐기 때문에 얼마 전 손님에게 장어를 대접했습니다."

"흠. 장어 좋지."

"개중에는 태어나 처음으로 장어를 먹어 본다는 사람도 있었습니다. 놀랐습니다. 미토 장어는 에도에서도 유명한데."

"그래?"

생각에 잠긴 표정이 된 데이호인 님에게 나는 미토에 온 뒤 내내 의문이었던 점을 물어보았다.

"미토 여자들은 무엇 때문에 잠깐의 즐거움도 허락되지 않는 건가요?"

뒤에 있는 시녀들에게 호통을 들을지 모르지만 전임 번주의 염중 마님이며 현 번주의 모친인 이분이 뭐라고 대답하는지 나는 아무래도 듣고 싶었다. 에도의 무가 여자들이 어떻게 사는지도 잘 아는 이분이라면 그토록 완고한 시누이의 마음을 여는 계기를 줄지도 모른다는 생각도 있었다.

"열공은 질박하고 강건한 나라를 만들고자 하셨다. 차남인 탓에 뒷전에 물러나 계실 때 에도의 하타모토들이 사무라이의 본분을 망각하고 풍류를 탐하는 것을 목격한 탓이라고 들었다."

데이호인 님은 뭔가를 찾는 듯 먼 곳을 바라보았다.

쓰쿠바야마 능선이 가을 하늘 아래를 달린다. 그 아름다움은 고대부터 시가로 지어지고 자봉紫峰이란 아호까지 얻었지만, 순박한 시골 무사가 전투 중에 잠시 앉아서 쉬는 모습처럼 보이기도 한다. 논밭의 풍요를 만족스럽게 둘러보는 것이다.

"내가 미토 도쿠가와 가에 시집오게 된 것도 귀족의 딸이라면 빈궁에 익숙해 있겠지, 다이묘의 딸처럼 사치를 부리지는 않겠지 하는 기대가 있었기 때문이다. 다들 짐작하는 대로 실제로 귀족 저택의 담장도 여기저기 무너져 있고 조석의 밥상도 늘 소면이나 떡뿐이다. 내가 시집와서 제일 처음 기뻤던 것은 초밥을 먹을 때였다."

나는 얼른 강물로 시선을 돌렸다.

교토 당상가堂上家 천황이 일상적으로 생활하는 청량전淸凉殿의 객실에 출입이 허용된 귀족는 우아하고 평안한 생활을 오래 전에 잃어버렸다. 그래도 말씀이 이토록 솔직한 것을 보면 데이호인 님은 올곧은 성격을 가진 분인 것 같다.

"물론 열공이 검약을 장려하지 않을 수 없는 사정도 번에는 있었다. 의공 이래 오래도록 계속되어 온 『대일본사』 편찬 사업에 얼마나 막대한 비용을 써 왔느냐. 그런데 여전히 완성하지 못하고 있으니."

데이호인 님의 낚싯줄이 또 움직이고 낚싯대가 크게 휘었다.

"열공이 고도칸이나 가이라쿠엔을 조성하기로 정할 때는 번 재정이 힘들어진다고 반대한 가신도 적지 않았다. 하지만 열공은 반대를 다 물리치고, 자식과도 같은 영민들과 함께 즐길 수 있는 곳으로 그 동산을 만들겠다고 말씀하셨지. 나도 직접 벚나무를 심었는데, 봄이면 천 그루나 되는 매화나무와 벚나무에 꽃이 피고, 가을이면 싸리에 단풍이 들어 어찌나 멋진지 몰라. 고분테이好文亭 2층에서 바라다보는 센바코 호수가 수면까지 붉게 타는 듯하고, 거기에 철새로 찾아드는 물새들이 흰 점들을 더하듯이 오락가락 날아다니지.

그 아름다움이야말로, 가이라쿠엔이야말로 히타치의 자랑이라고 나는 생각한다. 열공은 존왕양이, 각고면려의 기풍만이 아니라 백년 후에도 백성의 마음을 위로해 주는 풍경을 남겨 주셨다. 열공도 지금 쯤 아주 만족하고 계실 것이야."

나는 아직 찾아가본 적이 없는 가이라쿠엔 풍경에 마음이 끌리면서도 문득 가슴 한쪽 구석에 석연치 않은 생각이 고개를 처들어 당황스러웠다.

즐거움을 찾는 사람들의 욕구가 그런 시혜로 채워질 수 있을까? 오랜 재정난에 미토의 사무라와 조닌, 농민들이 얼마나 고통 받고 있는가.

나는 비로소 만난 적도 없는 수많은 사람들을 생각했다.

에도에서는 하루 벌어 하루 사는 행상이라도 꽃놀이, 조개잡이, 여름 마쓰리 등 철마다 즐길 거리가 있다. 여름 모기장을 전당포에 잡히고 겨울 잠옷을 빌리고, 더워지면 다시 모기장으로 교환하는 생활을 하면서도 사람들은 하루 일을 마치면 동네 욕탕에 가서 흡족한 얼굴로 따뜻한 물에 몸을 담근다. 가진 재산도 없고 신분도 없지만 그만큼 고민도 없다며 웃는다.

언젠가 미토 백성도 언제든 가이라쿠엔에서 놀 수 있기를. 이름 그대로 모두가 함께 즐기는 동산이 되기를.

눈을 내리깔고 속으로 중얼거렸다. 데이호인 님 귀에는 들리지 않도록 가만히.

나는 내 자신이 얼마나 왜소한지 새삼 깨달았다. 나에게는 아무런 힘도 아무런 언어도 없다.

"물었다, 물었어."

쥐고 있던 낚싯대가 갑자기 묵직해지며 크게 휘었다. 하지만 곧 물속으로 낚싯줄이 당겨지더니 이내 가벼워졌다. 찌만이 허망하게 수면에서 흔들리고 있었다.

아저씨와 함께 귀로를 서두르며 나는 옷자락이 헝클어지는 데도 개의치 않고 잰걸음으로 걸었다. 해는 거의 다 지려 한다.

"너무해요, 아저씨. 내가 몸수색 당하는 걸 잠자코 보고만 있었다니."

"워낙 졸지에 벌어진 일이었으니까요. 물론 여차하면 저도 뛰어가려고 했습니다. 하지만 멀리서도 시녀들뿐이란 걸 알고 있었으니까 끔찍한 일은 벌어지지 않겠구나 하고 예상했지요."

아저씨는 내가 혼자 돌아다니는 것이 아무래도 걱정돼 오캇피키처럼 뒤를 밟았다고 한다. 강물 너머 나무 뒤에 몸을 숨기고 지켜보고 있었다니, 사람이 참 고약하다.

"그런데 그분이 데이호인 님이라니, 아씨도 진짜 엄청난 분하고 낚시를 했구먼요."

어깨가 흔들리는 것이 웃고 있는 것 같다.

"웃을 일이 아니잖아요."

"그렇지요. 근데 꼭 고추 같았어요."

"고추?"

"얼굴이 파래졌다 빨개졌다 해서 말입니다."

"진짜 아무한테도 말하지 말아요. 데쓰 님 귀에 들어가기라도 하면 또 혼나요."

"암요, 당연하죠. 귀신님한테는 비밀이죠, 비밀이고말고요."

둘이서 숨을 헐떡이며 고켄마치 집으로 돌아오니 시누이가 현관마루 앞에서 기다리고 있었다.

"올케!"

"아, 예. 미안해요."

소심하게도 먼저 사죄를 하고 말았다. 시누이는 말없이 벌떡 일어나 안쪽으로 들어갔다. 나는 뒤를 돌아보며 아저씨와 얼굴을 마주 보았다. 아저씨는 체념하라는 듯이 내 팔뚝을 밀어 준다. 또 혼나겠구나, 하고 풀이 죽어 시누이를 따라 방에 들어가 앉자 눈앞에 앉은 그녀가 목소리를 낮췄다.

"아까 에도에서 파발꾼이 왔어요."

"파발꾼이요?"

"오라버니가 고마고메 번저에 연금되었대요."

"연금이라뇨?"

뜻밖의 말에 몸이 굳어 버린다.

"무엇 때문에요?"

기별에 의하면 모치노리 님은 이타코에서 에도로 올라가 사쓰마 번 사들과 모임을 가졌다고 한다. 천구당 동지 40명 가까이가 모여 양이의 선봉이 되기로 결의했다고 하니, 사쓰마는 신용할 수 없다, 아니다, 함께 움직여야 양이를 이룰 수 있다고 분열되어 있던 의견이 통합된 것일까, 아니면 사쓰마와 제휴하자고 주장하는 사람들만 움직인 것일까. 그건 알 수 없다. 그러나 이 모임도 사쓰마 번저에 누설되어 번저에서 쇼군 측에 알렸다고 한다.

그러자 막부는 사쿠라다 문 밖의 변에 이어서 또 막부에 칼을 겨누려는 음모인가, 하며 즉각 미토 번 중역을 불러들여 다그쳤다.

"때문에 오라버니들은 체포되어 미토 번저로 옮겨졌다고 합니다."

"또 사쓰마입니까."

"아무래도 사쓰마 내부도 분열되어 있는 것 같아요. 그것도 분한 일이지만, 얄미운 것은 제생당입니다. 요즘 쇼군은 제번에 불온한 움직임이 있으면 그 처분을 각 번에 맡겨 충성심을 측정하는 듯합니다."

문득 이상한 기분이 들어 나는 눈을 깜빡거렸다. 무가 여자가 정치를 생각하는 것은 방자하기 짝이 없는 짓이라고 눈에 쌍심지를 세웠던 시누이가 정치에 해박하지 않은가. 외출도 거의 하지 않는데 어디서 그런 이야기를 듣고 있을까.

"싫어도 어쩔 수 없이 지사를 처벌하는 번도 있겠지만, 미토의 제생당에게는 뜻밖의 행운이겠죠. 정적인 천구당을 거리낌 없이 처분할 수 있을 테니까. '좋겠지 나리'는 이번에도 그자들에게 놀아날 게 틀림없어요."

"처분……."

"오라버니들은 곧 미토로 송환되어 정식 재판을 받게 될 거라고 합니다. 최악의 경우, 할복조차 허락되지 않을지 몰라요."

"할복보다 더 나쁘다면 뭐가 있다는 거죠?"

정신을 차리고 보니 나는 어느새 무릎을 꿇고 허리를 세워 시누이의 양팔에 매달려 있었다.

"당황하면 안 돼요. 에도 집정이신 다케다 고운사이 나리가 천구당의 중진이에요. 고운사이 나리가 온갖 노력을 다해 주실 게 분명해요. 그게 유일한 희망이라고 후지타 님 편지에."

"후지타 님……. 고시로 님이 알려주신 건가요?"

그녀가 잠자코 고개를 끄덕였다. 대체 무슨 사태가 벌어지고 있는 건가, 하며 나는 연거푸 숨을 토했다. 이럴 때일수록 침착하게 각오를 다져야 한다고 자신에게 타이르지만, 그럴수록 얼굴에 핏기가 가신다.

대체 무엇을 각오해야 한단 말인가. 최악의 사태란 무엇인가.

끝내 참지 못하고 다시 물었다.

"말해 줘요. 할복도 허락되지 않는다면, 어떤 처벌입니까?"

시누이는 시선을 나의 미간에 고정하고 무자비할 정도로 단호하게 말했다.

"참수입니다. 사무라이에게 가장 불명예스러운 일이에요."

그 뒤 시누가 언제 방에서 나갔는지 기억하지 못한다. 목덜미에서 등줄기 쪽으로 화살에 관통당한 듯 나는 앉은 채 꼼짝도 할 수 없었다.

2

아저씨의 콧노래를 간만에 듣는 것 같다. 이른 아침부터 수건을 꼬아 이마에 질끈 동여매고 바지런히 움직이고, 술 준비에도 빈틈이 없다.

분큐 3년(1863). 장마도 그치고 오늘 저녁은 이 집에서 작은 모임을 갖기로 했다.

지난해 가을, 에도 번저에서 미토로 송환된 모치노리 님들은 뜻밖에도 처벌을 면했다. 사쓰마를 싫어하는 것으로 유명한 히토쓰바시 요시노부 공이 사건을 전해 듣고 형인 미토 번주 요시아쓰 공에게 번사들의 구명을 부탁한 덕분이다.

시누에게 참수형을 당할지 모른다는 말을 들은 뒤로 나는 하루하루를 어떻게 보냈는지 거의 기억하지 못했다. 모치노리 님에게 그런 일이 벌어진다면 나도 뒤를 따르자, 같은 다짐만 하고 있었다. 석방되었다는 소식을 들었을 때는 아저씨와 아무 말 없이 손을 맞잡았다. 아저씨도 울고 있었다. 그런 기억의 단편만이 아픔과 함께 남아 있다.

새해가 되고 2월에는 모치노리 님을 비롯한 20명 정도 되는 번사가 큰 임무를 받았다. 쇼군 이에모치 공이 에도를 떠나 교토로 올라가게 되는데, 요시아쓰 공이 호위를 맡은 것이다. 그리하여 모치노리 님들이 그 명을 받았다. 막부 쇼군이 교토에 올라가는 것은 3대 쇼군 이에

미쓰 공 이래 230년 만의 일이므로, 마침내 공무일체가 이루어지는가 하며, 늘 조용하던 이곳 무가 저택 구역도 술렁이고 있었다. 더구나 천구당에 속한 번사는 제생당의 책략으로 주요 직책에서 밀려나 있던 터라 늘 냉정하던 시누이까지 자랑스럽게 웃을 정도였다.

모치노리 님이 번주가 있는 에도 번저를 향해 출발할 때 나는 길모퉁이까지 나가 배웅했다. "골목까지 나가 배웅하다니" 하는 시누이의 만류도 뿌리치고 밖으로 나갔다. 정월도 끝날 때라 어느 집 뜰에서나 매화 향이 흘러나오고 있었다.

부디 무사하시기를.

간절히 기도할 뿐이었다. 나와 마찬가지로 집집마다 판자담 뒤에 숨듯이 서서 배웅하는 여인들이 여기저기 눈에 띄었다.

쇼군 이에모치 공의 상락[1]上洛은 존왕파에게는 중대한 진전이지만, 좌막파막부를 옹호하는 파벌에게는 언어도단, 받아들이기 힘든 결정이었던

1_ 과격 존양론자가 교토 조정을 지배하던 1863년, 14대 쇼군의 상락(천황이 있는 교토를 방문하는 것)이 이루어진다. 쇼군이 천황에게 고개 숙이는 모습을 연출하여 천황의 권위를 과시하려는 존왕파와, 천황의 지지를 끌어내어 막부 권력을 안정시키려던 막부 측의 이해가 일치하여 이루어진 상락이었다. 쇼군의 상락은 3대 쇼군 이에미쓰가 1623년에 상락한 이래 단 한 번도 없던 이례적인 일이었다. 천황의 위상이 그만큼 높아지고 막부의 권위가 낮아졌음을 보여준다.
쇼군의 상락은 편도에만 3주 이상 걸리고 막대한 경비를 써야 하는 정치적 행사였다. 3대 쇼군의 상락 행렬이 30만 명에 이르는 화려한 것이었다면 이번의 14대 쇼군은 행렬을 최대한 검소하게 꾸려 3천 명 규모로 줄인다. 당시 쇼군 후견직으로 있던 요시노부가 쇼군을 수행하며 함께 상락한다.

듯하다. 특히 교토에서는 좌막파 낭사들이 존왕파 사무라이를 습격하는 사건이 잇따르고 있어, 이이 가의 가신들이 보복을 위해 상락 행렬을 습격하리라는 설도 나돌고 있었다. 이렇게 위험하기 짝이 없는 임무를 천구당 번사에게 맡긴 제생당의 계산이 빤히 들여다보여서 나는 또 불안에 시달려야 했다.

모치노리 님은 아마 모든 것을 알 텐데도 담담했고, 아무 말이 없었다.

"올해도 가이라쿠엔에 데려가 주지 못할 것 같군. 미안해."

"괜찮아요. 매화나무는 어디 도망가지 않으니까."

출발하는 날 아침에도 그런 말만 주고받았다. 길모퉁이에서 배웅하는 여인들은 내심 계속 따라가고 싶었을 것이다. 남편이나 아들의 안전을 걱정하지만 그럼 심정을 드러내지 않고 조용히 집을 지킨다. 그것이 무가 여인들에게 부과된 임무였다. 나는 행렬의 창에 달린 붉은 방울이 보이지 않게 될 때까지 그 자리에 서 있었다.

일행은 3월 5일까지는 교토에 도착하였고 이에모치 공은 니조 성도쿠가와 이에야스의 지시로 지은 성. 천황이 거주하는 궁전을 보호하고 자신이 교토를 방문할 때 머물 곳으로 사용하기 위해 지었다에 들어갔다. 처남인 고메이 천황에게 양이를 맹세하고 교토에 20일을 머물다가 4월에는 에도 성으로 돌아갔다. 항간의 소문에 따르면 이에모치 공과 가즈미야 님 내외는 많은 사람의 걱정과는 달리 더없이 금실이 좋아 천황도 좋아했다고 한다. 모치노리 님이 미토의 집으로 돌아온 것은 4월도 중순이 지났을 때였다.

그리고 지난달 장마가 한창일 때 번주 요시아쓰 공의 각별한 배려로 모치노리 님은 오우마마와리야쿠^{주군의 친위대 성격의 무가 직책}로 발탁되었다. 모치노리 님이 지휘한 미토 번 호위대가 규율이 반듯하여 "요즘도 이런 무사가 있었나" 하며 가도 변에 소문이 났다고 한다. 미토 번은 참근교대가 면제되어 서민들은 지금까지 번사 부대를 목격한 적이 없는 데다 3년 전에 일어난 유혈 사태로 커다란 두려움의 대상이었던 것이다. 요시아쓰 공은 쇼군에게도 면목을 세울 수 있었다며 크게 만족하고 일행의 공로를 치하했다.

오우마마와리야쿠는 번주 곁에서 호위와 연락을 담당하는 직책으로, 녹봉도 이백 석으로 늘었다. 친척이나 가까운 집안에서 축하 선물을 보내 주었으므로 나는 시누이와 상의하여 측근만 모이는 축하연에 그들을 초대하기로 했다.

해 질 녘이 돼도 손님이 끊이지 않자 아저씨는 맹장지를 떼어 방 두 칸을 텄다. 모치노리 님과 함께 상락을 경호한 사람들도 녹봉이 인상되어 밝은 목소리가 끊이지 않는다. 부업을 놓지 못하던 하사들도 많으므로 그 아내들도 필시 안도의 한숨을 짓고 있을 것이다.

나도 이제야 근심이 줄어 웃음을 지을 수 있을 것 같았다. 하지만 모치노리 님이 앞으로 에도에서 근무하게 되었으니 이 집에는 거의 들를 수 없게 될 것이다. 나는 내내 쏟아지는 비를 원망스레 바라보고 있었다. 부부라지만 잠깐의 상봉을 기다려야 하는 날들에 지쳤는지도 모른다. 차라리 나도 에도로 가서 시중을 들게 해 달라. 그렇게 말하고 싶은 것을 참느라 애써야 했고, 꺼내지 못한 말들이 가슴을 촉촉이 적셔 눅진한 냄새를 풍겼다.

하녀들은 술을 나르느라 바쁘고, 그래도 일손이 부족한지 시누이까지 쟁반을 들고 방에서 무릎을 꿇었다 일어섰다를 거듭하고 있다. 아저씨는 벌써 이치게 님에게 한 잔 받아 마신 듯한데도 시누이는 아무 내색을 하지 않아 나도 안심하고 부엌과 방을 오가고 있다.

"가쓰라 고고로기도 다카요시. 조슈 출신의 사무라이이며 메이지 유신의 지도자. 흔히 유신 3결의 한 명으로 꼽힌다라는 분의 높은 뜻을 생각하니 우리 미토 사람들이 면목이 없군."

누군가 쓴웃음을 지으며 말한다.

"구사카 겐즈이조슈의 존왕양이파의 중심인물. 요시다 쇼인의 여동생과 결혼했으며, 25세 나이로 타계나리에게도 감복했소. 요시다 쇼인 선생이 그 뜻이 비범하다고 평가하실 만하지."

교토에 올라간 면면에게 무엇보다 큰 수확은 녹봉 인상보다 교토에서 조슈 지사들과 교류한 것인 듯하다. 미토보다 훨씬 격렬한 존왕양이의 분위기를 체감하고 왔는지 다들 감화를 감추지 못한다.

"지난달에도 아메리카 상선을 향해 과감하게 발포했다지 않소. 양이의 칙을 받고서도 빈둥대며 무책으로 일관하는 막부보다 훨씬 대담하지."

"한가롭게 감탄만 하고 있을 때가 아니오. 우리도 빨리 총을 구입해서 오랑캐들에게 미토 번사의 기백을 보여줘야 하지 않겠소."

빠른 말투로 말꼬리를 올리는 것은 오카메라 불리는 후지타 고시로 님이다.

"암, 그렇지."

"옳소."

동조하는 목소리가 사방에서 터져나오자 고시로 님은 득의양양하게 일어섰다.

"그래서 내가 여러분에게 제안하고 싶은 게 있소. 이번에 녹봉이 인상된 사람들은 모두 그걸 반납합시다."

그러자 냉수를 끼얹은 것처럼 좌중이 조용해졌다. 다들 술잔을 든 채 망연자실하고 있다.

"뭐요, 왜 그래요, 다들."

"오카메, 취하기엔 너무 이르지 않나."

이치게 님이 놀리는 투로 대꾸하자 모두들 난처한 웃음을 짓는다.

"취하지 않았소, 자, 이래도 내가 취했소?"

고시로 님은 양손을 허수아비처럼 벌리고 한쪽 발로 서 보였다.

"그만, 그만, 그러다 넘어질라."

"넘어지긴! 봐, 보라고."

고시로 님은 한쪽 발을 든 채 제자리에서 콩콩 뛰었고 누군가 손뼉을 치기 시작했다. 모치노리 님도 쓴웃음을 지으며 손뼉을 쳤다. 고시로 님이 긴 다리를 구부린 채 방 안을 돌기 시작하자 내 옆으로 온 아저씨가 아연실색해서 중얼거렸다.

"세상에, 개구쟁이가 고스란히 몸만 자란 분 같네요. 어느 나가야에 나 꼭 한 명은 있죠, 저런 꼬마가."

"그러게요."

하녀들마저 쟁반을 내려놓고 손뼉을 치는데 시누이만 시치미 뗀 얼굴을 하고 있다. 그러자 고시로 님의 상체가 기우뚱하며 다리가 엉켰다. 시누 위로 넘어질 판이다. 하녀의 비명소리에 나는 어깨를 움츠렸다.

"이크, 천구가 자빠질 수는 없지."

고시로 님은 키는 커도 체구는 날렵한지 몸을 획 돌리며 발을 바꿔 딛고 중심을 잡았다. 좌중이 웅성거리다가 박수를 친다.

고시로 님은 가슴을 펴고 좌중이 조용해지기를 기다렸다가 가만히 좌중을 둘러보았다.

"여러분, 미토를 바꾸고 싶지 않소?"

주먹을 치켜든다.

"그렇죠? 다들 그렇게 바라겠지. 암. 그러려면 '좋겠지 나리'를 은퇴시키고 요시노부 공을 번주로 세워야 하오. 그 주장을 아뢰려면 먼저 우리 천구당의 충성을 보여줘야지. 그래서 나는 말하는 거요, 인상된 녹봉을 반납하자고. ……요시노부 공을 번주로 세울 수 있다면 우리 번은 틀림없이 열공 시절의 힘을 되찾을 수 있소.

자, 여러분도 숱하게 쓴물을 맛봤으니 뼈에 사무치겠지. 제생당 주장에도 좋겠지, 천구당 주장에도 좋겠지 하시는 저 나리가 계시는 한

우리 뜻은 계속 가로막힐 거요. 어떻소. 묘안 아닌가, 인상된 녹봉을 사양하면 그 돈으로 대포도 살 수 있소. 그럼 조슈하고도 손잡고 존왕양이를 단숨에 밀어붙일 수 있소."

"이봐, 어디에 첩자가 숨어 있는지 모르는 세상이야. 그런 중대한 발언을 함부로 하면 곤란해."

이치게 님이 일갈했다. 고시로 님은 한 발도 물러서지 않는 모습이지만, 좌중은 모두 눈길을 깔고 술을 마셨다.

모치노리 님은 이마에 손가락을 대고 생각에 잠겨 있다. 그리고 또 한 사람, 표정이 조금도 변하지 않은 것은 시누다. 오라버니를 많이 닮은 그 단정한 얼굴은 아무런 동요도 떠올리지 않고 밥상 위의 물건들을 정리하기 시작했다. 하녀가 곁에서 들고 있는 쟁반에 술병과 접시가 부딪히는 딱딱한 소리만 울린다.

"고시로."

잠시 후 모치노리 님이 고개를 들었다.

"뭐요, 내 생각이 어디가 잘못됐단 거요?"

"그렇게 시비조로 나올 거 없네. 물론 자네 말에도 일리가 있다, 그렇게 말하려고 했네. 자, 앉게. 오카메는 덩치가 커서 그렇게 서 있으면 손 맡이 어두워지는 사람이 있어."

고시로 님 양쪽에 앉아 있던 사람들이 안도한 듯이 한숨 섞인 웃음을 흘렸다. 모치노리 님이 계속 말했다.

"고시로는 늘 우리도 조슈처럼 무기를 확보해야 한다고 말했지."

"그렇소."

"그 자금을 마련하기 위해 이번에 인상된 녹봉을 사양해야 한다, 이렇게 주장하는 것이고."

"바로 그렇소."

"그렇다면…… 이 사람들이 살림에 쓸 돈은 어떻게 마련하지?"

고시로 님은 갑자기 목이 막힌 듯 눈동자가 흔들렸다.

"조슈가 외국과 싸울 수 있는 것은 준비를 게을리해 오지 않았기 때문이네. 사쓰마도 그렇고. 두 번 모두 오랜 세월 군자금을 모아 왔을 테고, 덕분에 그런 무기를 갖출 수 있었겠지. 하지만 우리는 어떤가. 하사들은 매일 죽이나 쑤고 있는 아내를 보면서도 겨우 은화 한두 닢을 가져다주고 있지. 녹봉이 인상되어 이제야 빚을 갚을 길을 찾은 사람도 적지 않네. 그건 고시로도 알고 있겠지."

그러자 고시로 님은 방 한쪽 구석에 소리가 나도록 털썩 앉아 책상다리를 했다.

"나, 나도 내 녹봉이 인상되지 않았다고 그런 주장을 쉽게 내놓은 건 아니오."

"그건 다들 알고 있네. 자네가 그런 사람은 아니지."

모치노리 님의 타이르는 듯한 말투에 고시로 님이 넓은 어깨를 움츠리고 입을 삐쭉거린다.

"다만, 차분하게 머리를 식히고 현실에 대처하지 않는다면 공무일체가 되어 양이를 이룬다는 건 도저히 가능한 일이 아니라고 말하는 거네. 우리 번은 우선 제생당과 천구당의 내분부터 없애고 번정을 하나로 모으지 않으면 한 발자국도 움직일 수 없어. 그를 위해서는 이번에 승진한 사람이 맡은 소임이 참으로 중하지. 생각해 보게, 번 중심에 사람을 들여보내지 않으면 번 재정도 재건할 수 없네. 상황은 사무라이만의 문제가 아니야. 미토의 조닌과 농민을 돕기 위해서도, 녹봉 반납은 언 발에 오줌 누기야."

"그러니까 나도 번정을 바로잡기 위해 요시노부 공을 옹립하자고 말하는 거요. 지금까지 몇 번이나 주장해 왔잖소. 하야시 님은 왜 그걸 몰라 주시오."

"고운사이 님은 번을 하나로 통합하겠다는 희망을 아직 버리지 않으셨네. 우리가 그걸 돕지 않으면 누가 돕겠나. 번주를 교체하니 마니 하는 얘기가 제생당 귀에라도 들어간다면 조슈와의 제휴고 뭐고 얘기할 계제가 아니게 되겠지."

"흥, 하야시 님도 사쓰마에 밀고당하지 않았소. 새삼 제생당 따위를 두려워해서야 무슨 일을 하겠소."

그러자 좌중에서 가장 연장자처럼 보이는 남자가 끼어들었다.

"그건 아니지, 오카메."

"그래, 하야시 님은 이제 사쓰마는 믿을 수 없다고 마지막까지 반대하셨어. 하지만 우리의 총의로서 결정했네. 모두의 뜻이니 따라달라고 우리가 부탁했어."

"애초에 사쓰마 번저에 이야기가 새나간 발단은."

모치노리 님과 함께 번저에 감금되어 참수형을 각오했던 사람도 많은 만큼, 저마다 당시의 사정을 앞다투어 설명하느라 열기가 뜨거워진다.

　　"지난 일은 상관없소. 여하튼 지금이 중요하오. 지금 당장 일을 벌이지 않으면 아무것도 안 될 거요."

　　"고시로, 혈기대로 움직일 일이 아니야."

　　"그건 나도 알고 있소."

　　"아니, 모르고 있어!"

　　모치노리 님이 격한 목소리를 냈다. 모두들 숨을 죽이고 모치노리 님을 응시하고 있다. 그리고 시누이도 눈을 크게 뜨고 오라버니를 응시했다.

　　"지금 우리에게 필요한 것은 용감한 뜻이 아니야. 그런 시기는 이미 지났어. 앞으로는 정치란 무엇인지를 헤아려서 인재를 배치하고 사람을 움직여야 해."

　　그러자 고시로 님은 다시 제생당 비판에 열을 올린다.

　　"놈들은 이제 존왕양이의 대의 같은 건 내팽개쳐 버렸소. 그런 겁쟁이 상사놈들과 함께 어떻게 번정을 움직이겠다는 거요."

　　이야기에 진전이 없다. 모치노리 님은 이치게 님과 얼굴을 마주 보고 가만히 고개를 저었다.

　　마침내 고시로 님은 다시 동료들과 논쟁에 빠졌고 밤이 깊었지만 아무도 돌아가지 않는다.

아저씨가 나서서 좌중의 흥을 돋워 주고 있으므로 하녀들은 그만 물러나 쉬게 하기로 했다.

격한 논쟁을 맹장지 너머로 들으며 나와 시누이는 바느질을 시작했다.

"번 중추에 사람을 들여보낸다고 하지만 저 이치카와가 그리 쉽게 받아들일까. 요즘은 '좋겠지 나리'를 통해 데이호인 님에게도 자꾸 만나 뵙게 해 달라고 청하고 있다던데."

"뭐? 그게 정말인가."

"막부 쪽으로는 이제 연줄이 튼튼하다고 호언하고 있다더군. 다음은 데이호인 님을 통해 교토에 연줄을 만들어 둘 심산 아닌가."

"이치카와 놈, 천칭 양쪽에 물건을 올려놓고 어느 쪽에 붙을지 눈치를 볼 셈이군."

나는 묵묵히 바늘을 놀리는 것도 너무 답답해져서 그만 시누이에게 말을 걸었다.

"그러고 보니 사쿠라다 열사이신 히로오카 고노지로 님이 아가씨의 오라버니였죠."

"네. 내 친오빠인데 어릴 때 히로오카 가에 양자로 들어갔죠."

불쑥 어깨를 찔린 기분이 들어 나도 모르게 시누의 옆얼굴을 보았다. 평소처럼 아무 반응이 없을 줄 알고 말했던 것이기 때문이다. 더욱 놀랍게도 시누는 바늘을 놀리며 말을 이어 나갔다.

"고노지로 오라버니는 훌륭하게 소원을 이루었으니 크게 만족하고 있을 거예요."

이이 다이로를 주살한 뒤 자결로 생을 마친 오라버니를 그녀는 매우 자랑스러워했다.

새삼 내가 무가 출신이 아님을 자각하게 되는 것은 이럴 때이다. 꽃처럼 화려하게 지는 죽음이 사무라이의 소망이라면, 모치노리 님이나 이치게 님은 살아남은 것을 수치로 알아야 한다. 그런 말도 안 되는 생각이 어딨나, 하며 나는 속으로 항변했다. 저 피비린내 나는 처참한 성문 앞 장면에 아름다움 따위는 요만큼도 없었다. 참수는 사무라이의 수치이고 할복은 명예라는 말도 지금은 전혀 납득이 가지 않고 가슴에 응어리로 남아 있다.

하지만 나로서는 손에 익지 않은 바늘을 이렇게 묵묵히 움직이고 있는 수밖에 없다. 이제는 생각나는 대로 말하던 처녀 시절처럼 행동할 수 없다.

"고노지로 오라버니는 성품이 대쪽 같고 용감했어요. 어릴 때부터 뭐에 빠지면 다른 것은 보이지도 않는 성격이라, 하야시 오라버니는 그걸 많이 걱정했지만, 나는 고노지로 오라버니의 올곧은 뜻이 정말 자랑스러워요."

"그래요. ……어딘지 후지타 고시로 님과 닮았네요."

별 생각 없이 한 말인데 시누이가 오른쪽 팔을 움찔하더니 얼굴을 찡그렸다. 바늘에 손가락이 찔렸는지 피가 나고 있다.

"세상에."

내가 무릎을 덮고 있던 수건으로 손가락을 묶어 주려고 하자,

"괜찮아요, 이 정도는 내가 할 수 있어요."

내 손을 뿌리치고 방을 나간다. 이제야 친근하게 대화할 수 있게 되었나 하던 차에 날아든 날카로운 목소리에 나는 다시 떠밀려났다.

시누이는 방으로 돌아오지 않았다. 걱정이 되어 복도로 나가자 가는 구름이 반달에 몇 가닥 걸려 있고 뜰의 어둠 속에서는 반딧불이가 어지러이 날아다닌다. 그때 사람 목소리를 들은 것 같았다. 귀를 기울여보니 실내의 떠들썩한 목소리와는 분위기가 다른, 속삭이는 듯한 목소리였다. 혹시 이치게 님이 말하던 제생당의 첩자인가 하는 생각에 얼른 아저씨를 찾아 보았지만, 실내의 손님들과 어울리는지 기분 좋게 말하는 칼칼한 목소리가 들려온다.

두근거리는 가슴을 억누르며 나는 몸을 숙이고 시선을 모았다. 역시 뜰 구석에 인기척이 있다. 구름이 바람에 밀려나는지 달빛이 뜰을 희미하게 비추기 시작했다.

사람 그림자가 움직인다. 커다란 키를 보니 고시로 님이다. 그리고 말없이 고시로 님을 올려다보는 것은 시누이다. 그걸 안 순간, 나는 마른침을 삼켰다. 고시로 님은 그녀의 손을 잡고 손가락 끝을 제 입에 댔다. 시누이가 놀란 듯 물러나며 등을 돌렸다. 하지만 달아나지는 않는다. 고시로 님은 그 어깨에 살짝 손을 얹었다.

저 두 사람은.

나는 방으로 물러나 장지 뒤에 숨었다. 가슴이 쿵쾅거려 자세를 고

쳐 앉아도 손이 떨린다.

왜 이렇게 동요하는지 나도 알 수 없다. 달빛에 잠깐 드러난 시누이의 모습이 너무나 아름다웠기 때문인지도 모른다. 한껏 위세를 부리던 평소와는 전혀 딴판이어서, 열여섯 살 아가씨다운 그 몸짓은 마침내 내 가슴속의 응어리를 풀어 주고 치유해 주었다.

나는 바늘을 놀리며 시누이가 비로소 사랑스럽다고 생각했다.

섣달로 접어든 어느 날, 드물게도 시누이의 청으로 다케다 고운사이 나리 댁으로 동행하게 되었다.

고운사이 님은 열공을 보좌하며 번정 개혁에 힘썼고 지금도 에도 집정으로 일하는 미토 번의 최고 중신이다. 그리고 모치노리 님이 고도칸 이래 스승으로 모시는 분이라고 들었다.

길을 걷다 뒤를 돌아보니 우리를 수행하는 아저씨가 허리를 구부리고 조심스러운 걸음으로 따라오고 있다. 무가의 하인다운 진지한 표정이다. 아저씨는 요즘 활달한 분위기가 사라지고 농담도 그다지 하지 않게 되었다. 장작 패기 같은 일을 하는 틈틈이 이치게 님 가신에게 창술 같은 것을 배우고 있기 때문일까.

나는 앞서 가는 시누이의 하얀 목덜미를 쳐다보았다. 그 여름밤에 보았던 정경은 모치노리 님을 비롯하여 누구한테도 말하지 않았지만, 모치노리 님이 동생을 걱정하는 얼굴로 했던 말이 내내 가슴에 걸려 있다.

"고시로가 교토에서 조슈 번사들과 어울린 뒤로 눈빛이 달라졌어."

그 뒤로 종종 시누이에게 짐짓 자연스럽게 고시로 님 이야기를 꺼내 보았지만, 평소처럼 완고한 옆얼굴만 보여줄 뿐이었다.

고운사이 나리 댁은 성 옆에 자리 잡은 훌륭한 상사 저택으로, 나가 야몬좌우에 공동주택처럼 생긴 건물이 붙어 있는 대문으로 대저택의 한 형식이었다 앞에서는 많은 가신들이 말을 돌보거나 무구를 손질하고 있었다. 하지만 이 댁도 살림은 팍팍한지 뒤뜰의 일부를 채소밭으로 가꾸었고, 방목하는 닭들이 시골스러운 소리로 울었다. 미토 번에서는 요즘 감봉이 계속되고 있다. 가신에게 지급한 봉록을 번이 빌리는 형식이지만, 실질은 감봉이었다.

우리는 뜰을 따라 난 툇마루를 지나 안쪽의 방으로 안내받았다. 잘 가꿔진 정원에는 멋진 노송이 있고 마른 폭포나 경석 등 다양한 장식도 깔끔하다. 매화나무 가지마다 오톨도톨 돋은 자리가 보이니 이제 한 달쯤 기다리면 꽃봉오리를 내밀 나무도 있을 것이다.

우리를 맞아 준 것은 고운사이 나리의 부인 노부 님과 장남 히코에몬 나리의 부인 이쿠 님이다. 노부 님은 환갑에 가까운 고운사이 님과는 띠가 두 바퀴나 차이 날 만큼 젊은 후처로, 오히려 며느리 이쿠 님이 더 나이 들어 보인다. 두 사람 모두 상사의 아내답게 전아한 자태여서 보는 눈이 맑아지는 기분이 들었다. 기모노는 역시 검은 명주이지만 소매나 밑자락에 보이는 지리멘 비단에 침향을 배이게 했는지, 움직일 때마다 그윽한 향이 풍겨난다.

나이 차이가 많지 않은 두 여인은 고부지간이지만 사이가 매우 돈독

한지, 말이 없는 시누와 잔뜩 긴장한 나를 편안하게 해 주려고 이런저런 이야기를 꺼낸다. 말하는 모습만 봐도 두 여인의 소양과 취향이 예사롭지 않음을 짐작할 수 있었다. 물론 요즘 세태나 정치에 대해서는 일체 언급하지 않는다.

이야기가 진행되는 가운데 이쿠 님이 저 후지타 도코 님의 누이동생이라는 사실이 드러났다.

"그럼 고시로 님의 숙모님이신가요?"

"네, 오카메의 숙모예요. 조금 닮았죠?"

이쿠 님은 성격이 밝아 보인다. 하지만 아무리 봐도 고시로 님하고는 겹쳐지는 인상이 없는, 머리칼이 새카만 아름다운 여인이다. 담소를 나누고 있는데 맹장지가 조금 열리더니 옆방에서 차바오리허리까지 내려오는 짧은 하오리를 입은 초로의 남자가 들어왔다. 고운사이 나리라는 걸 짐작하고 무릎을 뒤로 물리며 엎드렸다.

"세밀 인사를 하시겠다고 어려운 걸음을 해 주셨군. 고맙소."

고운사이 나리는 작고 마른 체구에 새치가 섞였지만 함부로 다가가기 힘든 위엄을 풍긴다. 흡사 옛날의 무사 같은 풍모여서 나는 문득 쓰쿠바야마의 아름다운 봉우리를 떠올렸다.

"이쪽이 하야시 님의 부인이신가."

"예. 도세라고 합니다."

"안도자카의 이케다야의 따님이라고 들었는데."

"그렇습니다."

"오카미는 건강하신가."

미토 번 상번저에 가까운 만큼 내 부모는 돌아가신 도코 님과 고운사이 나리를 비롯해서 미토 번사들에게 많은 은혜를 받았다. 어머니의 현황을 고하자 고운사이 나리는 "뭐라고?" 하며 눈을 동그랗게 떴다.

"시녀로 들어갔단 말인가. 허어, 과연 여걸이군."

고운사이 나리는 잠시 어머니와 연관된 추억을 이야기한 뒤 이쿠 님에게 물었다.

"그런데, 오카메는 어떻게 지내지?"

이쿠 님은 조금 곤란한 듯 고개를 살짝 갸웃거렸다.

"글쎄, 어떻게 지낼까요. 저는 흉을 볼까 하고 있었는데요."

"누구 흉을?"

"오카메 말입니다."

그러자 고운사이 님은 "또?" 하고 웃고 "뭐, 괜찮겠지. 숙모가 조카 걱정을 하는 것이니" 하고 천천히 무릎을 풀었다. 담뱃대를 드는 것을 보고 노부 님이 재떨이를 내밀었다.

"고시로는 어릴 때부터 무예에 힘쓰는 영리한 아이였습니다. 강직한 대장부로 자라 주어서 안심하고는 있지만, 기분대로 하는 언동이 위험하기 짝이 없습니다. 말과 행동은 거칠지만 속은 정애가 넘치는 성격인데, 그 탓에 오로지 하나만 보고 돌진하며 주변을 돌아보지 못하는 거겠지요. 그걸 걱정해서 종종 타일러 보지만 내 말에는 통 귀를 기울이지 않습니다."

"열네 살에 아비를 여읜 탓에 후지타 도코의 아들로서 허세를 부리는 구석이 있는지도 모르지."

"그래서 이렇게 말씀을 드리는 겁니다, 아버님. 고시로는 얼마 전 쇼코칸影孝館 미토 번의 2대 번주 도쿠가와 미쓰쿠니가 『대일본사』 편찬을 위해 설치한 기관 사자생寫字生이 되었다고 하는데, 제 오라버니는 그 나이에 이미 미토학 후계자로서 재능을 인정받아 쇼코칸 총재대리에 취임했습니다. 그 아이도 그걸 잘 아니까 부친과 자기를 비교하며 초조해하는 것은 아닌가 하고 마음을 졸이고 있습니다."

"그 아이가 몇 살이지?"

"해가 바뀌었으니 스물셋인가요."

"젊군. ……그 나이의 사내라면 누구나 제 힘과 천운을 시험해 보고 싶어서 근질근질거리게 마련이야. 하물며 이렇게 동란의 시절 아닌가. 재기발랄하고 실력도 좋은 아이라면 얼른 큰일을 이뤄서 세상에 이름을 날려 보고 싶겠지. 지금 그런 젊은이는 각국에 숱하게 많아."

담뱃대를 움직이며 소탈하게 말하는 고운사이 나리에게서는 시골 무사 같은 소탈함이 자취를 감추고 에도 생활이 오랜 덕분인지 오히려 에도 멋쟁이 같은 풍정이 엿보인다.

내 옆에 있는 시누이는 얌전히 눈길을 내리고 이야기를 듣고 있지만, 고시로 님 이름만으로도 동요하는지 소매에서 뜨거운 기운이 흘러넘쳐 내 소매로 전해지는 기분이었다.

이야기가 끊기자 노부 님이 시누이에게 말을 건넸다.

"어떻게 지내셨어요."

"아, 예."

시누이의 하얀 얼굴이 붉게 물들고 있다.

"올겨울은 추위가 유난해서 고뿔에 걸리지 않으셨는지요. 화로에 숯을 더 넣을까요?"

"아, 아뇨, 아무렇지도 않습니다. 심려하지 마옵소서."

고운사이 나리는 나에게 얼굴을 돌리며, 지난 달에도 성이 실화로 소실된 것을 알고 있느냐고 물었다. 나는 어머니 편지로 소식을 듣고 있었다.

"반년 전 니시노마루가 소실된 데 이어 이번에는 혼마루마저 소실되고 말았소. 혼마루와 니시노마루를 잃은 것은 창건 이래 처음이오. ……쇼군도 어려움이 계속되는군. 사쓰마가 여름에 영국英國과 싸웠소. 조정은 사쓰마의 양이 실행을 칭찬하며 포상을 내렸지만, 패배한 사쓰마가 영국에 지불하게 된 배상금을 조정이 대신 내줄 리도 만무하고. 막부에 읍소해서 빌린 게 6만 냥이오. 사쓰마는 도저히 그걸 갚지 못해."

그동안 존왕양이의 아성이던 미토 번의 에도 집정 고운사이 나리는 막부의 울타리인 고산케의 중신이기도 하시지, 하며 나는 내심 적지 않게 놀랐다. 조정을 편드는 일 없이 냉정한 눈길로 천하의 동향을 살펴보고 있는 것 같았다.

맹장지 너머에서 조심스러운 목소리가 들렸다.

"저희들 왔습니다."

"오, 왔느냐."

고운사이 님의 표정이 확 바뀌며 눈썹이 쳐들린다.

"자, 손님들께 인사드려야지."

열 살이 채 안 돼 보이는 남자아이가 문지방 앞에 앉아 무릎 위에 주먹을 단정하게 올려놓고 있다. 어린 동생도 곁에 있는데 아직 두 살 정도밖에 안 돼 보이는 그 아이도 형을 흉내 내며 앙증맞게 앉아 있다.

"세밑 인사차 왕림해 주셔서 참으로 감사합니다."

형은 예의바르게 인사했지만 동생은 낯선 손님이 어색한지 냉큼 고운사이 님 무릎으로 뛰어들었다.

"어허, 긴고, 버릇없게."

"뭐 어때. 하야시 가하고는 막역한 사이잖나."

"정말이지 나리가 너무 무르시다니까. 너그럽게 양해해 주세요."

노부 님이 사과하듯 우리에게 고개를 숙였다. 손자처럼 보이는 어린 형제는 고운사이 나리의 아들인데, 귀여워 죽겠다는 듯이 볼을 비빈다. 형은 어머니 옆에 단정하게 앉아 있다. 등을 곧게 펴고 있으려고 애쓰는 모습이 절로 미소를 부른다.

나는 조금 서러워졌다. 시집온 지 벌써 2년이 지났고 아이가 생기기를 간절히 바라고 있다. 하지만 오우마마와리야쿠에 임명된 모치노리 님은 에도에서 지내고 있다. 나는 지금도 남편이 돌아오기만 학수고대하는 처지다.

고운사이 나리는 아들의 통통한 팔을 잡고 "데쓰 님은 나이가 어떻게 되시나?" 하고 물었다.

"열여섯입니다."

"흠. 조만간 혼인해야겠군."

고운사이 나리의 말투에는 친밀감이 담겨 있지만 시누이의 얼굴이 굳었다.

"아닙니다. 존왕양이가 이루어질 때까지는 제 처지 같은 건 생각지 않기로 했습니다."

짤막하게 대답하고 엎드려 절했다. 그 완고함에 나는 아연실색했다. 대각 방향에 앉아 있는 이쿠 님과 문득 눈길이 마주쳤다.

채소나 곶감 등 가지고 간 것보다 더 좋은 선물을 받아 다케다 나리의 저택을 나섰다.

상사 저택이 모여 있는 마을을 빠져나오자 길가에 가만히 서 있는 두 사람과 마주쳤다. 앞머리가 있는 것으로 보아 아직 관례를 치르지 않은 듯한 열두어 살 소년과 열 살쯤 돼 보이는 남자아이였다. 통소매 훈련복에 검은 하카마를 입고 무구를 들고 있는 것을 보면 고도칸에서 훈련을 마치고 귀가하는 길일까?

어린아이는 아무래도 울고 있는지 허리를 꺾듯이 웅크리고 "아파, 아파" 하며 무릎 사이에 볼을 묻었다. 그러자 연장자 쪽이 팔꿈치를 홱 당기며 "일어서!" 하고 질타한다.

"그러고도 네가 이치카와 가의 남자냐! 친구 따위에게 깨지다니, 변명의 여지도 없는 추태다. 울지 마, 다음번엔 반드시 이 형이 목도로 후려패줄 테니까."

두 사람은 형제처럼 보이는데, 동생은 다쳤는지 제대로 서지 못하는 것 같다. 도와 주려고 다가가려는데 소매가 강하게 당겨졌다. 돌아보니 시누이의 표정이 굳어 있다.

"올케, 못 들었어요? 이치카와라면 당연히 이치카와 산사에몬 가일 거예요. 쇼군에게 아첨하며 그 위세를 빌려 행세하고, 우리 천구당이 틈만 보이면 일망타진하려는 제생당의 수괴, 아니 미토의 존왕양이를 방해하는 내부의 적이에요. 그런 버러지 같은 놈들과 엮였다가 무슨 재앙이 떨어질지 몰라요. 자, 가요."

시누이가 소리죽여 나를 설득하더니 그 자리를 함께 떠나려 했다. 아무리 제생당이라도 아이들한테까지 그렇게 험악하게 말할 것은 없을 텐데, 하고 당혹스러워하며 뒤를 돌아보니 동생이 "친구 새끼들, 비겁하게 공격하다니" 하며 분하다는 듯이 울면서 일어서려다가 다시 "아파!" 하며 엉덩이에 손을 댔다.

"하지만 다쳤잖아요."

마음먹고 항변하자 시누이가 차가운 눈초리로 두 소년을 노려보았다.

"제생당 쪽 아이들이니까 제생당 사람에게 치료받으면 돼요."

그렇게 내뱉듯이 말하고 먼저 걷기 시작했다.

그때 쌩, 하는 소리와 함께 내 볼을 친 돌멩이가 눈앞 담장을 때리고는 땅바닥에 떨어졌다. 시누의 말을 듣고 우리가 천구당 쪽 여자들이라는 것을 알았던 모양이다.

길게 째진 눈이 증오스럽게 이쪽을 노려보고 있다.

"무슨 짓이야!"

아저씨가 팔을 걷어붙이며 아이들에게 다가가려고 했다.

"됐어요, 아저씨. 갑시다."

내가 말려도 아저씨는 어깨에 잔뜩 힘을 주고 버티고 섰다.

"저런 꼬마들까지 제생당이니 천구당이니 하며 싸우고…… 정말이지 미토는 어떻게 된 걸까요."

아저씨는 한없이 쓰디쓴 걸 씹은 듯한 얼굴을 하고 손바닥으로 입가를 연방 쓸어낸다. 아이들이 떠난 길을 차가운 모래바람이 불어 지나갔다.

3

　해가 바뀌어 분큐 4년(1864)이 되자 미토에 오는 번주를 수행하며 모치노리 님이 돌아왔다.

　예복을 입고 신년 인사차 등성했다가 이치게 님, 고시로 님과 함께 귀가한 것이 정오가 지나서였다. 이치게 님도 예복을 차려입었지만, 고시로 님은 번주를 알현할 수 없는 낮은 신분이라 항상 면으로 지은 겹옷에 낡은 하마카를 입고 있다.

　나는 얼른 방으로 술상을 들였다. 시누이를 따라 방으로 들어가려고 했지만 정작 시누이는 부엌 마루에 앉은 채 움직이려 하지 않는다. 주발을 꺼내 삶은 콩을 묵묵히 옮기고 있다. 하는 수 없이 나만 새해 인사를 하자 이치게 님이 "세이로쿠는 잘 있어요?" 하고 물어 주었다.

　"네, 별일 없습니다. 고맙습니다."

　실은 요즘 아저씨는 종종 넋을 놓고 멍하니 지내는 일이 많다.

　본래 개보다 고양이를 좋아하던 아저씨는 이케다야에서 일할 때도 가까운 신사에 사는 고양이들을 종종 보살펴 주었고, 미토에 와서도 길고양이에게 말린 멸치를 주어서 고양이를 싫어하는 시누이가 눈살을 찌푸리곤 했다. 짐승은 참으로 정직한 존재여서, 시누이가 베틀 일을 시작하면 어디선가 뜰로 들어와 아저씨를 졸졸 따라다닌다. 하지만 요즘은 고양이가 아무리 몸을 비벼대도 알아차리지 못할 때가 많다.

병이라도 걸렸나 걱정하며 하는 수 없이 아저씨 대신 멸치를 던져 주는 건 내 몫이 되었다.

"번번이 신세를 집니다, 부인."

고시로 님은 기특하게도 나에게 고개를 꾸뻑 숙였다. 성격만 격한 게 아니라 낯가림도 심한 고시로 님은 이제야 나에게 친근감을 느끼게 된 듯하다. 예복과 하카마를 벗고 평상복을 입은 모치노리 님은 쓴웃음을 지으며 이치게 님에게 술을 따르고 있다. 그때 아저씨가 화로를 들고 조용히 들어왔다.

"세이로쿠 군, 자네도 앉지."

고시로 님은 기분 좋게 긴 팔을 휘두르며 이제는 친해진 아저씨에게 가까이 오라고 손짓한다.

"아, 아뇨, 제가 어찌 감히."

벌써부터 번번이 술좌석 말석에 앉아 손님과 함께 마셔 왔으면서도 아저씨는 슬쩍 내 눈치를 살피며 사양하는 척한다.

"같이 앉아서 드세요."

"그, 그래도 되겠습니까."

공손한 표정으로 아저씨는 말석에 조심스레 앉았지만 세 사람밖에 없는 술자리에 끼기가 아무래도 부담스러운지, 안주가 떨어졌네요, 얼른 가져오겠습니다, 하며 일어나는 등 가만히 앉아 있지 않는다.

"내가 가져올게요, 세이로쿠 군은 앉아 있어요."

복도에서 따라잡아 고시로 님의 말투를 흉내 내자 아저씨는 부엌을 향해 잔달음질하며 "천만에요"라고 한다. 더없이 진지한 표정에 나는 고개를 갸우뚱했다.

"아씨도 나리와 함께 지내지 못하시잖아요. 아씨야말로 방에서 이야기를 나누시면 좋겠습니다."

"하지만."

"이제 데쓰 님 눈치는 그만 보셔도 괜찮습니다. 이 집 안주인은 아씨예요. 아씨 생각대로 확실히 처리하세요. 그게 맞습니다."

요즘 아저씨가 번번이 넋 놓은 얼굴을 하고 있어서 걱정하고 있었지만, 웬걸, 도리어 '제대로 처신하세요'라고 뜻밖의 꾸중을 듣는 기분이었다.

그래, 조만간 시누이를 고시로 님에게 시집보내야 한다고 나는 생각했다. 두 사람이 남몰래 장래를 이야기하는 것 같다는 생각이 든다. 그걸 응원해 줄 사람은 올케인 나밖에 없다, 나도 이제는 이 집안에 보탬이 될 수 있겠다고 생각하니 마음이 한결 든든해져서 복도로 돌아왔다.

방 한쪽 구석에 앉자 고시로 님이 다시 입가에 거품을 물고 열변을 토했다.

"가쓰라 군의 뛰어난 사상에는 정말 감탄했소. 요시다 쇼인 선생도 생전에 나의 친구이며 참된 무인이라 평가하셨다고 하더군. 그야말로 무인의 귀감이지. 온화한 태도는 교토에서 만날 때와 마찬가지로 여전하던데, 하야시 님과 이치게 님도 그 날카로운 정기를 느꼈소? 마음속에 칼날을 품고 있는 것 같더군."

가쓰라 고고로 님이 이끄는 일파가 '열공 묘소 참배'를 명분으로 미토를 방문한 것이다. 모치노리 님은 다른 번과의 연합을 경계하고 있었지만, 가쓰라 님을 존경하는 고시로 님의 요청으로 이치게 님과 함께 만났다고 한다. 고시로 님의 경솔한 행동을 경계하기 위해 동행했던 것 같지만, 정작 고시로 님은 조슈 지사에 대한 흠모가 더 뜨거워진 것처럼 보인다.

"고시로, 그분이 말씀하신 대로야. 가쓰라 님의 생각은 정말 선진적이지. 일본국이 해야 할 일이 정말 양이인가, 그런 생각까지 하는 것 같더군. 우리도 이제 마음가짐을 새로이 하고 생각을 깊게 하지 않으면 방향을 그르치기가 쉽네. ……우리 미토 번사는 존왕의 땅에서 태어나고 자란 사람들이야. 우리만이 할 수 있는 일이 반드시 있을 거야."

모치노리 님은 자신의 한 마디 한 마디를 곱씹는 듯이 말했다. 하지만 고시로 님은 "무슨 엉뚱한 소리요" 하며 항변한다.

"가쓰라 군은 구미를 자기 눈으로 보고 양이의 결의를 굳힌 것 아닌가. 그건 우리의 열공과 같은 논리요. 열공은 미토학뿐만 아니라 난학에도 정통하셨소. 내 아버지가 병으로 드러누웠을 때 몸소 난방약을 처방해 주셨소. 이국의 다양한 사정을 잘 아시기 때문에 놈들의 발톱이 얼마나 날카로운지도 빤히 아셨던 거요."

문득 나는 만난 적도 없는 가쓰라 님이라는 사람의 풍모가 모치노리 님과 겹쳐졌다.

하지만 미토 번에게 조슈 번은 외국이나 다름없다. 조슈는 이미 여러 번사를 유럽과 아메리카에 내보내 시찰하게 하여 그 위력을 정확히 가늠한 뒤에 양이를 실천하는 모양이다. 지난해 분큐 3년에는 시모노세키 해협을 통과하는 아메리카 상선에 포격한 것을 시작으로 일개 번의 힘만으로 아메리카, 불란서, 네덜란드를 상대로 계속 싸우고 있다고 한다.

그러고 보니 연말에 고운사이 나리가 이런 말을 했었다.

─사쓰마가 영국을 상대로 벌인 전쟁으로 인한 막대한 배상금을 쇼군이 빌려주는 형식으로 지불했다.

이미 개국을 단행한 막부는 조정에서 양이 실행을 촉구하자 대외적으로는 양이의 격문을 띄우지만, 사쓰마와 조슈가 막부의 허락도 없이 외국과 갈등을 일으키면 그 배상금은 막부가 지불한다. 조슈가 또 패한다면 어떻게 될 것인가. 아무리 조정이라도 돈 열리는 나무를 가지고 있는 것도 아니니 조만간 금고가 바닥을 드러내 버리지 않을까. 나는 지극히 현실적인 상상을 하고 말았다.

"안 그런가, 세이로쿠 군."

아저씨가 아무 대답이 없자 이치게 님이 대신 "아니야" 하며 고개를 저었다.

"하라 이치노신 님도 성급한 행동은 자중하라고 하야시 군에게 편지를 보냈네요시노부가 쇼군 후견직으로서 막정을 수행하기 위해 인재를 모집했는데, 이때 그의 고향인 미토에서 여러 인재가 요시노부의 가신이 된다. 하라 이치노신은 미토 번의 촉망받는 번사였다가 이때 히토쓰바시 가의 가신이 되어 요시노부의 최측근이 되었다."

"하라 님이, 뭐라고?"

모치노리 님이 "음" 하고 예리한 눈빛이 되었다.

"제번의 속내를 알 수 없으니 언변에 선동되지 말고 절대로 조급히 서둘지 말라."

하라 이치노신 님은 미토뿐만 아니라 제번에 널리 알려진 수완가로, 모치노리 님과 마찬가지로 번주 요시아쓰 공의 상락을 수행했지만, 그대로 교토에 머물며 히토쓰바시 요시노부 공의 경호대에 들어가 있는 사람이라고 한다.

"요시노부 공은 지난 섣달 그믐날 조의참예란 직책을 받았소. 그런 상황도 감안한 조언일 거요."

고시로 님이 상체를 숙이며 모치노리 님의 말을 잘랐다.

"그런 것쯤은 나도 알고 있소. 천황 앞에서 도쿠가와의 다이묘들이 우리나라의 앞날을 협의하겠지. 아이즈의 마쓰다이라 가타모리 공, 도사의 야마우치 공, 우와지마의 다테 공도 참석할 거요. 뭐, 그 자리에 사쓰마의 시마즈 공도 부름을 받은 것은 참으로 축하할 일이고 요시노부 공의 힘이 커진 증거요."

"아니, 그건 아니야. 조정과 상의해서 회의의 틀을 짠 것은 시마즈 공이야천황의 요청에 응하여 교토에서 조슈 번을 비롯한 강경 존양론자들을 몰아낸 시마즈 히사미쓰는 천황 측과 협의하여 조정에 참예회의参預会議를 설치한다. 공무합체파 유력 번주와 쇼군 후견직 요시노부 등 8인으로 구성된 합의제 의회라고 할 수 있다. 하지만 정치적 강자로 대두한 시마즈 히사미쓰에 대한 요시노부의 경계심이 컸고, 개국에 대한 번주 간의 의견이 맞지 않아 몇 개월 만에 붕괴한다. 이에 히사 미쓰는 막부 타도를 결심하고 삿초 동맹을 밀약하게 된다."

"설마. 자기는 참석하지도 않고?"

"음. 여러 상황을 두루 살펴보고 짜낸 전략이겠지. 여하튼 올해는 마침내 공무합체가 시작될 거야. 이런 상황이니까 성급하게 나서서 일을 벌이지 말라고 하라 님이 말씀하신 거지."

"허, 걸핏하면 성급하게 나서지 말라고 하지만, 회의는 윗분들이 무릎을 맞대는 자리이고, 우리 번사에게는 따로 해야 할 일이 있는 거요. 조슈는 고통을 감수하며 양이를 실행하고 있는데 언제까지 팔짱만 끼고 방관할 거요. 하야시 님과 이치게 님도 부끄럽지 않소? 이렇게 뒷전에 물러나 있으니까 삿초에 뒤처지고 마는 거요."

그러자 이치게 님이 인상을 쓰며 한쪽 무릎을 세웠다.

"오카메, 왜 자꾸 우리가 뒷전에 물러나 있다고 하나!"

"뒷전에 있으니 뒷전에 있다고 했소. 그게 뭐가 잘못됐소?"

"우리 번을 하나로 만들어 천하국가를 위해 무엇을 해야 하는지를 놓고 우리가 얼마나 논의하고 있는지 자네도 모를 리 없을 텐데."

"논의는 이제 질렸소. 실행 없는 논의는 결국 도피자들의 핑계요."

고시로 님은 입술을 일그러뜨리며, '해 볼 테면 해 보라'는 듯이 이치게 님을 보며 칼자루에 손을 얹었다. 그 사이에 낀 아저씨는 안색이 파리해져서 상체를 젖히고 있다. 칼부림이 벌어지려나 하는 순간 모치노리 님의 몸이 조금 움직였다.

"고시로, 주먹을 휘둘러 버리면 후회해도 늦어."

정좌하고 정면을 쳐다보는 모치노리 님을 두 사람은 무릎을 세우고 자세를 낮춘 채 쳐다보았다.

"조슈와 사쓰마가 양이를 위해 어디서 무기를 조달하고 있지? 맞서 싸우고 있는 바로 그 외국 아닌가. 사전에 총과 대포를 구입해서 최신 식 무장을 갖춘 상대방과 맞서는 것이야. 지금까지는 사쓰마나 조슈의 독단으로 벌여 온 전투이지만 이를 거국적으로 실행한다면 어떻게 될까. 그게 고시로 눈에는 보이지 않는단 말인가.

이미 우리나라는 개국을 해 버렸어. 쇼군과 함께 조정을 설득해서 열강과 교류하는 방법을 모색하는 수밖에 없어. 바다 건너와 교류하는 것이야말로 우리나라에 남은 유일한 길이다. 나는 그렇게 생각한다."

모치노리 님은 그 생각을 처음으로 밝히는 것인지, 이치게 님마저 눈을 휘둥그레 떴다. 고시로 님은 모치노리 님에게 달려들 것처럼 소리쳤다.

"뭐라고! 하야시 님은 마침내 양이의 뜻을 저버렸소?"

"존왕양이는 이미 목적이 아니야. 우리가 지향할 것은 이 나라 민초와 땅을 어떻게 지킬 것인가이다. 그것이 대의다."

"민초를 지킨다. 그래, 나도 그 일념으로 살아 왔소. 그걸 위해서라면 나는 언제라도 목숨을 버릴 각오가 돼 있소."

"아니, 아니야, 고시로. 왜 그렇게 쉽게 목숨을 버리고 싶어 하나."

"그게 무인의 길이니까."

"나는 그렇게 생각하지 않아. 목숨을 버릴 각오로 어떻게 살지를 생각하지 않는다면 아무도 지킬 수 없어. 아무것도 이룰 수 없다!"

날카로운 논쟁이 끊긴 것은 고시로 님이 마치 우는 것처럼 소리쳤기 때문이다.

"하야시 님도 저 '좋겠지 나리'를 가까이 모시더니 물렁해졌어. 천구당 급진파로서 모두를 이끌던 시절의 용맹은 어디다 내다 버렸소. ……난 무슨 일이 있어도 뜻을 굽히지 않아. 난 내 방식으로 뜻을 이루겠소."

고시로 님은 술에 취한 걸음으로 "뒷간에 다녀오겠소"라고 중얼거리며 방을 나가더니 그대로 돌아오지 않았다.

그해 분큐 4년은 3월도 지나기 전에 개원되어 2월 20일 겐지元治 원년을 맞았다.

3월이 시작된 직후 공무합체의 출발로서 기대를 모았던 참예회의가 허무하게 해체되었다. 요코하마 항을 열지 말지를 두고 조정회의가 논쟁에 빠진 탓이라고 했다. 요시노부 공은 3월 25일 금리어수위총독천황이 있는 궁을 경호하는 벼슬에 취임하였다.

그 이틀 후인 27일이었다. 귀를 의심하게 하는 소식이 날아들었다.

고시로 님이 천구당 동지 60명과 함께 쓰쿠바야마에서 봉기했다는 것이다.[2]

2_ 고메이 천황은 조슈 번을 필두로 과격 존양론자들을 배척하였지만 서구 열강과 맺은 조약을 파기하고 즉각 쇄국을 실행하라고 막부를 압박하는 태도에는 변함이 없었다. 조약 파기는 서구 열강에 대한 선전포고나 다름없는 것이어서 막부로서는 이러지도 저러지도 못하고 시간을 끌었다.

쇼군의 후견직으로서 교토 천황의 신임을 받고 있던 요시노부는 막부 요인들을 상대로 요코하마 폐항을 관철하려 하지만, 막부 측은 요코하마 항 폐쇄의 비현실성을 잘 아는지라 실행에 소극적이었다.

천황이 요구하는 요코하마 폐항이 실행되지 않자 미토의 천구당 강경파는 막부에게 양이 실행을 압박하기 위해 1864년 미토의 쓰쿠바야마에서 62명이 결집하여 거병한다. 주변 농민 등이 참가하여 이들은 곧 1400의 대군으로 커진다. 하지만 봉기군이 인근 마을에서 돈과 식량을 강탈하며 방화와 살육을 저질러 여론이 극히 악화되었다.

그즈음 교토에서는 과격 존양파인 조슈 번이 군대를 이끌고 상락하여 황궁 앞에서 막부 측과 교전하다가 패퇴하는 사태가 일어난다(금문의 변). 천황은 막부에 조슈 정벌을 요구하고, 조슈 정벌이 끝나기 전에는 요코하마 폐항 문제는 거론하지 말라고 명한다. 그러자 요코하마 폐항을 요구하며 거병한 쓰쿠바야먀 봉기군은 명분을 잃어버린다.

마침내 막부와 제생당이 천구당의 난을 진압하기 위해 출동하지만 초반에는 봉기군에 패퇴하고 만다. 미토 번저로 패주해 온 제생당은 봉기에 참가한 천구당 강경파의 집을 불태우고 식솔들을 투옥하거나 총살하는 등 보복을 가한다. 이후 봉기군이 수세에 몰리자 그동안 봉기군의 만행에 분노한 영민들이 제생당에 가세하여 봉기군을 공격한다. 우여곡절 끝에 봉기군은 막부군에 패하여 항복하고 많은 가담자들이 처형된다.

이 와중에 탈출한 봉기군 1천여 명이 천황이 있는 교토를 향해 진군하기 시작한다. 교토에 있는 요시노부를 통해 천황에게 자신들의 본의를 호소하겠다는 것이다. 봉기군은 2개월간 여러 번을 지나면서 크고 작은 전투를 겪어야 했다. 그들이 믿는 구석은 자기들 편이라고 믿던 요시노부뿐이지만, 정작 요시노부는 조정에 토벌을 진언하고 병사 4천 명을 이끌고 진압에 나선다.

믿었던 요시노부가 진압군을 지휘한다는 소식에 봉기군은 사기를 잃고 항복한다. 항복한 828명 가운데 352명이 처형되었다. 진압 소식이 미토 번에 전해지자, 미토의 제생당은 후환을 없애기 위해 천구당의 가족들을 몰살하다시피 한다.

"막부의 무력한 모습에 분개하여 양이의 실행과 요코하마 항 폐쇄를 주장한다고 합니다. 더, 더구나 그게 끝이 아닙니다. 버, 번주 교체까지 요구하고 있답니다요."

소식을 전해 준 사람은 다케다 가의 하인이었다. 노부 님이나 이쿠 님의 지시였을 것이다.

"번주 교체!"

그 말을 입에 담는 것만으로도 얼굴에서 핏기가 가셨다. 주군에게 그런 요구를 들이민다면 역적이 되는 것 아닌가.

"현 번주는 은퇴해야 하며 히토쓰바시 요시노부 공이 번주를 맡아야 한다. 그리고 번정 개혁에 착수하여 기필코 영민의 안정을 이뤄야 한다고."

봉기는 참가자들이 눈에 띄지 않게 삼삼오오 쓰쿠바야마에 모이면서 시작되었다고 하는데, 산 중허리의 오미도_{진언종 계열의 사찰} 앞에 우뚝 선 소나무에 '존왕양이' 깃발이 드높이 휘날리자 각지에서 동지들이 달려와 이내 세력이 커졌다. 대장은 미토 마치부교_{성 안팎의 평민 지역의 사법, 행정 등 전반을 관장하는 책임자} 다마루 이나노에몬이라는 천구당 중진 가운데 한 사람으로, 아무래도 고시로 님의 요청에 응한 듯하다.

"지금도 속속 쓰쿠바야마로 향하는 사람이 끊이지 않는데, 젊은 하급무사나 농민들까지……. 흡사 농민봉기처럼 되고 있습니다."

나는 묵직한 납덩이를 삼킨 것처럼 차마 말을 하지 못했다.

고시로 님의 봉기에 참가하려고 달려가는 젊은이들 모습이 눈에 선하다. 혈기왕성하게 주먹을 휘두르며 산으로 들어간다. 그 봉기에 작업복 차림의 농민들까지 가담하고 있다는 말에 나는 눈앞이 아찔했다. 의공 이래 2백년 이상 계속된 무거운 세금을 견디다 못해 괭이와 낫을 들고 일어선 것이다. 마침내.

시누이에게 뭐라고 전해야 하나, 하고 생각하니 암담해졌다. 그때 뒤에서 검은 옷이 움직이고 가녀린 뒷모습이 보였다. 흡사 봄눈이 얼어붙은 듯한 창백한 얼굴로 시누이는 베틀 방으로 들어가 버렸다.

듣고 있었던 것이다, 모든 이야기를.

나는 뒤따라 들어가지도 못하고 내 방으로 돌아갔다. 베틀 소리가 나기를 기다리며 귀를 기울였지만 섬뜩할 정도로 고요하기만 하여 점점 불안해진다. 마침내 달캉, 탁탁, 하며 평소처럼 규칙적인 박자로 베틀 소리가 들리기 시작하자 나는 조심스레 한숨을 지었다. 하지만 그 소리는 목이 멘 듯 격렬해지고 박자도 흐트러져 간다.

고시로 님이 뜻을 이룰 때까지는 결혼하지 않겠다.

그런 각오의 소리일까, 하고 생각하니 가슴이 먹먹했다. 한심하게도 나는 시누이에게 건넬 말을 한 마디도 떠올릴 수 없었다. 손바닥이 축축하게 젖어 있었다.

모치노리 님에게 알려야 한다는 생각에 책상 앞에 앉았다. 아니, 벌써 에도로 준마가 달려가고 있을 게 틀림없다 생각하고 붓으로 뻗으려던 손을 무릎으로 되돌린다. 늦봄인데도 하늘은 아침부터 잔뜩 흐렸다. 나는 어둠 속에서 자신의 고동 소리만 듣고 있었다.

그때 책상 가장자리에 작고 하얀 물건이 있는 것을 보았다. 종이를 좁게 접어 나비 모양으로 매듭지어 놓았다. 의아해하며 매듭을 풀고 종이를 폈다. 삐뚤빼뚤한 글자들이 쪽지 속에 묻혀 있었다. 처음 몇 행을 읽은 순간 온몸이 오싹해서 퍼뜩 고개를 들었다.

이게 뭐지.

구르듯이 방을 뛰어나갔다. 복도를 달려 부엌에 들어가 하녀에게 물었다.

"아저씨는? 아저씨는 어딨지?"

물통 앞에서 하녀가 돌아다보는데, 손에서 물이 뚝뚝 떨어졌다.

"세이로쿠 씨는…… 저는 모르겠는걸요. 문 앞을 청소하고 있지 않나요?"

통용문으로 들어온 하인에게 물어도 "글쎄요" 하고 고개를 젓는다. 봉당에 내려가 밖으로 뛰어나갔다.

"아저씨! 아저씨!"

뜰에도 우물가에도, 뒤란 채소밭에도 보이지 않는다. 마구간을 들여다보고 쪽문 밖으로 나가 담장을 따라 살펴보며 돌았다.

어디예요, 어디 숨었어요. 이 편지, 거짓말이죠. 고약한 농담이죠. 농담이 틀림없어.

하지만 발을 내디딜 때마다 차가운 예감이 가슴을 스친다.

아저씨가 떠나 버렸다.

쓰쿠바야마 봉기에 몸을 던졌다.

언어를 이루지 못하는 소리를 지르며 안으로 뛰어들어가 아저씨가 쓰던 방문을 열어 보았다. 다다미가 말끔하게 청소되어 있고 머릿병풍

<small>주로 겨울에 찬바람을 막기 위해 베개 옆에 세워 두는 키 작은 병풍</small>과 사방등, 잠옷이 구석에 정돈되어 있다. 나는 맥없이 무릎을 꿇었다.

손에 쥐고 있던 편지를 다시 한 번 펴 보았지만 팔꿈치부터 덜덜 떨리는 것을 어쩔 수 없었다.

아씨. 소인 세이로쿠, 오랜 세월 모셔 왔으나, 올봄을 기해 그만두었으면 합니다.

아씨 앞에서는 결심이 흔들립니다. 해서 이렇게 팔자에 없는 글을 적기로 했습니다. 잘 아시는 것처럼 글이 서툴러 제대로 된 편지 같은 걸 쓰지 못합니다. 이런 무례를 부디 용서해 주십시오.

저는 죽을 때까지 은퇴 같은 거 없이, 아씨의 아기를 업고 봐줄 날을 무엇보다 원했습니다. 하지만 얼마 남지 않은 여생을 세상을 바꾸는 싸움에 던지는 것도 나쁘지 않은 인생이다, 그렇게 마음을 먹었습니다. 고시로 님 곁으로 달려가기로 생각을 굳혔습니다.

고시로 님이 청한 것은 아닙니다. 이것만은 분명히 말씀드립니다. 제가 스스로 정한 일입니다. 새해가 밝은 직후였던가, 농민들이 봉기할 것 같다는 은밀한 소문을 우연히 듣게 되어, 그 뒤로는 안절

부절 할 수 없게 되었습니다. 아는 하인을 통해 그 지방의 농민을, 나아가 그들을 이끄는 농민을 만나 이야기를 듣다 보니 두령이 고시로 님이라는 것을 알게 되었습니다.

고시로 님은 아무것도 모르십니다. 제가 잡병 무리에 가담했다는 것은 짐작도 못하실 겁니다.

하야시 가에서 지낸 지 벌써 3년이 됩니다. 뜻하지 않게 아버지의 고향 미토에서 지낼 수 있었던 것도 아씨를 모신 인연 덕분이니, 그 은혜는 죽을 때까지 잊지 않을 겁니다.

아씨를 따라 미토로 내려가고 싶다고 오카미님에게 청할 때, 아버지가 죽기 전 미토로 돌아가고 싶다고 헛소리를 하곤 했다고 말씀드렸지만, 실은 다 거짓말이었습니다. 아씨와 떨어지기 싫은 생각뿐이었습니다. 처자식도 없는 몸, 아씨를 모시는 것이 인생의 보람이었던 겁니다.

다만 이곳에서 지내게 된 후의 일이지만, 똑같은 꿈을 자꾸 꾸었습니다. 꿈에 아버지가 나타납니다. 그렇다고 무슨 원한을 말하는 건 아닙니다. 고향을 버리고 에도로 도망치던 젊은 시절의 아버지 모습인데, 신기하게도 아버지는 어느새 저 자신이 되어 있곤 합니다.

벌써 몇 날이나 굶었다, 허기져서 다리가 후들거린다. 에도로 떠나는 수밖에 없다, 이제 살려면 그 길밖에 없다. 그렇게 작심하고 걷기 시작합니다. 그러다 문득 돌아보면 쓰쿠바의 산자락에 논밭이 펼쳐져 있습니다. 흙냄새가 납니다. 눈물이 글썽이고 돌아가고 싶어집니다. 하지만 돌아가면 또 지옥이죠. 조상 대대로 내려온 논밭 같은 것은 벌써 오래 전에 잃고 땅이 없는 가난한 농민이 되었으니 먹고살 수가 없지요. 세금을 바치고 지주에게 지대를 바치면 손에는 아무것도 남질 않습니다. 뼈 빠지게 일해도 느는 건 빚 문서뿐.

저는 등가죽이 벗겨지는 심정으로 에도로 향합니다. 늘 그 대목에서 잠이 깹니다. 아아, 꿈이었구나, 다행이다 싶지만, 아픕니다, 등이.

아버지는 죽을 때까지 아무 말도, 한 마디도 없었습니다. 뭐, 가난과는 인연을 끊질 못했지만, 에도 물이 입에 맞았나 보죠. 하지만 저는 기억합니다. 뒷골목 쪽방의 손바닥만 한 마당에 씨앗을 뿌리고 정성껏 키웠습니다. 푸성귀나 오이 따위를. 흙 위에 쪼그리고 앉아 있는 아버지는 영락없는 농민의 얼굴이었습니다. 농사라면 괴롭고 쓰라린 기억밖에 없었을 텐데 말입니다.

그러다가 저는 왠지 마음을 잡지 못하게 되고 말았습니다. 사쿠라다 문 밖 대로에서 본 광경이 눈에 또렷이 떠올라, 정신을 차리고 보면 늘 어느새 주먹을 꽉 쥐고 있습니다. 이대로 하는 일도 없이 세월을 보낸다면 알맹이 없는 쭉정이 인생이 아닌가 하는 생각이 듭니다. 물론 저는 나리나 이치게 님처럼 대의를 알지 못합니다. 존왕도 양이도 아직 잘 모릅니다. 같은 미토 사람들끼리 왜 천구당과 제생당으로 갈라져서 싸워야 하는지도 전혀 모릅니다. 다만 저 같은 자라도 세상을 바꾸는 데 보탬이 될 수 있다면 일어서고 싶다, 그렇게 생각했습니다.

아씨, 저를 미토로 데려오는 게 아니었다고 후회하시진 말아 주세요. 아버지가 도망쳤던 이곳 미토에 아들인 제가 돌아왔으니, 이런저런 인연이 만든 일입니다.

그렇다면 평생에 단 한 번, 목숨을 바쳐 세상을 위해 일하고 싶습니다.

진심으로 그걸 원해서 이 손에 창을 들기로 했습니다.

주인나리, 아씨, 그동안 신세 많이 졌습니다. 은혜도 못 갚고 작별을 고하는 것이 가슴 아프지만, 모쪼록 오래도록 금슬 좋게 사십시오.

언제 어느 곳에서 싸우게 될지라도, 저는 그것만을 바랍니다.

　　세이로쿠
　　아씨께 올림

아저씨의 생각이 단숨에 흘러드는 기분이 들어 나는 "아저씨!" 하고 자꾸 불렀다. 방에 남아 있는 아저씨 냄새 속에서 몸부림치며 통곡했다.

아저씨의 뒷모습이 떠오른다.

동트기 전에 숨을 죽이고 이 방을 나선다. 몸을 굽히고 쪽문을 통해 밖으로 나간다. 아직 어둠은 깊지만 동녘 하늘은 희미하게 감청색으로 변하고 샛별이 반짝인다. 어디선가 닭이 홰를 친다.

그 커다란 손바닥으로 뺨을 쓸며 몸을 돌리는 아저씨의 모습이 문득 보인다. 어둠에 녹아 있는 저택을 올려다보며 양손을 다리에 짚고 절을 한다.

"아씨, 부디 건강하세요."

칼칼한 목소리가 귓가에 울려 나는 작은 종이쪽지를 품에 꼭 안았다.

제
5
장

청
탑

청탑青鞜(사교계의 부인 모임에 가끔 파란 양말을 신은 부인이 있었다는 데서 온 말로, 18세기 런던 사교계의 부인이 주재한 문학 살롱의 명칭. 나아가 여성 문학가, 혹은 여성 지식인을 뜻한다.)

1

    7월도 중순으로 접어든 어느 날 아침, 나는 우물에서 물을 긷고 있었다.

    "마님, 이제 됐어요. 옷 젖으세요."

    하녀는 나를 배려하여 두레박 끈을 빼앗으려 했지만, 나는 "괜찮아" 하고 우물 밑으로 두레박을 떨어뜨렸다. 머리 위에서 도르래가 끼릭끼릭 소리를 내며 돌고 두레박이 물에 닿는 소리가 깊은 데서 올라온다. 금세 묵직해진 두레박 끈을 자세를 낮추며 끌어 올렸다.

    "정말 지긋지긋하네요."

하녀는 한탄을 하며 내 손에서 두레박을 받아들고 큰 통에 물을 쏴아 부었다. 다시 물방울이 튀어 발밑의 흙은 벌써 진흙처럼 되어 있다. 하인이 빈 통을 들고 돌아와 물이 담긴 통을 잠자코 받아든다. 하녀는 하인의 뒷모습을 경황없이 바라보고는 이번에는 직접 두레박을 우물 밑으로 떨어뜨린다.

"제생당 놈들 짓이에요, 틀림없어요."

오늘 아침 문 앞에 오물이 뿌려져 있었던 것이다.

3월 말에 고시로 님이 쓰쿠바야마에서 거병한 뒤 벌써 여름이 지났다. 군세는 이제 8백 명으로 불어났다는 소문이 들리고, 미토 영내뿐만 아니라 히타치의 여러 곳이나 가즈사, 시모사, 고즈케, 시모쓰케 등 여러 번으로도 진군하고 있다고 한다.

천구당의 난.

세상은 고시로 님의 군세를 그렇게 불러서 봉기를 아예 천구당의 폭거로 치부하고 있다.

"오합지졸이라는 말이 딱이야. 가는 곳마다 불 지르고 약탈하고 부농이나 촌장 집으로 쳐들어가 군자금을 강요하고 있대."

그런 풍문이 나돌아 세상의 반감을 사고 있다. 그리하여 하야시 가에는 행상조차 찾아오지 않게 되었다.

모치노리 님은 사태 수습으로 분주한지 당분간 에도를 떠날 수 없다는 편지가 왔다. 그런 와중에 아저씨가 봉기에 가담했다는 소식을 전하기가 미안해서 답장에 차마 쓰지 못했다.

시누이나 일꾼들은 갑자기 자취를 감춘 아저씨의 행방을 짐작하는 듯하지만, 모두들 나를 의식해서 아무 말도 하지 않는다. 나는 혼자 사태의 중압감을 견뎌내는 수밖에 없었다. 가슴에 깊은 구멍이 뚫린 것 같아, 뭔가를 버텨내려 해도 바람이 새어 나간다. 아저씨의 뜻을 온전히 인정해 주어야 한다는 걸 머리로는 알고 있다. 하지만 아저씨의 목소리, 혹은 농담하기 전 눈썹을 꿈틀거리는 버릇을 떠올리기만 해도 슬프고 쓸쓸해지고 자책감에 시달렸다.

결국 생각다 못해 아저씨의 행방을 알리는 편지를 모치노리 님에게 띄우고 말았다. 그러자 곧 답장이 왔다.

'세이로쿠가 쓰쿠바 무리에 가담했다는 소식을 참으로 괴로운 마음으로 읽었소. 세상을 위해 일하고자 하는 세이로쿠의 뜻에 머리를 숙이고 진지하게 받아들이지만, 세이로쿠가 떠난 집에서 당신이 느낄 쓸쓸함, 나아가 우리 부부가 받은 은혜를 생각하니 가슴에 만감이 드는군. 이렇게 되었으니 한시라도 빨리 쓰쿠바 무리를 진압하여 백성들을 해산시키는 게 중요하다고 다짐하는 바요.'

모치노리 님이 내 어깨를 안고 위로해 주는 듯하여 나는 다시 흐느껴 울었다.

이어서 편지는 괴로운 일들이 벌어졌다는 소식을 전하고 있었다.

다케다 고운사이 나리가 고시로 님의 무리를 찾아가 잘 알아듣게 설득했음에도 소용이 없었을 뿐 아니라 에도 집정에서 갑자기 파면되었다는 것이다. 제생당 수령 이치카와 산사에몬이 세간의 반감에 편승하여 농간을 부린 듯했다. 미토의 가로나 지샤부교^{막부나 번의 고위 직책으로, 종교와 행정을 담당하는 책임자} 등이 고운사이 나리의 파면에 격앙하여 번주에게 직접 진정하고자 상번저로 찾아갔지만 만나 보지도 못하고 문전박대당했다.

고시로 님은 요시아쓰 공의 퇴진을 주장하고 있다. 열공의 비서였던 도코 나리의 아들이 '어리석고 무능한 번주'라고 지탄한다면 아무리 '좋겠지 나리'라도 기분이 좋을 리 없다. 쓰쿠바 봉기는 제생당에게 천구당을 일소할 절호의 구실을 주어 마침내 제생당은 번정의 실권과 요직을 장악하고 말았다.

고운사이 나리는 집정에서 파면된 뒤에도 고시로 님에 대한 설득을 포기하지 않았다지만, 번주를 측근에서 모시는 모치노리 님의 처지도 그만큼 곤란해졌을 것이다. 이런 걱정을 아는지 모르는지 편지에는 자신이 처한 상황에 대해서는 아무 언급이 없었다.

고시로 님의 거병에 대해서는 단 한 마디, '안타깝다'라고만 했다. 자기 힘을 과신하고 조급하게 행동하는 젊은이를 타일러 경거망동을 막지 못한 것을 모치노리 님은 안타까워하고 자책하고 있었다. 집 안으로 불어 드는 바람에 가을의 기미가 더해질 때마다 모든 것이 어둡게 가라앉아 가는 것처럼 느껴졌다.

뒤쪽 담에서 무슨 소리가 들려 돌아다보는 순간 하녀가 뒤로 펄쩍 뛰어 물러났다.

"고, 고양이가!"

나는 뜰 한쪽으로 끌려가듯 다가섰다.

"마님, 보지 마세요, 벌써 죽었어요."

날카로운 소리로 말리지만 넝마처럼 널브러진 그것에서 눈길을 뗄 수 없었다. 역시 아저씨가 귀여워하며 종종 멸치를 주던 길고양이였다. 땅바닥에서 안아 올리니 아직 체온이 느껴진다. 피범벅이 된 고양이를 꼭 안자 분노로 몸이 달아올랐다. 세상 전부를 적으로 돌려 버린 심정이 되어 문밖으로 뛰어나갔다.

"힘없는 짐승을 죽이면서 무슨 의를 말하는 건가요. 하고 싶은 말이 있으면 나와서 말해요!"

주위는 쥐죽은 듯 고요하여 사람 그림자 하나 보이지 않는다.

"나와요, 나오라고요!"

감정의 둑이 터진 듯 나는 발을 구르며 계속 외쳤다.

저녁 밥상을 받아 두고도 가슴이 분노로 가득하여 젓가락을 내려놓았다.

시누이가 맞은편에서 내 모습을 힐끔 쳐다보았지만 음습한 표정으로 침묵하고 있다. 고시로 님의 봉기를 전해 듣던 날도 시누이는 끝내 한 마디도 하지 않았다. 그리고 매일 베틀 앞에만 앉아 있다.

부엌 쪽에서 하녀들 목소리가 들리더니 통용문에서 와카토_{사무라이의 젊은 종자로서, 최하위 병졸인 아시가루보다 상위였다}가 나타났다. 모치노리 님의 가신

가운데 한 사람으로, 한쪽 무릎을 꿇고 인사했다.

"무슨 일입니까."

와카토는 모치노리 님이 갑자기 미토로 오게 되었다고 고했다. 그 말을 듣고도 나는 전처럼 설레지 않았다. 늘 어두운 예감 같은 것이 있어서 저절로 자제하고 만다.

"왜 급히 오시는 거죠?"

"역적의 난을 진압하기 위해서입니다."

"역적."

내가 말을 삼키자 시누이가 발끈해서 와카토에게 물었다.

"설마…… 쓰쿠바에서 봉기한 사람들을 역적으로 간주한다는 겁니까?"

"집정 이치카와 나리께서 쇼군께 내란 진압을 건의하셨기 때문입니다. 천구당 쓰쿠바 무리는 존왕양이를 핑계로 영민을 도탄에 빠뜨리는 역적이며 치안 유지가 급선무라고."

와카토는 애써 자제하지만 말투에는 시종 억울함이 배어 있다. 계속 말하기를, 쇼군은 이치카와 집정의 건의를 받자 즉시 번주 요시아쓰 공을 소환하였다.

—역적의 무리를 빨리 진압하여 난을 평정하라.

몸소 명을 내렸다.

"그럼 나리는 번주님을 모시고 내려오시겠군요?"

확인하듯이 묻자 와카토는 "아닙니다"라고 대답했다.

"번주님은 안 오십니다. 진압 지휘는 오이노카미 나리가 대신 맡기로 되었습니다."

"오이노카미 나리라니요. 마쓰다이라 오이노카미 나리라면 시시도 번의 번주 아닌가요?"

시누이가 망연자실한 얼굴로 말꼬리를 흐렸다.

시시도 번은 미토 번의 지번, 말하자면 분가에 해당하며, 마쓰다이라 오이노카미 요리노리 나리는 요시아쓰 나리의 사촌동생에 해당한다. 본래대로라면 번주가 직접 나서서 진압해야 마땅하고 쇼군도 그리 명했다. 하지만 '좋겠지 나리'는 쓰쿠바 군세에 두려움을 느꼈는지 그 소임을 회피하고 사촌동생을 미토로 출동시킨 것이다.

이 무슨 안이한 태도인가. 이런 상황일수록 번주가 소임을 다해야 하지 않는가. 하물며 번주의 좌고우면 때문에 망가진 번정을 바로잡겠다는 것을 이번 봉기의 목적 가운데 하나로 고시로 님이 밝힌 바 있다. 그렇다면 몸소 쓰쿠바 군세의 본진으로 찾아가 그들의 주장에 귀를 기울이고 번정 개혁을 약속해 줘야 고시로 님들도 깃발을 내릴 수 있을 것이다. 그 소임을 저버리고 어찌 다른 번에게 떠넘긴단 말인가.

참으로 비겁하다.

속이 답답해졌다. 언젠가 나카가와 강변에서 만난 저 데이호인 님의 아드님 아닌가. 고시로 님은 번주를 비방하지만, 막상 비상시에 처하면 번주도 열공에게 물려받은 담력을 보여줄 거라는 기대가 있었다. 하지만 이제는 완전히 정나미가 떨어졌다. 고시로 님은, 아니 고운사이 나리나 많은 가신들은 주군에게 이런 식으로 줄곧 배반당해 왔구나. 지금은 그런 절망이 절절하게 느껴졌다.

시누이가 불쑥 일어서더니 두 주먹을 꽉 쥐고 마루를 왔다갔다 서성거렸다.

"역적이 아닙니다, 역적 같은 게 아니에요."

눈꼬리가 올라간 것을 보고 내가 목소리를 낮췄다.

"아가씨, 침착하세요."

"고시로 님이 존왕양이를 핑계로 무고한 백성을 도탄에 빠뜨리다니, 그런 말이 어디 있습니까. 그, 그분은 백성을 생각해서 세상을 바로잡고자 일어선 겁니다. 그런데 영민을 괴롭히는 역적이라니, 너무합니다."

"이 모든 게 제생당이 떠벌이는 말이에요. 생각 있는 사람이라면 다 알아요."

고시로 님과 아저씨가 역적일 리가 없다. 결단코.

그 말에 동의한다는 듯이 와카토가 시누이에게 말했다.

"오이노카미 나리는 천구당의 충의를 잘 아시고 쓰쿠바 군세에도 깊은 동정심을 갖고 있다고 어느 가문의 하인들에게 들었습니다. 쓰쿠바 군세는 조만간 귀순하여 투항할 거라는 것이 다수의 의견입니다."

시누이는 와카토가 말을 마치기도 전에 등을 돌려 베틀 방으로 향했다.

비젠보리 수로에 걸린 다마게바시 다리를 건넜다.

오늘 오이노카미 나리 일행이 미토로 들어온다. 와카토가 소식을 전하고 간 지 열흘쯤 지났다. 나는 모치노리 님을 찾아 나서듯 혼자 집을 나서고 말았다. 요즘 시누이는 내가 무슨 행동을 해도 아무 소리가 없다. 이제 베틀 말고는 모든 것에 흥미를 잃은 듯한 모습이다.

미토 가도의 기점인 다마게바시 다리는 에도로 떠나는 사람을 배웅하거나 에도에서 돌아오는 사람을 맞이하는 다리라고 한다. 그런데 왜 이렇게 많은 인파가 모였을까, 하고 나는 의아했다. 대부분 조닌 차림인데, 다리 말부터 가로변까지 인파가 몰려들어 복작거린다.

혹시 다들 마중을 나온 것일까. 그렇게 생각한 것은 주변 사람들이 속삭이는 말을 들었기 때문이다.

"가로 님과 부교막부나 번의 행정 사무를 담당하는 각 부처의 책임자 님도 에도에서 함께 돌아오시고 다케다 고운사이 님도 오신대."

"그래? 그럼 드디어 쓰쿠바 군세도 싸움을 그만두겠군."

"그렇지. 천구당도 조금은 얌전해질 거야."

"글쎄, 어떨지. 다들 고집불통이라."

역시 조닌들에게 쓰쿠바 군세는 곧 천구당이다. 분하긴 해도 능히 그렇게 생각할 만하다고 나는 스스로를 타일렀다. 천구당이라도 생각에 따라 다시 여러 파로 갈린다는 것을 조닌들은 알 길이 없다.

에도에서 모치노리 님의 가신이 찾아와 소식을 전하고 며칠 지나지 않았을 때, 조슈 번의 부대가 교토 황궁의 하마구리 성문에 돌입하는 사건이 일어났다. 요즘은 미토 시중에도 가와라반에도 시대에 속보성 사건을 전하는 소식지이 판매되어, 교토에서 벌어지는 사건도 며칠 뒤면 알 수 있게 되었다. 사태는 정변으로 그치지 않고 조정 중신 다카쓰카사의 저택이나 조슈 번저도 방화로 불타고 온 도시가 화염에 휩싸였다고 한다. 때마침 부는 바람에 불길이 번져 도저히 진압할 길이 없어, 교토 사람들은 "돈돈야케지체 없이 빠르게 번지는 화재를 뜻하는 말"라며 한탄했다고 한다. 불에 탄 가옥이 3만 채라고 적혀 있었다.

급진적 존왕양이로 유명한 조슈 측이 왜 황궁을 공격했는지 나는 전혀 알 수 없었다. 가와라반에는 사쓰마, 아이즈와의 주도권 싸움에 패한 조슈가 반격을 위해 일으킨 정변인 듯하며, 사쓰마와 아이즈의 병사에 패하여 조슈로 달아났다고 기록되어 있었다. 막부는 조정에 예를 갖추고, 조슈를 '조적'조정에 반역한 역적이라 탄핵하며 서남부 21개 번에게 조슈를 토벌하라고 명했다.

이 '금문의 변' 때문에 조슈 번과 생각이 통하던 천구당이 더욱 궁지에 몰리게 되지 않을까 해서 나는 자꾸 마른침을 삼켰다. 이럴 때 아저씨라면 그 칼칼한 목소리로 사기를 북돋워 주거나 격려해 주었을 것이다. 하지만 아저씨는 이제 곁에 없다.

이런 동란의 세상에 여자는 얼마나 무력하단 말인가. 안절부절못하는 심정으로 내몰리지만 무엇 하나 해 볼 수 있는 게 없다. 내가 남자라면 아저씨처럼 장비를 갖추고 창을 들었을지도 모른다. 인파에 밀리며 그런 생각도 했다.

그때 어디선가 환성이 터졌다.

"행렬이다!"

"오이노카미 나리로군."

마침내 시야에 들어온 것은 창날을 보호하는 장식 칼집이었다. 핫피^{무가의 종자가 입는 통소매의 짧은 상의}를 걸친 아시가루가 무기와 상자를 들고, 그 뒤에 투구와 갑옷을 갖춘 선두 경호대 무리가 온다. 저벅, 저벅, 하고 흙을 밟는 소리와 갑옷 스치는 소리가 서서히 커지자 일행이 수백 명의 대군이라는 것이 드러났다. 나는 모치노리 님을 찾으려고 까치발을 했다.

잠시 후 말을 탄 영주가 보였다. 조닌과 농부들은 일제히 무릎을 꿇고 이마를 땅바닥에 조아린다. 놀라서 집 뒤나 노변 소나무 뒤에 숨는 것은 나를 비롯한 사무라이의 부인들이다. 무가의 아내는 다이묘 행렬에 무릎을 꿇고 절하는 관행이 없다. 하지만 무례하게 구경하는 것은 삼가야 하므로 소매로 얼굴을 가리며 엿본다.

시시도 번 1만 석은 미토 번 의공의 아우를 번조로 하며, 마쓰다이라 오이노카미 요리노리 나리는 9대 번주이다. 나이는 모치노리 님보다 많아 보이고, 이마에 흰 천을 감고 까만 에보시 모자를 쓴 모습이, 체구는 가늘지만 단정한 영주님이다. 행렬은 성을 향해 엄숙히 이동한다. 팔각형 속의 '미쓰바아오이^{족도리풀 잎 세 장'이란 뜻으로 도쿠가와 가의 문장을 말한다. 도쿠가와 가 문장은 동그라미 안에 족도리풀 잎 세 닢을 그리는데, 이를 팔각형으로 변형하여 도쿠가와 가의 방계임을 보여준다}' 문장을 염색한 노보리^{좁고 긴 천의 한쪽 끝을 장대에 매달아 세운}

껏를 바라다보며 사람들은 안도한 듯 이야기를 나누고 있다. 나도 가슴을 쓸어내리며 귀로에 올랐다.

번주 요시아쓰 나리가 직접 내려오지 않는다는 것을 알았을 때는 그 안이함에 분노했지만, 차라리 잘된 일인지 모른다. 쓰쿠바 군세의 심정을 이해해 주는 오이노카미 나리라면 제아무리 고시로 님이라도 주먹을 내리고 공손해질 게 틀림없다. 사후 처분에도 온정이 베풀어질 게 틀림없다. 모치노리 님도 환한 얼굴로 돌아올 거라고 생각하며 오늘 저녁 반찬은 무엇으로 할까 궁리했다.

조닌들 틈에 섞여 근처 채소가게나 어물전을 들여다보며 돌아다니는데 낯익은 얼굴과 마주쳤다. 상대방은 말없이 허리를 굽히는 것으로 자제해 준다. 전당포 지배인이다. 나도 살짝 목례만 하고 장보기를 계속했다. 집안 살림은 1년 전부터 시누이에게 넘겨받았지만, 번 재정이 날로 심각해져 녹봉 삭감은 계속되는 중이었다. 어머니가 부쳐 주는 돈은 사양한 지 오래여서 나는 시누이 몰래 종종 기모노를 전당포에 잡히고 있었다.

그때 초가을 하늘이 깨지는 듯한 굉음이 들려 행인들이 일제히 걸음을 멈췄다.

"뭐지, 방금 그 소리는?"

새들이 일제히 머리 위를 날아가고 주위가 소란해졌다. 무수한 깃털이 하늘하늘 떨어진다. 이상한 생각이 들어 손차양을 하고 위를 쳐다보았다.

다시 그 굉음이 울렸다.

"이건…… 총성인데."

"그래, 화승총 소리가 맞아."

그리고 누군가 동쪽을 가리키며 외쳤다.

"다마게바시다! 다마게바시 다리 쪽이다!"

시누이는 선조가 물려준 투구를 모치노리 님에게 건네주고 절을 하고 가만히 방을 나갔다.

나는 빗을 들고 모치노리 님의 머리카락을 이마에서 뒤쪽으로, 귀 위에서 목덜미 쪽으로 빗겨 나갔다.

"도세."

걸상에 앉은 모치노리 님은 이제 됐다는 듯이 내 이름을 부른다.

"네, 금방 끝나요."

모치노리 님의 왼쪽으로 돌아가 다시 빗질을 한다. 이 머리를 굵은 끈으로 하나로 묶으면 이 사람을 전장에 보내야 한다. 나는 그럴 각오가 생겨나지 않아 잠깐의 유예를 질질 끌고 있었다.

모치노리 님은 모에기오도시갑옷은 좁고 긴 철판 혹은 가죽조각 8백 개~2천 개를 끈으로 묶어 만드는데, 그 끈을 연두색으로 하여 장식효과를 내는 것 갑옷에 쇠사슬을 붙인 푸른 비단 고테손을 보호하는 장구를 끼고, 그 위에 하부타에매끄럽고 광택이 나는 견직물 진바오리갑옷 위에 입는 하오리를 입었다. 내가 소녀일 때 니시키에컬러로 인쇄한 풍속화 목판화로 본 겐페이 전투12세기 후반 일본에서 일어난 내란. 헤이케平家 파와 겐지源氏

^{파, 혹은 중앙과 지방의 투쟁이었다}의 무사 같지만, 그 늠름한 모습은 실제 전투를 위한 것이었다. 적은 제생당으로, 미토는 마침내 번이 양단되어 서로 칼을 겨누는 내란이 벌어진 것이다.

발단은 오이노카미 나리가 이끄는 군대의 입성을 제생당 중진이 거부한 것이었다.

"오이노카미 나리 한 분만 들어오실 수 있고 다른 사람은 일체 성 안에 발을 들여놓을 수 없소."

번주 대리로서 쓰쿠바 군세를 진압하러 왔는데 성에서는 "그쪽 군대에 천구당이 섞여 있소"라고 지탄하며 성문을 굳게 잠그고 열어 주지 않았다. 미토 가신들 사이에 '열어라' '못 연다' 하며 옥신각신이 벌어진 끝에 성 경비병이 일행을 향해 발포한 것이다.

모치노리 님은 이를 제생당의 의도적인 도발이라고 판단했다.

"응전하지 말고 참으라!"

그렇게 외치며 모치노리 님은 행렬 선두를 향해 달려갔다.

"일단 군대를 물립시다. 저희가 성 측과 교섭하겠습니다."

오이노카미 나리에게 그렇게 진언하려고 했다. 그러나 격분한 아군이 창을 휘두르며 전열을 흐트러뜨린 탓에 길이 막혀 나아갈 수 없었다. 목소리조차 소란에 지워졌다. 그때 총 다루는 데 서툰 아시가루가 겁을 먹고 사격 자세를 취하는 모습이 보였다.

"안 돼! 쏘지 마!"

아시가루의 총구가 불을 뿜었다. 그 발포를 시작으로 전단이 열리고 말았다. 먼저 쏜 것은 틀림없이 제생당 쪽이었다. 하지만 성에 총탄을 퍼붓는 것은 주군에 대한 역적 행위인 것이다.

모치노리 님은 준비를 위해 집으로 돌아왔을 때 나와 시누이에게 이렇게 고했다.

"본의 아니게 천구당은 주군과 쇼군에게 역심을 품은 것으로 간주되고 있어. 게다가 조적이란 오명까지 뒤집어썼어."

"아, 아니 왜 천구당이 조적입니까?"

시누이의 목소리가 분노로 떨렸다.

"성에 계신 데이호인 님에게 총을 쏜 셈이니까. 문을 닫고 입성을 거부한 것은 아마도 집정 이치카와 산사에몬의 간악한 계략일 거야. 쇼군만이 아니라 조정에까지 맞선 역적이라고 하면 대의명분을 갖고 우리를 칠 수 있으니까."

모치노리 님의 말투는 평소와 다름없이 차분하지만, 꽉 쥔 주먹은 희미하게 떨리고 있었다.

천구당은 나라의 중심으로서 천황을 받들고 무가는 그 신하로서 사명을 다해야 한다고 믿어 왔다. 그런데 조적으로서 토벌의 대상이 되다니, 얼마나 억울할까. 그 흉중을 생각하니 제생당에 대한 분노가 부글부글 소리를 내며 끓어올랐다. 번의 내분을 쇼군과 조정에 대한 반역으로 바꿔치기하여 전투로 유인하다니, 같은 땅에서 나고 자란 동포를 왜 그렇게까지 증오해야 할까.

모치노리 님은 정면을 응시하며 일어나 낮은 목소리로 말했다.

"이리 된 이상 오이노카미 나리만은 지켜 드려야 해."

시시도 번주 마쓰다이라 오이노카미 요리노리 공은 눈앞에 벌어지는 상황에 분개하여 혼자 성으로 들어오라는 제안을 거부했던 것이다.

군대의 북소리와 소라고둥 소리가 매일 울린다.

7월 24일 시작된 전투는 달이 바뀌어도 결말이 나지 않고 있다. 미토의 사무라이가 적과 아군으로 나뉘어 전투를 계속하고 있는 것이다. 하인은 밖에 나갔다 올 때마다 전황을 들려주었다.

초기에는 모치노리 님의 천구당 군세가 압도적으로 강하여 미토 성을 탈환하는 데 시간이 그리 걸리지 않을 거라는 예측이 대세였다. 상황을 파악한 고시로 님의 쓰쿠바 군세도 산을 내려와 함께 싸우고 있다. 하지만 에도에서 막부군이 내려와 적진에 합류했다.

"말이 좋아 막부군이지 창도 칼도 제대로 쓰지 못하는 하타모토의 차남 삼남들만 긁어모아 놓은 부대입니다. 흠칫거리는 겁쟁이들이라 보는 제가 다 부끄러워질 정도입니다. 놈들은 천구당의 적수가 아니에요. 곧 미토에서 쫓겨날 겁니다."

풍류나 즐기던 하타모토의 자제들에게 갑옷을 입고 임하는 실전은 꿈에도 생각해 본 적이 없는 재앙일 것이다. 전투에 이겨 집으로 돌아오는 모치노리 님의 당당한 모습을 상상하며 나는 가슴이 설레기도 했다.

지축을 뒤흔드는 소리가 들려 시누이와 얼굴을 마주 본 것은 중추도 지났을 때였다. 부엌 마루에서 밥을 먹고 있을 때 찬장 속의 접시나 주발이 서로 부딪히며 묘한 소리를 냈다. 바닥도 흔들리는 것 같았다. 봉당에 있던 하녀들은 "지진이다!" 하며 숨을 삼킨 채 귀를 세운다. 또 굉음이 들렸다.

"대포……."

고개를 든 시누이는 그렇게 중얼거렸다. 마침내 온 집 안의 들보와 도리까지 흔들리기 시작하며 계속 섬뜩한 소리를 낸다.

천구당의 우세에 초조해진 막부군이 외국산 대포와 총을 동원했다는 사실이 알려진 것은 다음날이었다. 전황은 단숨에 불리해지고 있었다. 등줄기로 오한이 치달았다.

전투에 지면 모치노리 님이나 아저씨는, 천구당은 어떻게 될까.

불안과 공포로 가슴이 짓이겨질 것 같다. 책 더미가 무너진 모치노리 님의 방을 정리하고 있지만 붓통 하나 줍는 것도 힘들 만큼 몸이 무겁다. 아저씨가 없는 뜰은 황폐해져, 매화나무 가지가 바람에 무력하게 이파리를 빼앗기는 것을 나는 내 방에서 멍하니 바라보았다.

하지만 최신 무기를 갖춘 막부군에 맞서 천구당 군은 한 발도 물러서지 않고 전통 무기로 싸우고 있다. 나는 그 소식을 듣고 간만에 가슴이 트이는 기분이 들었다. 세간에는 "이것이 바로 미토의 무사지!" 하고 칭송하는 소리도 돌고 있다고 한다. 하지만 그만큼 전투는 장기화되어 좀처럼 종결을 보지 못하고 있다.

복도에서 거친 발소리가 들리더니 하녀가 "마님" 하고 큰 소리로 부른다.

"다, 다케다 나리 댁에서 사람이 왔습니다. 어서 나와 보세요."

고운사이 나리의 부인 노부 님이나 맏며느리 이쿠 님이 보낸 인편이 틀림없다. 얼른 객실로 나가 보니 현관마루에는 벌써 시누이가 앉아 이야기를 듣고 있다.

남자는 숨이 턱에 차 연방 기침을 한다.

"피, 피하십시오. 이치카와 집정의 명으로 천구당의 가옥이 몰수되고 그 가족들도 계속 체포되고 있습니다. 한시라도 빨리 도망치세요."

문 밖에서 험악한 소리가 들리고, 시누이가 무릎을 세우기 무섭게 흰 머리띠를 두르고 칼을 뽑아든 남자들이 흙발로 쳐들어왔다.

2

나와 시누이가 연행된 곳은 조닌 구역 변두리에 있는 '아카누마 나가야'라 불리는 감옥이었다. 옥사는 네 개 동이며, 그 가운데 한 동 앞으로 끌려갔다.

포리로부터 우리의 신병을 넘겨받은 옥리는 턱에 커다란 사마귀가 난 남자로, 오징어라도 씹는지 질근질근 저작하는 소리를 내며 신체검사를 하고 긴 삼척봉_{에도 시대 파수꾼이 들고 있던 약 90센티미터의 몽둥이}을 보란 듯이 과시했다.

"꾸물거리지 마라. 빨리 들어가!"

어두컴컴한 감옥 내부는 격자살로 만든 감방이 복도를 가운데 두고 좌우에 길게 이어진다. 감방 하나의 면적은 20첩 정도나 될까, 천장이 따로 없고 들보와 띠 지붕 밑이 그대로 보였다. 그런 곳에 천구당의 처자식들이 우글거리고 있었다. 기저귀도 떼지 못한 아기를 안은 젊은 부인도 보인다. 신입 수인을 확인하려는 듯 종종 힐끗거리는 눈초리에 초조와 공포밖에 없었고, 나는 그것이 몹시 놀라웠다.

종종 옥리가 감방 격자살을 삼척봉으로 때리며 팔자걸음으로 지나간다. 수인을 위협하는 것이다. 난폭한 소리가 거침없이 울릴 때마다 여자들은 몸을 움츠린다. 나는 양쪽을 보지 않고 옥리를 따라 걸어갔다.

옥리는 복도 끝에서 걸음을 멈추고 나의 양 손목을 묶은 밧줄을 거칠게 풀었다. 그때까지는 통증을 느낄 틈조차 없었지만, 풀리는 순간 나도 모르게 신음이 새어 나왔다. 옆에 있는 시누이는 양팔을 힘없이 늘어뜨리고 넋 나간 얼굴로 멀거니 서 있었다.

자물쇠를 연 옥리는 우리의 허리를 삼척봉으로 쿡 찔러 안으로 밀어 넣었다.

"저기, 간수 나리."

복도로 되돌아가는 옥리를 부르는 목소리가 옆 감방에서 들렸다. 낯이 창백한 부인이 창살을 꽉 쥐고 있었다.

"저녁 식사 때 우메보시 하나만 넣어 주세요."

"우메보시? 흥, 죄인이 배가 불렀구나."

"시어머니가 감기를 앓고 있어요. 우메보시라도 드시게 했으면 해서요."

하지만 옥리가 가타부타 말도 없이 못 들은 척하자 부인은 격자살 앞에 무릎을 꿇고 이마를 바닥에 찧듯이 절을 했다. 시어머니가 안쪽에 누워 있는지, 가래 걸린 기침 소리가 들린다. 하지만 그것은 한 사람의 기침 소리가 아니었다. 기침과 탄식, 흐느낌이나 신음이 옥내 여기저기서 솟아났다가 가라앉으며 자취를 감춘다.

"제발 부탁드립니다."

옥리는 엎드려 조아리는 여자에게 한껏 거들먹거리더니,

"자꾸 그러면 너희 밥을 아예 없애 버린다."

하고 승리라도 한 양 내뱉더니 옥중 여인들을 흘겨보며 물러갔다.

앞에 어떤 길이 기다리고 있는지, 언제까지 여기 갇혀 있게 될지. 암담한 예감이 한꺼번에 몰려와 숨이 막혔다. 주위가 배설물의 악취로 가득하여 욕지기가 올라온다.

감방은 네 구석과 중앙에 수인이 몇 명씩 무리지어 있었다. 판자벽이 있는 구석 자리를 발견하여 시누이를 거기 앉히고 나도 무릎을 꿇고 앉았다. 이곳은 본래 강변 늪지였는지 바닥과 닿는 정강이부터 엉덩이까지 금방 축축하게 식어든다. 이런 데서 사흘만 지내면 늙은이가 아니라도 병에 걸리고 말겠다는 생각에 손바닥으로 입을 막았다.

각오를 단단히 해야 한다.

그렇게 나 자신을 다잡았다. 모치노리 님도 아저씨도 총탄이 어지러이 오가는 전장에서 싸우고 있다. 이런 데서 죽을 수는 없다. 나는 손바닥을 입에서 떼고 호흡을 고르며 악취와 함께 깊이 들이마셨다가 천천히 내뱉었다.

"두 분은…… 피할 틈이 없었나요?"

돌아다보니 다케다 고운사이 나리의 장남 히코에몬 님의 부인 이쿠 님이 눈앞에 있었다. 이쿠 님 어깨 너머에는 노부 님과 고운사이 나리의 모친으로 보이는 노파가 보였다. 서로 눈인사를 나눈다. 지난겨울 세밑 인사차 찾아간 우리에게 정중하게 인사했던 어린 형제도 반듯하게 앉아 있고, 그 옆에는 열다섯 살 정도로 보이는 젊은이와 그보다 조금 어려 보이는 사내아이가 두 명 있었다.

"우리 집의 장남, 차남, 삼남입니다."

이쿠 님이 고개만 돌려 바라보자 세 아이는 공손하게 인사했다. 세 사람 모두 활달하고 밝은 어머니를 꼭 닮은 표정이지만, 고운사이 나리 일가도 이렇게 모두 잡혀 왔다고 생각하니 무슨 말을 해야 할지 알 수 없었다.

"이걸 쓰세요."

이쿠 님이 내민 것은 거적 한 장이었다.

"밤이면 아주 추우니까."

"감사합니다. ……하지만, 이건 다른 분이 쓰시는 것 아닌가요?"

"염려하지 말아요. 다들 평소 몸을 단련해 왔으니까."

아들들이 사용하던 것 가운데 한 장을 나눠주었을 것이다. 나는 고맙다고 인사했지만, 시누이는 눈길도 들지 않고 살짝 고개만 숙일 뿐이다.

저녁 식사가 나온 것은 그로부터 1각쯤 지나서였다. 이빨 빠진 주발에 담긴 밥에 야채 절임 두 조각이 전부이고, 밥은 색이 누렇고 쉰내를 풍긴다. 그래도 나는 젓가락을 들고 먹었다. 시누이도 묵묵히 젓가락을 놀린다. 밤에는 거적 한 장을 둘이 함께 덮고 누웠다.

전장이 가까운지 포성이 격렬하다 싶더니 금방 뚝 그친다.

모치노리 님.

속으로 부르기만 해도 눈물이 솟으려 한다. 판자담 틈새로 바람이 살살 불어 들어와 눈초리와 볼이 금방 식어 버린다.

나는 아기가 못 견디게 갖고 싶었다. 모치노리 님의 아기가. 하지만 이제 와 생각하니 이런 운명이 기다리고 있었던 거라면 아기가 없는 게 다행이었다. 그런 생각마저 고개를 든다.

전쟁이 끝나면. 그래, 전쟁이 끝나고 낳으면 된다.

그것이 커다란 희망처럼 느껴져 나는 눈을 크게 떴다. 천장 가까이에 작은 창이 나 있는지, 캄캄한 어둠 속에 그곳만이 희뿌연 색을 품고 있다. 전장에서 야영하고 있을 모치노리 님도 같은 달 아래 있다는 생각을 하며 주황색 빛을 계속 바라보았다. 포성과 총성은 이미 들리지 않고 감방 안에는 조심스러운 기침 소리나 아기가 칭얼대는 소리만 들리고 있다.

나는 그제야 눈을 감았다. 바깥의 덤불에서인지, 가을벌레의 희미한 울음소리가 들려와 그 소리에 귀를 기울이며 잠들었다.

감옥에는 다케다 일가와 우리 외에도 중사, 하사의 아내로 보이는 여자들이 저마다 어린 자녀나 아기를 데리고 수감되어 있었다. 모두 열여덟 명이었다.

작은 창문이 하나뿐인 감방에는 한밤의 암흑이 굳건히 버티고 있어 시간을 가늠할 수 없다. 아침 식사는 여섯 시, 점심 식사는 정오, 저녁 식사는 오후 여섯 시에 주는 것이 규칙인 듯한데, 밖으로 한 발도 나갈 수 없는 처지에 하루 세 번의 식사가 시간을 알 수 있는 유일한 근거였다.

변기통은 감방 구석에 가림막도 없이 놓여 있어 모두의 시선 속에서 용변을 봐야 한다. 아무리 여자들뿐이라지만 어린 사내아이들도 섞여 있으므로 나나 시누이나 좀처럼 익숙해질 수 없었는데, 이쿠 님이 기모노 자락으로 몸을 가리는 요령을 가르쳐 주었다.

익숙해질 수 없는 것은 오히려 배고픔 쪽이었다. 늘 목이 마르고 늘 뭐든 먹고 싶었다. 처녀 시절에 생각 없이 먹다 남긴 귀한 음식을 떠올리며 침을 삼켰다. 어머니가 만들어 주던 떡도 그리웠다. 어머니는 손수 음식을 만드는 일이 거의 없지만, 매년 히간춘분, 추분을 중심으로 한 7일간 때만은 반드시 손수 오하기찹쌀과 멥쌀을 섞어서 찌고 밥알이 보일 정도로 가볍게 찧어 동글게 빚고 팥소를 묻힌 떡를 빚어 주었고, 나는 그것을 몹시 좋아했다. 먹지 못한다는 것이 이토록 괴로운 줄 몰랐고, 그런 음식을 떠올리지 않으려고 애썼지만, 그래도 에도의 소바나 미토의 장어를 떠올리고 마는 자신이 싫어졌다.

이레째 되는 날 아침, 옆 감방의 노파가 죽었다. 엎드려 절까지 하며 우메보시를 청하던 여자의 시어머니라고 했다. 순찰하러 온 옥리가 그걸 알고 하인을 데리고 돌아와 시신을 문짝에 아무렇게나 실어 밖으로 옮겼다. 우리는 합장으로 시신을 떠나보내는 수밖에 없었다.

그 뒤로 매일처럼 사람이 죽었다. 추위와 굶주림, 그리고 병으로 죽는 것은 노파나 어린아이가 대부분이고, 자식을 잃은 어미의 한탄은 몇 날 밤이나 계속되었다. 사람들이 죽어 나가도 감방은 좁아지기만 했다. 새로 체포되어 들어오는 가족이 끊이지 않았기 때문이다.

우리 감방에서는 아직 아무도 죽지 않았지만, 젊은 여자 하나가 더 들어왔다. 손질하지 않은 머리카락에 여기저기 기운 자리가 수두룩한 옷을 입은 것으로 보아 하사의 부인인 듯했다.

평소 고개를 숙이고 가만히 앉아 있던 여자들 몇 명은 옥리가 밖으로 나간 사이에 그 여자 주위로 와락 모여들었다.

"저는 아무개의 처예요. 전황은 어떻게 되고 있나요?"

"아무개는 무사한가요? 뭐 들은 소식 없나요?"

"요즘 화승총 소리가 전혀 들려오질 않는데, 전장이 다른 곳으로 바뀌었나요?"

저마다 질문을 던지며 매달린다. 나도 모치노리 님의 소식을 알고 싶은 마음에 그녀들 등 너머로 여자를 지켜보았다.

"어떤 분의 소식도 모릅니다. ……전장은 시중을 벗어나 나카 항 근처로 옮겨간 것 같아요."

알 수 있었던 것은 그것이 전부였다. 다들 말없이 고개를 저으며 제자리로 돌아갔다.

판자벽 쪽 구석으로 돌아온 시누이는 늘 쓰는 그 도구를 소매 속에서 꺼내 들고 양 팔꿈치를 쳐들었다. 시누이는 며칠 전 삼나무 젓가락을 가늘게 쪼개어 뜨개바늘을 만들었다. 내의 소맷자락을 풀어 붉은 면실을 마련하고 뜨개질을 해서 두툼한 무명 끈을 만드는 것이다. 지금은 시누이를 따라 중사 부인 몇몇도 뜨개질을 하고 있다. 나도 어깨 너머로 조금씩 요령을 익히고 있다. 다 짜낸 굵은 끈은 특별히 쓸 곳이 없어, 자식이 있는 부인은 아이 손목에 감아 주는 정도였다. 그래도 모두들 뜨개질을 그만두지 않는다. 매일 물레질로 실을 잣고 베틀 앞에 앉았던 여자들이다. 손을 움직이는 동안만큼은 남편 걱정이나 허기를 잊을 수 있었다.

노부 님과 이쿠 님에게는 다른 일거리가 있었다. 아이들을 가르치는 것이다. 특히 이쿠 님은 유학으로 명성이 높은 후지타 가 출신인 만큼 사서오경에 밝다고 한다.

"공자 왈 용맹을 좋아하고 가난을 싫어하는 자가 난을 일으키며."

이쿠 님이 작은 소리로 논어의 한 구절을 암송해 들려준다. 아이들은 손 밑에 교재가 있는 것도 아니건만 지체 없이 그다음 구절을 암송했다.

"남이 어질지 못함을 지나치게 미워하는 자도 난을 일으킨다."

"그렇지. 용맹을 좋아하는 자가 자신의 가난한 생활에 불만을 품으면 그 가난을 벗어나려 무용을 이용하여 반란을 일으키게 됩니다. 또 상대방이 사람의 도리를 어길 때, 용맹을 좋아하는 자는 종종 가혹하게 추궁하기 쉽습니다. 그러면 상대방은 도망갈 곳을 잃게 되니, 이 역시 소란이 일어나는 원인이 됩니다."

이쿠 님은 아이들이 알아들을 수 있도록 자상하게 가르쳤다.

용맹을 좋아하는 자가 일으키는 소란.

쓰쿠바 군세는 자신의 불우를 타파하고자 팔팔하고 거친 혼을 거침 없이 폭발시켰다. 세상에서는 그렇게 보는 경향도 있다. 그 봉기 때문에 의도치 않게 막부군을 상대로 싸우게 된 데다 '조적'이란 오명까지 뒤집어쓴 천구당의 부인들은 고시로 님의 숙모 이쿠 님하고는 미묘하게 거리를 두고 있었다. 물론 무례하게 행동하는 일은 없었다. 상대를 대우하는 척하며 친밀하게 말을 걸려고 하지 않아, 마치 신분 차이를 역으로 이용하는 듯했다.

"어머니, 하나 여쭤도 되나요?"

아직 앞머리를 치지 않은 삼남이 귀여운 목소리를 냈다. 눈빛이 영리해 보인다.

"물어보세요."

"용맹을 좋아하는 자라면 무사를 말하는 걸까요?"

뜨개질하던 여자들의 손이 일제히 멈칫하는 듯했다. 이쿠 님이 뭐라고 대답할까, 하며 숨을 죽이고 있다.

"아닙니다. 무사는 싸움이 생업이지만 무턱대고 용맹을 좋아하는 자는 아닙니다. 전쟁의 무참함을 잘 알고 있기에 싸우지 않고 세상을 다스리는 것이 본분입니다."

이쿠 님은 정치라는 것이 무엇인지 아이들에게 가르치고 있구나, 하고 생각했다. 하지만 그 정치에 참여할 수 없는 자는, 중사나 하사는 본분이 무엇일까.

고시로 님처럼 재능을 발휘할 장을 얻지 못한 자는?

시누이를 비롯한 다른 사람들은 이쿠 님의 말에 더는 흥미가 없는 듯 손을 움직이고 있었다.

덤불 속의 벌레소리가 끊겨 들리지 않는다. 이미 초겨울, 시월에 접어든 것이다.

하지만 오늘이 며칠인지 나는 이미 알지 못한다. 투옥되고 얼마 동안은 달력을 떠올리며 날짜를 헤아렸지만, 하루 종일 볕도 거의 들지 않는 감방에서 냉기와 굶주림에 견디는 것이 고작이라 모든 것이 흐리멍덩해졌다.

시누이는 변함없는 표정으로 내의 소맷자락에서 실을 뽑아 굵은 끈을 짜고 있었다.

"소맷자락을 그렇게 풀어내시다니. 오늘 밤은 더욱 추울 것 같은데요."

보다 못해 말리자 내 말이 성가시다는 듯 한쪽 볼이 일그러졌다. 갸름한 얼굴은 더욱 창백해지고 아름다웠던 콧날은 메말라서 날카로워졌다. 이쿠 님이 곁에 와서 거들어 준다.

"올케의 걱정을 모르세요? 이제 그만하지 않으면 몸이 상하게 될 거예요."

시누이는 이쿠 님에게도 말없이 고개만 숙일 뿐, 뽑아낸 실을 손가락 끝으로 열심히 꼬고 있다. 이쿠 님은 나를 쳐다보며 가만히 탄식했다.

그때 감옥 출입구에서 커다란 목소리가 들렸다. 옥리다. 그가 흥분해서 삼척봉으로 격자살을 딱딱 때리며 복도를 걸어온다. 옥리는 몸통을 흔들며 웃고 있었다.

"이겼다, 제생당이 이겼어!"

침을 튀기며 제생당과 막부군의 승리를 고했다.

"지다니…… 설마."

"천구당이, 제생당에 지다니."

소란스러워졌다. 낭패하여 울음을 터뜨리는 사람도 있다. 나는 명한 얼굴로 일어나 "졌어" 하고 중얼거렸다. 그 말을 거듭해 봐도 믿어지지 않았다. 모치노리 님의 군세가 패하다니, 그런 말도 안 되는 일이 있을 리 없다.

"조용히! 쇼군은 5일, 시시도 번 번주에게 할복을 명하셨다."

"무, 무엇 때문에 오이노카미 나리가 할복을 하셔야 합니까?"

나도 모르게 옥리에게 물었다.

"쓰쿠바 군세를 진압하기 위해 미토로 출동했지만 임무를 완수하지 못했을 뿐 아니라 천구당 군과 내통하여 쇼군과 조정에 칼을 돌린 역적 무리의 우두머리니까. 하하, 당연한 처벌이지. 이번 패전으로 천구당도 다 끝난 거다. 속이 시원하네."

옥리의 턱에 있는 검정 사마귀가 위아래로 움직이며 다시 기분 나쁜 웃음이 얼굴 전체에 번졌다.

"너희들도 조만간 처벌을 받을 거다. 얌전히 기다려라."

하사의 아이들이 겁을 먹고 울기 시작하자 옥리가 다시 삼척봉을 휘둘러 겁을 준다.

"당장 그치지 않으면 이걸로 맞을 줄 알아!"

"처벌이라니, 우리에게 무슨 잘못이 있단 겁니까."

노부 님이 앞으로 나섰다. 옥리는 "뭐야?" 하고 눈을 부라렸다. 노부 님은 주눅 들지 않고 옥리를 똑바로 쳐다보며 같은 질문을 던졌다.

"처벌이라니, 우리에게 무슨 잘못이 있단 겁니까."

그러자 옥리는 승리한 듯이 머리를 뒤로 젖히고 껄껄 웃는다.

"역적 천구당의 처자식이란 죄다."

그리고 시시도 번의 번사 20여 명과 함께 천구당 번사 십수 명이 이미 참수되었다고 옥리는 고했다.

"참수……."

듣는 순간 가슴을 인두로 지진 듯한 통증이 치달았다. 모치노리 님은 요리노리 공 곁에서 싸웠을 것이다.

"이리 된 이상 오이노카미 나리만은 지켜드려야 해."

그 말이 되살아났다. 눈앞의 격자살이 크게 일그러지며 어둠이 떨어져 내렸다.

눈을 뜨니 어두운 동굴 속에 있었다. 눈을 깜박거리고 있는데 여자들이 속삭이는 목소리가 들린다.

"쇼군도 너무 일방적으로 결정하셨어."

"애초에 싸우는 방식부터가 비겁하기 짝이 없잖아요. 사무라이가 쓰는 무기는 창, 활, 장도로 정해져 있어요. 그런데 비겁하게 총포를 이용해 놓고 이겼다, 이겼다, 좋아하고."

"애초에 서양 대포를 전투에 이용하다니, 무사의 우두머리인 쇼군이
할 짓이 아니지요."

나는 윗몸을 일으키고 앉아 동글게 모여 앉은 여자들의 등을 쳐다
보았다. 시누이가 기척을 느끼고 나를 돌아다보았지만, 비난하는 듯한
눈초리로 힐끗 쳐다보았을 뿐이다. 내가 혼절하여 쓰러진 것을 부끄러
워하고 있을 것이다. 무엇 때문에 혼절했는지가 떠올라 나는 가슴을
꼭 눌렀다.

모치노리 님은 어떻게 되었을까. 무사할까, 아니면…… 생각이 그렇
게 전개되자 호흡이 어지러워지고 몸이 흔들린다.

"도세 님, 이제 좀 나아지셨어요?"

이쿠 님이 말을 걸어 주었다. 모두가 일제히 나를 돌아다본다.

"이쪽으로 오시겠어요?"

이쿠 님이 곁으로 와 팔을 잡고 부축해 주었다. 힘겹게 일어나 눈길
을 내린 채 여자들 무리에 끼어 앉았다.

"이분은 다른 동에서 옮겨 온, 전 마치부교 다마루 나리의 따님입니
다."

눈길을 드니 이쿠 님 옆에 낯선 처녀 세 명이 나란히 앉아 있다. 고
개 숙여 인사하자 상대편도 일제히 인사를 한다. 세 사람은 자매로 보
이며, 늙은 모친과 어린 동생을 동반하고 있었다. 가운데 있는 처녀는
꼭 시누이 또래처럼 보인다.

"다마루 가 분들은 종신형을 받고 이 감옥으로 이송되었다고 합니다."

이쿠 님이 귀엣말을 하듯 전해 주었다. 눈을 휘둥그레 뜨고 이쿠 님을 쳐다보았다. 이 감옥에 갇혀 평생 나갈 수 없다는 말인가. 문득 납득이 가는 점도 떠올랐다. 마치부교 다마루 나리라면 고시로 님과 함께 거병하여 대장으로서 쓰쿠바 군세를 이끄는 분이다. 그분의 처자식이란 이유로 종신형을 받은 것이다.

자매는 각오를 굳혔는지 매우 차분한 모습이고, 여자들이 저마다 남편이나 아들의 안부를 묻는데도 싫은 표정을 짓지 않고 대답해 주고 있다.

이쿠 님이 다시 귀엣말을 했다.

"참수된 분들 중에 하야시 님은 없었다고 합니다."

"그게 정말입니까."

목소리가 떨렸다. 이쿠 님은 뺨에 명랑함마저 드러내며 고개를 끄덕였다.

"다행히 이 감방에 있는 분들의 남편들도."

다마루 가 자매는 처벌을 받을 때 관리에게 전황을 조금 들었고, 그것을 이쿠 님에게 전해 주었다고 한다. 나는 안도한 나머지 울음 섞인 목소리로 고맙다고 말했다.

여자들의 화제는 시시도 번주 마쓰다이라 오이노카미 요리노리 공으로 옮겨갔다. 쇼군은 쓰쿠바 군세를 진압하지 못하고 제생당과 교전한 것에 격노하여 시시도 번 번주에게 할복을 명했다.

나는 그 젊은 영주님 모습을 떠올리고 죄책감에 싸였다. 진압 실패는 그만두고라도 쓰쿠바야마로 담판하러 가기 전에 미토 성 입성부터 거절당하고 엉겁결에 전투에 휘말렸다. 미토 번주의 대리가 되자마자 이 무슨 봉변이란 말인가.

"짐작인들 했을까 논 가운데 허수아비의 대나무 활, 쏘아보지도 못하고 삭아 버리다니……. 이게 절명시라고 합니다."

다마루 가의 차녀 유키노라는 아가씨가 입술을 깨물며 흰 눈가를 분노로 붉게 물들였다. 아무 잘못도 없이 할복해야 했던 젊은 다이묘의 원통함을 모두들 제 일처럼 가슴 아파하고 있었다. 그리고 주군 요시아쓰 공의 행실을 부끄러워했다.

"집정에 취임한 이치카와의 힘은 날로 커져, 얼마 전에는 본부인이 딸을 낳았다고 좋아하며 잔치를 열고 에도의 자택으로 주군까지 초대했다고 합니다. 참으로 참월하기 짝이 없고 방약무인한 짓 아닙니까."

유키노 님의 언니가 해소할 길 없는 분노를 드러냈다. 악귀 같은 모습으로만 떠오르는 이치카와 집정에게 딸이 생겼다는 말을 듣자 문득 눈꼬리가 길게 생긴 사내아이가 생각난다. 이치카와 가의 아이들. 두 아이 모두 천구당에 대한 증오를 노골적으로 드러내며 나를 노려보았다.

노부 님이 조심스럽게 입을 열었다.

"쓰쿠바 군세는 상황이 어떻습니까."

"고운사이 나리가 총대장이 되자 쓰쿠바 군세에 가담하려는 사람들이 끊이지 않아 지금은 천 명을 넘는 대군이 되었다고 합니다."

나카 항 전투에서 천구당 지사 대부분이 투항했지만, 고운사이 나리 부자는 탈출하여 지금은 고시로 님들과 합류한 듯했다. 모치노리 님도 그 군세에 있을 게 틀림없다고 나는 확신했다. 그리고 아저씨도. 이번에야말로 두 사람은 제생당을 타도하고 이곳으로 우리를 데리러 와 준다. 그리고 다시 함께 살 수 있다.

"그럼 군은 어디에 진을 치고 있습니까. 다시 쓰쿠바야마인가요?"

그렇게 물은 것은 이쿠 님이었다.

"그게, 서쪽으로 이동하고 있는 것 같아요."

"서쪽으로……."

"아마 맹우 조슈로 가려는 것 같다고 보는 사람이 많다고 합니다. 하지만 조슈도 지금은 조적이란 어려운 처지에 몰려 있어서 과연 원군을 바랄 수 있을지."

말끝을 흐린다. 그러자 그때까지 잠자코 있던 시누이가 불쑥 무릎을 움직였다.

"조슈는 아닙니다. 교토에 계신 요시노부 공을 찾아가 직접 진정하려고 할 겁니다. 쇼군은 오랑캐들이 말하는 대로 나라의 문을 연 꼭두각시일 뿐이니 믿을 곳은 영매하신 요시노부 공밖에 없습니다. 의공과 열공의 피를 물려받은 요시노부 공이 우리 번의 주군으로, 그리고 천하를 이끄는 쇼군까지 되어 주신다면 미토나 이 나라나 반드시 살아날 수 있습니다. 이제 보세요, 쓰쿠바 군세는 요시노부 공을 도와 천황을 받들며 반드시 존왕양이를 이룰 겁니다."

여자들은 아연실색하여 시누이를 쳐다보았다. 내 눈에는 흡사 고시로 님이 시누이에게 깃든 것처럼 보여 두려움마저 느꼈다.

하지만 빙 둘러앉은 여자들은 시누이의 말에 기운을 차렸는지 굳세게 고개를 들었다.

"그 말씀이 맞아요."

"그래요, 정말. 쓰쿠바 군세가 요시노부 공에게 진정한다면 천구당이 틀림없이 세력을 만회할 겁니다."

"제생당 놈들로부터 미토 성을 되찾을 겁니다."

"그래야죠. 우리 천구당이 본류죠. 존왕양이라는 대의가 있잖아요."

중사의 부인뿐만 아니라 하사의 부인들도 동조하고, 개중에는 갓난아기를 안은 채 한쪽 팔을 힘차게 휘두르는 여자도 있다.

"존왕양이." "존왕양이."

선동된 사람들처럼 여자들이 계속 그 말을 꺼낸다. 동조하지 않는 것은 노부 님과 이쿠 님, 그리고 나밖에 없었다.

내 가슴속에는 모치노리 님과 아저씨 얼굴뿐이었다.

—도세.

—아씨.

두 사람의 목소리에만 귀를 기울이고 싶었지만 '존왕양이'는 마침내 커다란 너울이 되어 감옥에 울려 퍼졌다. 옥리가 뛰어와 몇 사람을 복도로 끌어내 일어설 수도 없을 정도로 폭행을 가했다.

　판자벽 틈새로 드는 바람이 칼날처럼 차가워 새벽이면 온몸이 덜덜 떨려 자꾸만 깨어난다. 아침이면 토방 여기저기에 서릿발이 서 있다.

　작은 창으로 비껴드는 빛을 찾아 모두들 모여든다. 어미는 자식을 안고, 자식 없는 부인은 시어머니의 어깨를 안는다. 길고양이 같은 모습이지만 서로의 체온이 유일한 온기였다.

　다케다 일가만은 잠깐 등을 데우기만 하고 다시 구석으로 돌아가 공부를 시작한다. 고운사이 나리의 모친은 여든을 넘지 않았을까 싶은 고령임에도 목을 움츠리지도 않고 손자들이 외는 논어 구절에 미소까지 지으며 귀를 기울이고 있다.

　그리고 시누이와 유키노 님도 사람들과 떨어져 앉아 소곤소곤 얘기를 나눈다. 유키노 님의 부친은 물론이고 약혼자도 고시로 님과 행동을 같이하고 있었다. 그것을 안 시누이는 유키노 님하고만 조금씩 대화를 하게 되었다. 나에게는 변함없이 남 대하듯 거리를 두지만, 그래도 누군가와 대화할 마음이 생겼다는 것만으로도 마음이 놓인다. 어둑한 감방 안에서 굵은 끈만 짜며 지내고 있다 보니 몸도 마음도 병들고 말 것 같았다.

　주위 감방에서는 병으로 죽는 사람이 잇따르고 병으로 쓰러진 채 일어나지 못한 사람, 하체가 마비된 사람도 많다. 하지만 여전히 감방으로 들어오는 사람이 있어서 우리 감방도 서른 명 가까이로 늘었다. 제생당은 천구당 가족이라고 하면 하사 중에서도 최말단이라 평소 하인과 다름없는 일만 하는 주겐이나 와카토의 아내까지 사냥해서 이곳에 처넣고 있었다. 제생당의 탄압은 영원히 계속되는 게 아닐까 싶을 정도로 철저하고 집요했다.

공부가 끝났는지 노부 님의 차남이 곁으로 와서 나를 빤히 올려다보았다.

"안녕하세요, 긴고 님."

그러자 아이는 단정하게 무릎을 꿇고 앉아 인사했다.

"하야시 부인께서 오늘도 안녕하시니 경하드리옵나이다."

노부 님과 이쿠 님은 눈썹을 들며 소매로 입을 가리고 웃음을 참는다.

"이런, 긴고 님, 감기 기운이 조금 있는 거 아닌가요? 콧물이 나옵니다."

"콧물 같은 거 안 흘려요."

"어디 볼까요?"

들여다봐 주자 아이의 한쪽 콧구멍에서 콧물이 둥글게 부풀었다가 오그라든다. 너무 귀여워 나는 그를 꼭 안아 무릎 위에 앉혔다. 처음에는 노부 님도 "그러지 마셔요" 하며 말렸지만 요즘은 너그럽게 봐주는지 쓴웃음만 짓는다. 아직 세 살밖에 안 된 어린아이여서 목덜미에서 젖내마저 난다.

"그럼 오늘은 무슨 이야기를 들려드릴까요, 긴고 님."

"모모타로 얘기요."

"알겠습니다. 그럼 오늘은 누구를 가신으로 할까요. 꿩, 원숭이, 개, 거기에 고양이와 사슴, 말, 닭도 있답니다."

그러자 아이는 열심히 궁리한다. 때로는 용이나 호랑이까지 거느리고 귀신 섬으로 출동한다. 이야기가 번번이 샛길로 새는 탓에 귀신을 처치할 때면 대개 잠들어 있지만. 오늘도 아니나 다를까 내 가슴에 얼굴을 묻고 잠들어 버렸다. 나는 아이를 가만히 흔들어 주며 계속 안고 있었다.

"혹시 하야시 마님이신가요? 고겐초의?"

그렇게 말을 건넨 것은 몹시 여윈 여자로, 어제 새로 감옥에 들어온 얼굴인 듯했다.

"네, 하야시입니다."

"아아, 역시 그랬군요. 말씀하시는 걸 듣고 혹시나 했는데, 아까 도련님이 하야시 부인이라고 하셔서."

여자는 그렇게 말하며 바닥에 손을 짚고 절을 했다.

"남편이 하야시 님 덕분에 몇 번이나 목숨을 구했다고 해서 이렇게 인사 올립니다."

"세상에, 소식을 아세요?"

나도 모르게 큰 목소리를 내자 아이도 놀라서 깨어났다. 노부 님이 얼른 다가와 아이를 안고 갔다. 여자는 노부 님에게도 절을 하고 다시 나를 향해 앉았다.

"쇼군은 동짓달 말에 투항한 미토 번사 가운데 5백 명 가까이를 사쿠라 번에, 그 밖의 5백 명을 다카자키 번에, 그리고 250명을 세키야도 번에 넘겼다고 합니다."

여자는 목소리를 죽이고 있지만 그 전쟁에 남편과 아들을 보낸 여자들이 벌써 내 곁에 모여들었다. 다들 숨을 죽이고 있다.

"하야시 님은…… 하야시 님은 헤타노무라에서 막부군의 햐쿠메 포탄375그램짜리 포탄을 맞아 중상을 당했다고 들었습니다."

여자는 거기서 말을 끊고 "그 뒤 어떻게 되었는지는 남편도 모른다고 했습니다" 하며 머리를 숙였다. "이런 소식만 전하는 것은 오히려 가혹하지 않은가 해서 망설였지만, 막상 부인 모습을 직접 뵈니 입 다물고 있을 수 없어서. 부디 용서해 주십시오."

내 안색이 돌변했는지 여자는 연방 고개를 조아렸다. 고운사이 나리나 고시로 님과 함께 움직이고 있으리라 믿고 있던 만큼 여자의 말이 얼른 믿기지 않았다. 나도 모르게 말투가 날카로워졌다.

"그밖에, 그밖에 또 뭐 알고 있는 게 없나요?"

"남편은 주군이 전사하자 하야시 님 밑으로 들어갔다고 합니다. 하야시 님은 적군에 포위되어도 한 치도 물러서지 않고 그야말로 젊은 사자처럼 싸우셨다더군요. 남편은 목숨 바쳐 하야시 님을 지켜드려야 하는데 도리어 하야시 님이 번번이 목숨을 구해 주셨다면서."

"그럼, 그럼 부군은 집으로 돌아왔군요."

나는 희망을 되찾고 여자의 두 팔을 와락 잡았다. 미토로 돌아온 사람이 한 명이라도 있다면 모치노리 님도 돌아올 수 있을지 모른다. 여자는 가만히 고개를 끄덕이고 대답했다.

"항복할 때 하야시 님은 남편에게 도망치라고 하셨다고 합니다. 도망쳐서 한 번이라도 처자식을 만나 보라고."

아아, 역시. 모치노리 님은 돌아와 주신다. 내 곁으로.

"덕분에 남편은 천구당의 사냥에 걸리지 않고 할복할 수 있었습니다. 자기처럼 신분이 낮은 사무라이가 이런 최후를 맞을 수 있는 것도 하야시 님 덕분이라고 했습니다. 저도 바로 남편 뒤를 따를 생각이었지만, ……조닌 출신이어선지 차마 단도로 목을 찌르지 못했어요. 남편 곁에서 주저하다가 포리들에게 잡혀서……."

말끝을 흐린 여자는 이승에 남은 것을 수치스러워하는지 몸을 떨며 흐느끼기 시작했다. 남편이나 아들의 소식을 알고 싶어서 모여든 여자들이 가만히 무릎을 움직여 하나둘 제자리로 돌아간다. 나는 일어날 기력도 없어 여자의 여윈 어깨가 맥없이 떨리는 것을 보고 있었다.

그러다가 나는 문득 여자의 울음소리에 부아가 치밀고 못 견디게 짜증이 났다.

죽으려고 돌아온 남편을 이 여자는 왜 설득하지 못했을까. 할복이 사무라이의 명예라고 말하며 흥분하는 남편을 도롱이와 삿갓으로 변장시키고 왜 먼 곳으로 도망치지 않았을까. 그곳에서 농사를 짓고 살아가는 길은 없었을까. 그렇게 싸우는 길은 없는 걸까.

사무라이의 긍지와 뜻을 버리고 나와 함께 조용히 살아 주실 수 없나요?

그렇게 청한다면 모치노리 님은 그러자고 말해 주었을까? 밤을 새며 그 생각을 했지만 멀리 숲에서 부엉이만 울 뿐이었다.

겐지 2년(1865) 정월을 맞아 바람에 매화 향이 실려 온다 싶더니 마침내 나무마다 움이 트고 풀냄새가 나게 되었다. 작고 네모난 구멍을 통해 바깥세상에서는 계절이 바뀌어 벌써 봄이 한창이라는 것을 안다. 언제였나, 강력한 돌풍에 판자벽의 널 몇 장이 뜯겨 날아가 수리도 되지 않은 채 있었다.

바깥의 밝음과는 딴판으로 감방 안에는 죽음이 기어 다니고 있었다. 병사하는 사람이 잇따라 세밑에는 유키노 님의 모친과 동생도 허망하게 숨을 거두었다. 그리고 살아남은 사람은 모두 앙상하게 여위었다.

나도 내 팔을 쓸어 보고는 살이 너무 많이 빠진 것을 알고 흠칫 놀랐다. 손가락은 꽁꽁 얼고 요즘은 젓가락을 들어도 뭘 들고 있다는 실감이 없다. 팔다리가 젓가락처럼 메마르고 딱딱해졌지만 그래도 나는 밥과 채소 절임을 남기지 않고 먹었다. 밥을 한 알 한 알 꼭꼭 씹고 있으면 든든함이 연장되는 것을 깨달았고 코를 찌르는 쉰내에도 익숙해졌다.

나는 살아남아야 한다. 살아 있기만 하면 다시 그분을, 모치노리 님을 만날 수 있다.

그 일념 하나로 나는 숨을 쉬고 있었다.

판자벽에 생긴 네모난 구멍에서는 햇살이 비춰 들어 바닥에 작은 양지를 만든다. 거기에 진을 친 것은 늘 정해진 여자들이다.

어느 날 아침이었다. 내가 볕을 쬐고 싶어 그 자리로 가자 아이가 이미 거적을 깔고 큰 대 자로 누워 있었다. 내가 "안녕" 하며 앉으려고 하자 아이가 벌떡 일어나 "들어오지 말아요!" 하며 양팔을 벌렸다. 내가 당황하자 하사의 아내들이 성큼성큼 걸어와 그 자리에 앉았다. 아이를 시켜 자리를 지키게 했던 듯하다. 그중에 갓난아기를 안고 있는 사십대 여자가 있어, 미안해하는 기미도 없이 나를 올려다보고는 앞섶을 벌려 메마른 유방을 꺼냈다.

"에고, 추웠지? 다행이네, 양지에 앉을 수 있어서."

잠든 갓난아기의 입에 젖꼭지를 댄다. 제멋대로 구는 행실보다 아기를 방패로 삼는 모습이 불쾌하여 이내 가슴이 싸늘하게 식었다.

하지만 여자들을 노려보다가 문득 깨달았다. 거기 있는 여자들은 모두 남편을 여읜 처지였다. 다들 물고기 같은 눈을 하고 있었다. 나는 그 뒤로 양지에 얼씬도 하지 않게 되었다.

출입문이 열리고 찬바람이 불어온다. 한동안 뜸했던 신입이 왔는지 옥리는 다시 복도를 거만하게 걸어와 우리가 있는 감방의 자물쇠를 열었다. 삼척봉에 쿡쿡 찔리며 들어온 젊은 여자는 옷이 찢어지고 얼굴에 심한 상처가 있었다. 포리가 집을 덮치기 직전에 도망하여 몇 달간 먼 친척 집에 숨어 있었지만 끝내 추격자들에게 잡혔다고 했다.

하지만 여자는 우리 몰골을 보자 눈을 휘둥그레 뜨며 소매로 입을 가렸다. 아마 유령 무리처럼 보이겠지, 하고 생각하며 나는 멍한 얼굴로 고개를 숙여 인사했다. 여자에게 말을 건넨 것은 유키노 님이었다. 무릎걸음으로 다가가,

"다치셨군요. 포리가 때렸나요?"

친절하게 위로한다. 유키노 님은 감방의 냉기가 나빴는지 하체가 마비되고 있었다. 그래도 미소를 잃지 않고 언니들과 함께 꿋꿋하게 모친과 동생을 돌보았다.

이런 곳에 오래 갇혀 있으면 점점 이기심이 드러나게 된다. 특히 하사의 아내들은 판자벽 앞에 진을 치고 등을 볕에 데우며 아이들을 종처럼 부려서 밥 심부름을 시킨다. 그리고 조금이라도 꾸물거리면 짜증을 내며 쥐어박는다. 누가 밤중에 기침이라도 하면 "아, 시끄러!" 하고 고함을 지르기도 한다.

하지만 노부 님과 이쿠 님, 그리고 유키노 님 자매는 의젓한 태도를 무너뜨린 적이 없다. 지체 높은 무가에 태어난 여자는 모두 저렇게 자제와 배려의 덕을 기르는 걸까. 그렇다면 누대에 걸쳐 갈고닦은 가문의 격이란 역시 귀한 것 같다고 나는 생각했다.

유키노 님과 나눈 대화를 통해 여자가 쓰쿠바 군세에 가담한 중사의 누이라는 것을 알았다. 고운사이 나리와 고시로 님이 이끄는 천 명에 이르는 군세는 언젠가 시누이가 말한 대로 교토에 있는 요시노부 공에게 직소하려고 서쪽으로 향하고 있었다.

"깊은 눈을 헤치며 행군하는데 후방에서 공격을 받아 마침내 가가

번에 투항했다더군요. ……천구당이 약탈을 자행하고 도처에서 방화를 한다는 소문이 돌았지만 소문과 달리 정말 잘 통솔된 무리였다고 합니다. 가가 번은 그 사실에 감탄하여 후하게 대해 주었다는데, 그것이 쇼군의 역린을 건드린 모양입니다."

"그건 왜죠?"

여자를 질책하듯이 물은 것은 시누이였다. 유키노 님 옆에 앉아 윗몸을 내밀며 여자에게 얼굴을 드민다.

"후지타 고시로 님은 쇼군의 외교를 패배주의적이라고 정면으로 비판했으니 그런 역적을 후대하는 것은 괘씸한 행동이라고 본 것 같습니다. 쇼군은 가가 번에서 봉기군을 넘겨받아 에치젠 쓰루가의 어비_{청어를} _{말려 분쇄하여 만든 비료} 창고에 가두었는데…… 그건 거의 죽으라는 거나 마찬가지여서…… 옥사하는 사람이 끊이지 않았다고……."

여자가 띄엄띄엄 계속 들려준 이야기에 따르면 봉기한 사람들은 눈보라가 몰아치는 혹한의 땅에서 옷을 빼앗기고 훈도시 하나 차림으로 어비 창고에 수감되었다는 것이다.

이곳 아카누마보다 훨씬 가혹한 상황이 눈앞에 떠올라 나는 눈을 꽉 감았다.

쓰루가라면 얼마나 추울까. 얼마나 허기질까. 부디 아저씨가 거기 없기를. 그렇게 바랄수록 자책감이 깊어진다.

내가 아저씨를 시국에 휩쓸리게 하고 말았다. 아저씨가 뭐라고 써서 남겼든 그것은 틀림없는 사실이다. 내가 미토로 시집오지 않았다면 아저씨는 여전히 에도에서 지내고 있었을 것이다. 어머니도 이케다야를 계속 운영하고 있었을 것이다. 아저씨는 물을 긷고 담장을 수리하며 지금도 그 칼칼한 목소리로 농담을 던지고 있었을 것이다.

마음속으로 서쪽을 향해 합장했다. 그래도 나는 조금도 후회할 수 없다. 애타게 사모하던 그분의 아내가 될 수 있었던 것을 후회할 수는 없다.

미안해요, 아저씨. 난 당신이 보살펴 줄 가치가 있는 인간이 아닙니다. 나는 내 욕심대로밖에 살 수 없어요. 나약하고 제멋대로이고 어리석고.

낯이 파리해진 시누이는 상체를 더 내밀며 애원하는 목소리로 말했다.

"지도자 다케다 님과 다마루 님……, 후지타 고시로 님에게는 어떤 처벌이 내려졌는지 아시나요?"

여자는 입을 열려다 말을 삼키기를 여러 번 반복한다.

"제발 가르쳐 주세요."

"……세 분 모두 역적의 수괴라 하여 쓰루가에서 참수형을 받았습니다. 소금에 절인 머리는 곧 미토로 보내질 거라고 들었습니다."

시누이의 상반신이 휘청 기울었다. 유키노 님이 그 몸을 부축하듯 팔로 안았지만 시누이는 "괜찮아요"라고 중얼거리며 몸을 세웠다. 노부 님도 이쿠 님도 각오하고 있었는지 당황하는 기색이 없다. 나는 아이들이 눈물을 참느라 애쓰는 것을 차마 보고 있을 수 없어 감방 구석으로 자리를 옮겼다.

밤이 깊이 모두 잠들어도 나는 고운사이 나리와 고시로 님을 생각하며 잠을 이루지 못했다.

고운사이 나리의 옛날 무사 같은 모습은 여전히 가슴에 남아 있다. 그리고 광대뼈가 불거지고 눈꼬리가 처진 고시로 님의 웃는 얼굴도. 잘 마시고 잘 분노하고 아무한테나 대들었다. 하지만 다들 그를 미워하지 않고 동생처럼 아껴주었다. 고시로 님에게는 사람을 끄는 애교가 있었다. 그래서 고운사이 나리도 죽음을 각오하고 군세에 가담했을 것이다. 지진으로 불행하게 죽은 친구가 남긴 아들을 나 몰라라 내버려둘 수 없었는지 모른다.

나는 시종 뒤척였다. 노부 님과 이쿠 님도 깨어 있는 듯한 기척이 있어 나는 가만히 일어나 앉았다.

작은 창으로 들어오는 달빛이 앙상한 한 사람의 뒷모습을 비추고 있었다. 시누이다.

가만히 다가가 어깨에 손을 얹었다. 거절당할 게 뻔하지만 그렇게 하지 않을 수 없었다. 그날 밤 고시로 님을 올려다보던 시누이의 고운 얼굴을 떠올리니 가슴이 미어졌다. 시누이는 천천히 고개를 돌려 나를 올려다보았다. 그 순간 노 가면처럼 팽팽하게 굳어 있던 얼굴이 단숨에 무너졌다.

"올케."

시누이는 작은 소리로 외치며 나를 와락 안았다. 목소리 죽여 오열하고 있다. 나는 그저 그녀를 꼭 안았다.

낮에 여자에게 들은 고시로 님의 절명시가 떠올랐다.

"오래도록 간직한 단심을 이제야 님에게 전하니 어찌 기쁘지 아니할까…… 이렇게 읊으셨어요. 마지막 순간까지 존왕의 뜻을 지킨 후지타 님다운 절명시였습니다."

그리고 절명시는 그것 말고도 한 수가 더 있었다고 여자는 일러주었다.

매화꽃 바람에 덧없이 지지만
향기는 님 소매에 닿으리

이 '님'도 교토에 계시는 천황을 뜻하는 충의의 시라고 여자는 해석했고 세상 사람들도 대부분 그렇게 받아들일 것이다. 하지만 나는 '님'이 시누이를 가리키는 것임을 알았다. 존왕양이를 이룬 날 꼭 결혼하자, 그렇게 다짐했던 연인을 향한 심정을 노래한 것이다. 그리고 시누이도 그걸 알고 있을 거라고 생각했다.

이튿날 아침, 노부 님과 두 사내아이의 식사에만 생선회가 곁들여졌다. 그걸 보자 노부 님 안색이 백짓장처럼 하얘졌다.

"왜 그러세요?"

내가 묻자 노부 님은 말없이 입술만 바르르 떨었다. 옆에 있는 이쿠 님이 간신히 쥐어짜는 듯한 목소리로 말했다.

"사무라이의 처형은 따로 날짜가 정해져 있어요. ……설마, 이렇게 갑자기."

생선회는 죽음을 앞둔 자의 성찬이었다. 오늘 노부 님과 아이들이 처형된다. 나는 그제야 그걸 알았다.

노부 님의 어린 차남은 투옥된 뒤 구경해 본 적이 없는 성찬에 눈알을 반짝이며 젓가락을 뻗었다.

"안 돼."

노부 님이 아이의 여윈 손목을 눌렀다.

"왜요?"

평소 말대꾸를 하지 않던 그가 미간을 찡그리며 어머니를 올려다보았다. 노부 님은 잠자코 고개를 젓고,

"늘 먹던 반찬을 먹자."

생선회 접시를 옆으로 치웠다. 형 쪽은 이미 사정을 알 만한 나이여서인지 생선회에는 눈길도 주지 않고 말없이 밥만 먹고 있다.

"왜 먹지 말라고 하세요. 딱하네."

누군가 비난하는 투로 중얼거리자 유키노 님이 작은 소리로 설명했다.

"뱃속에 음식이 있으면 차마 보기 괴로운 일이 벌어지니까……."

목이 잘리는 순간 생선회 같은 것을 토하지 않으려는 사무라이의 관례인 듯했다.

모두 입을 다문 틈에 대뜸 접시로 달려들어 낚아챈 것은 양지를 독차지하며 양보할 줄 모르던 하사의 아내들 가운데 한 사람이었다. 내 눈 앞에 젖가슴을 드러내던 그녀의 갓난아기는 열흘 전 그녀의 품에서 죽었다. 갓난아기가 숨을 쉬지 않는 것을 안 것은 주위에 있던 사람이었다.

그 뒤 여자는 혼잣말을 늘어놓는가 하면 종종 누군가의 팔을 잡고 욕설을 퍼부었다. 침을 튀기며 의미를 알 수 없는 말을 늘어놓거나 발을 동동 구르기도 했다. 그럴 만한 이유가 있는 것은 아니었다. 마흔 전에 힘들게 얻은 외아들을 잃은 여자의 눈은 이제 현실을 보고 있지 않았다.

마침내 여자는 변기통에 기대어 잠을 잤고, 누군가 자리에서 일어난 틈에 빼앗은 거적을 겹겹이 깔고는 내놓지 않았다. 놀라운 것은 식탐이었다. 늘 누군가의 밥이 모자랐고, 여자의 발치에는 주발이 여러 개 뒹굴고 있었다.

맨손으로 움켜쥔 생선회를 게걸스럽게 먹은 여자는 노부 님이나 다른 사내아이들의 접시까지 낚아채어 한꺼번에 입안에 쓸어 넣었다.

노부 님은 이쿠 님뿐만 아니라 우리에게도 정중하게 인사하고 옥리에게 끌려 나갔다.

처형장이 감옥 부지 안에 급조되었는지, 벽에 뚫린 네모난 구멍을 통해 정면으로 보이는 자리라는 것을 알자 이쿠 님은 그 구멍 앞에 가만히 앉았다. 평소에는 그 자리를 양보할 줄 모르던 하사의 아내들은 처형이 임박하자 거기서 가장 먼 벽 앞에 모여 양지 쪽에는 얼씬도 하지 않았다.

이쿠 님은 노부 님들의 최후를 똑똑히 보아 두는 것을 자신의 할 일로 생각한다는 것을 알고 나와 시누이, 유키노 님 자매도 그 등 뒤에 나란히 앉았다. 처형장에 깊이가 5척쯤 되는 구덩이가 파여 있는 것이 보였다. 그 구덩이 앞에 거적이 깔려 있었다. 그 위에 노부 님과 어린 두 아들이 앉혀졌다.

"자, 어느 놈 목부터 날려 줄까."

장도를 꼬나든 참수 담당의 말투에서는 엄숙함도 두려움도 찾아볼 수 없었다. 그는 야비한 말을 지껄이며 한시도 가만히 있지 않고 어슬렁거렸다. 참수는 사무라이에게 맡기는 것이 관례임을 나도 알고 있는데, 저렇게 불손하고 천한 놈에게 맡긴 것이다.

제생당은 친구당의 처자식을 얼마나 더 모욕해야 족할까.

너무 분해 소름이 돋았다.

"긴고, 먼저 가렴."

노부 님은 막내에게 조용히 말했다. 자신의 처형을 아들이 보게 하는 것은 너무 잔인한 일이라고 생각하는 마음을 짐작하니 눈앞이 눈물로 아롱진다. 하지만 어린 아들은 아직 처형이 무엇인지 모르는지 "어머니께서 먼저 하셔요" 하고 장유유서를 지키며 양보한다.

"아니다. 참수는 죄가 가벼운 자부터 하는 것이 관례이니 부모보다 자식이 먼저 하는 게 맞다. 기억해 두렴."

"예. 그럼 먼저 할게요."

아이는 고개를 숙였지만 그다음에 어떻게 해야 하는지 몰라 고개를 들어 어머니를 올려다보았다. 그러자 옥리가 갑자기 아이의 팔을 잡아당겨 거적 위에 엎어뜨렸다.

"무슨 짓인가! 무례하다!"

노부 님의 어린 아들이 고개를 획 쳐들고 소리쳤다. 그러자 관리는 그의 몸을 끌어다 구멍 위로 목을 드밀게 하고 그 작은 등을 무릎으로 짓누르며 욕설을 퍼부었다. 마치 무라도 베어 버리는 듯한 참혹한 처사였다.

노부 님은 아들의 처형을 눈 하나 깜빡하지 않고 지켜본 뒤 자식을 애도하는 와카를 읊고 자신도 참수되었다.

겹황매화는 열매를 맺지 않는다지만
봉오리로 지는 것이 애달프구나

이튿날부터 매일 처형이 이어졌다.

옥리와 참수 담당 관리가 간밤의 창녀가 어땠다는 둥 귀를 막고 싶은 음담패설을 나누는 틈틈이 수인을 끌어내 장도를 휘두른다. 스스로 전능하다고 느끼는지 두 사람 모두 잔혹한 생기에 핏발 선 눈을 하고 있다.

감방에는 처형장의 소리가 끊임없이 흘러든다. 목을 베는 소리는 젖은 수건을 확 당길 때 나는 소리와 비슷하여, 나는 입을 꽉 다물고 그 소리를 견뎌냈다.

"번지 문인한데 자왈 애인이니라."

이쿠 님이 세 아이들에게 논어를 가르치는 일과는 하루도 거르지 않고 계속되었고, 지금의 나에게는 아이들이 복창하는 소리만이 유일한 위안이었다.

"여기까지 풀이해 보세요."

"네. 제자 번지가 스승에게, 인이란 무엇입니까 하고 가르침을 청했습니다. 그러자 스승은 다른 사람을 사랑하는 것이라고 대답하셨습니다."

"그럼……. 문지한데 자왈 지인이니라……. 이것은?"

"지란 어떤 것입니까 하고 번지가 묻자 스승은 사람을 아는 것이라고 가르쳐 주셨습니다."

아이들은 아마 자신의 처형이 임박했음을 알고 있을 터였다. 그래도 조용히 배우는 자세를 무너뜨리지 않았다.

누군가 "흥" 하고 콧방귀를 뀌자 이쿠 님은 가만히 뒤를 돌아보았다.

"시끄러웠나요? 죄송합니다."

그러자 몇몇 여자가 소리 없이 웃으며 서로 눈짓을 나누었다. 최근 다케다 가 사람들을 노골적으로 백안시하는 사람이 적지 않았다. "고운사이 나리 덕분에 이 꼴이 됐잖아", "가망도 없는 행군을 시작하셨으니" 하고 들으란 듯 비아냥거리는 사람까지 나왔다. 고운사이 나리는 쓰쿠바 군세를 진정시키고 해산하는 데 진력했다. 그걸 모를 리 없으면서, 서쪽으로 행군하는 것을 힘주어 칭송까지 했으면서, 이쿠 님이 아무 항변도 하지 않자 더욱 기가 살아 등 뒤에서 집요하게 비난한다.

사람이 모이면 어김없이 편이 갈라진다. 그렇게 하지 않으면 동료와 뭉칠 수 없는 것일까. 사람은 늘 누군가를 적으로 삼아 미워해야 살아갈 수 있는 것일까.

나는 더는 참지 못하고 여자들을 노려보았다.

"그 이상한 웃음은 뭡니까. 무례하군요."

그러자 한 여자가 나를 물어뜯을 것처럼 반격했다.

"어차피 죽을 아이들을 가르쳐 봤자 헛수고 아닌가 해서요!"

"그럼요."

"암, 헛수고지."

이쿠 님은 무릎을 돌려 자세를 바로하고 여자들에게 감연히 말했다.

"이 세 아이 중에 어쩌면 한 아이 정도는 사면을 받을지도 모릅니다. 그때 학문이 없다면 아이가 곤란하겠지요."

여자들은 또 뭐라고 중얼중얼 비아냥거렸지만 이쿠 님 앞에서는 아무 말도 못했다.

이튿날 아침 식사가 끝난 뒤였다. 옥리가 나타나 이쿠 님의 아들만 감방 밖으로 끌어냈다. 아침 식사에 생선회가 나오지 않았으므로, 무슨 일이지? 하고 한순간 당황했다.

"얼른 걸어! 처형이다, 처형."

"잠깐만요, 난 이 아이들의 어미입니다. 함께 데려가 주세요."

이쿠 님은 간절하게 외쳤지만 옥리는 아이들 등을 떠밀며 복도로 나선 뒤에 차갑게 내려다보았다.

"구덩이가 벌써 가득 찼다. 사내아이들만 먼저 정리하라는 분부시다."

"세상에, 제발 부탁합니다, 저도 제발 함께 부탁드립니다."

"다른 구덩이를 파고 나면 부탁하지 않아도 해 주마. 그때까지 얌전히 기다려."

복도를 끌려가는 아이들도 각오가 되지 않았는지 자꾸만 "어머니" 하고 외치며 돌아다본다. 하지만 전혀 틈도 주지 않고 세 아이의 목을 쳤다.

이쿠 님은 벽에 뚫린 네모난 구멍 앞에 앉아 처형 장면을 의연하게 지켜보았다.

"갔군요. 마침내."

메마른 목소리로 중얼거린다.

홀로 남겨진 이쿠 님은 얼마 안 되는 식사마저 끊었다.

"제발 부탁이니 조금이라도 드셔요."

나는 애원했다. 목숨을 끊기로 작정한 것을 알았기 때문이다. 하지만 갖은 말로 설득해도 희미한 미소만 지을 뿐 고개를 가만히 젓는다. 닷새가 지나자 이쿠 님의 고왔던 흑발은 새하얘지고 허리를 펴고 앉아 있을 수도 없게 되었다. 거적 위에 이쿠 님을 눕히니 송장처럼 숨이 희미했다. 눈이 움푹 패고 볼에는 광대뼈 형상이 또렷하게 드러났다. 그래도 나는 포기할 수 없었다.

"제발 부탁드립니다. 살아서 이승에 계시면 또 뭔가 희망을 만날 수 있을 겁니다."

간절히 격려했다. 번정이 동요하면 언제 무슨 일을 계기로 사면을 받고 석방될지 모르지 않는가. 이쿠 님이 그렇게 믿고 아이들에게 학문을 전한 것처럼 이렇게 격려하는 것이 나의 소임 같았다. 하지만 이쿠 님은 날로 쇠약해졌다. 마침내 눈도 거의 뜰 수 없게 되었다.

어느 날 해질 무렵 누군가 내 소매를 당겼다. 시누이였다.

"이걸……."

추위에 튼 시누이의 손에는 세 겹으로 꼰 굵고 검은 끈이 있었다. 가만 보니 시누이의 왼쪽 소매가 다섯 치쯤이나 짧아져 있다. 시누이는 자기 소매를 풀어 염주를 대신할 끈을 만든 것이다. 마비된 하체를 끌며 유키노 님도 사람들에게 끈을 나눠주었다. 유키노 님의 검은 옷도 소매가 짧아져 있다.

미토학을 공부하는 사무라이 가문은 대부분 불교가 아니라 신도를 믿는다. 그것은 하야시 가나 여기 있는 여자들의 집안도 마찬가지였지만, 시누이는 이쿠 님의 진혼을 위해 이걸 만들자고 생각했을 것이다.

남편과 아들을 처형장에 보낸 이쿠 님에게는 저승으로 가는 것이 유일한 희망인 것이다. 그렇다면 누가 그것을 만류할 수 있을까.

끈을 받은 사람들은 모두 각오를 굳혔다. 마침내 감방 네 구석에 흩어져 있던 여자들이 누워 있는 이쿠 님 주위에 모였다. 염불을 외는 것은 아니다. 그저 이쿠 님이 평온하게 떠날 수 있도록 기원하며 손에 끈을 걸고 기도했다. 각자의 손에 걸린 끈은 튼 살에 흐르는 피에 젖어 검게 번들거렸다.

모두가 지켜보는 가운데 이쿠 님이 떠났다. 절명시만이 남았다.

새끼들과 함께 돌아오지 못할 길을 가지만
야마토 마음의 길은 헤매지 않으리

3

유키노 님이 혀를 깨물고 자해한 것은 이쿠 님이 죽고 며칠 뒤였다.

약혼자가 쓰루가에서 참수되었다는 것을 감방에 새로 들어온 가신의 딸을 통해 알게 된 것이다. 그 아가씨는 무쓰 국경까지 도망쳐 숨어 있다가 집요한 추격자들에게 체포되었다고 한다.

유키노 님의 언니와 동생은 엎드린 채 움직이지 않는 몸을 보며 미동도 하지 않았고, 격하게 동요하며 울음을 터뜨린 것은 시누이였다. 그녀는 내 품에서 하염없이 울었다. 나는 내내 속으로 시누이에게 말을 건네고 있었다.

아가씨, 당신은 죽지 않고 살아 주시는 거죠?

속으로 '고마워요'를 되뇌며 등을 내내 쓸어 주었다. 고시로 님을 잃은 시누이가 유키노 님이나 이쿠 님처럼 세상을 버리고 싶다는 마음을 품지 않을 리 없었다. 하지만 아직은 살아 있다. 나는 그것이 고마웠다.

나와 시누에게는 아직 아무런 결정이 내려오지 않았다. 처형될지 아니면 유키노 님 자매처럼 종신형을 받을지 짐작할 수 없었다. 나에게는 이 상황이 모치노리 님이 아직 살아 있다는 증거처럼 여겨졌다.

그래, 시누이도 필시 그것을 유일한 의지로 삼고 있는 게 틀림없다.

고개를 든 시누이는 퉁퉁 부은 눈으로 나를 쳐다보며 몇 번인가 입

술을 떨다가는 속삭이는 듯이 말했다.

"올케, 여길 꼭 나가 주세요."

뜻밖의 말이었다. 탈옥하라는 뜻일까.

"무슨 말이에요. 그건 아예 불가능해요."

"아니에요. 올케는 애초에 여기 갇혀 있어야 할 이유가 없는 신분이에요."

시누이는 마치 무거운 덩어리를 토해 내기라도 하듯 미간을 찡그렸다.

"올케는 오라버니의 부인이 아닙니다."

"무슨 그런 말을."

"아니, 들어 보세요. 오라버니는 만일의 사태를 염두에 두고 번에 혼인 신고를 하지 않았어요."

온몸에서 맥이 탁 풀리는 기분이었다. 눈앞의 시누이 얼굴이 흔들리고 여러 겹으로 보이기도 했다.

"올케는 정식 부인이 아닙니다. 그 사실을 옥리에게 알리세요. 실은 집에서 체포될 때부터 그런 생각을 했었어요. 그런데 나는 내내 말을 하지 않았죠. 여기 혼자 남겨지는 게 너무 무서워서. 부디, 부디 절 용서해 주세요."

시누이의 사죄가 내 앞을 떠돌다 안개처럼 길게 뻗어 간다.

혼인 신고를 해 주지 않았다니, 어떻게 그런 일이. 모치노리 님은 해도 너무하셨다.

나는 망연히 천장을 올려다보았다. 작은 창으로 비껴드는 햇빛이 오늘따라 너무나 또렷하다.

"올케, 정신 차리고 움직이세요. 결정이 난 뒤에는 돌이킬 수 없어요. 어서 옥리에게 알리세요."

정식 부인인지 어떤지는 아무렴 상관없는 일이다. 그렇게 생각했다.

누가 뭐라든 나는 하야시 주자에몬 모치노리의 아내이다.

―그럼요, 그럼요, 아씨 말씀이 맞아요.

아저씨가 곁에 있다면 필시 왼쪽 가슴을 탁 치며 고개를 끄덕여 줄 것이다.

―가장 중요한 것은, 보세요, 요기에 떡하니 자리 잡고 있잖아요.

하지만 모치노리 님과 재회한다면 나는 혼인 신고에 대하여 항의하지 않을 수 없을 것이다. "이건 너무하잖아요!"라고 화를 내면 그분은 "그래, 미안해" 하며 사과해 줄까?

그리고 나를 꼭 안아 줄까. 그 여름날, 간다묘진시타의 그 집에서 그랬던 것처럼.

"올케만이라도 이 지옥에서 벗어나 주세요."

간절히 말하는 시누이를 보면서, 이 아이도 퍽 여위었구나, 하고 생각했다. 오라버니를 닮은 하얀 피부는 거칠어지고 탁해졌으며 목소리도 힘이 없다. 가련하게도 이 아이는 내내 자책해 왔을 게 틀림없다. 그것이 애처로웠다.

나는 고개를 저으며 속으로 되뇌었다.

괜찮아. 나는 당신이 함께 있었기에 어떻게든 버텨 올 수 있었다. 변함없이 보탬이 되지 않는 올케이지만, 당신을 의식하느라 처형의 공포에 잡아먹히지 않을 수 있었던 것 같다. 그러니 앞으로도 버텨 나갈 수 있을 게 틀림없다.

"괜찮아요. ……괜찮아."

볕 속에서 작은 먼지가 알알이 빛나는 것을 보며 속으로 되뇌었다.

감방에 새로 들어오는 사람은 이제 거의 없지만, 감방 사람들은 하나둘 처형되어 가므로 감방이 턱없이 넓게 느껴졌다. 인원이 줄자 봄밤의 추위도 더욱 사무친다.

낮에는 판자벽에 기대어 눈을 감고 지내는 시간이 늘었다. 따뜻한 볕에 처형장의 악취가 더욱 피어올라 감방 안으로 흘러드는 것이다. 숨 막히는 피비린내에 우리는 매일 수도 없이 구역질을 하고 토했다. 든 것도 별로 없는 위장이 울컥울컥 몸부림친다. 겨우 구토가 가라앉으면 온몸에서 맥이 풀리고, 그래도 악취는 눈이나 피부로 스며들어 또다시 토했다.

오늘도 엉금엉금 기다시피 해서 판자벽 자리로 돌아와 나는 속으로 와카를 외었다. 고시로 님이나 노부 님, 이쿠 님이 남긴 구절을 반복해서 외다 보면 흐트러진 숨도 안정된다.

매화꽃 바람에 덧없이 지지만
향기는 님 소매에 닿으리

겹황매화는 열매를 맺지 않는다지만
봉오리로 지는 것이 애달프구나

자식들과 함께 돌아오지 못할 길을 가지만
야마토 마음의 길은 헤매지 않으리

눈을 뜨니 시누이를 비롯하여 모두들 벽에 기대어 앉아 눈을 감고
있다. 필시 저승의 남편이나 연인과 대화를 나누고 있을 것이다.

문득 아이들 모습이 시야에 들어왔다. 넋 나간 얼굴로 움직이지 않
는 어머니 모습에 두려움을 느꼈는지 열심히 매달리고 있다. 나도 모
르게 무릎을 세웠다. 휘청거리는 몸을 벽에 의지하고 아이들을 불렀
다.

"이리 오렴."

눈앞에 있는 생명이 밝히는 등불을 부르듯이 "이리 오렴"을 반복했
다. 아이들은 무슨 일인가 싶어 뒤로 물러났지만, 나이가 조금 든 한 아
이가 주뼛거리며 나에게 다가오자 그보다 어린아이들 몇 명이 따라온
다. 아이 열 명이 내 주위에 둥글게 앉았다.

"우리 놀자."

그렇게 말해도 아이들은 부끄러운 듯 어깨를 움츠렸다. 나는 힘을 쥐어짜 애써 밝은 목소리로 말했다.

"그래, 가루타 놀이를 할까? 다들 알지?"

그러자 나이가 가장 많은 아이가 "하지만" 하고 고개를 갸웃거렸다.

"가루타가 없잖아요. 어떻게 문제를 내죠?"

"그냥 말로 하자. 내가 윗구를 읊을 테니까 아랫구를 아는 사람이 있으면 손을 번쩍 드는 거야."

그리고 아이들을 두 패로 갈라 겨루기로 했다. 중사 이상의 집안이라면 모두 고도칸에서 공부하지만, 하사, 더구나 부업으로 바쁜 집안 출신은 와카를 익히지 못했을지 모른다. 불공평해지지 않도록 나이도 고르게 안배하여 홍조와 백조를 만들었다.

"자, 됐지? 그럼 시작합니다. ……하늘의 바람아 천녀의 구름길을 막아 주오."

그러자 홍조 아이가 손을 들었다. 영리해 뵈는 눈을 가진 열두어 살 여자아이다.

"여인들의 고운 자태를 한때라도 더 묶어 두고저."

"정답! 홍조가 1점 얻었습니다."

홍조 아이들은 기뻐하며 서로 얼굴을 마주 보고 손뼉을 친다.

"사람 마음은 알 수 없지만 예전에 늘 찾던 이곳."

이번에는 백조의 사내아이가 "저요!" 하고 손을 들었다. 이 아이도 비슷한 또래인지 변성기에 든 목소리를 낸다.

"매화는 예전의 그 향기로다."

연인의 변심을 노래한 와카를 과연 이 아이는 이해하고 있을까, 하고 내심 흥미로워하며 박수를 쳐 주자 홍조의 여자아이를 의기양양하게 쳐다보았다. 이렇게 놀고 있자 어느 아이의 뺨에나 점차 핏기가 살아나는 것을 알 수 있었다.

다음날부터는 시누이나 유키노 님 자매들도 놀이에 참여해 주었다. 아직 와카를 모르는 어린아이 대신 점수를 따 주었다. 어린 웃음소리가 감방 안에 울려 퍼진다.

아이들의 공포를 잠시나마 씻어 주고 싶어 시작한 일이지만 구원받은 것은 나 자신이었다.

실은 무서워 견딜 수 없었다. 이 감방에서 살아남은 사람은 종신형을 받은 여자들이나 결정을 기다리는 하급 무사의 가족들뿐이고, 중사의 처와 동생인 우리에게는 아직 아무런 결정도 내려지지 않았다. 처형 선고는 오늘일까 내일일까 하며 나는 내내 두려움에 떨고 있어야 했다. 옥리가 감방 자물쇠를 열고 "너!" 하고 팔을 붙드는 순간을 떠올린 뒤로는 우물 바닥으로 떨어지듯 상상을 멈출 수 없었다. 거적 위에 앉혀지기 무섭게 구덩이 위로 상반신을 짓눌리고 목이 떨어지는 찰나의 통증까지 상상이 되어 턱이 덜덜 떨린다. 머리를 더듬어 보니 머리카락이 뭉텅뭉텅 빠져 있고 달거리도 멈췄다.

하지만 이렇게 와카를 읊고 있으면 무서운 상상에 사로잡히지 않을 수 있다.

윗구를 읊는 역할도 분담하기로 해서 오늘은 시누이가 맡았다.

"마지못해 이 덧없는 세상을 오래 살게 된다면."

그러자 여러 명의 손이 번쩍 쳐들렸다.

"그리워지겠지 한밤의 저 달."

"정답."

오늘은 백조가 앞서지만, 이겼다고 무슨 상을 줄 수 있는 것도 아니었다. 그래도 아이들은 서로 이기려고 적극적으로 와카를 외고, 밤에도 형과 언니가 동생에게 와카를 가르쳐 주고 있다. 그런데 이번에는 누군가 시비를 했다.

"그 아랫구는 틀렸어요."

"뭐래."

정답을 낸 아이가 시비하는 아이를 흘겨보는데, 그 모습이 우스워 모두 웃었다.

"누가 떠들어!"

돌아보니 옥리가 어깨에 잔뜩 힘을 주고 다가온다.

"얌전히 있지 않으면 구덩이에 처박아 버린다!"

삼척봉을 휘두르며 고함쳤다. 어린아이들이 울기 시작했다. 아이들의 어머니 몇 명이 아이를 안아 주며 옥리에게 고개를 숙인다.

"이 정도는 괜찮잖아요, 좀 봐주세요."

"허! 너부터 베어 줄까? 이치카와 집정 나리께서 천구당에 엮인 자들은 일족과 가신들까지 몽땅 뿌리를 뽑으라 명하셨다. 자, 어느 놈부터 갈래. 어? 누구부터 갈래?"

격자살 사이로 삼척봉을 넣어 아이를 변호하는 여자의 등을 쿡쿡 찌른다. 그러자 어디선가 혼잣말 같은 소리가 들렸다.

"어린아이들을 잠시나마 달래 주겠다는데 왜 못 봐주는 건지."

"누, 누구냐! 지금 떠든 놈이."

옥리는 격앙했지만 수인들은 다들 얼굴만 마주 볼 뿐이다.

"높은 나리라도 되는 것처럼 굴지 마라, 엉덩이에 종기 났다고 훌쩍거리던 꼬마가."

목소리는 변기통 앞에서 들려왔다. 웅크리고 있던 여자가 휘청거리며 일어선다.

노파처럼 허리는 구부러졌지만 여자는 겁먹은 기색도 없이 격자살 앞으로 걸어갔다.

"너, 너냐! 이 빌어먹을 년!"

여자의 반백머리는 봉두난발이고 너무 긁어서 문드러진 목에는 시누이가 짠 끈이 겹겹이 감겨 있다. 요즘은 누운 채 소변을 지리는 일도 잦아 걸음을 옮길 때마다 악취를 풍긴다. 여자는 간신히 격자살 앞에 도착하자 옥리를 향해 턱을 내밀었다.

"미친 건 너다. 내일 당장 어떻게 될지 모르는 아이들이 놀고 있는데 왜 못 본 척하지 않는 거지?"

"감히 죄인이 어따 대고 대거리야! 입 다물지 못해!"

"너야말로 입 좀 다물어. 네가 입 다물고 있으면 나도 입 다물고 있지. 네 아비가 천구당 집에서 일했다는 거."

옥리의 목에 뭔가 걸린 듯한 소리가 났다. 삼척봉을 내리고 눈을 휘둥그레 뜨고 있다.

"너는,"

"흥, 팔푼이 머리에 기억나는 게 있나 보지? 네 엉덩이에 고약을 발라준 이 얼굴을. 갓난아기 때는 기저귀까지 갈아 주었는데. ……용케 제생당 쪽으로 갈아타고 그런 자리까지 차지했구나, 그 천한 놈이."

"입 다물어!"

옥리는 험악한 얼굴로 격자살 사이로 두 팔을 집어넣고 여자의 목을 움켜쥐었다. 여자가 신음하고 두 다리가 허공에 뜬다. 옥리는 눈을 부릅뜨고 팔에 힘을 주느라 이를 악물었다. 팔뚝이 위아래로 바쁘게 움직였다.

"그만해요!"

내가 달려가 여자의 목에 감긴 옥리의 손가락에 매달렸다. 시누이는 여자의 몸을 뒤에서 안아 올렸고 다른 여자들도 그것을 도왔다.

"이 사람을 죽이면 당신의 출신을 신고할 거야."

"허! 어차피 이년은 죽은 거나 마찬가지야."

"아니, 어떤 수를 써서라도 아카누마 감옥의 옥리가 천구당 식솔이라고 바깥에 알릴 거야. 반드시. 그래도 괜찮겠어?"

무슨 방법이 있는 것도 아니었다. 나도 모르게 그렇게 외치자 옥리의 더러운 검지가 한순간 늦춰졌다. 나는 그 손가락을 잡아 손등 쪽으로 힘껏 꺾었다. 옥리는 손가락뼈가 어그러지는지 검은 사마귀가 흉하게 움찔거렸다. 그때 손가락이 갑자기 풀리고 여자의 몸이 바닥에 떨어졌다. 얼굴이 가지 빛깔이 되어 입에는 하얀 거품을 물고 있다.

옥리는 나를 노려보며 삼척봉을 주워 들고는 아무 데나 마구 고함을 지르며 복도를 물러갔다.

시누이가 열심히 등과 가슴을 주물러 주자 여자는 곧 숨을 제대로 쉬기 시작했다. 사람들이 둘러싸고 살펴보자 여자는 갈라진 목소리로 띄엄띄엄 말했다.

"그놈 부모가 우리 집에서 허드렛일을 했어요."

"그런 중요한 사실을 왜 말하지 않았어요?"

"처음엔 몰랐어요. 옥리 얼굴 같은 건 보고 싶지도 않았고."

"그래도 좀 더 빨리 말했다면 여기서 나갈 수 있었을지도 모르는데."

누군가 그렇게 말하자 여자는 눈곱 낀 눈에 미소를 지으며 고개를 저었다.

"나가 봐야 뭐합니까. 집이고 뭐고 다 없어졌는데."

모두들 아무 말도 못했다. 미토 번에서는 수백 명에 이르는 천구당의 가옥을 몰수했던 것이다. 살 집도 봉록도 몰수되어 이제 우리는 어디 기댈 곳도 없는 처지였다.

여자가 변기통 앞의 늘 있던 자리로 돌아가고 싶다고 우겨서 모두 거들어 주었다. 저녁에는 또 누군가의 밥을 가로채 허겁지겁 먹어서 나와 시누이는 눈을 마주치며 안도했다.

하지만 이튿날 아침, 여자가 일어나지 않아 살펴보니 벌써 몸이 차게 식어 있었다. 입 주위에 토사물이 묻어 있어 한밤중에 토하다가 식도가 막힌 것인지, 아니면 옥리가 목을 조를 때 목뼈라도 부러진 것인지 아무도 알 수 없었다.

가루타 놀이로 잠시 활기를 찾았던 아이들도 매일 한 명 두 명 처형되어 간다.

무엇 때문에 그 어린아이들까지 목을 쳐야 하는지, 나는 얼굴도 본 적 없는 이치카와 집정을 평생 증오하고 분노하리라 다짐했다. 감방 여자들도 같은 생각인지 원망의 목소리가 가득했다.

"제생당도 싫고 이치카와도 싫어. 일곱 번을 다시 태어나도 이치카와 산사에몬을 용서하지 못해."

옥리가 그 말을 듣고 감옥이 쩌렁쩌렁 울리도록 소리쳤다.

"구덩이가 또 시체로 가득 찼다. 너희들, 밖에 나가 구덩이를 파고 싶나?"

늘 그랬듯이 공포를 부추기는 말을 지껄인다. 겁을 먹고 몸을 움츠리는 아이들을 불러 모았다. 그래 봐야 몇 명 되지 않지만, 나와 시누이는 가루타 놀이를 계속했다.

"여울을 흐르다 바위에 부딪힌 급류처럼."

시누이가 꺼낸 그 구절을 듣는 순간, 물방울 튀는 소리가 들리는 듯했다. 나도 모르게 눈을 감는다.

언제나 머리에 떠오르는 것은 이케다야에서 처음 보았던 늠름한 젊은 사무라이 모습이다. 보라색 끈으로 머리를 한데 묶은 옆얼굴은 나도 모르게 시선을 빼앗길 만큼 아름다웠지만, 마음에 걸렸던 것은 고뇌하는 듯한 눈이었다. 그래, 그분은 늘 고뇌하는 눈빛을 하고 있었다. 나라를 생각하는 큰 뜻을 품고 있었지만 번의 내분에 사지가 묶여 몸부림치고 있었다.

그래도 그날, 시시마루를 안고 와 주었다.

─기다리던 님을 만난다, 로군요.

그렇게 말하며 잠깐 미소를 지었다.

눈이 촉촉해지는 것을 애써 참다가 나는 "왜죠?" 하며 하늘을 향해 물었다.

왜 우리는 멀리 떨어져야 했나요.

만날 수 없는 사람을 생각하며 다들 몸부림친다. 이것이 전쟁이구나, 하고 생각했다.

분노와 한탄으로 목이 메려고 하던 나의 손에 누군가의 손이 포개졌다. 까칠하고 딱딱해진 손바닥이 내 손등을 덮는다. 눈을 감고 있어도 그것이 시누이의 손이라는 것을 알 수 있었다.

아이들이 아랫구를 합창했다. 나는 눈초리가 촉촉해져도 훔쳐 내지 않고 아이들 목소리에 내 목소리를 보탰다.

"갈라져도 끝내 다시 만나리."

다음날 아침이었다. 옥리가 출입구를 열고 삼척봉으로 바닥을 치며 탁한 목소리를 질렀다.

"상부의 지시다. 얌전히 들어라."

뜸도 들이지 않고 하오리에 하카마를 입은 사무라이가 들어왔다.

"중신 협의에서 천구당의 처자를 석방하여 친척 집에서 근신하게 하라는 결정이 나왔다. 감사히 받들어라."

몹시 못마땅한 듯이 발표하는 관리의 목소리에 모두 웅성거렸다. 감방 안에서 부둥켜안으며 기뻐하는 사람이 있지만, 나는 경계하지 않을 수 없었다.

이제 와서 석방하다니, 대체 무슨 속셈일까. 번정의 형세가 바뀐 걸까?

관리는 옥리를 거느리고 감방을 차례대로 들르며 수인 명부로 보이는 장부를 뒤적이고 있다. 아무리 추측을 해 봐도 세상에서 격리된 지 오래인지라 나는 아무것도 알 수 없었다.

우리가 있는 감방 앞에 관리가 도착한 것은 1각 가까이나 지난 뒤였다. 유키노 님 자매는 종신형이 취소되었지만 두 사람은 안도의 한숨조차 토하지 않았다. 변기통 앞에서 죽은 여자가 언젠가 말했듯이 일족과 가신들이 남김없이 죽었다. 몸을 기댈 친척이 남아 있는지 어떤지도 확실하지 않을 것이다. 그래도 두 사람은 나와 시누이에게 "그동안 신세 졌습니다"라고 인사까지 차리고 감방 문을 나섰다.

관리는 붓을 놀리며 우리에게 "다음, 이름은?" 하고 물었다.

"하야시 주자에몬의 처 도세와 누이동생 데쓰입니다."

그러자 관리가 손을 멈추고 눈동자만 들었다.

"그쪽이, 하야시의,"

"남편을…… 아십니까?"

나는 매달리는 심정으로 벌떡 일어났다.

"아니, 예전에 고도칸에서 함께 공부한 적이 있을 뿐이다."

관리는 옥리를 의식하는지 빠르게 말했다.

"남편은, 하야시 모치노리는 무사한가요? 혹시 소식을 아십니까?"

"모른다."

관리는 내 말을 막으면서도 눈빛은 가까이 오라고 부르는 것처럼 보였다. 내가 다가가자 목소리를 더욱 낮추었다.

"하야시는 서행한 천구당을 뒤늦게 추적했지만 합류하지 못하고 나카센도를 통해 교토로 향했다고 들었다."

"교토로……."

그렇게 중얼거리는 순간, 모치노리 님은 살아 있구나, 하는 환희에 하마터면 소리를 지를 뻔했다. 뜨거운 것이 울컥하여 연방 고맙다고 말했다.

"아니, 소문일 뿐이다. 벌써 처형되었는지도 모른다. 뭐, 어설픈 희망은 품지 않는 게 현명하다."

관리가 방금 한 말을 깨끗이 뒤집고 불길한 말을 던진다. 그러더니 나를 머리부터 발끝까지 훑어보며 입꼬리를 일그러뜨렸다.

"하야시는 재능과 실력이 있는 중사이지만 앞날을 보지 못하니 딱한 일이야. 천구당 따위를 계속 편드니까 그 꼴이지."

그 말을 듣는 순간, 가슴속에서 둑이 소리를 내며 터지는 듯했다. 사람 마음을 혹하게 하는 말을 하더니 결국 천구당 사람들을 멸시한다. 제생당이란 자들은 이렇게 천구당을 계속 배척해 왔단 말인가. 얼마나 천한 근성인가.

나는 격자살 너머로 관리를 노려보았다.

"뭐라, 내 남편은 바닥을 기어서라도 언젠가 반드시 뜻을 이룰 겁니다."

분노로 목소리가 떨렸지만 할 말을 계속했다.

"딱한 것은 이 미토 번이겠지요. 내분으로 유능한 인재를 죽이고 무고한 처자식을 살육했으니 피로 물든 이 땅에서 어떤 사상을 이룰 겁니까."

낮게, 하지만 정면으로 쏘아붙였다. 관리는 말없이 당황한 눈초리를 하고 있다.

"도신 나리께 무슨 말버릇이냐, 이 건방진 년."

옥리가 펄쩍 뛰며 안으로 들어와 삼척봉으로 허리를 때렸다. 나는 팔을 허공에 휘저으며 고꾸라졌다. 그래도 고개를 들고 관리를 노려보았다. 상대는 나를 날카롭게 쏘아보고는 하오리 자락을 펄럭이며 돌아섰다. 옥리는 이때라는 듯 욕설을 퍼부으며 폭행을 시작했지만, 관리는 돌아보지도 않고 물러간다. 삼척봉이 어깨와 옆구리에 가차 없이 날아와 나는 새우처럼 몸을 웅크렸다.

"그만! 누가, 누가 좀 말려 줘요."

시누이가 외치는 소리가 들렸지만 폭행은 더 격해졌다. 등뼈를 맞아 눈앞이 캄캄해졌다. 숨을 쉴 수 없다.

"올케!"

시누이 목소리가 아득해진다. 그래도 제생당을 향한 분노를 곱씹으며 폭행을 버텨 냈다.

제생당, 용서하지 않겠다. 이치카와 집정, 용서하지 않겠다.

분노도 버팀목이 되고 생명을 붙들어 주는 수맥이 될 수 있다는 것을 나는 태어나 처음으로 알았다.

나는 시누이의 부축을 받으며 간신히 감옥 밖으로 나섰다. 무릎에 힘이 들어가지 않고 숨만 쉬어도 등뼈와 옆구리가 쑤셨다. 눈꺼풀도 찢어졌는지 왼쪽 눈이 반밖에 떠지지 않는다.

그래도 나는 눈부신 빛으로 가득 찬 주위를 둘러보았다. 투옥된 것이 작년 8월 말 가을이었다. 꽁꽁 어는 겨울을 넘기고 봄을 맞았는데 벌써 늦봄이 되었다.

"풀려났군요. 마침내."

"네……."

눈앞에 그리운 미토 풍경이 펼쳐져 있었다. 쓰쿠바야마는 화창한 햇살 아래 희미한 안개에 싸여 있고 나무들은 꽃을 피워 초록을 더 짙게 만들고 있다. 그리고 전장이 되어 허다한 피가 스민 대지에는 푸릇푸릇한 풀이 자라고 있었다. 발밑의 풀이 이토록 보드라운 것이었나, 하는 느낌에 가슴이 벅차다.

종다리가 하늘 높이 날아오른다. 그 지저귀는 소리를 들으며 나는 중얼거렸다.

"아가씨, 미토를 뜹시다."

내 허리에 팔을 두르고 있던 시누이가 얼른 믿기지 않는다는 듯이 몸을 굽히고 내 얼굴을 들여다본다.

"올케, 번의 결정을 어기겠다는 건가요?"

구부렸던 허리를 가만히 펴고 시누이와 한쪽 눈을 맞추었다.

이제 고겐초의 저택도 없고 친척 집에서 근신하라는 결정을 받은 처지다. 하지만 시누이도 만난 적이 없다는 먼 친척이다. 도저히 반겨 주리라 기대할 수 없고, 앞으로 번의 방침이 바뀌면 또 어떤 재앙이 그 집안에 덮칠지도 알 수 없다. 그렇다면 에도로 가자고 생각했다.

"번의 결정을 어기고 도망치면 이번에는 진짜 죽는 거예요. 그걸 알고…… 있는 거죠?"

잘 알아듣도록 설명하는 것으로 보아 내가 폭행을 당해 제정신을 잃은 것은 아닌가 걱정하는 듯했다.

"네, 위험하다는 것은 잘 알아요."

그 관리가 한 말이 사실이라면 모치노리 님은 교토에 있는 동지를 만나러 갔을 것이다. 정세가 바뀌면 숨어 있는 동지를 만나러 에도에도 올 것이다. 미토 천구당은 이미 궤멸했다. 천구당 생존자 모치노리 님들이 재기를 꾀할 곳은 교토나 에도밖에 없다.

그래. 에도에서 기다리는 것이 그나마 가망이 있는 길이다, 라고 내 생각을 내심 되짚어 보았다.

시누이는 동의하기 힘든지 미간을 찡그리고 나를 응시하고 있다.

"고향을 버리고 도망치다니, 나는 못합니다. 정 가겠다면 올케 혼자 가세요."

"아뇨, 도망치는 게 아닙니다."

그녀의 손을 꼭 쥐었다.

"살자는 거예요. 함께."

우리는 푸른 풀밭을 걷기 시작했다.

제
6
장

겹
구
름

겹구름八雲(야쿠모는 여덟 층을 이룬 구름. 일본의 가장 오래 된 고서 『고사기』에 나
오는 '겹구름 뜬 이즈모~'가 일본 최초의 와카이므로 흔히 와카의 별칭이기도 하다.)

1

가호는 손난로 곁으로 자리를 옮겨 필터 없는 담배에 불을 붙였다. 읽기를 멈추고 시간이 조금 지났는데도 두근거리는 가슴이 가라앉지 않는다. 담배연기를 뿜는 척 긴 한숨을 지었다.

스미가 말없이 방을 나갔다가 금세 돌아왔다. 재떨이를 들고 와 가호 앞에 내민다.

"고마워요."

우타코 선생이 남작 부인에게 선물로 받았다는 크리스탈 재떨이는 풀꽃 모양의 커팅이 매우 아름다운 명기다.

막부 말기에 그렇게 '양이'를 주장했지만, 삿초 문벌이 포진한 메이지 정부는 '탈아입구'를 내세우고 근대국가 건설에 총력을 기울였다. 막부 시대의 문화와 풍습을 '인순고식因循姑息'이라 치부하고 백성을 솔선하여 양식 복장을 받아들인 것도 궁중과 정부고관 일족이다. 사쓰마나 조슈의 시골 사무라이에 불과하던 남자들은 로쿠메이칸鹿鳴館에서 열심히 스텝을 밟고 있고, 나 역시 이 담배와 같은 서구 물품을 희희낙락 받아들이고 있다.

미토 지사들의 처자식이 흘린 피는 대체 무엇이었을까.

가호는 다시 깊이 숨을 쉬고 눈두덩을 손가락으로 문지르기 시작했다.

스승의 수기를 우연히 발견한 것은 사흘 전이다. 그 뒤 매일 아침 병원에 들러 스승을 문병하고 오후에는 하기노야에서 서류 정리 작업을 한 뒤 수기를 읽어 왔다. 지난 사흘은 이 수기로 머리가 가득 차서 다른 일은 손에 잡히지 않았다. 실은 단숨에 끝까지 읽어 버리고 싶은 것을 꾹 참고 이 집에 매일 드나드는 것은 스미의 눈이 있기 때문이다. 아무리 고참 문하생이라도 스승의 물건을 내 마음대로 반출하는 것은 역시 꺼려졌다.

서로 합의한 것은 아닌데도 스미 역시 매일 아침 스승을 문병하며 어제도 오늘도 간다의 병원에서 이곳 고이시카와까지 둘이 나란히 인력거를 타고 왔다. 가호는 스미 역시 이 수기를 읽기 위해 드나들고 있다고 생각하지 않을 수 없었다.

스미는 가호가 다 읽은 부분을 건네받아 읽고 있는데, 지금처럼 담배에 불을 붙이면 말없이 재떨이를 가져다주거나 종종 차를 타 주기도 한다. 그 거만한 '시노쓰쿠 씨'와 이렇게 오붓하게 시간을 보내는 날이 올 줄은 생각도 못 한지라, 아주 조금이나마 거리가 좁혀진 기분도 들고, 사람의 인연이란 역시 알 수 없는 거구나, 하고 가호는 생각한다.

담배 연기가 싫은지 스미는 소매로 코를 가리며 일어나 장지 앞에 무릎을 꿇고 좌우로 열었다.

비 갠 후의 청명함에 끌려 가호는 재떨이를 들고 쪽마루로 나가 앉았다. 스미는 쌀쌀맞게 책상 앞으로 돌아갈 줄 알았는데, 짐작과는 달리 움직이지 않는다. 스미가 혼잣말처럼 말했다.

"어수선하군요."

스미의 목소리는 늘 가늘다. 그 목소리를 알아들으려고 더 귀를 기울이게 된다. 하기노야 문하생에게 뭔가를 전달할 때도 스미는 결코 시원한 목소리로 전하지 않고 말을 많이 늘어놓지도 않았다. 다들 속으로 짜증을 내면서도 자신도 모르는 사이에 스미에게 끌려 다니게 되는 것이다.

지금도 그렇다. 뜰에 대해서 말하나 보다, 하고 나도 이렇게 알아서 짐작하는 것이다.

"그래요. 한동안 정원사를 부르지 않았나 봐요."

그렇게 대답하지만 나뭇가지에는 막 움튼 싹이 빗방울을 머금고 반짝거리고, 특별히 가꾸지 않는 것처럼 보이는 수선도 꽃봉을 들고 있다. 이름 모를 풀이 초록색 작은 싹들을 여기저기 내밀고 있는 것을 보고 가호는 스승이 감옥에서 풀려나 처음 밟은 풀의 감촉을 상상했다.

옥리에게 구타당한 다리로 밟은 그 풀의 보드라움과 푸름을 생각하니 아직 오지 않은 늦봄 속에 있는 듯했다.

"그런데 선생도 용케 미토를 탈출하셨네요. 번의 명령을 어기는 것이니 붙잡히면 그 자리에서 죽을 텐데. 목숨을 건 도피였군요."

가호는 뜰을 바라보며 말했다. 스미가 잠시 잠자코 있다가 차갑게 대답한다.

"패자는 도망치는 수밖에 없었겠죠."

"패자?"

저도 모르게 올려다보니 햇살을 받는 옆얼굴의 눈초리가 조금 붉었다. 가호는 자신도 번번이 울컥하며 눈앞이 눈물로 흐려졌던 것을 생각했다. 그래도 패자라니, 스미는 역시 말본새가 야박하다. 가호는 스미의 냉랭함을 피하려는 듯 화제를 바꾸었다.

"하기노야가 문을 연 것이 아마…… 내가 입문한 게 열 살 때이고, 그때가 문을 연 직후였으니까."

"메이지 10년입니다."

스미가 냉큼 답한다.

"그렇다면 선생은 여기 고이시카와에 도착하고 12년이나 되는 동안 어떻게 생계를 꾸리셨을까."

"은퇴한 모친이 도와주셨겠죠."

또 즉각 대답을 내놓았다.

스미는 이곳에서 시녀로 일하던 시절, 스승과 동거하던 모친 이쿠 님 시중도 들고 있었으므로 종종 말상대가 되어 과거 이야기를 들어 주기도 했던 것 같다.

"우타코 선생과 데쓰 님이 미토의 아카누마를 떠날 때는 물론 입고 있던 옷 그대로 맨손으로 출발했다고 들었습니다. 감옥에서 몇 달을 보낸 탓에 두 분 모두 몸이 많이 약해져 있었지만, 추격자들에게 잡히 면 그걸로 끝이니까 낮에는 이목을 피해 험한 산길을 걷고 밤에는 들 개처럼 덤불 속이나 신사 경내에서 쉬었다더군요. 하지만 허기는 도저 히 이겨내기가 힘들어, 이대로는 에도에 닿기도 전에 쓰러지겠다 생각 해서 선생은 데쓰 님을 데리고 가와고에 번으로 향하셨다고 합니다."

"가와고에라면, 모친이 일하고 있던?"

"그렇습니다."

은퇴한 모친은 스미에게 이렇게 말했다고 한다.

"나도 다이묘 저택에서 시녀로 일하던 처지라 두 사람을 숨겨 줄 방 이 있을 리 없었어. 궁리 끝에 동료의 고향집에 부탁해서 두 사람을 쉬 게 해 주었지. 용케 살아서 여기까지 걸어왔구나 싶을 정도로 두 사람 은 기진맥진한 상태였으니까. 하지만 도세의 그 고집이라니. 데쓰 님 의 건강이 회복되는 듯하자 한시라도 빨리 에도 고이시카와로 가야 한 다고 입버릇처럼 말하는 거야. 미토를 탈출한 천구당의 처자가 상번 저와 가까운 고이시카와 근방을 돌아다니겠다니, 제정신이냐, 말도 안

된다고 내가 말렸지만, 도세는 모치노리 님과 길이 어긋날지 모른다는
걸 무엇보다 두려워했어. ……해서 내가 또 꺾이고 말았지. 내가 이케
다야를 돌려준 가토 가에 편지를 보내서 두 사람을 돌봐 달라고 부탁
했던 거야."

가토 가의 가장 리에몬은 의리 있는 인물로, 물론 스승을 알고 있었
다. "에도에서 근무하는 미토 가신들은 요시노부 공을 15대 쇼군으로
만들려고 바쁘게 뛰어다니는 터라 두 여자의 행방에 신경 쓸 계제가
아닐 것이다, 다만 만일의 사태를 대비하여 가명을 써야 한다"라는 조
건으로 두 사람을 맡아 주겠다는 답신을 보내 왔다고 한다.

스승은 모치노리 님이 알 수 있도록 처녀 적 이름 '나카지마 도세'를
쓰기로 하고 데쓰 님은 동생 '나카지마 토쿠'라고 해 두고 에도로 향하
여, 이케다야 근방 가나스기스이도초의 빈집에 자리를 잡았다.

스미는 뜰을 응시한 채 말을 이었다.

"선생은 가인으로 사는 길을 이미 작정하셨는지 게이오 원년에 에도
에 도착한 뒤 거의 쉬지도 않고 가토 지나미 선생 문하에 들어가 와카
공부를 시작했다고 합니다. 스물두 살 시절이 아니었을까요? 그 이듬
해에 모친이 일하는 가와고에 번주인 마쓰다이라 야마토노카미가 마
에바시로 이봉다이묘가 영지를 다른 곳으로 옮기는 것되자 그것을 계기로 일을 그
만두고 이곳 안도자카에 거처를 정하고 선생과 데쓰 님과 세 분이 함
께 사시게 되었다고 합니다."

가호는 그해 쇼군 이에모치 공이 젊은 나이로 세상을 떠나고 히토

쓰바시 요시노부 공이 쇼군에 오른 것을 떠올렸다. 아버지가 말한 대로 당시는 막말의 동란에 천하가 동요하고 도쿠가와 막부가 그야말로 소리를 내며 무너지려던 참이었다. 스승은 굳게 결심하고 와카 공부를 시작했을 것이다.

문득 가슴이 아팠다.

"선생은 모치노리 님이 돌아가셨다는 것을 언제 아신 거죠?"

"그건 모릅니다."

스미는 방으로 들어가,

"그다음을 읽어 보죠. 오늘도 곧 해가 지겠어요."

기둥에 걸린 시계로 힐끗 시선을 던지고는 먼저 읽으라는 듯이 남은 종이 다발을 내밀었다.

2

7월의 땡볕이 쏟아지는 길을 나는 인력거에 앉아 무코지마로 향하고 있었다.

예전에 쓰던 음력으로는 7월도 초가을이라지만 양력으로는 한여름이다. 속으로 음력을 생각해 보니 지금은 6월 한여름, 역시 더운 게 당연하구나, 하고 혼잣말을 하며 오비에 끼워 둔 부채를 꺼냈다. 젊을 때는 얼굴에 땀도 흘리지 않았는데 마흔 줄을 넘으면서 묘하게 땀을 많이 흘리게 되었다. 고우메에 도착할 때 화장이 망가지면 큰일이다 싶어 인력거에서 이목이 없는 틈에 부채질을 했다.

햇빛가리개를 뚫고 쨍쨍 쏟아지는 햇살 속으로 먼지가 뽀얗게 드러나 나는 종종 부채로 코끝을 가렸다. 철도 열차가 검은 연기를 펑펑 뿜으며 도쿄 부내를 달리는데다 여기저기서 다이묘 저택이 철거되고 양식 건물이 들어서는 중이다. 미토 가의 상번저는 정원만 남고 병부성의 포병공창이 들어섰다. 서양식 총포를 제조한다는 그 붉은 벽돌 건물의 지붕은 안도자카 집에서도 잘 보여, 나는 시야 한쪽에 그 건물이 들어오기만 하면 고개를 돌린다.

올해가 벌써 메이지 25년(1892), 나는 막부시대를 살았던 햇수와 거의 같은 세월의 메이지 시대를 살아 왔다. 하지만 늘 어딘지 당혹스러운 기분이었다.

모든 것이 새롭게 변한 시대에 나는 이방인이 아닐까. 엉뚱한 삶을 살고 있는 게 아닐까.

인력거가 흔들린 것을 계기로 나는 상념을 접고 곧 만나게 될 데이호인 님 생각을 하기로 했다.

며칠 전 하기노야에 인편이 찾아와 데이호인 님이 나를 초청한다고 정중하게 전했다. 황공한 일이지만, 솔직히 말하면 나는 초청해 주었다는 것보다 데이호인 님이 생존해 있다는 사실에 놀랐다. 아마 졸수_{卒壽}에 가까운 고령일 것이다.

부름을 받은 계기가 《요미우리신문》의 기사이리라는 것은 쉽게 짐작할 수 있었다. 4월 하순에 이틀간 연재된 '메이지 규수 미담'에 내가 등장한 것이다. 지사의 미망인이 황궁에도 출입하는 가인이 되고 문하생을 천 명이나 둔 명사가 되었다는 이야기가 신문사의 관심을 끌어 하기노야에 기자가 찾아왔다.

기자는 내내 진지한 태도로 취재해 주었지만, 묻는 대로 진심을 털어놓을 수도 없어서, 신문에 실린 것은 하기노야 주인의 면목을 화려하게만 장식하는 기사가 되었다.

누가 뭐라고 칭찬해 주어도 내가 말한 내용은 허식으로 가득했다.

하지만 상관없다. 사람들이 흥미를 보이는 것은 내 흉중 따위가 아니라 허다한 고난을 극복하고 홀로서기에 성공해 일가를 이룬 여자의 성공담이니까. 나는 처음부터 그렇게 생각하고 있었다.

기사가 나자 한동안은 여기저기서 화환과 선물이 답지하고 편지라면 귤 상자 몇 개가 있어도 부족할 지경이었다. 처녀 시절에 함께 샤미센 강습을 받았었다는 옛 지기까지 방문하는 지경이라, 손님 접대를 위해 고참 시녀 스미를 다시 불러야 할 정도였다. 매일 그리운 사람들에게 둘러싸여 와자하게 보냈지만, 저녁이면 오비를 푸는 데도 남의 손을 빌려야 할 만큼 기진맥진했다.

유일하게 진심으로 좋았던 것은 어머니가 신문 기사를 나보다 더 반겼다는 것 정도일까. 어머니는 지난겨울부터 병치레가 잦아 드러눕는 일이 많아졌는데, 내제자內弟子 히구치 나쓰코를 베갯맡으로 불러 기사를 몇 번이나 읽게 했다고 한다.

내가 이렇게 나카지마 우타코로 살아갈 수 있는 것은 어머니의 조력 덕분이다. 어머니가 모시던 전 가와고에 번주의 부인 지데이인 님이 하기노야 개숙을 각별히 축하해 주며 황공하게도 그분의 생가인 전 사가 나베시마 번의 후작부인 나가코 님을 소개해 주었다. 그 인연으로 조정 고관 후지나미 가나 야아코지 가에서도 출장 강습 의뢰를 받게 되었다. 긴조 상황이 황후와 함께 나베시마 후작 가에 행차할 때는 그 연회에 초대받는 영광도 누렸다.

지데이인 님의 부군인 가와고에 번주 마쓰다이라 야마토노카미 나오요시 공이 미토 열공의 8남이며 요시노부 공의 이복동생인 것은 기이한 인연이라고밖에 할 수 없지만, 하기노야가 내가 바라던 것 이상으로 융성하고 있는 것은 분명 어머니가 내내 지원해 준 덕분이라고 생각하며 감사히 여겼다.

어머니는 기사가 나가고 두 달 뒤인 지난달 6월, 79세로 생을 마쳤다.

나는 마지막까지 못난 딸이었고 효도도 제대로 하지 못했다. 다만 한 가지, 기사가 적기에 실렸다고 생각할 따름이다.

게다가 그 신문 기사는 또 이렇게 뜻밖의 인연을 가져다주었다.

물론 데이호인 님이 예전에 미토 나카가와 강변에서 함께 낚시를 했던 그날의 일을 기억하진 못하리라. 그 기사로 나카지마 우타코가 미토 지사의 아내였다는 것이 세상에 미담으로 알려진 것이 초청의 이유일 것이다. 하지만 나는 오래간만에 고켄초 집에서 겪었던 일들, 그리고 늘 들리던 물레 소리나 베틀 소리를 떠올렸다.

당시 나는 겨우 열아홉 살이었다. 그로부터 30년이나 지났구나. 나는 손등에 있는 얼룩을 손가락 끝으로 문지르며 생각했다.

가와고에서 에도로 옮긴 나는 건강이 제대로 회복되기도 전에 와카의 길에 발을 내디뎠다. 게이엔파桂園派 가인의 문을 두드려 제자가 되고 센카계류千陰流 서예 수련에도 힘썼다. 아침부터 저녁까지 방에 가만히 앉아 남편 발소리를 기다리는 것은 도저히 견딜 수 없었다.

―도세.

그 목소리는 늘 내 가슴에 있었다. 이렇게 가인의 길에 정진하고 있으면 그분은 필시 나를 찾아 줄 것이다, 돌아와 줄 것이다. 그렇게 믿었다.

가단의 인정을 받기 시작한 것은 10년 수련을 거쳤을 즈음일까. 해

서 나는 큰맘 먹고 가숙 하기노야를 열었다. 그것은 가인으로서 홀로
서기를 하자는 뜻보다 하루하루의 생계를 위해서였다. 밖에서 보면 여
자들끼리 넉넉하게 살아가는 것처럼 보였겠지만, 어머니가 가진 돈으
로는 도저히 버틸 수 없어서 모리토무라의 숙부에게 양자로 들어가 가
업을 물려받은 오라버니에게 계속 신세를 졌다. 나는 무슨 일이 있어
도 자립해야 했다. 퇴로를 끊어 버리는 심정으로 가숙을 열고 이름도
우타ぅ多'시'를 뜻하기도 한다로 바꾸었다.

　　그때는 이미 나를 '도세'라 불러주던 그분이 이승에 없다는 것을 알
고 있었으니까.

　　인력거가 마침내 오카와 강을 건넜다. 오즈마바시 다리에서 보는 강
물만은 변함없이 유유히 흘러 평정을 찾게 해 준다. 인력거꾼은 다리
를 건너자 신중하게 왼쪽으로 방향을 틀어 강변을 따라 달리기 시작했
다. 그러다가 인력거가 덜컹 튀어 허리가 지끈하는 바람에 나는 미간
을 찡그렸다.

　　감옥 생활은 생각 이상으로 육신을 좀먹어서 매년 장마철이면 심한
두통과 기침, 요통으로 고생하고, 자리를 깔고 눕지 않으면 견딜 수 없
을 때도 있다. 종종 나에게 대리 강습을 부탁받는 고참 제자들은 "선생
은 워낙 허약체질이어서" 하며 걱정하는 척하지만, 그 속은 나의 일방
적인 요구를 비난하는 것이다.

　　문하생은 다들 나에게 딸 같은 존재다. 자식을 못내 갖고 싶었지만
끝내 갖지 못한 나는 어머니의 심정으로 그 아이들을 아껴 주었다. 하

지만 요즘 아이들은 웃는 낯을 보여 주면 금방 기어오르고 제자 본인을 생각해서 엄하게 대하면 앵돌아져 비뚤어진다.

역시 스승과 제자의 사이는 넘을 수 없는 것일까? 신부 수업을 위해 다니는 문하생은 애초부터 정진할 각오가 없으므로 나도 그리 알고 있지만, 이 아이는 재능이 있구나 하고 지도한 아이들은 마치 저 혼자 실력을 닦은 듯 생각하고 도서관에 모여 "선생의 시는 낡았다, 이제는 고아함을 고집하는 시대가 아니다"라고 비판한다고 한다. 하나같이 불쾌하기 짝이 없는 자기도취자들이다.

메이지에 태어난 햇병아리가 알면 얼마나 알겠는가.

나는 부채질을 하며 콧방귀를 뀌었다.

게다가 가호 씨와 나쓰 짱은 소설 나부랭이에 물들고 말았다. 그 두 사람은 정말로 장래가 유망하다 생각하며 총애했는데, 당세의 유행에 마음을 빼앗겨 와카에서 멀어져 갔다.

이제 시는 목숨 걸고 쓰는 것이 아니게 되었을까.

그런 생각이 일자 내가 혼자라는 것을 절실히 깨달았다.

나는 눈앞에 있는 핫피로 시선을 돌렸다. 화족의 초대라면 문장이 그려진 검은 마차에 양장을 차려입은 집사가 모시러 오게 마련이므로 설마 문장도 없는 인력거가 데리러 올 줄은 상상도 하지 못했다. 더러 전해 듣는 요시노부 공의 군색함이 떠올라 가슴이 아팠지만, 데이호인 님의 이러한 초대는 사회적 위치와 무관한 것인지도 모른다. 원래 화려함을 좋아하지 않고 질박한 검은 옷으로 지낸 염중마님 아닌가. 낚시는 여자의 풍류도 아니거니와 내 손으로 낚은 물고기가 맛있으니까 낚시를 하는 거라고 거침없이 말하던 분이다.

나는 그제야 데이호인 님을 뵙고 싶은 마음이 들기 시작해서 부채를 접었다.

데이호인 님의 저택은 혼조 고우메무라의 구 미토 번 하번저 안에 있었다. 정원은 규모가 작지만 석가산에 작은 연못도 있고, 못가에는 붓꽃도 가지런히 피어 있다.

안내를 받아 들어간 객실도 얼핏 간소하면서도 중인방의 구기카쿠^{시못대가리를 감추는 쇠붙이 장식}는 족도리풀 문장 형태를 하고 있다. 나는 옛 주군이 영락한 모습을 보여 주지 않음에 안도하며 엎드려 절하고 인사를 올렸다.

"데이호인 님의 강녕하심을 경하드리옵니다."

"흠, 고맙네."

"……나카지마 우타코는 불편하지 않게 편히 앉으라 하십니다."

시녀의 권유대로 등을 펴자 즉신불처럼 깡마르고 왜소한 사람이 순백색 비구니 두건을 쓰고 앉아 있었다.

아리스가와노미야 다카히토 친왕의 왕녀이며 미토 도쿠가와 가의 열공의 정실부인, 그리고 대정봉환을 단행하여 도쿠가와 막부의 마지막 쇼군이 된 도쿠가와 요시노부 공의 모친인 데이호인 님.

하기노야를 시작한 이래 귀인과 대면하는 데 익숙해졌지만, 나는 간만에 무게 있는 분의 위압감을 느꼈다. 염중마님은 지금도 긍지 높은 미토 여인들의 구심점이다. 그렇게 생각하니 무척 기뻤다.

곁에 있는 시녀들도 비구니 차림이긴 하지만 왕년의 매서운 안광은 조금도 쇠하지 않았다.

"그대는 미토 가신의 처였다고?"

데이호인 님은 이제 치아를 다 잃은 듯 삐끔삐끔 새는 소리를 내며 말했다. 하지만 말투는 지극히 명석하다.

"네. 남편이 오우마마와리야쿠 중사였습니다."

"신문 기사에 따르면 그대도 아카누마 감옥에 있었다고?"

"네, 천구당 처자식은 모두 투옥되었습니다."

"그래. 고생이 많았군."

"네, 많이 힘들었습니다."

나는 솔직하게 대답하면서 언젠가 나카가와에서도 비슷한 심정이었던 기억을 떠올렸다. 이분 앞에서는 말을 꾸며서는 안 된다, 솔직하게 말해야 한다고 생각하게 된다. 그때는 의식하지 못했지만, 이것이 인품을 꿰뚫어 보는 사람에게 압도된다는 것인지도 모른다.

나와 시누이는 그날 대지에 자라는 풀들의 싱싱함에 이끌리듯 미토를 빠져나왔다. 탈출이 발각된 것은 아닌지, 추격대가 따라오지는 않는지 걱정되어 연방 뒤를 돌아보며 히타치 가로를 벗어났다. 새벽에 농가 창고에서 거적을 훔쳐 무성한 덤불 속에 누웠다. 두 사람 모두 감옥에서 여월 대로 여윈 데다 나는 옥리에게 맞아 등과 허리를 다친 상태였다.

걸어도 누워도 숨이 멎을 만큼 아파서 이대로 객사하려나 하고 체념하려고 할 때 시누이가 버팀목이 되어 주었다. 시누이가 약해질 때는 내가 일으켜 주었다. 서로의 아픔과 고통을 알기에 자신의 고통을 잠시나마 잊을 수 있었을 것이다.

다과가 나왔지만 데이호인 님이나 나나 손을 대지 않은 채 감옥에서 있었던 일을 이야기했다. 다케다 고운사이 나리 가족을 기억하는 데이호인 님은 노부 님과 이쿠 님이 남긴 절명시에도 귀를 기울이고는 사방침에 몸을 기대고 잠시 눈을 감고 있었다. 그 얼굴은 마치 하얀 공 같았고, 곳곳에 흩어진 검버섯마저 자리를 골랐나 싶을 정도로 알맞게 자리 잡았다. 스미다가와 강물의 냄새를 품은 여름 바람이 방으로 불어 들어오자 데이호인 님은 마침내 눈을 떴다.

"존왕양이란 대체 무엇이었을꼬."

질문인지 독백인지 알 수 없어 잠자코 있자 데이호인 님은 애초에 내 말을 기다릴 생각은 없었다는 듯이 "결국" 하고 내처 말했다.

"도쿠가와 대신에 삿초사쓰마 번과 조슈 번가 천하를 호령하는 자가 되었지. 그게 전부야."

맥없는 웃음소리를 낸다.

"막부가 폐하와 상의도 없이 개국해 버리자 미토는 분노했지. 신주神州 일본 땅을 오랑캐에 짓밟히게 만들 셈이냐고. 사쓰마도 조슈도 거기 편승해서 분노했어. 하지만 지금 열심히 이국을 흉내 내고 문물을 들여오는 것이 바로 삿초 아닌가.

주상도 그 뜻을 존중하시는지 일본에서 제일 먼저 복식을 양장으로 바꾸셨어. 지금은 황후님과 나란히 불란서 요리를 좋아하신다고 들었네. 모든 걸 그렇게 흔쾌히 나서 주시니 참으로 황송한 일이 아닐 수 없네. ……정부가 알맞게 지휘하고 있다는 것을 아시면서도 당신의 이런저런 거동이 다 일본국에 보탬이 된다고 생각하시는 게지."

그리고 데이호인 님은 유신 당시 에도에서 유행하던 말을 꺼냈다.

"그야말로 이기면 관군인 게야."

나는 "그러합니다"라고 대답하는 것이 고작이었다. 내 제자 중에도 삿초 출신이 많다. 내심 부끄러움을 느끼지만, 이런 시국에 이런 이야기를 이렇게 대놓고 말할 수 있는 사람은 거의 없다.

"그대는 삿초와 미토는 무엇이 다르다고 보나?"

또 묻는다. 그러나 이번에는 잠시 기다려 봐도 몸소 답을 내려고 하지 않는다. 나는 내 생각을 정리한 뒤 고개를 들었다.

"차이는 두 가지가 있다고 봅니다."

"호오, 두 가지나."

"예."

"말해 보게."

"하나는 막부를 타도하려는 의지입니다."

"흠. 그렇군. 미토는 골수 근왕파였지만 막부를 무너뜨린다는 건 꿈에도 생각하지 않았지."

"말씀하신 대로입니다."

"그럼 또 하나는?"

"미토는 삿초 같은 노회함이 없었습니다. 굳이 말하자면 큰 뜻을 위해 작은 차이에 연연하지 말아야 하는데, 그러지 못했습니다. 그 편협함 탓에 내분을 수습하지 못하고 자멸했습니다. 그리 생각합니다."

"제생당과 천구당의 갈등을 말하는 건가."

"예."

"그렇군……. 하지만 나라면 또 하나의 답으로 궁핍함을 들겠네."

나는 말없이 수긍했다.

"재정이 넉넉한 가가 번은 기질이 대범하다고 하더군. 온난한 사쓰마와 조슈도 주머니가 넉넉하지. 하지만 미토는 번이나 사람이나 다 가난했어. 미토 사람은 천성적으로 너무 진지해. 검소함을 너무 받들어 융통성이 없어졌고, 그 울분을 내분으로 터뜨리고 만 거지. 지나친 가난과 억압이 무서운 까닭은 사람의 품을 좁혀 버리기 때문이야. 품이 좁아지면 자기보다 약한 자를 괴롭히고, 뒤탈이 두려워 적당한 선에서 멈출 줄 모르게 되지.

생각해 보면 교토의 조정 고관들은 또 얼마나 가난했나. 그러니 막말 동란기에 계략을 품은 제번으로부터 돈을 받고 멋대로 칙령을 내려서 정치가 혼란해지는 원인을 만들었겠지. 조정 고관들은 막부 대신에 집권하고자 하는 욕구가 털끝만큼도 없었어. 아시카가 다카우지 님이 정이대장군이 되시고 5백 년, 정치에서 멀어져 화조풍월을 읊으며 살아 왔지. 그런 사람들이 다시 정치의 전면에 나서고 싶어 할 리가 있겠나. 모두들 계략을 품은 자들에게 이용당한 거야."

몇 번인가 숨을 골라가며 생각을 밝힌 데이호인 님은 건너편에 있는 시녀에게 살짝 눈짓을 보냈다. 시녀가 장지 너머로 낮은 목소리로 명했다.

"백탕을 대령해라."

그 지시는 잔물결처럼 시녀에서 시녀로 전달되어 간다.

그때 데이호인 님이 내 이마에 시선을 모았다. 흐릿하고 연한 은빛을 띤 그 눈동자에 내가 어떻게 비치고 있을지 짐작할 길이 없었다.

가난과 억압이 무서운 까닭은 사람의 품을 좁혀 버리기 때문이야. 그것이 가장 두렵지.

나는 세이로쿠 아저씨도 전에 비슷한 말을 한 적이 있다고 기억을 더듬었다.

미토의 농민은 타번보다 무거운 세금으로 고통받았다. 그리고 막번 체제가 무너지기 직전에 스스로 창을 잡고 일어났다가 목숨을 잃었다. 존왕양이도 내분의 복잡한 사정도 잘 모르는 채 분노에 휩쓸려 쓰쿠바야마로 달려간 사람이 대부분이었는지 모른다.

하지만 아저씨는 내심 세상을 바꾸고 싶어 했다. 평생 한 번이라도 좋으니 세상을 위해 싸우고 싶다는 생각으로 일어섰다. 쓰쿠바 군세에 가담한 백성들 중에도 아저씨와 같은 생각을 품은 사람은 반드시 있었을 거라고 나는 믿는다. 가난과 억압을 물려받았어도 다른 누군가를 위해 싸울 수 있다는 그 존귀한 마음은 미토의 피에 분명히 남아 있다.

—아씨, 그게 이치에 맞습니다.

아저씨 소식은 여전히 모르지만, 몇 년 전인가, 출장 강습에서 돌아온 길에 대문 앞에서 한 행상과 마주친 적이 있다. 미토에서 온 행상이라고 하기에 하녀에게 물건을 좀 사 주라고 일렀는데, 그 행상이 제자와 하녀에게 이상한 것을 묻는 소리가 귀에 들렸다.

"혹시 이 근처에 이케다야란 여관이 있었습니까?"

"글쎄요."

내가 귀가하자 다들 바쁘게 움직이기 시작한 탓에 아무도 행상의 질문에 제대로 대답해 주지 않았다. 나는 현관을 향해 걸어 들어가다가 몸을 돌려 대문 앞으로 나갔다.

"이케다야하고 무슨 인연이라도?"

남자는 "아뇨, 저는 없습니다요" 하고 고개를 저었다.

"예전에 미토 번 어용 여관에서 일했다는 노인이 있었거든요."

"노인……. 아, 혹시 세이로쿠를 아세요?"

"아뇨, 이름까지는 모릅니다. 노인이 많았으니까."

남자는 산발머리_{메이지 초기에 문명개화의 상징이던 남자의 머리모양}를 긁적였지만, 그 왼손에 손가락이 거의 없었다.

"그쪽은 혹시 쓰쿠바 군세에?"

"예. 생존자입니다. 이 손가락은 동상 때문인데, 눈길을 헤치며 행군한 탓에."

"세이로쿠도 거기 있었군요?"

"우리 군대의 잡병은 대부분 미토의 농민이나 직인, 장사치였는데, 그 노인만은 제대로 된 에도 말을 썼기 때문에 잘 기억합니다. 젊은이 못지않게 기운이 좋아서 얼굴이 꽁꽁 어는 눈보라 속에서도 이렇게 표치전장의 장수 옆에 세워 그 위치를 알리던 깃발를 똑바로 들고 걸었지요. 나는 도중에 쓰러진 덕분에 엉뚱하게 목숨을 건졌지만, 쓰루가에 도착한 사람들은 투항한 뒤 막부군에게 가혹한 대우를 받았다고 나중에 들었으니까 아마 그 노인도 어비 창고에서……. 참으로 딱한 일이지요.

그 전쟁이라면 요만큼도 떠올리기 싫지만, 이 손을 보면 이상하게 그 노인이 떠오릅니다. 해서 이렇게 이 근방을 돌아다니다가 이케다야란 여관 터가 궁금해졌습니다."

남자는 그렇게 말하고 입을 다물었다. 쓰루가에 도착한 쓰쿠바 군세는 엄동설한에 알몸으로 벗겨져 어비 창고에 갇혔는데, 송곳 하나 꽂을 수 없을 만큼 빈틈없이 처넣은 탓에 한번만 넘어지면 분뇨범벅이 되어 죽을 수밖에 없었다고 한다. 감옥에서 들은 소문 이상으로 처참한 이야기에 나는 아연했다.

그 뒤로 내 무릎과 등은 아저씨를 생각할 때마다 굳어 버리고 지끈지끈 쑤시게 되었다.

데이호인 님은 백탕으로 목을 축이자 다시 이야기를 계속했다.

"애초에 막부군과 싸울 때 삿초군이 내건 비단 기치천황이 '조적을 토벌하라'는 명령과 함께 군대에 내리는 깃발 말인데, 그건 교토의 조정 고관은 물론이고 폐하조차 본 적이 없는 것이었어."

"비단 기치 말입니까."

나도 모르게 양손을 포개어 무릎을 꾹 눌렀다. 그 기치 덕분에 '의로운 군대'란 명분이 생겨 막부 토벌의 분위기가 고양된 것이다. 그래서 유신이 이루어졌다. 아이즈를 비롯한 막부 측 번은 그 기치 때문에 얼마나 고초를 겪고 피를 흘렸던가.

"그건 조슈에서 만든 가짜야. 어떤가, 미토 사람이라면 감히 시도할 수 없고 꿈도 꾸지 못할 짓이지. ……존왕양이의 기수였던 미토 번은 유신의 제단에 산제물로 바쳐진 거라고들 한다던데, 산제물 정도가 아니라 스스로 유신의 불길을 키운 장작이 된 거나 마찬가지야."

나중에 '쥐해의 소동'이라 불린 천구당의 난과 그 일파에 가한 탄압으로 미토 번은 대번에 제생당 독재 체제가 되었다. 하지만 천하의 추세는 정반대 방향으로 태엽이 감기고 있었다.

게이오 4년(1868) 1월, 도바 후시미 전투에 패한 요시노부 공은 에도로 돌아온 즉시 형 요시아쓰 공을 에도 성으로 불러 그대로 성에 가두었다. 그리고 제생당 중신들을 직접 파면한다. 제생당의 주요 인물은 막부를 믿고 미토 성에서 농성하며 삿초와도 싸울 태세를 취한다. 하지만 고도칸에 칩거한 요시노부 공은 조정에 순응할 뜻을 표하며 움직이지 않았다.

훗날 요시노부 공은 쓰쿠바 군세의 탄원을 거절하고 묵살했다는 말을 들었다. 도쿠가와 막부의 마지막 쇼군으로서 수많은 가신을 저버리고 도망했다는 말도 들었다. 하지만 적어도 마지막에 미토의 번정만은 뒤집어 버렸다.

여러 지방에 잠복했던 천구당 생존자들은 그 틈을 놓치지 않고 결집하여 미토로 개선하고 이번에는 제생당을 상대로 보복을 시작했다. 미토 번의 그런 내분으로 발생한 사망자는 모두 2천 명에 이른다. 그 결과 유신 이후 정치에 참가할 만한 인재가 거의 남지 않게 되었다. 미토 번의 으뜸가는 수완가이며 요시노부 공의 심복이라 일컬어진 하라 이치노신 님도, 그 공적과 요시노부 공의 총애를 질투한 동료에게 암살당했다.

"천구당 사람들은 역적으로 처형되었지만 주상이 메이지 천황에 오르시자 오명을 씻고 충신으로서 관위까지 하사받았다고 하더군."

"예. 왕정복고 덕으로 몰수형도 풀렸습니다."

말소되었던 천구당 번사들의 가문이 재건될 수 있도록 허락되었다는 소식을 들은 나는 고민 끝에 함께 살던 시누이에게 의견을 물었다.

"미토로 돌아가 결혼할 마음은 없나요?"

"그럴 수만 있다면 그렇게 하고 싶어요. 하야시 가의 재건이야말로 내가 해내야 할 일이겠지요.아들이 없고 딸만 있을 경우, 서양자를 들여 가문의 명맥을 잇는 관습이 있다."

애초에 정식 처가 아닌 나는 노경에 든 어머니를 모시고 미토로 돌아가기가 주저되었다. 시누이는 내 생각을 곡해 없이 이해하고 수긍해 주었다. 고시로 님이 처형되고 3년, 천구당이 역적에서 근왕의 충신으로서 명예를 회복하자 그녀도 마음을 정리할 수 있었을 것이다. 앞으로는 고향에서 평온하게 살고 싶다고 시누이는 말했다.

하야시 가에 서양자로 들어간 사람은 에도에서 나고 자란 미토 번사로, 모치노리 님과 마찬가지로 쇼군 이에모치 공의 상락을 수행한 뒤에 그대로 교토에 남아 요시노부 공의 경호대에 있던 사람이다. 그가 도바 후시미 전투에 막부군으로 참전했다가 패한 후 미토로 돌아와 혼담을 듣게 된 것이다. 막부 말기에 우연히 미토에 없었기 때문에 제생당과의 내분에 휘말리지 않고 살아남은 행운 같은 것이 시누이의 신랑으로 어울린다고 나는 생각했다.

미토에서는 시누이처럼 무명옷을 입고 자란 근면하고 강인한 여자들이 기둥을 잃은 가문을 잇달아 재건했다. 비단옷을 입고 자란 하타모토의 딸들이 시국의 변화 속에서 마땅한 직업을 찾지 못하고 대부분 영락해 간 것과는 대조적인 모습이었다.

미토로 돌아간 시누이로부터 제생당 중신들이 체포되어 잇달아 처형되었음을 알리는 편지가 왔다.[1]

1_ 1866년 14대 쇼군이 병사하자 그간 쇼군 후견직으로 있던 요시노부가 15대 쇼군에 취임한다. 사쓰마와 조슈가 동맹을 맺고 막부에 대항하려 하자 요시노부는 대권을 천황에게 반납하고 막부 체제를 끝낸다. 마침내 존왕론이 실현된 것이다. 하지만 양이론은 실현되지 않는다. 격렬한 양이론자들도 서구 열강과 여러 차례 포격전을 겪으며 실력 차이를 절감하고 개국의 필요성을 절감한 것이다.
정국의 변화에 따라 미토의 천구당은 근왕 지사로서 복권되었다. 이에 따라 미토에서는 제생당과 그 식솔들에 대한 참혹한 복수극이 벌어졌다.

천구당이 개선하자 미토에서 쫓겨난 제생당은 막부군으로서 호쿠에쓰 전투나 아이즈 전쟁에 참가했지만, 이들 전투가 패전으로 끝나자 다시 미토 영내로 돌아와 실권 회복을 꾀했다가 패배하여 도주하지 않을 수 없었다. 천구당은 번의 권력을 되찾았지만 처자식을 살육당한 분노는 막을 길이 없었다. 그들은 도주한 제생당 번사나 연루자들을 이 잡듯이 뒤져서 처참하게 죽였다고 한다.

나는 피로 피를 씻는 복수에 몸을 떨었지만, 장래를 약속한 연인과 오라버니를 빼앗긴 시누이가 쾌재를 부른 것은 능히 이해할 수 있었다. 나도 제생당에 대한 증오는 아직 풀리지 않았다. 어린아이들의 목이 무참하게 잘리는 소리를 떠올릴 때마다 온몸에 소름이 돋고 명치가 얼어붙는다.

"쥐해의 소동 당시 천구당의 처자식까지 투옥한 소행은 잔인무도했지만 거기에는 막부의 의향도 크게 작용했던 거야. 요시노부 님을 쇼군으로 만들고 싶어 하던 일파가 미토 번의 내분을 빨리 없애라고 엄명을 내렸지. 제생당은 그 명을 받고 천구당을 탄압한 것 같아."

아니다, 제생당의 수괴 이치카와 산사에몬은 아예 "뿌리를 뽑으라"고 명령했다. 그것은 사상이나 견해 차이에 따른 탄압 같은 것이 아니었다. 천구당이라면 그 처자식까지 모두 괴멸하려고 하는 살육이었다.

"천구당 지사는 물론이지만 제생당 번사들도 역시 그 시국을 넘기고 살아남으려다가 시대의 거친 파도에 휩쓸린 거야. 특히 이치카와 집정은 두뇌가 명석하고 호담한 걸물이었지. 그 재능을 다른 시대에 발휘

했더라면 필시 큰일을 이루었을 텐데."

데이호인 님은 하필 이치카와의 능력이 아깝다는 듯이 말했다. 물론 이치카와는 미토 번의 집정이었으니 데이호인 님과 의견을 나눌 기회도 적지 않았을 것이다. 세상을 내다보는 냉철한 눈을 가진 데이호인 님도 결국은 측근에게 연연하는가, 하는 생각에 가슴이 차갑게 파도쳤다.

애초에 데이호인 님의 부군 열공이 천구당을 총애하고 제생당을 배척한 탓에 제생당이 원한을 키웠던 것이다. 그리고 그 불씨를 키워 내란으로까지 이르게 만든 것은 열공의 아들 요시아쓰 공이었다.

아아, 이제는 다 부질없는 생각이다, 하며 나는 자신을 다잡았다.

이치카와 집정은 미토를 탈출하여 에도에 숨어 있다가 메이지 2년에 발각되어 미토로 송환된 뒤에 처형되었다고 시누이의 편지에 적혀 있었다. 놀랍게도 이치카와는 불란서로 도항할 준비를 하고 있었다고 한다. 하지만 출발 직전에 체포되었다. 그 후 처절한 고문에도 비명을 지르지 않았고, 참수 전에는 장어를 주문해서 먹었다고 한다.

주군을 위해 버리는 목숨은 아깝지 않으나
슬프도다 충이 불충이 되는가

시누이가 전한 이치카와의 절명시로, 나는 모치노리 님이나 고시로 님들의 심정과 상통하는 바가 있음을 느꼈다. 충과 불충이 물레처럼 돌고 도는 시대라니, 이 얼마나 부조리한 일인가.

데이호인 님은 다시 삐끔삐끔 바람 새는 소리를 내며 주름이 자글자글한 입을 오므렸다.

"복수는 무사에게 허용된 관습이지만, 대부분 제 뜻을 이룬 뒤에 스스로 목숨을 끊었지. 그렇게 해서 복수의 연쇄를 끊었던 것이야. 하지만 그것도 여러 명이 뭉치면 복수를 위한 복수조차 의로운 전쟁이 되지. 사람이 모인다는 것은 참으로 두려운 일이야."

시누이는 그 이치카와의 처자식에 대해서도 편지에 적었다.

"제생당 사람들을 처형하여 얻은 목은 널문 위에 나란히 얹어 시중 광장에 내놓았습니다. 참으로 한밤중에 노점에 내놓은 호박 같았습니다. 이치카와의 처자식도 다 처형되었습니다. 다만 아쉬운 것은 이치카와의 딸 가운데 하나인 여섯 살배기 아이의 행방을 알 수 없다는 것입니다. 이미 죽었거나 이치카와가 도쿄 부로 도주할 때 몰래 데려갔는지도 모른다며, 천구당 동지들이 다들 혈안이 되어 찾고 있습니다."

남자들의 의로운 전쟁에 휩쓸려 처형되는 제생당의 처자식들은 천구당의 처자식들과 다를 것이 전혀 없으니 가련하기 짝이 없다. 데이호인 님이 말하는 복수를 위한 복수가 얼마나 허망한 것인지도 알 수 있다. 하지만 이치카와가 처형되었다고 하니 응어리가 풀리고 속이 후련해지고 기운마저 솟는다.

그럴 수만 있다면 그 목을 치는 장도의 칼자루에 내 손가락 하나라도 보태고 싶었다.

천구당의 처자식이라면 누구나 그렇게 바라지 않을 수 없을 것이다.

"이치카와에게 딸이 여럿 있었지. 집정이던 시절이었으나, 딸 하나를 조만간 시녀로 맡기고 싶다고 내게 접견을 청한 일이 있어. 얼마나 귀엽고 영리한 아이던지. 응? 그랬지?"

데이호인 님이 옆에 있던 시녀에게 확인한다.

"자주 부르셔서 총애하셨습니다."

"그래, 강변에 낚시하러 갈 때도 데려갔었지. 그 아이 도세는 지금쯤 어떻게 지내는지. 불쌍하게도 얼굴을 다쳐 시집도 못 간 건 아닌지."

"도세……."

"그래. 도세를 데리고 나카가와 강변으로 나갔는데, 우리가 한눈을 파는 사이에 아장아장 혼자 걷다가 강가에서 굴러 떨어진 적이 있어. 다행히 얕은 물이라 무사했지만, 강변의 모난 돌에 눈두덩이가 한 치 정도나 찢어졌지."

데이호인 님은 손을 들어 엄지와 검지로 길이를 표시해 보인다. 희미하게 떨리는 손가락에서 노쇠를 느끼면서도 나는 문득 뭔가가 마음에 걸렸다. 하지만 그것이 무엇인지를 생각할 틈도 없이 뜻밖의 말이 들렸다.

"그대는 어릴 적 이름이 도세라고 했던가."

나를 초대한 진짜 이유가 등장한 것 같아 얼른 대답을 하지 못했다. 분위기로 짐작컨대 평소에는 당신의 신분상 누구를 상대해도 편하지 않아 답답했을 거라고 느끼고 있었다. 그 답답함을 풀고 무료함을 달래는 데는 미토 지사의 처만큼 알맞은 상대도 없을 것이라고 생각했다.

그때 시녀가 미끄러지듯이 내 곁으로 다가와 귀엣말을 했다.

"황공하지만 마님께서는 종종 기억이 혼탁해지실 때가 있습니다. 실은 선생을 초대하라 명하신 것도 신문 기사에 난 이름이 눈에 밟히셨기 때문입니다."

역시 그랬다. 나카지마 우타코의 본명은 하야시 도세,《요미우리신문》에 나온 그 이름에 데이호인 님은 오래 전 가슴에 걸렸던 뭔가를 떠올렸을 게 틀림없다.

"연령대가 다르다는 것은 아마 잘 아시는 것 같습니다만."

시녀의 그 말이 다 들리기라도 하는지 데이호인 님은 탐색하는 눈빛으로 내 미간을 쳐다본다.

"살아 있다면 벌써 삼십대가 되었으려나. 아니, 살아 있을 리가 없지."

데이호인 님은 탁한 은회색 눈을 반짝였다.

"저도 이렇게 살아 있는걸요. 그 아가씨도 천운을 누렸다면 어딘가에 살아 있을 겁니다."

나는 눈앞의 노파에게 비로소 본심과는 다른 말을 했다. 여섯 살 여자아이가 그 피비린내 나는 세상을 살아남았을 가능성은 만에 하나도 없음을 알면서도 다시 만날 일이 없을 노인이 마음이라도 편안하도록 그렇게 말했던 것이다.

저택을 떠나기 전, 데이호인 님에게 들은 마지막 말은 "그대는 낚시를 하나?"였다.

"미토에 있을 때 어느 분께 지도받은 적이 있습니다. 그때 딱 한 번 해 봤습니다."

그 말을 데이호인 님이 들었는지 어떤지는 알 수 없었다.

3

돌아갈 때는 인력거를 그만두고 스미다가와 강변을 걸어가기로 했다.

피곤하면 다리를 건너 인력거를 잡아타면 되니까 부담없이 걷자. 이렇게 서두르지 않는 마음을 되찾은 것은 몇 십 년 만일까. 하기노야 운영이다 출장 강습이다 시 모임이다 해서 나는 늘 뭔가에 쫓겨 온 것 같다.

수면은 햇빛을 반사하여 반짝이고 강변에 늘어선 벚나무는 푸른 잎을 흔든다. 맑은 바람이 땀에 젖은 목을 식혀 주자 나는 가만히 눈을 감았다. 그때 가까운 신사 숲에서 매미가 일제히 울기 시작했다.

나는 여름에 이 소리를 들을 때마다 모치노리 님을 생각한다.

게이오 3년(1867) 요시노부 공이 대정봉환을 단행하고 왕정복고의 대호령을 발표한 직후의 일이다. 역적이라던 죄인이 근왕의 충신으로 떠받들어지게 되고 고이시카와의 미토 상번저에도 사람들 출입이 늘어난 것을 먼발치에서도 알 수 있었다. 나와 어머니, 시누이는 안도자카에서 숨을 죽이고 지내던 터라 이치게 님의 주겐이 찾아와 준 날은 너무나 기뻐 갈팡질팡할 정도였다.

이치게 님은 전장을 전전한 끝에 오사카로 도주했다가 교토 혼코쿠지에서 재기를 꾀하는 천구당 무리_{천구당의 난 이후 수세에 몰린 천구당 세력은 교토에}

서 재기를 위해 노력하여 마침내 '제생당을 토벌하여 번정을 정상화하라'는 내용의 칙서를 받아 내는 데 성공한다. 번주 요시아쓰가 이 칙서를 받아들이기로 하자 에도 번저의 실권을 천구당이 장악한다. 이어 이 칙서를 근거로 제생당을 토벌하기 위해 미토로 진군하자 제생당은 미토 성을 버리고 도주하였다. 그 직후 제생당 식솔들에 대한 천구당 측의 보복이 벌어진다에 합류하여 미토로 돌아갔다. 아카누마 감옥에서 처형된 줄 알았던 나와 시누이가 친척집에 근신하라는 처분을 받았다는 것을 알고 내내 행방을 추적했다고 한다. 미토 시중에는 없다는 것을 알자 주겐에게 편지를 들려 내 생가가 있던 이케다야 부근을 찾아 보라고 지시했던 모양이다.

모치노리 님은 근신 처분을 받은 가즈사지금의 지바 현의 중앙부 구루리 번에서 옥사했다.

내가 출옥 전에 관리에게 들은 소식, 즉 모치노리 님이 교토로 향했다는 소문은 아무 근거가 없는 것이었고, 내가 감옥에 있을 때 이미 세상을 떠났던 것이다. 그분은 전장에서 막부군의 포탄에 중상을 입고 체포되었다고 한다. 그 뒤 병을 앓다 세상을 떠났다. 시신은 목이 잘려, 참수된 동지들과 함께 효수대에 걸렸다.

이치게 님은 친구의 죽음을 애도하고, 뜻을 이루지 못한 채 죽은 모치노리 님의 절명시를 편지에 적어 주었다.

오늘까지 누구에게도 보탬이 되지 못하고
쓰라린 세상에 괴로움만 보탰구나

참으로 쓰라린 세상에서 괴로운 일만 겪어 온 인생이었다. 막부가 개국을 단행한 뒤에는 양이라는 것은 도저히 실현할 수 없는 공론이 아닌가 생각하면서, 그리고 막말의 미토 번에서 전쟁의 허망함을 느끼면서도 그것을 막지 못하고 자신의 소임에 충실하다가 해일에 휘말리듯 세상을 떠났다.

그분은 서양의 대포나 총에 맞서는 무력함도 알고 있었다. 그래도 조상이 물려준 무장을 갖추고 전장으로 달려갔다. 적의 창을 쳐내고 피하고 베었다. 적을 찌르고 최후의 숨통을 끊으면 가신에게 수급을 취하게 하고 다친 동료를 지켜 주고 피하게 해 주었다. 그러다가 납탄을 맞았던 것이다.

피투성이로 투옥되어 바닥에 번져 나가는 자신의 피를 보면서도 버티고 또 버텼다. 하지만 쇠약이 극에 달해 다시 일어설 수 없게 되었다. 이제 겨우 스물여섯 살이었는데.

모치노리 님은 목숨을 던지는 것이 아니라 살아남아 자신의 의를 이루자고 결심했다. 그 시절에 미토 번사에게 그 길은 얼마나 험난한 것이었을까.

마침내 모치노리 님이 대부분의 동지들과 함께 사면되고 지사로서 증위를 받았다는 소식을 시누이가 전해 주었을 때 나는 시를 지었다.

희소식 혼자 들으니 애처롭다
슬픔은 더불어 겪었건만

풀이 무성한 한여름의 강가로 내려가 푸른 물을 바라본다.

시누이와 손잡고 히타치의 산야에 작별을 고할 때 가슴에 품었던 것은 모치노리 님이 전장으로 나가기 전에 읊은 시였다.

살아 돌아오지 않으리 맹세하는 괴로운 이별
나라를 위해서라지만 적이 되어 버린 몸

내가 남편에게 준 시는 이렇다.

나라를 위해 주군을 위해가 아니라면
어찌 견딜까 오늘의 이별

그날 쓰쿠바야마 기슭에 펼쳐진 유채꽃밭을 바라보며 나는 나의 답가를 부끄러워했다. 틀에 박히고 아무런 함의도 없는 시. 왜 좀 더 내 마음을 서른한 글자 5·7·5·7·7의 5구 31음으로 이루어진 와카의 별칭에 담아내지 못했을까. 전장에서 밤이나 낮이나 그분 가슴에 울릴 수 있는 말들을 왜 드리지 못했을까. 자신의 유치함이 못내 분해서 만약 정말로 에도에 도착하게 된다면 와카를 제대로 배워 보리라 작심했다.

용케 여기까지 살아서 왔구나, 앞으로 더 살 수 있다면 목숨을 걸고 와카를 공부하자. 그렇게 결심하고 히타치를 벗어났다.

가인으로 명성을 얻은 뒤 나는 다양한 남자와 추문에 싸였고, 개중에는 낯을 찡그리며 평하는 사람들도 있다는 것을 잘 알고 있다. 소문 중에는 질투가 섞인 것도 있지만, 처자식이 있는 가인과 몇 년간 관계를 유지한 일이 있는 것도 사실이다.

그래, 나는 누구의 고통도 생각하지 않고 내 욕구대로 살아 왔다.

하지만 어떤 남자와 추문이 나더라도 남편을 향한 연정은 마르지 않았다. 미련이라고 자신을 꾸짖어 봐도 남편을 향한 사무친 생각에 스스로도 놀란다.

모치노리 님이 스스로 배를 가르며 생을 마치지 못한 것은 죽기 직전까지도 내 곁으로 돌아올 생각이 있었기 때문이다. 나는 그렇게 믿고 있다. 하지만 당신은 돌아와 주시지 않았다.

나는 이제 당신보다 훨씬 늙었답니다. 이건 너무 얄궂은 일 아닙니까?

나는 수면을 불어 지나가는 바람을 향해 처녀처럼 몸을 구부리고 힘을 주어 시를 읊었다.

사랑을 가르친 것이 당신이었으니 제발 부탁합니다, 잊는 방법도 가르쳐 주세요.

님에게 사랑을 배웠네
그러니 잊는 길도 가르쳐 주오

종

장

미치시바道芝(길가에 난 잔디 혹은 잡초. 나아가 사람을 이끌어 길 안내를 하는 사람, 사랑의 안내자 등을 뜻한다.)

1

　가호는 등 뒤에 그림자처럼 기다리는 스미에게 수기를 건네주고 자리에서 일어섰다. 수기는 아직 읽지 못한 부분이 조금 남아 있지만, 문득 홍차가 못 견디게 그리웠다.

　부엌에 들어가 찬장 속을 살펴보았다. 찬장 속은 먹다 남긴 단팥빵이나 말라비틀어진 우메보시, 이쑤시개 따위로 어지럽지만 정작 차통은 보이지 않는다. 요즘은 빈집을 지키게 하려고 출퇴근하는 하녀만 고용하고 있다고 들었으니, 이 찬장 속 풍경도 스승의 솜씨일 것이다.

　참으로 스승은 부엌살림이나 정리정돈이 서툴고 손재주도 없는 분이다. 서예에 그렇게 능한 분이 병조림 뚜껑 하나 열지 못했다.

그런 스승이 용케 그 동란의 세월을 살아남으셨구나 싶다. 게다가 와카 하나로 세상을 헤쳐 오셨으니 나라면 도저히 불가능한 일이라 생각하면서 가호는 마침내 홍차 통을 발견했다. 기억에 있는 디자인인 것으로 보아 내가 드린 것이구나, 하고 짐작하며 아직 개봉되지 않았다는 것을 알았다. 벌써 몇 년이나 지났는데 괜찮을까, 하고 망설이며 내부의 냄새를 맡아 본다. 곰팡이가 피지는 않은 것 같다.

"스미 씨, 홍차 어때요? 지금 타는데 같이 마실래요?"

부엌에서 불러도 대답이 없다. 가호는 어깨를 으쓱하고는 홍차 포트를 찾았지만, 일찌감치 체념하고 가까이 보이는 질주전자에 찻잎을 넣었다. 잔 두 개를 쟁반에 얹어 스승의 방으로 돌아가자, 스미는 미동도 하지 않고 수기를 탐독하고 있었다.

가호는 화로에 올려 둔 주전자의 열탕을 질주전자로 조심스레 옮기며 스승이 기록한 말들을 반추하고 있었다.

—메이지에 태어난 햇병아리가 알면 얼마나 알겠는가.

—이제 시는 목숨 걸고 쓰는 것이 아니게 되었을까.

스승은 늘 당당하고 화사하게 웃었지만 사람 보는 눈에 냉철한 구석이 있다는 것은 나도, 그리고 잠시 여기에 기숙하며 내제자로 일하던 히나쓰도 아마 알고 있었을 것이다. 그토록 세파에 시달렸으니 몸도 마음도 식어 버릴 수밖에 없다는 것을 지금은 이해한다.

차거름망을 대고 잔 두 개에 홍차를 따랐다. 하나를 스미의 무릎 앞

으로 내밀어 주고 하나를 들고 툇마루의 양지 바른 자리를 골라 앉는
다. 홍차를 입에 머금자 떫고 쌉싸름한 맛이 번져 왠지 울고 싶어진다.

님에게 사랑을 배웠네
그러니 잊는 길도 가르쳐 주오

옛 와카의 전통을 고수하며 결코 당세의 조류에 편승하려 하지 않던
스승이 이렇게 연정 넘치는 시를 지었던가, 하고 가호는 충격을 받은
바 있다.

스승의 사랑은 지금도 계속되고 있는 것이다. 어떤 영예를 차지해도
스승은 고독했다.

열심히 살아도 가장 그리던 사람은 이승에 없다.

없다.

스승의 절규가 들리는 듯했다.

가호는 잔을 든 채 망연히 허공을 바라보았다. 등 뒤에서 바스락 하
는 종이 소리가 나서 돌아다보니 스미가 수기 다발을 다다미 위에 내
려놓는 참이었다.

"왜요? 어디 아픈 거 아녜요?"

종이 다발을 가지런히 정리하는 옆얼굴이 어딘지 창백해 보인다.

"아뇨, 아무 일도 없어요."

"근데 그 마지막 시, 당신은 어떻게 생각해요?"

이야기를 나누고 싶은 마음이 간절해서 가호는 무릎을 돌려 앉아 스미를 쳐다보았다. 스미는 고개를 조금 숙이고 눈두덩에 손가락을 댄다.

"역시 피곤한 모양이네. 오늘은 여기까지 할까요?"

"아뇨. 이제 조금밖에 남지 않았으니 끝까지 읽으려고요."

"그래요? 좋아요, 나도 동감이에요."

"홍차, 잘 마시겠습니다."

스미는 양손으로 받쳐 올리듯이 잔을 들었다.

"맛있네요……."

"그래요? 물이 너무 뜨거워 떫은맛이 배어 나오고 말았어요."

"맛있습니다."

스미가 잔을 깨끗이 비운 것을 보고 가호는 힘차게 일어나 방으로 돌아갔다. 스미의 무릎 옆에서 수기를 들어 올려 뒤쪽부터 펼쳤다.

"자, 여기부터군요. 남은 부분이 얼마 안 되니 같이 읽을까요?"

스미는 이번에도 마다하지 않았다.

2

데이호인 님을 만난 뒤 묘한 감정이 가슴에 남았다.

기이하게도 나와 이름이 같은 이치카와 산사에몬의 딸 때문이다. 악귀와 같은 탄압을 정적의 처자식에게까지 자행한 이치카와의 딸인데 어찌 되든 무슨 상관이랴, 하면서도 불현듯 생각나는 것을 어쩔 수 없었다. 강물에 흘려보내고 또 흘려보내도 말뚝에 걸려 떨어지지 않는 한 줄기 지푸라기 같았다.

집 안에서 작은 비단보를 주운 것은 여름이 지나고 뜰의 싸리나무가 흰색과 빨간색의 꽃을 피우기 시작할 즈음이었을까. 연분홍빛 작은 비단보가 시녀 스미의 물건이라는 것은 금방 알 수 있었다. 가끔 내가 옷을 물려주어도 입는 일이 없고 고집스레 진회색 옷만 입는 스미에게 그것은 유일한 사치품이라고 할 만한 물건이었기 때문이다.

나는 그 비단보를 잠자코 내 방으로 가져갔다.

심장이 방망이질을 하고 손가락 끝이 떨린다. 비단보는 두 겹을 겹쳐 만든 것으로, 분홍빛 뒷면은 울금색이고 구석에 문장이 자수되어 있다. 바로 미쓰요코미기쿠측면에서 본 국화꽃 세 송이를 원형으로 배치한 문양. 국화는 꽃 송이가 햇빛을 닮았다고 하여 12세기 이후 천황가의 문장으로 사용되었다. 메이지 4년, 황족이 아니면 국화 문장의 사용을 금지하는 법이 제정되었다, 데이호인 님의 생가인 아리스가와미야가의 문장이었다.

복도에서 다급한 발소리가 들리더니 누군가 맹장지 너머에서 고하는 소리가 들렸다.

"접니다!"

늘 차분한 스미의 목소리가 흥분해 있다. 나는 그 목소리를 듣는 순간 침착함을 찾을 수 있었다. 대치한 상대가 혼란에 빠질수록 이쪽은 우위에 설 수 있다.

"들어와."

맹장지가 열리자 밖에는 표정이 굳은 스미가 공손한 자세로 서 있다.

"무슨 일이지?"

스미는 낭패한 나머지 아무런 말도 준비하지 못했는지 표정이 얼어붙고 말이 빨랐다.

"문하생 한 분이 뭔가를 깜빡 두고 갔다고 인편을 보내셨습니다."

"또? 곤란하네, 자꾸 분실하고 깜빡하고, 그칠 새가 없군. 그런데 누구지? 뭘 잊었다고 하는데? 손수건?"

"아, 아뇨."

졸지에 뱉은 서툰 거짓말이 매끄럽게 이어지지 않아 스미는 말문이 막힌다. 그러자 가는 목이 꿀꺽하며 파도쳤다. 내 무릎에 있는 물건을 알아차렸는지 눈을 휘둥그레 뜨고 있다. 눈꼬리가 긴 눈의 한쪽을 바르르 떤다.

스미는 각오한 듯 등을 곧게 폈다.

"바쁘신데 실례했습니다. 내일 사람들에게 물어보겠습니다."

맹장지를 닫으려고 한다. 나는 "그래" 하고 짐짓 냉정하게 비단보를 집어 들었다.

"이것도 누가 떨어뜨리고 간 것 같은데. 돌려줘."

"알겠습니다."

스미는 평소의 냉정을 되찾고 마치 자기 것이 아닌 양, 대단한 물건이 아니라는 듯한 몸짓으로 받아들었다. 그 잠깐 사이에 스미의 콧대에서 미간으로 시선을 옮겼다.

한쪽 눈썹머리에는 주름살로 착각할 만큼 엷어지긴 했지만 분명히 한 치쯤 되는 흉터가 있었다. 늘 생각이 깊은 듯 미간을 찡그린 차가운 표정은 저 나카가와 강변에서 입은 상처가 원인이었던 것이다.

스미를 보낸 뒤 혼자 뜰로 내려갔다. 사람 키만큼 자란 싸리나무 가지들 사이를 걷다가 문득 멈춰 선다.

스미를 고용한 것은 하기노야를 시작하고 4년이 지났을 때였으니 메이지 14년, 분명히 스미가 열여덟 살 때였다. 말이 없고 음울해도 두뇌 회전이 빠른 처녀여서 나는 안살림뿐만 아니라 하기노야의 관리까지 맡기게 되었다. 매우 유능하지만 누구에게도 마음을 열지 않고, 더구나 종종 몹시 차가운 눈으로 나를 쳐다볼 때가 있다는 걸 알고 있었다. 젊은 사람이므로 능히 그럴 수 있는 일이고, 문하생들도 밖에서 저희끼리 만나면 나를 비판한다는 것을 알고 있었으므로, 제 할일만 제대로 해 준다면, 하며 뭐라고 하지는 않았다. 매일 이런저런 일정에 쫓기는 나에게 그것은 하찮고 소소한 일이었다.

미토의 명문 이치카와 가의 딸이 무슨 심정으로 나를 섬겨 왔는지가 나는 의아했다. 내가 천구당 지사의 처라는 걸 알면서 이 집에서 일해 왔는지 아니면 그냥 우연일 뿐인지는 알 길이 없다. 하지만 나에게 원한을 풀고 싶은 마음은 없었을까.

스미에게는 심하게 대한 적도 많고 약점을 드러낸 일도 허다한데, 그런 많은 일들을 떠올리니 가을바람이 유난히 쌀쌀하게 느껴져 나는 가슴 위에서 양쪽 옷깃을 모았다.

스미에게 좋은 혼담이 들어온 것은 스미가 스물네 살 때였다. 내 양녀로 들인 뒤 시집을 보냈지만, 그건 시모사의 빈농 출신 시녀가, 더구나 혼기가 꽉 찬 사람이 시댁에 들어가 주눅 들지 않게 해 주려는 어른의 배려이자 그동안 일을 잘해 준 데 대한 보상일 뿐이었다. 유신 이후에도 무가나 상가의 가문 중심주의는 변하지 않아, 가문을 잇기 위해 양자를 들이는 관습은 물론이고 명문가의 양녀로 들어가 격을 높인 뒤에 시집가는 일도 드물지 않다. 하지만 스미가 처음 나의 제안을 고사했던 것도 지금 생각하니 납득이 간다.

문득 뺨에 희미한 통증이 느껴져 손을 대 보았다. 오래 전 미토 거리에서 제생당의 사내아이가 나에게 돌팔매질을 한 적이 있다. 돌멩이는 내 볼을 살짝 스쳤다. 고도칸에서 집으로 돌아가는 길이었는지 통소매 훈련복에 검은 하카마를 입고 무구를 들고 있던 모습이 떠오른다. 앞머리가 있는 열두어 살 소년과 열 살쯤 되는 소년이었다.

─그러고도 네가 이치카와 가의 남자냐! 천구 따위에게 깨지다니, 변명의 여지도 없는 추태다.

스미가 그 형제의 누이동생이라 생각하니 눈매가 닮은 것 같기도 하다. 그때 뭔가가 그 기억에 끌려 나오듯이 떠올랐다. 그래, 감옥에서 들었던 소문이다.

─집정에 취임한 이치카와의 힘은 날로 커져 얼마 전 본부인이 딸을 낳았다고 좋아하며 잔치를 열고 에도의 자택에 주군까지 초대했다고 합니다.

내가 아카누마 감옥에 있을 때 스미는 태어났던 것이다.

스미는 이치카와 가의 유일한 생존자……. 이치카와 도세.

나는 스스로를 시험하듯 작은 소리로 되뇌었다. 예감과는 달리 묘하게도 증오감은 일어나지 않았다. 오히려 스미가 애처로워 가슴이 아렸다.

내 곁에는 시누이도 있고 어머니도 있었다. 하지만 어린 스미에게는 누가 있었을까.

나는 그대 오라버니들을 만난 적이 있다. 그렇게 고한다면 조금이나마 가족의 온기를 느낄 수 있을까?

그 생각을 얼른 부정했다. 시누이가 무슨 일이 있을 때마다 띄우는 편지에 따르면 미토에는 천구당과 제생당의 갈등이 여전히 남아 있다고 한다. 스미가 천구당이나 나에게 복수를 꾀하지 말란 법도 없지 않은가.

그렇다면 내가 해야 할 일은 무엇일까.

나는 대체 무엇을 할 수 있을까.

3

수기는 그 대목에서 끝났다.

가호는 스승의 뒷모습을 졸지에 놓친 듯하여 낭패했다. 옆에 앉은 스미의 얼굴을 똑바로 볼 수가 없다. 다만, 스미의 체온이 금세 몇 도나 떨어진 것을 알 수 있었다. 아니다. 오히려 내가 그랬다. 이런 상황은 생각도 못했다. 함께 읽는 게 아니었다.

이렇게 부질없는 후회를 하고, 그것이 또 한심해서 나도 모르게 일어났다. 스승의 책상 앞에 앉았다.

—그렇다면 내가 해야 할 일은 무엇일까. 나는 대체 무엇을 할 수 있을까.

스승은 말미에 그렇게 기록했다. 그렇다면 필시 다음이 있을 것이다. 이렇게 끝나 버리면 스미는 어쩌란 말인가. 다시는 스승 앞에 나서지 못하고 자취를 감춰 버릴 것 같았다. 그건 안 된다. 그런 다급한 심정에 가호는 서랍이란 서랍을 다 뒤져 보았다.

제발. 시 한 수라도 찾았으면.

간절한 마음으로 서류를 뒤지며 다녔지만 아무것도 나오지 않는다. 그래, 혹시 아무것도 찾지 못한다면 바로 스미를 데리고 병원으로 가자, 하고 마음먹었다. 병실에 스승과 스미 단 두 사람만 있게 해서 만족할 때까지 대화할 수 있게 해 주자. 스미가 순순히 병원에 따라갈 거라

고는 생각할 수 없지만 절대로 그냥 보내지 않겠다. 강제로라도 끌고
가겠다.

그렇게 작심하자 신기하게도 마음이 가라앉고 뛰던 가슴도 어느새
진정되었다. 제일 밑 서랍을 아예 빼내자 책상 내부 구석에 비밀 서랍
이 보였다. 뚜껑 중앙에 작은 가죽 끈이 달려 있어, 그것을 당기자 뚜껑
이 쳐들렸다. 서랍 내부는 벨벳으로 마감되어 있고, 종이접기처럼 접
힌 편지가 하나 놓여 있었다.

가슴이 다시 뛰기 시작했다.

야무지게 접힌 종이를 펴 보니 스승의 필체로 '유언'이라는 제목이
나왔다.

2월 1일, 스승의 장례식이 기타노 신사에서 치러졌다.

신사는 하기노야에서 옛 미토 상번저로 향하는 길에 있다. 경내는
가인으로서 일가를 이룬 나카지마 우타코의 타계를 애도하는 사람으
로 가득하여 신사 돌계단부터 안도자카 아래까지 열을 이루어 끝이 보
이지 않을 정도이다.

최근 하기노야 주변이 쓸쓸했던 것을 생각하면, 그리고 세상 사람들
이 스승을 언급할 때 '히구치 이치요의 스승'이란 말을 수식어처럼 붙
이던 것을 생각하면, 왕년의 융성을 되찾은 듯한 화려한 장례식이다.

스승이 폐렴으로 타계한 것은 1월 30일로, 그 직전에 가호는 스미의
부탁을 받고 입원 중인 스승을 함께 병문안했다. 스미는 가호를 입회

인으로 삼아 스승에게 '유언'을 받아들이겠다는 뜻을 짤막하게 전했다.

"그래. 다행이구나."

스승은 가만히 미소 지었다. 깊이 안도하여 "이제 다 됐구나"라고 말하는 듯한 임종이었다.

유언에는 스미의 삼남 요를 양자로 달라는 부탁과, 나카지마 가를 이어 달라는 말이 적혀 있었다.

스승은 아무 말도 하지 않았지만, 유언만으로는 스미가 거절할 거라고 생각하고 스미 한 사람만을 위하여 그 수기를 썼을 거라고 가호는 짐작하고 있다. 아마 처음에는 편지를 곁들일 생각이었을 테고 실제로 편지를 썼는지도 모른다. 하지만 편지로는 담지 못할 말들이 너무 많았다.

스승이 사랑하는 남편을 여읜 것도, 스미가 가족을 여읜 것도 미토 번의 내분이 원인이지만, 그 내분이 격화된 데는 그 시대 특유의 파도가 복잡하게 얽혀 있다. 스승은 모든 일을 있는 그대로 쓰지 않으면 스미에게 아무것도 전달되지 않을 거라고 생각했을 것이다. 그래서 수기라는 형식을 취했다.

도박이었다고 생각한다. 스승은 온몸이 아픈 상태였다. 등과 허리가 쑤시는 것을 견디며 이미 뜻대로 움직이지 않는 손을 다른 손으로 잡아 책상 위에 얹어 놓으며 계속 썼다. 책상 앞에 앉은 스승의 뒷모습을 생각할 때마다 가호는 가슴이 뜨거워진다. 익숙지 않은 언문일치체를 구사하는 것만으로도 몹시 힘겨운 일이었을 텐데, 기억하기도 괴로운 일들을 기록하는 작업은 스승의 수명을 단축할 만큼 무모한 싸움이었는지 모른다.

하지만 스승은 한 줄기 희망에 매달렸던 것이다.

"가호 씨, 얼마나 상심이 크시겠습니까."

안면이 있는 조문객에게 고개를 숙이며 가호는 스미의 말을 떠올렸다. 유언을 다 읽은 뒤 스미는 직접 과거를 밝혔다.

스미는 희미한 기억과 주변의 풍문으로 자신이 친자식이 아니라는 것은 어려서부터 알고 있었다고 한다. 그래서 열두 살이 되자 일찌감치 시녀로 일하기로 결심했다.

"번성하는 도쿄에 가면 돈을 벌어 집에 돈을 부쳐 줄 수 있겠다고 생각했습니다."

출발할 때 부모가 비단보를 주었다. 그것은 철들고 처음으로 보는 아름다움의 극치였다. 그리고 자기의 출생에 대하여 듣게 되었다고 한다.

"선생이 짐작하신 대로 나는 미토 집정 이치카와 산사에몬의 딸 이치카와 도세였습니다. 아버지는 미토에서 도주하는 길에 나를 가신에게 맡겼고, 가신은 시모사의 농민 부부에게 나를 맡긴 뒤 천구당에 체포되었다고 합니다."

그 농민에게는 이미 자식들이 있었고 살림은 몹시 가난했지만 신심 깊은 부부였다. 부부는 도세를 친자식과 차별하지 않고 키웠고, 밥알이 헤엄치다시피 하는 묽은 죽도 똑같이 나눠주었다고 한다. 메이지 4

년(1871) 호적법이 발포되어 다나베라는 성을 가지게 된 일가는 추적을 우려하여 도세를 셋째 딸로 입적시켰다. 그러나 도세의 출생을 보여 주는 유일한 물건으로서 가신이 주었던 비단보는 불단 속 깊숙이 넣어 소중하게 보관해 왔다.

"도쿄로 올라온 나는 알선꾼 소개로 혼고에 있는 전당포에서 일했습니다. 2년쯤 지나자 바깥으로 심부름을 다니게 되었고, 그 짬짬이 미토 번저가 있던 고이시카와를 돌아다녔습니다. 조금이라도 좋으니 아버지나 어머니, 형제에 대하여 알고 싶었어요. 하지만 내가 들을 수 있었던 이야기는 제생당의 극악무도한 탄압 이야기, 그로 인해 아버지와 가족이 처절한 복수를 당하고 미토 가신들이 그것을 얼마나 좋아했는지…… 그런 이야기뿐이었습니다."

"그럼 하기노야를 알게 된 것은."

"네, 고이시카와 주변에서 미토에 대해 물으면 어김없이 하기노야를 찾아가 보라고 하기에 이 근방을 찾아오게 되면서 알게 되었습니다. 가숙을 운영하는 사람은 미토로 시집간 이케다야의 따님이고, 다들 가숙이 매우 잘 된다고 하더군요. 이 동네까지 열심히 뛰어와 상황을 살펴보는 것이 어느새 은밀한 습관이 되었습니다. 그러던 어느 날 마침내 우타코 선생을 직접 보게 되었습니다. 문하생 무리가 마치 만발한 꽃처럼 대문 앞을 장식하고 선생이 그 사이를 유유히 걸어 검은 마차에 올라타더군요. 구름 위에서 사는 사람 같았습니다."

고개를 조금 숙이고 말하던 스미가 턱을 들고 가호의 눈을 도전적으로 쳐다보았다.

"그때 처음으로 나카지마 우타코라는 사람에게 격렬한 증오를 느꼈습니다. 부모님의 원수를 찾아낸 것 같은 심정이었어요."

스미는 그 후 4년 동안 전당포에서 열심히 일하다가 그만두고 알선꾼에게 하기노야에 알선해 달라고 부탁했다고 한다. 자신의 심정을 가슴 깊이 감추고 일단은 스승의 신뢰를 얻어야 한다고 생각해서 다시 시녀 일에 힘썼다. 당시 스미는 아직 열여덟 살이었다. 그 나이에 그렇게 자신을 제어할 수 있었다니 어지간한 결심이 아니었던 것이다.

자랑스러운 제생당의 생존자로서 천구당의 처에게 설욕하고 싶다, 정세가 뒤집혔다고 제 세상 만난 듯 거만하게 거들먹거리는 저 원수를 때려뉘고 싶다는 생각으로 똘똘 뭉쳐 있었다고 스미는 고백했다.

"늘 곁에서 모셨고 선생도 저를 완전히 신뢰하고 있었으니 뜻을 이루려면 언제라도 가능했습니다. 부엌칼로 가슴을 찌르고, 독을 풀고. 자기 전에 하는 그런 몽상이 못 견디게 즐거웠습니다. 정말입니다. 복수 방법을 이리저리 궁리하다 보면 흥분이 되고, 그러다 창밖이 밝아진 적도 있었습니다. 저는 뜻을 이루면 자살하기로 작정하고 있어서 아무것도 두렵지 않았습니다.

아시는 대로 선생에게는 철없는 소녀 같은 구석이 있어서, 갑자기 커진 하기노야를 선생 혼자서는 도저히 꾸려나갈 수 없었습니다. 선생이 시키는 대로 매일 선생의 일정을 챙기고 문하생의 출석을 확인하다 보니 어느새 비서 역할까지 하게 되었습니다. 일방적으로 지시하고 거침없이 말하고 늘 볕에 있으려고 하는 선생에게 내심 구역질이 나는 것을 참아 내며 나는 충실한 시녀처럼 행동했습니다.

선생은 전혀 무방비한 분이라 추문의 증거도 충분히 모았습니다. 그래, 목숨이야 언제든 빼앗을 수 있다, 먼저 사회적인 생명부터 끊어 놓자. 그렇게 생각하고 하기노야 관리에 열중했습니다. 그리고 선생이 화려한 겉모습과는 달리 속사정은 위태위태하다는 것을 알게 되었습니다. 선생은 늘 태연한 얼굴을 하고 있었지만.

어느 날 저녁, 뭔가 여쭐 게 있어 이 방에 왔습니다. 어두운 방에 인기척도 없고 등도 켜져 있지 않아 다시 나가려고 하는데, 선생이 툇마루에 혼자 앉아 있는 것이 보였습니다. 양 무릎을 옆으로 뉘고 앉은 뒷모습이 한없이 약해 보여서, 어깨부터 어둠에 녹아 버릴 것 같은 인상이었습니다. 그때 "여울을 흐르다 바위에 부딪힌 급류처럼"이라고 읊는 소리가 들렸습니다. 해 저무는 뜰을 향해 선생은 와카를 읊고 있었던 겁니다.

수기를 읽기 전까지 그 와카가 가진 뜻을 알지 못했지만, 평소 강습하실 때 낭랑하게 읊는 소리와는 전혀 다른 애절하게 갈라진 목소리…… 뜻하지 않게 선생의 외로움을 알게 되었습니다. 문하생인 명문가 영양들에게 아무리 존경을 받아도, 많은 귀인들의 초청을 받아도, 그리고 애인과 위태로운 만남이 아무리 즐거워도 선생은 늘 충족되지 않았습니다."

스승은 다른 집에 양자로 들어간 오라버니에게 아들을 양자로 달라고 청했지만 잘 되지 않아 반년 만에 파양하는 등 입양과 파양을 반복했다. 히구치 나쓰코를 양녀로 원한 것도 외로운 스승이 가족을 늘려 허전함을 달래려는 것이었을 거라고 스미는 추측했다.

스미는 스승의 유언장을 품에 안고 고개를 숙였다. 아름다운 이마에 머리카락 한 올이 흘러내렸다.

좋은 세상을 만났다면 이 사람은 미토 번 집정의 딸로 살았을 것이다. 가호는 얼핏 그런 생각이 고개를 쳐들려는 것을 간신히 억눌렀다. '좋은 세상을 만났다면'이라니, 부질없는 상상은 그만두자. 누구나 금생에 태어나 도처에 주검이 나뒹구는 이 땅에 발을 디디면 제 뜻대로 할 수 있는 일은 아무것도 없으니.

"언제부터였는지 저는 선생과 함께 분투하는 듯한 기분을 느끼게 되었습니다. 그분을 내가 지탱해 주고 있다는 보람마저 느꼈습니다. 그것은 주종 관계를 초월한, 그래요, 흡사 동지 같은 심정에 가까웠는지 모릅니다."

"동지……."

"네. 하지만 그런 생각을 품을수록 괴로워져서 나는 열심히 스스로 증오를 자극했습니다. 부모형제의 원수다. 원수의 여자다 하며. …… 혼담이 들어왔을 때 이 고통에서 마침내 벗어날 수 있겠구나 하며 마음이 풀리는 것 같았습니다."

가호는 뜰로 눈길을 돌렸다. 석양이 주위를 비추어 그 환한 빛이 눈부실 정도였다. 어린 직박구리들이 시끄럽게 울어 댄다.

"하지만, 선생은 당신에게서 도망칠 수 없었죠. 당신이 이치카와 도세라는 걸 안 뒤에 짐짓 모르는 척 멀리하는 것은 쉬운 일이었을 텐데."

"……네. 선생은 정말 천구당의 부인다운 결정을 내리신 겁니다. 그렇게…… 생각합니다."

스미의 눈초리에 넘친 것이 볼을 타고 무릎 위로 방울방울 떨어졌다.

경내 구석에서 쉬고 있는데 옛 친구 이토 나쓰코가 달려왔다.

전에 히구치 나쓰코와 함께 재능을 인정받아 이나쓰라 불리던 동료 제자이다. 레이스 수건을 들고 연방 눈가를 훔친다.

"너무 갑작스런 일이라 놀랐어. 바쁘다고 문안도 못 드리고 살았는데……. 나, 몹쓸 문하생이지?"

"……다들 마찬가진걸. 선생도 이해하실 거야."

"그래. 선생은 매사 대범하셨으니까. 근데 연세가 어떻게 되시지?"

"올해로 예순하나."

"그런데 무슨 병이셨어?"

"감기에 걸렸다가 회복하셨는데, 요즘 밤마다 많이 추웠잖아. 폐렴에 걸리셨어. 그래도 임종은 선생다운 대왕생이었어."

"오, 당신, 임종을 지켜드렸어?"

"응. 고통 없이 주무시는 듯 가시는 걸 지켜보았지."

이나쓰는 조금 뜻밖이라는 눈으로 나를 쳐다본다. 그때 다른 문하생들이 잔달음질로 모여들었다. 잠깐 사이에 칠팔 명이 빙 둘러서서 저마다 인사를 나눈다.

"정말 오래간만이군요."

"그러게요. 이게 몇 년 만인지."

"그런데 부인은 여전히 젊으시군요."

"어머, 댁의 따님은 벌써 혼담이 있다고요? 상대가 영국에서 돌아오면 맞선을 보기로 돼 있다고 들었는데."

"그럼 따님은 장차 총리대신 부인이네요."

"글쎄, 어떨지요. 부인처럼 조슈 출신이긴 하지만. ……그보다 이번에 나온 《명성시를 중심으로 1990년부터 간행된 낭만주의 문예지》, 보셨나요?"

"물론이죠. 요사노 씨가 점점 실력이 좋아지더군요."

"정말예요. 그거, 낭만파 시예요."

잠시 그런 이야기가 맥락도 없이 오가고, 스승을 추모하는 말은 변명처럼 간간이 끼어들 뿐이다.

"근데 시노즈쿠 씨가 하얀 상복을 입고 있더군요. 그분이 상주라니, 어떻게 된 거죠?"

누군가 슬쩍 비난하는 투로 말하자 그때부터 스미에 대한 이야기가 이어진다. 나는 내내 잠자코 사람들의 이야기를 듣고 있었지만 그만 입을 열려고 했다.

"아뇨, 상주는 스미 씨의 아드님이에요. 스미 씨는 후견인이고요."

하지만 결국 그 말을 삼켜 버렸다. 내가 그렇게 말하면 "선생이 또 양자를 들이신 거예요?" "그럼 하기노야는 어떻게 되는 거죠?" 하며 논란이 벌어질 걸 잘 알기 때문이다.

"가호 씨, 무슨 일 있어?"

내가 대화에 끼어들지 않자 이나쓰가 걱정스러운 듯이 내 팔을 잡으며 물었다.

"아니, 괜찮아. 아무 일도 없어. ……나는 하기노야에 잠깐 볼일이 남아 있어서, 이만 실례할게요."

무리를 떠나 걸어가려는데 이나쓰가 "잠깐만" 하고 부른다.

"이따가 잠깐 모이지 않을래? 쌓인 이야기도 있고, 제국호텔에서라도."

이 제안을 다른 사람들이 먼저 호응하며 장례에 어울리지 않는 환성을 올린다.

"먼저들 가 계세요."

나는 모호하게 대답했지만 결국 호텔로 가지 않고 집으로 돌아가는 내 모습을 상상했다. 그들에게 스승의 유언을 이야기하고 싶은 마음은 털끝만큼도 없었다. 물론 수기에 대해서도.

유언

— 나카지마 우타는 나카가와 스미 씨의 삼남 요를 양자로 들이고 싶은 바, 부디 이 청을 들어주시기를 충심으로 바라는 바입니다.

— 요가 양자가 된다면 나카지마 가의 모든 재산의 상속인이 됩니다.

— 단, 요가 하기노야의 존속을 두고 번민하는 것은 전혀 바라지 않으니, 그것에 대해서 부디 양해해 주기를 부탁드린다는 말씀을 밝혀 둡니다.

하기노야에서 보낸 날들의 추억은 희비가 교차하지만, 마지막으로 바라는 바는 단 하나, 나카가와 스미 씨, 즉 이치카와 도세 씨의 아드님을 하야시 도세로 맞음으로써 미토에 대한 진혼으로 삼고자 합니다.

이 소망 외에는 아무것도 바라지 않는 심경을 부디 받아 주시기를 간절히 바라마지 않는 바입니다.

메이지 36년 1월 24일

나카가와 스미 씨 앞

　　나카지마 우타 삼가 올림

반생을 정리한 수기와 유서는 스승의 기도였다.

온몸의 피를 흘리며 죽어 간 남편을 향한, 무참하게 참수된 천구당의 처자식들에 대한, 꽁꽁 얼며 죽어 갔을 아저씨를 향한.

그리고 수많은 사람들의 삶과 죽음을 생각하며 스승은 늘 기도했다.

그것을 아는 사람은 나와 스미뿐이지만, 스승은 저승에서 모치노리 님을 만나면 이치카와 가의 후예에게 우리 집안을 잇게 했다고 만면에 웃음을 담고 보고할 거라고 가호는 생각했다.

숨을 거두는 순간, 스승은 희미하게 웃었다.

모치노리 님. 이제야 만나게 되는군요.

스승이 그렇게 중얼거린 것만 같았다.

수기는 스미가 간직하고 싶다고 해서 그러라고 했다. 그리고 가호는 생전에 가집을 상재하지 않은 스승을 위해 유고집을 출간하기로 했다. 하기노야의 존속을 바라지 않는다니, 참으로 스승다운 깨끗한 결정이지만, 나카지마 우타코가 서른한 글자에 담은 진정을 후세에 전하는 것은 문하생의 소임일 것이다.

문하생들에게 유고집 이야기를 꺼내면 돕겠다고 할까? 역시 이따 호텔로 가 봐야겠구나, 하고 가호는 생각을 고치며 경내를 걷는다.

제단을 향해 초록색 다마구시신전에 바치는 나뭇가지. 신성한 나무로 간주되는 비쭈기 나무 가지에 베 또는 종이 장식을 묶는다를 바치는 조문객에게 인사하는 스미와 열한 살 요의 모습이 보인다. 상주 역할을 하는 두 사람의 하얀 옷이 눈물로 얼비쳐 가호는 나뭇가지 너머로 겨울 하늘을 올려다보았다.

편집자 후기

격동의 시대를 살아 온 가인이 남긴 역사

작가 아사이 마카테의 '야채애호독점타파' 러브스토리 『야채에 미쳐서』를 출간한 이후 몇몇 독자들로부터 "『연가』도 읽고 싶다, 북스피어에서 내 주면 좋겠다"는 메일을 받았다. 많지는 않았지만 잊을 만하면 한 번씩 게시판을 통해 요청이 들어오기도 했다. 하지만 망설였던 이유는 『연가』가 『야채에 미쳐서』처럼 밝고 유쾌한 내용은 아니었기 때문이다. 레이어가 다소 복잡한 시대소설이라는 점도 한몫했다. 어쩌나. 고민하던 내가 출간을 결정한 것은 작가의 한 마디, 왜 『연가』를 썼는지에 대한 이유를 설명한 인터뷰를 읽은 직후였다.

이미 초등학교에 다닐 때부터 아사이 마카테는 "소설가가 되고 싶다"는 말을 하고 다녔다고 한다. 엄마에게, 혹은 친구에게. 이야기 비슷한 걸 처음 썼던 건 2학년 때였다. 어떻게 학년까지 정확히 기억하고 있냐면, 당시 담임선생님이 그녀가 쓴 글을 읽고 "잘 썼네, 앞으로도 계속 썼으면 좋겠구나"라며 격려해 주었기 때문이다. 말뿐인 격려로 끝난 게 아니라, 실제로 이야기가 쌓이자 학급문고로 만들어 같은 반 친구들이 읽을 수 있도록 해 주었다. "어린아이는 주변에서 칭찬하거나 좋아한다는 걸 알게 되면 기쁘잖아요. 그때의 체험이 제 안에 무척이나 소중한 기억으로 남아 있어요"라고 하니 오늘 우리가 이 책을 읽을 수 있게 된 것은 우선 2학년 담임선생님 덕분이겠다. 대학을 졸업하고 나서는 광고회사에서 카피라이터로 일했다. 어쨌든 '글을 쓰는 일'이니까 괜찮으리라 여겼다. 나름대로 인정도 받았다. 연봉만 놓고 보면 잘나가는 카피라이터였다고 해도 무방하리라. 그러나 시간이 흐를수록 "소설을 쓰고 싶다"는 마음은 깊어져 갔다. 마흔다섯 살이 되자 '여기서 더 나이가 들면 영영 못 쓸 수도 있겠다'는 기분이 들었다. 소설을 쓰지 못한 인생이라니, 시시하지 않은가. '오사카 문학 학교'의 문을 두드린 건 그 즈음이다. 각오를 다지기 위해 직장은 그만두었다. 뭘 쓸지에 대해서는 크게 고민하지 않았다. 고교시절부터 고전문학을 굉장히 좋아해서 (성적도 가장 좋았다) 처음부터 시대소설을 쓰자고 생각했다. 대학에서는 헤이안 말기를 전공했지만 근대를 배경으로 한 소설도 잔뜩 읽었다. 이때의 공부가 지금껏 창작의 토대가 되었다고 한다.

아사이 마카테는 2008년 『열매조차 꽃조차』로 소설현대 장편신인상을 수상하면서부터 시종일관 시대소설만을 집필해 왔다. 그중에서도 『연가』는 그야말로 역사를 정면에서 마주한 작품이다. 이 책은 에도 말기에 태어나 메이지 시대에 활약했던 가인 나카지마 우타코의 생애를 그리고 있다. 나카지마 우타코는 오늘날 히구치 이치요(일본 근대 소설의 개척자, 오천 엔 지폐에 새겨진 인물)의 스승으로 알려졌을 뿐 정보가 거의 남아 있지 않지만, 아사이 마카테는 역사책에 기록된 몇 줄의 문장으로부터 거슬러 올라가 면밀한 조사를 통해 일본사의 숨겨진 한 뼘을 복원해 낸 것이다. 이야기는 나카지마 우타코의 제자인 미야케 가호가 오늘 죽을지 내일 죽을지 모르는 스승의 서재를 정리하던 중에 끈으로 묶인 원고뭉치를 찾으며 시작된다. 거기에는 나카지마 우타코의 반생이 적혀 있었다. 가호는 우타코가 어렸을 때부터 곁에 두고 함께 생활해 온 하녀 스미와 함께 스승이 직접 써 내려 간 수기를 읽어 나간다.

우타코의 본명은 도세이며, 부모님은 이케다야라는 여관을 운영하였다. 남부럽지 않은 재력을 가진 부모님 밑에서 자유분방하게 자란 도세는 어느 날 여관을 찾은 미토 번의 중사 하야시 모치노리를 보고 한눈에 반한다. 하지만 부모의 반대를 무릅쓴 채 사랑하는 남자를 따라 정착한 미토에서 그녀가 맞닥뜨린 것은, 천구당과 제생당이라는 두 개의 세력이 맞붙은 내전이었다. 천구당의 중사였던 남편 모치노리가 참전한 사이, 아내 우타코는 감옥에 갇히는 신세가 된다. 그저 사랑밖에 몰랐던 철부지가 하루아침에 영어의 몸이 되어 날마다 벌어지는 살육과 피비린내를 견디며, 죽음을 기다리는 동료들(과 자식들)을 다독이고 사랑과 삶에 대한 의지를 다져나가는 이 시간이야말로 소설의 핵심이 아닐까. 평론가 오야 히로코는 "여자는 무엇에 살고 무엇에 죽는

가. 그 대답 가운데 하나가 여기에 있다. (감옥 장면에서 들리는) 그 외침과 통곡이 예리하게 독자의 가슴을 도려낸다"고 적었다.

천구당과 제생당의 싸움으로 희생된 번사의 수는 2,000여 명. '자신들이 생각하는 좋은 나라'를 만들기 위해 각자 다른 세계관을 가진 패거리들이 싸움을 벌인 결과, 미토는 인재를 잃고 유신에 뒤떨어져 자멸하고 말았다. 이로 인해 역사의 무대에서 사라졌고 지금껏 미토를 배경으로 만든 드라마나 소설은 극히 드물었다. 그렇다면 아사이 마카테는 왜 『연가』를 썼을까?

"원래 저는, 복잡하고 피비린내 나는 이미지의 막부 말기가 싫었는데……. 어느 잡지에 나카지마 우타코에 대해 짧은 문장을 쓴 걸 계기로 미토를 방문한 이후 본격적인 집필을 결심하게 되었습니다. 지금에와서는 일종의 운명이 아니었나 싶기도 해요. 『연가』는 역사소설이지만 단지 사실만 적은 것이 아니라 저에게는 연애소설이면서 여자들의 재생(再生)을 그린 이야기입니다. 그녀들이 힘차게 살아감으로써 잃어버린 생을 이어 갈 수 있었으며, 그러한 축적 덕분에 우리들도 지금 여기에 있다는 걸 느낍니다. 여성분들이야말로 꼭 읽어 주셨으면 좋겠다, 하는 이야기예요." _《시티라이프》 인터뷰

즉, 남자들이 벌인 소모적 내전에서 살아남은 여자들이 그 시대를 가슴에 품고 새로운 생명을 잉태하여 후대에 전한 역사가 바로 『연가』인 것이다. 아울러 작가는 마지막의 반전을 통해서도 메시지를 준비해 두었다. (여기서부터는 스포일러가 있으니 아직 소설을 읽지 않은 형

제자매님들은 앞으로 돌아가 주시길.)

오랜 세월 동안 하기노야에서 일하며 나카지마 우타코를 보필해 온 하녀 스미가, 실은 천구당을 탄압한 제생당의 수장 이치카와 산사에몬의 딸임이 이야기의 마지막에 밝혀진다. 스미는 복수심을 간직한 채 하기노야에 들어왔고 때를 봐서 칼날을 들이밀 작정이었지만 다른 사람은 모르는 우타코의 외로움을 눈여겨보는 사이에 마음이 변한 듯하다. 그리고 도중에 그녀가 떨어뜨린 비단 보자기로 스미의 정체를 알게 된 우타코가 죽기 직전에 자신의 반생을 전하기 위해 '소설 같은' 수기를 남기게 된 것이다. 우타코가 스미에게 전하고 싶었던 역사는 그대로 독자에게도 전해진다. 역사를 전하는 것과 이야기를 전하는 것. 나는 소설을 두 번째 읽었을 때 비로소 이 '전한다'는 대목의 의미를 가늠해 볼 수 있었다. 대부분의 일본 독자들도 자주 위키피디아를 찾아야 했다고 할 만큼, 처음 읽었을 때 뭐가 뭔지 몰랐던 이유 중에는 등장인물이 많고 시대적 배경이 낯설다는 점도 있었다. 해서 책날개 안쪽에 각 인물들을 소개해 두고, 역자와 상의하여 설명도 최대한 보강했는데. 그러니까, 어제부터 한 번 더 읽어 봐 주시지 않겠습니까. 저 같은 경우는 두 번째 읽을 때 훨씬 깨달은 바가 컸습니다만.

마포 김 사장 드림.

연가

초판 1쇄 발행 2021년 2월 10일

지은이 아사이 마카테
옮긴이 이규원

발행편집인 김홍민 · 최내현
편집 조미희
표지디자인 형태와내용사이
용지 한승
출력(CTP) 블루엔
인쇄 제본 현문

펴낸곳 도서출판 북스피어
출판등록 2005년 6월 18일 제105-90-91700호
주소 (03961) 서울특별시 마포구 방울내로 11길 43 101-902
전화 02) 518-0427
팩스 02) 701-0428
홈페이지 www.booksfear.com
전자우편 editor@booksfear.com

ISBN 979-11-91253-29-0 (04830)
세트 ISBN 978-89-98791-25-4 (04830)